Sabina Trooger

Hildegard von Bingen

Roman eines brennenden Lebens

Schneekluth

Die Deutsche Bibliothek – CIP Einheitsaufnahme
Trooger, Sabina : Hildegard von Bingen.
Roman / Sabina Trooger.
München: Schneekluth, 1998
ISBN 3-7951-1628-7

ISBN 3-7951-1628-7

Ein Verlagsimprint der Weltbild Verlag GmbH Augsburg
Gesetzt aus der 11/13 Punkt Stempel Garamond
Satz: Mitterweger Werksatz, Plankstadt
Druck und Bindung: Bercker, Kevelaer
Printed in Germany 1998

SOLI DEO GLORIA

»Ich bin gekommen, Feuer auf die Erde zu werfen, und was will ich anderes, als daß es brenne!«

»Wo im Menschen keine Frage ist, da ist auch keine Antwort des Heiligen Geistes. Ein solcher Mensch stößt die Gabe Gottes zurück und stürzt sich in den Tod.«

Das Buch ist Maria Schwager
gewidmet, die mir zuerst von Jesus
erzählt hat.

Ich danke meiner Freundin Doro Degenhardt
für ihre tatkräftige Hilfe,
meinem Mann Vincenzo Benestante,
der einige Schlüsselszenen beigesteuert hat,
sowie allen Freunden im Hauskreis
für ihre moralische Unterstützung.

I

Schon beim Erwachen spürte ich, daß dies ein besonderer Tag werden würde. Es war der letzte Sonntag im Weinlesemonat des Jahres 1178, und zum Erntedank-Gottesdienst erwarteten wir in unserer Klosterkirche eine Menge Gäste aus der ganzen Umgebung. Ich war aufgeregt wie ein junges Mädchen. Leider teilte mein Körper diese Empfindung nicht; als ich die Stufen des Münsters erklomm, spürte ich jedes einzelne meiner achtzig Jahre in den Knochen. Ich lehnte mich an das Geländer und genoß den würzigen Duft, der von den nahen Wäldern herüberwehte. Der Himmel wölbte sich tiefblau, und die Freude der fünfzig Benediktinerinnen, die als meine Töchter mit mir auf dem Rupertsberg lebten, lag fast greifbar in der Luft.

»Was für ein wundervoller Morgen, Mutter Abbatissa!« Mein junger Sekretär, der Mönch Wibert von Gembloux, tauchte strahlend neben mir auf.

»Das kann man wohl sagen.«

Am gegenüberliegenden Ufer des Rheins kroch gerade der erste Sonnenstrahl über den Hügel und überzog die granitgrauen Mauern der Klostergebäude mit einem rosigen Schimmer. Rüdesheim und

Eibingen lagen noch im Schatten, zu unserer Rechten aber spiegelten die Bingener Turmspitzen das Licht, als wären sie vergoldet. Wo die Nahe in den Rhein mündete, glänzten die schäumenden Wasser wie flüssiges Perlmutt. Unsere Anlegestelle in der kleinen, flußaufwärts gelegenen Bucht bot kaum noch Platz für die vielen Boote und Nachen. Aus allen Himmelsrichtungen kamen erwartungsfrohe Menschen in ihren besten Sonntagskleidern angerudert; oder sie überquerten die Brücke von Bingen. Schwatzen und Gelächter schallte bis zu uns hinauf. Die Menge der Besucher erschien mir wie ein wogendes, zur Ernte bereites Weizenfeld.

»Heilige Meisterin!« Ich bemerkte Hilde und Albrecht erst, als sie sich bereits vor mir auf die Knie geworfen hatten. Die beiden bewirtschafteten ein kleines Weingut in der Nähe und hatten mir vor kurzem ein krankes Kind gebracht. Bevor ich sie daran hindern konnte, bedeckten sie meine Hände mit Küssen.

»Bitte, steht auf«, bat ich etwas unwillig. »Wie geht es eurer kleinen Anna?«

»Sie ist gesund«, stieß Hilde mit hochrotem Kopf hervor. Ihre Wangen waren naß von Tränen. »Du hast sie geheilt, heilige Mutter!«

»Ich habe nichts dergleichen getan. Gott ist der einzige Heiler.« Ich erinnerte mich genau an die entzündete Geschwulst am Fuß des Kindes, das im Wundfieber geglüht hatte. Schroffer, als ich es beabsichtigt hatte, entzog ich Hilde meine Hand und trat einen Schritt zurück, damit die beiden endlich aufstanden. »Sind eure anderen Kinder gesund – acht waren es, glaube ich?«

Hilde nickte eifrig. »Acht, und an Johannis wurde unsere Älteste von einem gesunden Knaben entbunden! Sie ist schon fünfzehn und mit einem Fuhrmann verheiratet. Wir wollten schon viel früher kommen, um dir zu danken, aber mitten in der Weinlese wird jede Hand gebraucht –«

»Das weiß ich doch. Grüßt die kleine Anna von mir.«

Von Wibert gestützt, betrat ich die Kirche. Augenblicklich befand ich mich in einer anderen, inneren Welt. Geräusche verhallten in der Höhe, mein Blick verlor sich zwischen den Säulen, und der dämmrige Raum umfing mich wie ein geheimnisvoller Leib, aus dem unablässig Jesus geboren wurde. Ich ließ mich auf dem Äbtissinnenplatz in der Mitte des geschnitzten Chorgestühls nieder und beobachtete, wie sich das Mittelschiff langsam füllte.

Bauern, Fischer und adlige Gutsbesitzer mit Knechten und Mägden besetzten den hinteren, der Öffentlichkeit vorbehaltenen Teil der Kirche; außerdem viele Bürger und Handwerker aus den umliegenden Orten. Weiter vorn saßen die Angehörigen des Klerus von Bingen und, zur Feier dieses besonderen Tages, auch die Mönche vom Kloster Disibodenberg, aus dem unser Konvent fast dreißig Jahre früher hervorgegangen war. Wie ein Schwarm Raben im Hühnerhof hockten die Brüder in ihren schwarzen Kutten zwischen den Leuten im bunten Sonntagsstaat. Als letzter erschien der Vogt von Bingen mit seiner Frau und seinen Vasallen. Hinter ihm fiel die zweiflügelige Tür ins Schloß, und allmählich verstummte selbst das Geflüster.

Mein Herz hüpfte vor Freude, als in diesem

Augenblick der erste Sonnenstrahl durch das Mittelfenster hereinflutete. Sein goldener Strom ergoß sich vom Hauptaltar über uns, berührte alle Anwesenden mit seiner Wärme und ließ jedes Gesicht in kindlichem Staunen erglühen. Während die Glocken erklangen, im selben Rhythmus und in derselben Tonfolge wie seit dreißig Jahren, schweifte mein Blick über die Reihen, und einen Augenblick lang war ich verwirrt, als ich ein Bauernmädchen auf dem Platz sitzen sah, den Baumeister Philibert bevorzugt hatte …

»Wir müßten so nah wie möglich am Ufer bauen. Weiter oben wird der Hang zu steil für große Gebäude, und das Erdreich wäre auch nicht fest genug.«

Wir standen zwischen verfilztem Gestrüpp am Fuß des Rupertsberges; ringsum lag unberührte Wildnis. Rauschend umflossen uns die Wasser der beiden Ströme. Philibert hatte sich mit seiner Maßschnur durch die Brennesseln gekämpft und sah mich unschlüssig an. »Ich weiß, das ist ungewöhnlich. Willst du dich nicht doch lieber nach einem anderen Bauplatz umsehen?«

»Nein, nein. Diesen Ort hat Gott mir für mein Frauenkloster bezeichnet. Übrigens gibt es in letzter Zeit viele Klosteranlagen in Tälern. Als Baumeister solltest du davon wissen.«

»Ich weiß sogar den Grund: Angeblich arbeiten die Ordensleute dort mehr! Sie müssen nämlich den Boden erst trocken legen, bevor sie irgend etwas anbauen können.« Philibert zwinkerte mir gutmütig zu, und ich lachte mit ihm. In Wirklichkeit war ich längst nicht so sicher, wie ich mich gab. Ich war lange krank gewesen, und die Weite der unbekannten Landschaft bestürmte mich. Nach Jahren der Abgeschiedenheit in meiner Frauenklause erlebte ich es als großes Abenteuer, überhaupt hier zu sein. Auch war es für mich ungewohnt, mit einem weltlichen Mann allein zu sprechen. Baumeister Philibert war sonnenverbrannt und kräftig, mochte etwa vierzig Jahre zählen und hatte gewiß großen Erfolg bei Frauen. Das merkte ich an dem neckenden Tonfall, in dem er mir die Baupläne erklärte und mir am Fuß des wüsten, brachliegenden Osthanges die Stelle bezeichnete, wo das Münster entstehen sollte.

»Die Hochwasserkante des Rheins liegt genau hier.« Er deutete auf einen flachen Geröllhügel, auf dem prächtige Silberdisteln wuchsen. »Die Südmauer sollte also möglichst dicht an der Nahe entlanglaufen, damit im Norden genug Platz für den Chor ist –«

»Nein«, unterbrach ich. »Ich will keinen angebauten Seitenchor wie in einem Männerkloster. Dies wird ein reiner Frauenkonvent, und unser Chorgestühl kommt mitten in die Kirche. Genau zwischen Apsis und Hauptschiff! Wir wollen einen freien Blick zum Altar. Siebenmal täglich versammeln wir uns dort, um Gott zu begegnen; es ist der Mittelpunkt unseres Lebens. Welchen Sinn hätte es, uns der räumlichen Mitte zu berauben?«

Philibert musterte mich überrascht, als sähe er mich zum ersten Mal. »Überhaupt keinen Sinn, das ist wohl wahr«, murmelte er verlegen, »aber soviel ich weiß, ist diese Bauweise in einem Frauenkloster noch nie vorgekommen. Hast du das mit deinem Abt abgesprochen? Ich meine, wer ist eigentlich der Bauherr?«

»Ich bin der Bauherr«, hörte ich mich sagen. »Diese neue Anlage wird durch Spenden und Schenkungen adliger Gönner finanziert, nicht aus der Kasse des Mönchsklosters. Abt Kuno hat also keinerlei Verlust und braucht keinen Finger zu rühren. Findest du nicht auch, daß ich unter diesen Umständen ein gewisses Mitspracherecht bei der Gestaltung unseres Lebensraumes haben sollte?«

»Was ich finde, ist nicht unbedingt von Belang«, meinte Philibert verwirrt, und ich fürchtete schon, er würde den Auftrag zurückgeben. Doch plötzlich hellte sein Gesicht sich auf. »Wenn wir mit dem ganzen Bau ein Stück nach Norden ausweichen können, liegt der Hauptaltar genau hier! Das bedeutet, daß zur Terz, gerade vor dem Choralamt, die Sonne durch das Hauptfenster fallen wird. Dann könnt ihr in der Kirche den Sonnenaufgang zum zweiten Mal erleben!« Seine Augen funkelten voller Vorfreude, und er begab sich eifrig wieder an seine Messungen.

Als die Glocken allmählich verklangen, nahm ich noch einmal Abschied von diesem guten Freund, der schon vor vielen Jahren gestorben war. Zu Beginn des Gottesdienstes ertönte nun Musik: der volle Klang einer Zither, der goldene Ton einer Harfe. Niemals in meinem langen Leben konnte ich diesen Zweiklang ohne Herzklopfen hören, der auch siebenmal täglich unsere Stundengebete einleitete. Unsere Musik brachte uns Gott näher; sie öffnete uns die Tür zu Seinem Thronsaal, und wir durften uns Ihm darbringen wie kindliche Geschenke. Wie dankbar war ich dafür, daß uns das Domkapitel nach langem Hin und Her ausnahmsweise die Erlaubnis zum Gebrauch dieser beiden Instrumente erteilt hatte!

Gerade als die klaren Stimmen der Nonnen das »O Gott, komm mir zu Hilfe« anstimmten, öffnete sich noch einmal die Kirchentür. Ein staubiger, verschwitzter Jüngling in lederner Reitkleidung schlüpfte herein und ließ seine Augen suchend über die Menge schweifen. Unsere Blicke trafen sich, und er öffnete den Mund, als wollte er mir über all die Köpfe hinweg etwas zurufen. Dann schien etwas zu zerbrechen, das sein Gemüt gefesselt hatte. Seine verzerrten Züge wurden weich, und er schien erst jetzt wahrzunehmen, wo er sich befand. Mit scheu geneigtem Kopf zwängte er sich neben den Fischer Arbo auf die letzte Bank. Else, die Bingener Gastwirtsfrau, hatte sich zu ihm umgewandt und starrte nun mit einer seltsamen Mischung aus Häme und Befriedigung zu mir herüber.

Hatte ich mich getäuscht, oder überzogen hinter dem Fremden jagende Wolken den Himmel? Mir fiel ein, daß ich heute beim Aufwachen einen metallischen Geruch wahrgenommen hatte, als kündigte sich ein Sturm an; und nach der Prim hatte Morgenrot den Himmel überzogen wie jagende Flammen. Ein Unwetter würde wohl viele unserer Gäste über Nacht bei uns festhalten, überlegte ich; doch dank Gottes Gnade war unser Kloster auch für eine große Anzahl von Besuchern gerüstet. Wir verfügten über wohlgefüllte Speisekammern, über ein geräumiges Gästehaus und über genügend selbstgewebtes Leinen, um viele Dutzend Strohsäcke zu beziehen.

Wer länger bliebe, würde unweigerlich unseren Frieden spüren.

»Von der Tiefe bis hoch zu den Sternen überflutet die Liebe das All.« Die tiefen Stimmen der Mönche brachten den ganzen Kirchenraum zum Vibrieren. Darüber stiegen die makellosen Frauenstimmen schwerelos auf; sie schwangen sich gleichsam durch die ganze Höhe des Himmels. Die hinreißenden Klänge ließen in den Herzen aller Anwesenden die wirkliche Liebe hervorbrechen: Selbst ich, die ich diese Musik doch so gut kannte, spürte ihre sprudelnde Lebensfülle. Die Frauen auf den Bänken schmiegten sich enger an ihre Männer; sogar der Vogt saß mit offenem Mund da wie ein kleiner Knabe. Die Gesichter entspannten sich: Es war, als fiele lebendiger Tau auf uns alle. Von Helenger, dem Abt des Disibodenberges, fing ich einen zerknirschten Blick auf ...

»Du weißt sehr wohl, daß dein Vorgänger Kuno mir ein Güterverzeichnis aller Ländereien gegeben hat, die meinen Töchtern von ihren Familien überschrieben wurden! Denkst du, das hat er zum Spaß getan? Diese Güter gehören rechtlich uns, und ich verlange, daß du endlich die entsprechenden Urkunden ausstellen läßt!«

Ich hatte den neugewählten Abt Helenger in seinem geräumigen Empfangszimmer förmlich überfallen. Mit knapp dreißig Jahren war er recht jung für sein Amt, und nichts hatte ihn auf den wütenden Auftritt einer Frau vorbereitet, die seine Mutter hätte sein können und die sich von seiner Würde nicht im geringsten einschüchtern ließ.

»Du weißt, ich bin erst seit wenigen Wochen im

Amt ... Kunos Tod kam so überraschend, ich hatte noch keine Zeit, mich in die Sache zu vertiefen«, stotterte er ausweichend. »Ich verspreche, ich werde mich darum kümmern und dir so bald als möglich einen Boten –«

»Nicht so bald als möglich. Jetzt.« Ich warf mich in den bequemen Sessel, der für adelige Besucher bereitstand. Jahre der Entbehrungen hatten mich gestählt; nie zuvor hatte ich mich so stark gefühlt. Helenger schien das zu spüren, denn unwillkürlich wich er vor mir zurück.

»Seit fünf Jahren wohnen meine Töchter und ich auf dem Rupertsberg«, donnerte ich. »Wir haben aus einer Wildnis einen blühenden Garten gemacht; wir haben in elenden Hütten auf einer Baustelle gelebt, bis unsere Wohngebäude endlich fertig waren. Und die ganze Zeit über mußten wir auf die Einnahmen aus unserer eigenen Mitgift verzichten, weil dein Vorgänger Kuno hoffte, uns aushungern zu können! Hältst du das etwa für gerecht?«

Der junge Abt suchte verlegen nach Worten. »Es ist nichts Böses, daß ihr auf weltliche Güter verzichten sollt.«

»Ich weiß besser als du, was unser Gelübde bedeutet!« fuhr ich ihn an. »Wir haben gehungert und gefroren, wir bekamen Schwielen und Frostbeulen wie gewöhnliche Grobmägde, aber wir haben niemals aufgegeben. Und das werden wir auch jetzt nicht tun.«

»Und doch ist mir zu Ohren gekommen, daß bei euch Unfrieden ausbrach«, warf Helenger in scheinbarer Besorgnis ein. »Ist es nicht so, daß einige deiner Töchter sogar den Konvent verließen?«

»Das ist allerdings wahr, und ihre Sünde komme auf Kunos Haupt! Einige Schwestern konnten das harte Leben nicht ertragen. Sie beriefen sich auf ihr Adelsprivileg und verließen uns, um in der Welt zu leben – hörst du das, Helenger? Falls ihre Seelen für die Ewigkeit verloren sind, dann nur, weil dein Vorgänger uns Steine in den Weg warf, wann immer er konnte, statt uns zu helfen. Denkst du, daß es das wert war?«

»Sicher siehst du die Dinge ein wenig zu einseitig«, gab der Abt zu bedenken. »Wärst du, ehrwürdige Mutter, nicht so halsstarrig gewesen, hätte sich gewiß alles gütlich regeln lassen, und die genannten Töchter wären in der Obhut des Ordens verblieben.«

»O ja, und wir alle wären zeit unseres Lebens auf dem Disibodenberg verblieben«, schnappte ich wütend zurück. »Begreifst du wirklich überhaupt nicht, was es bedeutet, in der lebendigen Wirklichkeit des Heiligen Geistes zu leben? Als Gott mir befahl, mit Seinen Offenbarungen an die Öffentlichkeit zu gehen, hätte ich mich lieber in den Tiefen der Erde verkrochen, das kannst du mir glauben. Aber so einfach ließ Gott mich nicht davonkommen. Kuno dagegen hatte die Wirkung des Heiligen Geistes nicht ernst genommen –«

»Gehst du da nicht ein bißchen zu weit? Als Abt mußte er das Wohl des ganzen Ordens im Auge behalten. Er mußte beispielsweise bedenken, welch eine Wirkung eine so stürmische Klostergründung wie die eure auf schlichte oder aufbrausende Gemüter haben könnte! Dir mag die göttliche Offenbarung zuteil werden – ich will dir dies keineswegs abstreiten –, aber manch anderer mag, wenn er deinem

Beispiel folgt, seine eigenen hochfliegenden Hoffnungen mit Gottes Stimme verwechseln. Du kannst dir selbst ausmalen, wieviel Unglück und Chaos daraus entstehen könnte! Sind wir nicht über unsere Herde gesetzt, um sie in Liebe und ruhiger Bestimmtheit anzuleiten, damit sie sich in unserer Obhut sicher fühlen kann?«

»Gewiß sind wir das. Aber auch unser Vater Benedikt schrieb, daß die größte Gabe, um die ein Abt bitten kann, die Discretio ist, das hellsichtige Unterscheidungsvermögen. Das bedeutet, die Ordensregeln müssen lebendig werden, wenn man in der Gegenwart Gottes leben will! Die Gründung des Rupertsberger Frauenkonvents geschah von Anfang an auf Geheiß des Heiligen Geistes, nicht nach meinem Plan oder dem irgendeines anderen Menschen. Mit Kuno um jede Kleinigkeit zu kämpfen war eine unnötige Geißel. Ich – ich hoffe doch sehr, daß du einsichtiger bist, Abt Helenger?«

Die Klänge des Antiphons verloren sich zwischen den Säulenreihen, die das Mittelschiff von den Seitenschiffen trennten, wie in einem geheimnisvollen Wald. Helenger sah noch immer zu mir herüber. In seinen Augen glitzerten Tränen.

Nun betrat der Priester Gernot die Kanzel und begann seine Erntedankpredigt mit den Worten: »Wer von uns hat jemals in seinem ganzen Leben irgend etwas getan, wofür Gott ihm etwas schuldet? Und dennoch schenkte Er uns Seinen Sohn, der unsere Ketten zerbrach; und aus der ganzen Fülle Seiner Macht gibt Er uns jedes Jahr die Feldfrüchte zur Stärkung unserer Leiber …« Während er von der vielfachen Barmherzigkeit des Vaters sprach, traf mich wieder der seltsam erbitterte, triumphierende Blick der Gastwirtin Else, und ich fragte mich, was wohl dahinterstecken mochte.

Sobald der Gottesdienst vorüber war, ergoß sich die Menge schwatzend ins Freie. Vor dem Festmahl für die adeligen Gäste gelang es mir, mich davonzustehlen, um ein wenig zu ruhen; voller Dankbarkeit, daß meine Stellvertreterin Adelgundis bei solch förmlich-feierlichen Gelegenheiten schon seit Jahren den Vorsitz für mich übernahm. Nach der Sext war die Menschenmenge draußen jedoch nicht geringer geworden, und als ich mit meinen Töchtern das Münster durch eine Seitentür verließ, wurde ich sofort von allen Seiten bedrängt und bestürmt. Die Leute lachten und weinten, nannten mich »Sancta Hildegardis«, küßten meine Hände und schütteten mir Herz und Seele aus. Viele baten mich auch um Segen, Heilung, Trost oder Befreiung von der Macht böser Geister.

Ein stürmischer Nordwind zerrte an meinem Gewand, während ich segnend die Hände auf immer neue Stirnen legte und einen Blick in den Lauf immer neuer Schicksale erhaschte. Wibert schleppte einen Klappstuhl für mich herbei und stellte sich schützend hinter mich. Durch seinen kräftigen Körper hinderte er die Menge daran, mich vor lauter Sehnsucht nach einer Berührung des Heiligen Geistes umzustoßen. Wieder einmal geschah das Wunder, daß ich die Kraft dazu fand, mich jedem einzelnen ganz zuzuwenden, damit jeder empfing, was der Vater ihm geben wollte.

Dennoch war ich dankbar, als sich Illga, eine meiner jüngeren Töchter, energisch durch die Menge drängte und mir meinen schweren Pelz umlegte. Es war empfindlich kalt geworden; der Himmel hatte sich überzogen, und der Nordwind berührte mein Gesicht wie mit eisigen Nadeln. Doch an diesem Tag schenkte mir der Allmächtige gerade durch diesen Wind besondere Kraft. Der Wind, der die vier Elemente barg, barg auch mich, und ich spürte den Geist wie einen Kraftstrom durch meine Hände auf jeden überströmen, den ich berührte. Er schenkte Freiheit; doch geschah dies auf sehr unterschiedliche Weise. Wenn jemand ein verborgenes Leid mit sich herumgetragen hatte, löste sich seine Trauer in Tränen. Wer dagegen von Angst und Sorgen niedergedrückt worden war, dem fiel seine Last von den Schultern, und er brach in kindliches Gelächter aus. Anderen, deren Blick vor Unsicherheit geflackert hatte, leuchtete ein neues, inneres Licht aus den Augen. Unzählige Gesichter veränderten sich so vor meinen Augen, und wieder einmal war ich wie berauscht von der Gnade, Sein Gefäß sein zu dürfen.

Später, als es auf die Vesper zuging, überzogen rauchfarbene Wolken den Himmel. Einzelne Tropfen wehten herab; sie fühlten sich so scharf und hart an, als wären sie mit Eisenspänen vermischt. Die meisten Besucher flüchteten, und auch ich wollte mich gerade zurückziehen, da kniete auf einmal der Fremde vor mir, der morgens so gehetzt als letzter in die Kirche gestürmt war. Seine Augen sagten mir, daß er nicht gekommen war, um Segen zu empfangen. Tief neigte er den Kopf vor mir und küßte demütig meine Hand mit dem schweren Ring der Abbatissa. Dann reichte er mir ein zusammengerolltes Pergament. Im schwindenden Licht erkannte ich das Siegel meiner Vorgesetzten, der Mainzer Prälaten.

Ich reichte meinem Sekretär die Rolle. »Wibert, erwarten wir Post vom Domkapitel?«

»Nicht daß ich wüßte, Magistra.«

»Merkwürdig. Ich kann mir beim besten Willen nicht vorstellen, was das sein könnte.« Mühsam stand ich auf und winkte dem Boten, uns zu folgen. Wibert mußte mich beinahe tragen, so steif war ich vom langen Sitzen geworden.

»Du verschwendest dich zu sehr, Mater Magistra«, keuchte er vorwurfsvoll. »Wann wirst du endlich lernen, mit deinen Kräften zu haushalten? Der Andrang der Suchenden ist zuviel für dich. Kannst du nicht wenigstens an Feiertagen feste Besuchszeiten einhalten?«

»Hatte Jesus feste Besuchszeiten?«

»Jesus besaß den Körper eines Mannes in der Fülle seiner Kraft. Aber du, mit Verlaub, besitzt den Körper einer Greisin.«

»Um so mehr Grund, mich zu verschwenden, wie du es nennst. Du meinst es gut, Wibert, aber ich werde genau dann sterben, wenn meine Zeit gekommen ist; keinen Tag früher oder später«, versetzte ich friedlich. »Solange Gott mich benutzen will, wird Er mir auch die Kraft schenken, Ihm nach Seinem Willen zu dienen, dessen kannst du sicher sein.«

Als es zu hageln begann, hatten wir das Kalefaktorium schon erreicht. Dies war der einzige Raum im Kloster, der jemals geheizt wurde – so früh im Herbst allerdings, wie ich zugeben muß, nur mit Rücksicht auf mich. Dankbar reckte ich meine Glieder auf der Ofenbank in die wohlige Wärme und bat Wibert und den Boten, sich ebenfalls zu setzen. Wie stets an hohen Feiertagen, die große Volksmengen anlockten, war ich vom normalen Klosteralltag entbunden. Die Cellerarin hatte mich dennoch nicht vergessen und schickte mir heiße Brühe mit Lauch und Graupen. Illga und Sigewiza brachten einen kleinen Tisch herein, tischten uns dreien auf und ließen uns allein.

»Greif zu«, ermunterte ich den Boten, nachdem ich für Essen und Wein gedankt hatte. »Du hast den ganzen Tag gewartet und mir den Brief erst übergeben, als mich niemand mehr sprechen wollte. Aber heute morgen, als du in die Kirche gestürmt bist, schienst du es sehr eilig zu haben. Wie geht das zusammen?«

»Nun ja, es ist eigentlich eine eilige Botschaft«, murmelte der junge Mann verlegen. »Aber ich wollte den Gottesdienst nicht stören, ehrwürdige Mutter. Die Musik war so schön –«

»Ja, ich glaube, niemand außer uns begleitet die Liturgie mit Instrumenten«, lächelte ich. »Das ist sehr schade und auch unbiblisch. Denn sogar der Psalmist fordert uns dazu auf, Gottes Herrlichkeit mit Harfe und Zither zu preisen. Übrigens weist die tief klingende Zither auf die Zucht des Leibes und die höher klingende Harfe auf das Streben des Geistes hin.«

»So? Davon verstehe ich nichts ... Ich habe noch nie so etwas Schönes gehört, es war – ach, ich weiß auch nicht. Ich habe eine Gänsehaut davon bekommen.«

»Das freut mich sehr. Aber dann hast du auch

noch den ganzen Nachmittag in der Kälte abgewartet, obwohl du deinen Auftrag viel schneller hättest erledigen können.«

»Ich weiß.« Schuldbewußt senkte der Bote den Kopf. »Ich dachte, warum soll ich euch den Tag verderben. Heute abend ist früh genug, dachte ich.«

»Und warum dachtest du das? Ist die Nachricht unangenehm?« forschte Wibert beunruhigt. Aber der Bote wollte nichts mehr sagen. Rasch schlang der junge Mönch aus Gembloux sein Essen herunter und wischte sich den Mund.

Wibert zerbrach das Siegel und las: »Der von Gott geliebten, ehrwürdigen Praeposita Hildegard wünschen wir, die unwürdigen Diener unseres allerhöchsten Herrn, allezeit Kraft und Gesundheit. Es ist uns zu Ohren gekommen, daß du einem gewissen Helmut von Gaulsheim, Freiherr zu Bingen am Rhein, in gnädiger Barmherzigkeit Obdach und Pflege in deinem Kloster gewährt hast. Ferner hören wir, du habest besagtem Helmut, da es nun dem Höchsten gefiel, ihn, nach manchem Leiden, den Weg allen Fleisches gehen zu lassen, sowohl die Salbung mit heiligem Öl als auch die Bestattung in heiliger Erde gewährt. Dies aber, obgleich dir die ruchlose Persönlichkeit des Besagten hinlänglich bekannt gewesen sein muß; ebenso wie auch seine, aufgrund des Urteils eines demütigen Dieners des Allerhöchsten ausgesprochene Exkommunikation. Kaum müssen wir dich, höchst ausgezeichnete Abbatissa, daran erinnern, welch peinliche Folgen ein solch unverantwortliches, eigenmächtiges Vorgehen deinerseits nach sich ziehen muß –«

»Helmut von Gaulsheim hat sich vor seinem Tod

mit Gott und der Kirche ausgesöhnt und sogar von Gernot die Sterbesakramente empfangen«, unterbrach ich fassungslos. »Ist das dem Domkapitel etwa nicht bekannt?«

Wibert zuckte hilflos die Achseln und überflog rasch den Rest des Dokuments. »Sie schreiben«, fuhr er mit heiserer Stimme fort, »wenn du, ehrwürdige Mutter, den Leichnam Helmuts nicht unverzüglich exhumieren und außerhalb des Klosters in ungeweihter Erde verscharren läßt, wird mit sofortiger Gültigkeit über den ganzen Konvent der Kirchenbann verhängt.«

»Unter Androhung des Kirchenbannes«, schloß ich, nachdem ich vor der schnell einberufenen Versammlung im Kapitelsaal meinen Töchtern von den jüngsten Ereignissen berichtet hatte. Bestürzung, Verwirrung und nackte Furcht malten sich auf die fünfzig Frauengesichter, die ich so gut kannte. Ich bemühte mich, dem Blick jeder einzelnen zu begegnen, und spürte den Sturm in ihren Herzen, dem jede auf ihre Weise tapfer zu begegnen suchte.

Wieder einmal wurde mir bewußt, daß unter den einheitlich schwarzen Nonnenschleiern die individuelle Verschiedenheit viel deutlicher sichtbar wurde als in weltlicher Tracht. Die meisten dieser Frauen hatten von frühester Jugend an unter meiner Obhut gelebt; viele waren mit mir alt und grau geworden. Sie hatten meine Kämpfe mit mir gekämpft, meine Niederlagen mit mir geteilt und meine Siege mit mir gefeiert. Hatten nicht wenigstens sie, wenn schon nicht ich, ein wenig Ruhe und Frieden verdient?

»Meine Töchter«, fuhr ich leise fort, »ihr alle wißt, was das heißt. Unser täglicher Gottesdienst wird niemandem von außen mehr offenstehen. Unsere Glocken müssen stumm bleiben, unser Gesang –«, fast brachte ich es nicht über die Lippen; wir konnten nur ahnen, was der Verlust unserer Musik für uns bedeuten würde. »Unser Gesang, unsere Gebete und die täglichen Lesungen der Heiligen Schrift dürfen nur noch im Flüsterton erfolgen. Der Segen der Eucharistie, der Verschmelzung mit dem Leib unseres Herrn Jesus, bleibt uns ganz verwehrt. Müssen wir wirklich diesen hohen Preis bezahlen, damit ein reuiger Sünder der Herrlichkeit Gottes nicht ungerecht entrissen wird? Oder ist das die gerechte Strafe dafür, daß wir Schwestern vom Rupertsberg uns trotzig gegen unsere Oberen auflehnen?«

Wieder ließ ich schweigend meinen Blick wandern. In diesem Augenblick glich meine Liebe zu ihnen, zu jeder einzelnen, einem körperlichen Schmerz. Die meisten ahnten schon, was ich sagen würde; doch niemand konnte mir ersparen, es auszusprechen.

»Ich habe natürlich sofort die Schau befragt«, stieß ich schließlich hervor. »Ich will euch erzählen, was ich sah. Wie durch ein Fenster erblickte ich unseren Klosterfriedhof. Es war heller Mittag, die Sonne schien, und die Vögel zwitscherten voller Lust an dem schönen Tag. Wir näherten uns Helmuts Grab und umringten es betend. Solange wir dies taten, zeigte sich am Himmel kein Wölkchen, und die Schwalben jagten bis ins funkelnde Blau hinauf. Im Rhein sprangen sogar die Fische vor lauter Lebenslust, obwohl doch die Mücken so hoch flogen. –

Dann stieß eine von uns einen Spaten in die weiche Erde des Grabhügels, um der Weisung unserer Oberen zu gehorchen. Schneller, als ich es begreifen konnte, verdunkelte sich der Himmel! Eine Finsternis näherte sich uns, begleitet von krachenden Donnerschlägen, die vom Feuer des Gerichts erfüllt waren. Statt vom Duft der Erde, des Grüns und des Wassers war die Luft von Schwefelgestank erfüllt ... Als ich das schaute, wurde ich bleich vor Schreck. Da sprach die Stimme des Höchsten zu mir: ›Besser ist es für dich, in die Hände der Menschen zu fallen, als das Gesetz deines Gottes zu verlassen.‹«

Jetzt waren auch meine Töchter blaß geworden; ich hob hilflos die Hände und fragte mich, womit ich sie trösten sollte. »Ich fürchte, wir müssen das Interdikt auf uns nehmen.« Irgendwie empfing ich die Kraft, weiterzusprechen. »Es geht auch nicht an, daß wir die Weisung unserer Oberen einfach ignorieren; und doch habt ihr gehört, daß wir Helmut nicht exhumieren dürfen. Gott hat uns diese Prüfung auferlegt; Er wird uns auch in der Stille nicht verlassen. Ich kann euch aber ein solches Opfer nicht abverlangen, meine Töchter. Manche von euch wissen, daß unsere Schwester, die Äbtissin Noitburgis vom Lubolzberg, vor kurzem in einem Schreiben Rat von mir erbat. Ich befragte ihretwegen die Schau, und was ich sah, erfüllte mein Herz mit großer Freude. Noitburgis kennt ihre Schwächen und legt sie in Demut vor den Thron; sie blickt ins göttliche Licht wie ein Adler in die Sonne! Wer von euch im Herzen spürt, daß sie nicht berufen ist, diese Prüfung mit uns zu teilen, oder glaubt, daß sie den Kirchenbann nicht wird ertragen können – die mag sich Noitburgis'

Obhut anvertrauen. Noch heute nacht müßt ihr vor den Schöpfer treten und Seine Weisung erflehen, denn wer zu Noitburgis zieht, muß morgen früh aufbrechen. Wir wollen jetzt die Vigilien begehen und für jede von uns um Weisheit bitten.«

Wie zur Untermalung unserer Bedrängnis rauschte draußen immer noch der Gewitterregen hernieder.

2

Mitternacht war vorüber, doch ich war viel zu aufgewühlt, um Ruhe zu finden. In der Schreibstube diktierte ich Wibert einen Brief an den Mainzer Erzbischof Christian. Dabei ging ich auf und ab, um meine Gedanken in Fluß und meine Glieder durchblutet zu halten. Den jungen Boten Robert hatten wir noch im überfüllten Gästehaus unterbringen können. Wie werden unsere Gäste staunen, wenn kein Glockenklang sie am Morgen weckt, ging es mir durch den Kopf.

Ich bemühte mich, dem offenbar falsch informierten Erzbischof so sachlich wie möglich den genauen Ablauf der Ereignisse zu schildern, die mit Helmuts Begräbnis im Klosterfriedhof geendet und nun zu unserem Kirchenbann geführt hatten.

»›Aber was hatte er eigentlich verbrochen?‹ wirst du, ehrwürdiger Hirte, mich fragen«, diktierte ich, schwindlig vor Müdigkeit. »Dies fand ich im Lauf der Tage heraus, die er in unserer Obhut verbrachte; teils aus dem Klatsch des Volkes, der mir zugetragen wurde, teils aus einzelnen Bruchstücken, die es mir nach und nach gelang dem jungen Hugo zu entlocken. Jeder in Bingen kannte die beiden als Saufbolde und Hurenböcke, vor denen kein Rock und keine Schürze sicher war. In jüngster Zeit hatten sie sich darauf spezialisiert, sehr jungen Frauen und sogar Mädchen Gewalt anzutun; weshalb die Bingener Frauen ihnen gegenüber auch besonders unversöhnlich eingestellt waren. Denn waren es zunächst Mädchen im heiratsfähigen Alter von vierzehn oder fünfzehn Jahren, so wählten sie im Lauf der Zeit immer jüngere zu ihren Opfern aus, bis sie endlich einer Achtjährigen Gewalt antaten. Darauf trieb der Bingener Pöbel sie mit Steinwürfen aus der Stadt; denn gerichtlich verurteilen konnte man Helmut als Sohn eines Freiherrn ja nicht. Der Bingener Dekan brachte den Fall vor den Bischof, der die beiden Schuldigen in ihrer Abwesenheit exkommunizierte. Dein vorzüglicher Sohn Gernot, der uns Unwürdigen in der Güte seines Herzens als Priester dient, war bei dieser Urteilsverkündigung zugegen und bestätigte mir all dies.«

Draußen vor dem Fenster zog eine trübe, neblige Morgendämmerung herauf, und ich unterbrach mein Diktat. »Es scheint, wir müssen diesen Brief später vollenden, Wibert. Es ist bald Zeit zur Laudes. Wir dürfen auf keinen Fall eine Gebetsstunde versäumen, nur weil unsere Glocken verstummt sind.«

»Leg dich nieder, Meisterin«, bat Wibert fast flehend. »Schlaf, wenigstens eine Stunde. Die Schwestern werden die Laudes auch halten können, wenn du nicht dabei bist; aber was soll aus ihnen werden, wenn dir vor Erschöpfung etwas zustößt?«

Als ich in seine besorgten Augen blickte, mußte ich lachen. »Ach, Wibert! Ich werde noch genug Zeit zum Schlafen haben, das verspreche ich dir. Aber nicht jetzt! Vielleicht holst du mir einen Becher heiße

Brühe und ein Glas Rotwein, während ich meine Töchter wecke. Ich möchte nicht, daß sie die erste stille Laudes ohne mich begehen.«

In der Kirche war es kalt, klamm und finster, denn die Morgendämmerung hatte kaum eingesetzt. Eine nach der anderen kamen meine Töchter herein, warfen sich vor dem Altar zu Boden und huschten ins Chorgestühl. Ihre Gesichter wirkten aschfahl unter den dunklen Schleiern; sicher hatten die meisten heute nacht ebenfalls kein Auge zugetan. Als alle versammelt waren, stieg Elisabeth, die heute an der Reihe war, dieses besondere Amt zu erfüllen, nach einer tiefen Verneigung allein die Stufen zum Altar hinauf. Sie verneigte sich vor dem ewigen Licht, das dort einsam im Dunkeln flackerte wie ein pochendes Herz. Aus den weiten Ärmeln ihrer Kutte zog sie eine Dienerkerze und hielt den kalten Docht in die lebendige Flamme. Ein sanfter Schein erhellte ihr andächtig gebeugtes Gesicht, schimmerte in ihren Augen und ließ ihre Wangen sanft erröten: Eine Braut, die den ersten Kuß von ihrem Bräutigam empfängt. Mit der Dienerkerze, deren goldgelbe Flamme sie sorgsam mit der hohlen Hand schützte, entzündete sie nun die sieben armdicken Hauptkerzen, die vor dem Altar einen Halbkreis bildeten. Mit jedem neuen Licht, das aufleuchtete, wurde der Raum um uns ein wenig weiter, und die Finsternis wich immer mehr zurück. Goldene Helligkeit wärmte unsere Herzen. Als alle Kerzen brannten und Elisabeth zu ihrem Platz im Chorgestühl zurückgekehrt war, reichte der Schein bis in die Höhe des Gewölbes hinauf.

»Jubelt zu Gott, alle Völker der Erde! Singt von

der Herrlichkeit Seines Namens, preist Ihn mit eurem Lobgesang!«

Üblicherweise wären diese Worte des sechsundsechzigsten Psalms, den die Benediktinerregel uns für den Beginn eines jeden neuen Tages vorschrieb, von allen gemeinsam gesungen worden: in ansteigenden, funkelnden Kaskaden, die uns gleichsam schwerelos zu Gottes Thron emportrugen. Zeit unseres Lebens waren wir daran gewöhnt, daß unser Leib und unsere Seele jeden Morgen durch das herrliche Gefühl des vereinten Lobpreises vom Schlafen zum Wachen geführt wurden: Aus unseren Träumen traten wir gleichsam direkt in den Thronsaal, wo wir uns dem Vater in die Arme warfen, und konnten danach gestärkt das Tagewerk beginnen. Als ich nun die geliebten Worte flüsternd anstimmte, überfiel uns Leere und Dürre wie ein Schock. Die Stimmen gepreßt vor unterdrücktem Schluchzen, murmelten meine Töchter im Chor mit mir. Tapfer wie Soldaten trotzten sie ihrer Verzweiflung, und mir war, als umklammerte eine eiskalte Faust mein Herz. »Was hast du uns angetan?« schrie ich den Vater innerlich ohnmächtig an – doch es kam keine Antwort.

Psalm fünfzig folgte stets als zweites: »Der Allmächtige beruft die ganze Erde; von Sonnenaufgang bis Sonnenuntergang.« Dieses Lied ermahnt uns, nicht nur das Rechte zu tun, sondern dabei auch feurigen Herzens zu sein. Heute erschien es wie bitterer Hohn: Was nützte es, das Rechte zu tun, wenn es in solche Gebundenheit führte! Kaum fand ich die Kraft, flüsternd den fünften Psalm anzustimmen: Worte Davids, mit denen die Laudes an jedem Montag unsere Arbeitswoche einleitete.

»Neige dein Ohr gnädig zu mir, oh Herr, und erhöre mein Seufzen. Höre meinen Hilfeschrei, mein König und Gott, denn ich bete zu dir … Überführe meine Feinde, Herr, denn sie haben gegen Dich rebelliert. Gewißlich segnest du die Gerechten: Du umgibst sie mit Gnade wie mit einem Schild.«

Da war es wieder, das unerwartete Glücksgefühl, das nur der Heilige Geist schenken kann. Selbst in diesem finstersten Augenblick spürte ich plötzlich die Wärme und Zuversicht Seiner überirdischen Gegenwart. Ich war wie blind vor Tränen der Scham, weil Gott mir inmitten meiner Verzweiflung so liebevoll begegnete.

»Falsche Zeugen stehen gegen mich auf, sie vergelten mir Gutes mit Bösem und lassen meine Seele verdursten.« Staunend flüsterte ich den fünfunddreißigsten Psalm, der stets die Montagsrezitation abschloß, als begriffe ich die Worte zum ersten Mal. »Doch mögen all diejenigen, die sich meines Freispruchs erfreuen, vor Freude und Glück jubeln … Meine Zunge soll von Deiner Gerechtigkeit künden und Dich preisen tagein, tagaus.«

Die Rezitation war zu Ende, und ich sah in lauter aufgewühlte Gesichter. Den meisten Schwestern war Gott wohl ebenso begegnet wie mir. »Wo ist nun der Weise? Wo der Gelehrte? Wo der große Philosoph dieses Zeitalters?« Flüsternd stellte ich diese Fragen aus dem ersten Korintherbrief. Auf die Psalmen folgte stets ein kurzer, auswendig gesprochener Vortrag aus den Paulusbriefen, und an diesem Morgen wäre eigentlich Celia damit an der Reihe gewesen. Doch ich sprach aus, was der Geist mir eingab, und meine Töchter lauschten in atemloser Stille; auch Celia war nicht im mindesten irritiert. »Hat Gott nicht die Weisheit der Welt als Narrheit entlarvt? Denn obwohl die ganze Schöpfung Gottes Weisheit widerspiegelt, haben die Menschen mit all ihrer Weisheit Ihn nicht erkannt. Gott aber gefiel es, durch die Narrheit des Evangeliums jene zu erretten, die an Ihn glaubten. Juden verlangt es nach wundersamen Zeichen und Griechen nach Erkenntnis; wir aber predigen die Kreuzigung Christi: für Juden eine Lästerung, für Griechen eine Narrheit. Jeder, den Gott berufen hat, erlebt in Christus die göttliche Kraft und die göttliche Weisheit; ob Jude oder Grieche. Denn Gottes Narrheit ist weiser als menschliche Weisheit, und Gottes Schwachheit ist stärker als menschliche Stärke.«

Den Rest der Laudes erlebten wir wie von einem starken Wind getragen. Als wir zum Abschluß gemeinsam das Vaterunser flüsterten, durchbrauste uns besondere Stärke. Viel deutlicher, als ich zu hoffen gewagt hatte, war Gott uns an diesem Morgen begegnet und hatte uns bestätigt, daß wir das Richtige taten.

Aufgrund der außergewöhnlichen Situation versammelten wir uns anschließend wieder im Kapitelsaal. Meine Töchter teilten mir ihren Entschluß mit: Jede einzelne wollte bleiben. Vor Rührung war mir ganz schwindlig. Ich bestimmte zwei Boten aus dem männlichen Gesinde und schickte sie allein mit meinem Antwortschreiben zur Äbtissin Noitburgis.

Sowohl Wibert als auch meine Töchter bestanden darauf, daß ich bis zur Prim ruhte. Anschließend mußten die Gäste so taktvoll wie möglich verabschiedet werden. Ohne die Hilfe der Schwestern und vor allem der energischen Adelgundis wäre ich sicher in Tränen ausgebrochen. Es war schlimm genug, das Interdikt zu ertragen – vollends unerträglich erschien es, diesen Sachverhalt ununterbrochen Neugierigen erklären zu müssen!

Auch die Terz verging zwischen wortreichen Abschieden, und als endlich der letzte Besucher unter seiner Pellerine zum Steg hinabschritt wie ein wandelnder Pilz, war es bereits Zeit für die Sext. Wieder nur Geflüster! Das Verbot des jubelnden Lobpreises wäre gewiß einfacher zu ertragen gewesen, hätten wir diesen Mangel nicht alle drei Stunden sozusagen körperlich ertragen müssen. Manche Töchter wichen meinem Blick aus. Es drängte mich, den Brief an Erzbischof Christian zu beenden, damit er das Interdikt möglichst umgehend wieder aufheben konnte. Doch zuvor erwartete mich noch eine andere Aufgabe, die ich nicht aufschieben durfte.

Während aus Bingen und Rüdesheim Glocken wie eine wehmütige Erinnerung zu uns herüberklangen, stand ich mit einem Dutzend der ältesten Töchter um Helmuts Grab. Die Sonne brach in einer breiten Bahn durch die Wolken wie ein Chirurgenmesser durch krankes Gewebe und schleuderte einen Strahl blendenden Lichts auf die durchweichte Erde. Gleichzeitig ging nur wenige Längen von uns entfernt, am Rüdesheimer Ufer, ein solcher Wolkenbruch nieder, daß die Luft von den Wassermassen ganz erdrückt wurde. Auch die Elemente sind uneins, ging es mir durch den Kopf.

Ich hatte meinen schweren Äbtissinnenstab mitgebracht, der höchst offiziellen Anlässen vorbehalten war. Mit seiner eisenverstärkten Spitze furchte ich nun, wie mit einem Pflug, ein Kreuz in den frisch aufgeworfenen Grabhügel. »Christus starb, damit du lebst«, flüsterte ich. »Ehre sei dem Vater und dem Sohn und dem Heiligen Geist von Ewigkeit zu Ewigkeit. Amen.«

»Amen«, flüsterten meine Töchter entschlossen. Unter ihren Umhängen kamen Schaufeln zum Vorschein. Gemeinsam ebneten sie das Grab ein, bis es sich nicht mehr über den umliegenden Erdboden erhob. Danach trampelten sie die lockere Erde so fest, als sei hier seit langem nicht umgegraben worden. Zuletzt schleppte Klara einen großen Korb voll Herbstlaub herbei, das am Vortag von den Stufen des Münsters gefegt worden war, und die Schwestern verteilten die Blätter über den ganzen Bereich. Niemand, und würde er noch so gründlich suchen, hätte jetzt noch irgendeinen Hinweis auf ein Grab entdecken können.

Schwer atmend, aber zufrieden lächelten wir uns an – wie Verschwörer, wie verstohlene Rebellen, ging es mir durch den Kopf. Mit einem Nicken entließ ich meine Töchter, die aufs Harmloseste vom Friedhof zum Gemüsegarten wanderten, um der für die Gartengeräte zuständigen Schwester die Schaufeln zurückzugeben. Ich aber stieg, auf meinen Stab gestützt, zur Außenmauer hinunter, die am Fuß des Hanges unsere Anlage vor den Fluten des Rheines schützte. Was mich trieb, wußte ich selbst nicht genau. Als gäbe es nichts Wichtigeres zu tun, wollte ich die welken Winden-Ranken vom Dach unseres Beinhauses entfernen, damit die verrottenden Blätter dem Holz nicht schaden konnten. Dieses Beinhaus, das eher einem Schuppen glich, war erst kürzlich aus

Holz gezimmert worden und diente behelfsweise zur Aufbewahrung von Gebeinen aus aufgelassenen Gräbern. Im Frühjahr würden wir zu diesem Zweck ein steinernes Gebäude bauen lassen. Dem Adel der Umgegend galt es nämlich als große Ehre, bei uns die letzte Ruhestätte zu finden; aber die landschaftlichen Gegebenheiten des Rupertsberges setzten unserem Friedhof natürliche Grenzen. Deshalb hatten wir die Zeit, in der ein Grab unangetastet bleiben durfte, auf zwanzig Jahre festgelegt.

Mit dem Äbtissinnenstab, der einen solch unwürdigen Einsatz zwar nicht verdiente, sich aber aufgrund seiner Krümme aus getriebenem Messing hervorragend dazu eignete, angelte ich jetzt nach den Ranken und zerrte sie vom Dach. Dabei fiel mein Blick durch das kleine Fenster, und vor Schreck blieb mir fast das Herz stehen. In der Ecke, das Gesicht halb unter einer Kapuze verborgen, kauerte ein Mann.

Ich tat, als hätte ich ihn nicht bemerkt, und rupfte weiter an den welken Winden, während ich fieberhaft überlegte. Falls dies ein Spion des Domkapitels war, dann hatten wir ihn selbst zu Helmuts Grab geführt, und all unsere Mühe war vergebens. Wer aber sollte es sonst sein? Welcher Strauchdieb würde sich ausgerechnet hier, am unwirtlichsten Ort des ganzen Klosters, verbergen, während er doch weiter oben die Wahl zwischen Vorratskellern, Obstgärten und behaglichen Heuschobern gehabt hätte? Mir schoß der Verdacht durch den Kopf, es mit einem Wahnsinnigen zu tun zu haben; oder gar mit einem gedungenen Mörder, der es aufgrund irgendwelcher Familienfehden auf eine meiner Töchter abgesehen hatte. Mein Herz aber sagte nein – mehr noch, mein

Herz riet mir, mich nicht zu fürchten. Da mein Schreien ohnehin niemand gehört hätte und ich auch keine Hilfe holen konnte, wenn ich dem Verdächtigen keine Gelegenheit zur Flucht geben wollte, riß ich ohne weitere Warnung oder Überlegung die kleine Tür weit auf.

»Wer bist du und was tust du hier?« herrschte ich den zu Tode Erschrockenen an. Seine vornehme Kleidung ließ auf adlige Abstammung schließen. Er stürzte sich nicht etwa auf mich, sondern warf sich der Länge nach auf den schmutzigen Boden.

»Gott helfe mir, ehrwürdige Mutter«, stammelte er erstickt, »beim Allmächtigen, ich will nichts Böses!« Immer noch liegend, nestelte er an seinem Gürtel und reichte mir einen kostbaren Dolch mit einer tödlich scharfen Damaszenerklinge. »Nimm meine Waffe, Abbatissa, und wisse, daß ich dir kein Leid zufügen werde!«

Staunend umfaßte ich den edelsteinverzierten Griff. »Steh auf«, befahl ich dem Fremden. »Sag mir deinen Namen.«

Etwas mühsam erhob sich der Mann vom Boden, um sich mit der gleichen Bewegung vor mir zu verneigen. Als seine Kapuze zurückfiel, gab sie einen eisgrauen Kopf frei. »Friedhelm Gaulsheim«, preßte er hervor.

»Nicht etwa Helmuts Vater?«

»Derselbige. Der für immer zutiefst in deiner Schuld steht –«

»Wir alle stehen in der Schuld des Allerhöchsten, doch die hat unser Herr Jesus getilgt«, wies ich ihn unwirsch zurecht. Ich mußte zugeben, ich hatte von dieser Familie allmählich genug. »Allerdings schuldest du mir eines tatsächlich, nämlich die Wahrheit. Wie kommst du dazu, dich hier zu verbergen?«

»Wem hätte ich denn vertrauen können? Ich mußte doch wissen, was mit den sterblichen Überresten meines armen Jungen geschieht –«

»Als er noch lebte und Hilfe brauchte, hielt sich deine Sorge um ihn in wesentlich engeren Grenzen«, stellte ich fest.

»Ach, ehrwürdige Mutter, als seine Untaten immer schlimmer wurden, da graute es mir vor mir selbst, daß ich ihn gezeugt hatte«, murmelte der alte Mann voll Scham. »Ich meinte, ein solcher Schandkerl dürfte unseren guten Namen nicht länger in den Schmutz treten; und es wäre auch von Übel, wenn er eines Tages meine Nachfolge anträte, da ein solcher Charakter durch Besitz und Macht nur immer übler wird ... Und trotz der Trauer seiner Mutter verstieß ich ihn. Sogar, als er schon krank war und sein Freund für ihn bat und seine Mutter mich beschwor, nachsichtig zu sein, wollte ich ihm nicht verzeihen und verschloß mein Herz.« Ohnmächtig hob der Freiherr seine Fäuste und ließ sie wieder fallen.

»Sprich weiter«, ermahnte ich ihn, während ich mich auf eine umgekippte Karre setzte, die der Totengräber neben der Eingangstür zurückgelassen hatte. Langsam sank der stolze Mann vor mir auf die Knie.

»Es war nicht, weil ich ihn nicht liebte«, murmelte er fast flehend, »doch ein großer Besitz, gar eine Gerichtsbarkeit, verlangen eine starke Hand. Wie kann ich Recht sprechen und meinen eigenen Sohn schonen? So dachte ich damals. Doch dann starb er, und gestern starb auch meine Frau ... Vor Gram, wie viele sagen. Ein hitziges Fieber hat sie verzehrt, doch wer weiß? Hätte ich meine Härte bezwungen, könnte es sein –« Ein trockenes Schluchzen ließ seine Stimme brechen. Vorsichtig legte ich ihm eine Hand auf die Schulter; da barg er seinen Kopf in meinem Schoß und heulte wie ein kleiner Junge.

Ein Mann wie er hätte sich nicht derart vergessen dürfen; niemals und niemandem gegenüber. Ich war jedoch schon immer der Ansicht, daß die Männer sich mit dieser Selbstzucht allzuviel Gewalt antun und daß auch ihre starke Natur ab und zu der Weichheit bedarf; also ließ ich ihn gewähren.

Als das würgende Schluchzen einem gleichmäßigeren Weinen gewichen war, sagte ich: »Dein Sohn Helmut hat das Antlitz des Allerhöchsten gesehen. Was auch immer zwischen euch stand und wie groß seine Sünde auch gewesen sein mag – am Ende hat er die ausgestreckte Hand Jesu ergriffen, und seine Finsternis verging. Nicht nur hat Gott ihm vergeben; Er war auch an deiner Statt barmherzig zu deinem Sohn. Vergiß das nie, Friedhelm Gaulsheim.«

»Und sein Grab?« kam die erstickte Frage.

»Bleibt unangetastet. – Wie kommt es aber, daß du bereits von dem voreiligen, weil falsch unterrichteten Urteil des Mainzer Domkapitels weißt? Wir selbst haben das diesbezügliche Schreiben erst gestern abend erhalten.«

Mit einem frischen Anflug von Stolz hob der Freiherr sein tränen- und rotzverschmiertes Gesicht. »Ich bin ein wohlhabender Mann, Mutter Magistra. Denkst du, ich kann mir in Mainz nicht jede Information besorgen, die ich brauche?«

»Und was hättest du getan, wenn wir den Befehl

der Prälaten befolgt und Helmuts Leichnam exhumiert hätten?«

»Ich weiß nicht«, gab Friedhelm zu. »Ich wußte nur, ich kann niemand anderen schicken; die Schande wäre einfach zu groß gewesen. Ich hätte euch gewiß nicht überfallen – aber vielleicht hätte ich dich bedroht, erpreßt? Ich war nicht mehr Herr meiner selbst, ehrwürdige Mutter. Und ich danke Gott, daß es anders gekommen ist.«

»Amen, mein Sohn. Dann wirst du mich jetzt gewiß gern in die Wohngebiete der Lebenden begleiten. Es ist Zeit, daß ich mit meinen Töchtern die Non begehe, und anschließend bist du in meinem Speisezimmer willkommen, eine einfache Mahlzeit mit mir zu teilen.«

Mit einer Mischung aus Erleichterung und Verlegenheit folgte mir der Freiherr den Hang hinauf und durch einen Torbogen zu meinem kleinen Wohnhaus. Ich empfahl ihm, im Vorraum zu warten und gab der verblüfften Sigewiza, die sich wie stets um mein leibliches Wohl kümmerte, entsprechende Anweisungen. Nach der geflüsterten Non saß ich Friedhelm von Gaulsheim am Tisch gegenüber und sah zum ersten Mal die Ähnlichkeit zwischen ihm und seinem Sohn.

»Warum tust du das?« fragte der alte Mann in scheuer Dankbarkeit.

»Weil es Gottes Wille ist.«

Der Freiherr gab sich, ermutigt durch mein Versprechen, das Grab seines Sohnes unangetastet zu lassen, – und vielleicht auch durch meine Gastfreundschaft – damit nicht zufrieden. »Aber woher kennst du Seinen Willen so genau, daß du dich sogar deinen eigenen Vorgesetzten entgegenstellst, die doch studierte, geistliche Männer sind?«

»Während ich nur eine unstudierte, schwache Frau bin, meinst du?« Auf einmal mußte ich lachen. »Mein ganzes Leben bestand daraus, genau dies zu lernen, Friedhelm: Seiner Weisung vor allem anderen zu gehorchen. Die Heilige Schrift ist voll von schwachen Menschen, die stark wurden in Seiner Kraft. Und um Sein Wort tiefer zu verstehen, schenkte Gott mir die Gabe der Schau.«

»Ist das ... eine Art Ekstase, die aus deiner Glaubenskraft entspringt? Ich meine, ich habe natürlich von deiner Schau gehört, ehrwürdige Mutter; im ganzen Land spricht man ja seit Jahren davon. Aber kannst du auf diese Weise wirklich Antwort auf ganz praktische Fragen erhalten?«

»Meine Schau gleicht einer Ekstase nicht im mindesten«, versicherte ich ihm. »Ich erlebe sie bei vollem Bewußtsein, mit weit offenen Augen, bei Tag und Nacht. Ich sehe in zwei Welten zugleich: in die stoffliche und in die größere, die Gott mir zeigt. Manchmal überfällt Er mich mit Seinen ungeheuren Bildern, daß das Zelt meiner Seele erschauert. Manchmal aber strecke ich mich fragend nach Ihm aus und bitte Ihn, mir Seinen Willen in einer bestimmten Angelegenheit zu zeigen; oder auch die Ursache einer Krankheit, oder Gefahren, die einer bestimmten Seele drohen. Gott zeigt mir die Antworten; Er zeigt mir aber auch ferne Gegenden und fremde Geschöpfe. Er zeigt mir die Beschaffenheit der vier Winde und das Feuer der Sterne, deren Bahnen das Firmament durchziehen wie die Adern den menschlichen Körper. Das hat weder mit meinen fünf Sinnen zu tun noch mit den Gedanken meines Herzens, wie du vielleicht meinst. Sondern ich sehe diese Dinge mit den Augen meiner Seele.«

»Und darauf verläßt du dich?«

»Vollständig.«

Friedhelm von Gaulsheim leerte nachdenklich seinen Becher. »Ich bin nur ein einfacher Mann«, versetzte er schließlich. »Ich fürchte, mein Glaube ist für so etwas nicht stark genug.«

»Glaube läßt sich lernen, wenn man nur will. Glaube bedeutet, uns dessen sicher zu sein, worauf wir hoffen. Glaube ist die Gewißheit des Unsichtbaren.«

Der Freiherr nickte höflich, und ich sah, daß er gar nicht begriff, von welcher Dimension ich sprach. Dennoch blieb die Tatsache bestehen, daß ich seinen verworfenen Sohn aufgenommen, gepflegt und in Würde beerdigt hatte; daß ich den Kirchenbann auf mich genommen hatte, um das Grab des reuigen Verbrechers zu schützen, und daß er selbst, Friedhelm von Gaulsheim, erst vor wenigen Stunden allen Stolz hatte fahrenlassen, indem er vor mir zusammenbrach und weinte. Ich war der Meinung, er hätte fürs erste genug Stoff zum Nachdenken, und verabschiedete mich genau so freundlich und distanziert, wie es dem gängigen Bild einer ehrwürdigen Mutter entsprechen mochte, die einem Benediktinerinnenkloster vorsteht.

Vesper und Komplet waren vorüber, als ich endlich daranging, den Brief an den Mainzer Erzbischof zu vollenden. Wibert erwartete mich in der Schreibstube, wo er bereits den ersten Teil des Briefes in seinem glänzenden Latein auf Pergament übertragen hatte. Aus müden Augen lächelte er mich an und schob mir einen Stuhl ans Fenster, damit ich die frische Nachtluft und die Aussicht auf den Strom genießen konnte.

Draußen hatten sich die Wolken verzogen, und der fast volle Mond glich einer hochschwangeren Frau. Bald würde er sein angesammeltes Licht wieder an die Sterne abgeben; jetzt aber schien er den ganzen Himmel auszufüllen. Mit einem tiefen Seufzer wandte ich mich von der tröstlichen Weite des Firmaments, das sich nach allen Seiten in die Zukunft öffnete, zurück in die enge, unverrückbare Vergangenheit.

»Die Krankheit des besagten Helmut schien aufgrund der Untersuchungen, die wir an Puls, Ausscheidungen und so fort vornahmen, recht ernster Natur zu sein. Durch kräftigende Tränke und Speisen erholte er sich zwar zunächst etwas, doch der Fluß der Säfte wollte nicht wieder recht in Gang kommen. Auch wollte das trockene Fieber nicht von ihm weichen. Sein Freund Hugo, gebürtig aus Schwalmstadt, wich nicht von seiner Seite und erwies sich bei der Pflege als recht nützlich. Wie es nun im einzelnen geschah, daß diese beiden verworfenen Seelen, die nicht nur die abscheulichsten Verbrechen verübt hatten, sondern auch keinerlei Anzeichen von Reue erkennen ließen, allmählich doch vom Himmelslicht berührt und umgewandelt wurden, das war ebenso wundersam zu erleben, wie es zu weit führen würde, es hier im einzelnen zu schildern. Doch waren dessen viele Zeugen; nicht nur meine Töchter hier im Konvent, sondern auch einfache Leute aus der Bingener Gegend und das Gesinde unserer

Abtei; besonders aber dein verdienter Sohn, der würdige Priester Gernot von Bingen, sowie der Propst Wibert von Gembloux.«

»Ich bemerke, daß du mir keine schmeichelhaften Adjektive zugebilligt hast«, stellte Wibert fest. »Liegt das daran, daß dir die entsprechenden Worte fehlen, oder willst du mich vor der Sünde des Hochmuts bewahren?«

»Was wäre dir denn lieber?« versetzte ich gähnend. »Du darfst dir ein Adjektiv aussuchen und es später einsetzen – aber nur eines, verstanden! Wo war ich?«

»Die beiden Jünglinge wurden umgewandelt.«

»Richtig. Und so kam es, daß es jenen Jüngling, als sein Ende näher kam, was weder durch die sorgfältige Pflege seitens meiner Töchter vermieden noch durch Gottes Eingreifen verhindert wurde, von Herzen danach verlangte, zu beichten. Auch wünschte er, mit Öl gesalbt zu werden und ein letztes Mal die heilige Kommunion zu empfangen, was ihm dein demütiger Sohn Gernot kraft seines Amtes gern gewährte. Somit löste er besagten Helmut von Gaulsheim in der Stunde seines Todes von seinem Bann und begleitete ihn, gestärkt mit allen Sakramenten des christlichen Glaubens, an die Pforten der Ewigkeit. Zugegen waren außer besagtem Priester und mir selbst meine Töchter Eugenissa und Hemma, die den Sterbenden gepflegt hatten, sowie Hugo von Schwalmstadt, der Freund des Verstorbenen.

Da du nun den Sachverhalt kennst, wirst du gewiß zustimmen, daß wir, als wir den Toten tags darauf auf unserem Friedhof beerdigten, in der Lauterkeit unserer Herzen und ganz reinen Gewissens handelten; hatte doch Gernot, der auch die Beerdigung vornahm, den Verstorbenen selbst wieder in die Arme der Kirche aufgenommen. Hochwürdiger Herr, gütigster Vater, der du an der Stelle Jesu Christi als Hirt über die Schafe der Kirche gestellt bist, wir vertrauen deiner Barmherzigkeit und Milde. Die Beschränkung des Interdikts nehmen wir zwar aus Gottesfurcht auf uns, doch werfen wir uns demütig zu deinen Füßen und erwarten in dieser Sache dein gerechtes Urteil. Der Herr erhalte dir deine Gesundheit.«

Gleich nachdem Wibert den Brief von seiner Wachstafel auf Pergament übertragen hatte, machte sich der Bote Robert damit auf den Weg nach Mainz. Er ritt wie der Wind, aber ich hatte dennoch das Gefühl, daß ihm der Abschied schwergefallen war.

3

Eine milde Herbstsonne schien, und trügerischer Friede lag über der Landschaft. Gegenüber am Rüdesheimer Westhang wurden die letzten Trauben geerntet; das Singen der Winzer wehte bis zu uns herüber. Bei uns mußte das eingebrachte Heu gemessen und gesichtet werden: Von seiner Menge und Beschaffenheit hing es ab, wieviel Vieh noch vor dem Winter geschlachtet werden mußte. Meinen Töchtern und mir tat die Rückkehr zum Alltag wohl; die geflüsterten Versammlungen erschienen gegenüber der Bewirtschaftung unserer Güter flach und unwirklich. Ich beobachtete diesen Effekt mit Sorge, mußte aber zugeben, daß auch meine Seele sich an den Kleinigkeiten des täglichen Lebens mehr erbaute als an dem Zerrbild eines Gottesdienstes, zu dem uns der Kirchenbann zwang.

Sonst hatten wir das Umgekehrte empfunden: Wir waren aus Gottes Gegenwart in den Alltag zurückgekehrt, wie man von einem leuchtenden Gipfel in nebelverhangene Täler herabsteigt. Aber ohne die jubelnde Hingabe unseres Gesangs spürte ich die Berührung des lebendigen Gottes viel eher in der herbstlichen Fülle der Natur. Sie war zumindest Spiegel und Abglanz Seiner Herrlichkeit.

Fast täglich schickte ich deshalb meine Töchter in den Wald hinauf, damit sie dort Nüsse, Pilze und Brombeeren ernteten. Auch ich verbrachte soviel Zeit wie möglich unter freiem Himmel. Der tiefgelegene Winkel des Friedhofes, wo ich im Beinhaus Friedhelm überrascht hatte, wurde mein bevorzugter Aufenthaltsort: Hier konnte ich zumindest die tröstliche Musik der strömenden Wasser vernehmen und die reichen Herbstfarben der gegenüberliegenden Hügel betrachten. Aber mit jedem Tag wuchs meine Unruhe. Immer wieder ertappte ich mich dabei, daß ich sehnsüchtig zum Rüdesheimer Ufer hinüberspähte, ob denn noch immer kein Nachen dort abstieß, in dem ein erzbischöflicher Bote saß. Tage, sogar Wochen gingen ins Land; ich konnte nicht begreifen, weshalb die Antwort so lange ausblieb. Immer deutlicher hörte ich jedoch eine wohlbekannte Stimme, die mich drängte und mahnte, selbst nach Mainz zu reiten und dem Domkapitel unsere Not persönlich zu unterbreiten.

Aber das ist unmöglich, wehrte ich mich. Wie sollte ich Greisin die Strapaze dieser Reise überstehen – noch dazu in einer Jahreszeit, wo das Wetter jederzeit umschlagen konnte? Und wie könnte ich einzelne, einfache Frau dem Erzbischof und den Prälaten gegenübertreten? Körperlich hinfällig, durch meine weibliche Gefühlsbetontheit seelischer Schwäche preisgegeben, fühlte ich mich außerdem durch die Entbehrungen des Interdikts geistlich ausgehungert. Den hohen Herren in ihrer geistlichen Kraft und Sattheit würde ich ein erbärmliches Schauspiel bieten! Ich mochte nicht glauben, daß Gott einen so demütigenden, jämmerlichen Auftritt von mir verlangte.

Allmählich setzte eine wohlbekannte Lähmung meiner Glieder ein. Die Schmerzen wurden jeden Tag schlimmer. Anfangs gelang es mir noch, mühsam aufzustehen und zumindest den Stundengebeten im Münster beizuwohnen. Doch bald versagte mein Körper mir auch diesen Dienst, und ich konnte das Bett nicht mehr verlassen.

Meine Töchter kümmerten sich rührend um mich; die Cellerarin Klara verwöhnte mich mit süßen und kräftigen Speisen, Sigewiza las mir meine Lieblingsstellen aus der Bibel und den Schriften des Basilius und des Cassian vor, Illga massierte meine gelähmten Glieder und machte mir Umschläge aus heißen, duftenden Heublumen. Auch die treue Adelgundis kam zweimal täglich, um meinen Rat zu den unterschiedlichsten Belangen des Klosters einzuholen. Ich aber wurde immer verzagter und verzweifelter; ich wurde wie in einem Feuerofen gekocht, und ich wußte, daß mir am Ende keine andere Wahl bleiben würde, als nachzugeben. Sollte der gütige Vater mir in meinem hohen Alter und am Ende meines Weges wirklich noch einmal einen so widerwärtigen Kampf zumuten?

Dein Geschöpf benutzt Du, wie es Dir beliebt, schrie ich in meinem Herzen zu Gott; und wo es vor Deinem Befehl erschauert, da zerdrückst Du es vollends unter dem Gewicht Deiner Macht. Dies aber wisse, der Du alles weißt: Dies eine Mal vermag ich nicht, was Du verlangst! Dies eine Mal kann ich die Schwachheit meiner Natur nicht überwinden!

Ich, das lebendige Licht, das die Dunkelheit erhellt, habe den Menschen, den ich mir erwählt und den ich erschüttert habe, in große Wunder hineingestellt. Doch warf Ich ihn zur Erde nieder, damit sich sein Geist nicht aufgeblasen erhebt, mahnte mich die Stimme, die manchmal einem tosenden Wasserfall und manchmal dem Wispern eines sanften Windes in Frühlingsblättern glich. Diesmal war sie eine Erinnerung in meinen Gedanken.

Ich weiß, antwortete ich ohnmächtig; dies hast Du mir diktiert, als ich im Alter von zweiundvierzig Jahren mit der Niederschrift des ersten Buches begann. Denkst Du nicht, Allerhöchster, daß mein Geist inzwischen zu alt ist, um sich aufgeblasen zu erheben? Daß die Zeit für ein wenig Ruhe gekommen ist?! Ungerufen kam Deine Schau zu mir, und mein ganzes Leben lang folgte ich den Befehlen Deiner Stimme. Als ich dreijährig kaum den Unterschied zwischen Sternen und Blumen begriff, da stürmte Dein Großes Licht auf mich ein und zerbrach meine Welt …

Geh, reite nach Mainz, drängte mich wieder die Stimme. Verkünde den Männern dort, was Meine Musik bedeutet! Erinnere dich, was du darüber geschaut und geschrieben hast: Sprache der Seele, die euch über die Grenzen der Welt hinausträgt und mit den Chören der Engel vereint; Verschmelzung der Singenden zu einem einzigen, jubelnden Leib. Verschmelzung auch mit dem dunklen, gewölbten Kirchenraum, in dem Mein Licht aufstrahlt wie im Leib der hingebungsvollen, demütigsten Jungfrau!

Aber ich finde nicht die Kraft, beteuerte ich unglücklich. Was Du forderst, bedarf eines Wunders!

Geliebte Tochter, die Zeiten und die Art Meiner Wunder wirst du wohl Mir überlassen …

»Oh, wie wundervoll! Ist das die Sonne? Sieh nur, Trude, das herrliche Licht!«

»Steh sofort auf, Kind, wie kannst du dich einfach so auf den Boden fallen lassen! Hast du denn die Kuhfladen nicht gesehen? Pfui, sieh dir nur deine Röcke an!«

»Aber sieh doch! Was ist das? Es – es blendet! Es ist sooo groß!«

Meine Amme Trude zerrte mich hoch und putzte an meinen Kleidern herum, aber ich wand mich in ihrem Arm wie ein Aal.

»Laß mich! Sieh doch! Es ist viel größer als der Himmel!«

Wider Willen mußte meine Amme lachen. »Du Schäfchen, nichts kann größer sein als der Himmel. Aber komm jetzt, wir wollen ein paar Fallen holen und sie hier aufstellen. Letzte Nacht haben die Wiesel schon wieder zwei Hühner geholt.«

»Das waren keine Wiesel, sondern Marder«, widersprach ich. »Wollen wir zu ihnen gehen?«

Die Amme wollte nicht, aber ich zog und zog sie, durch den ganzen Wald. Ich wußte genau, wo die Marder hingegangen waren und war deshalb überhaupt nicht überrascht, als wir vor ihrem Bau ankamen. Meine Amme aber schlug vor Staunen die Hände zusammen. Manchmal war sie ein bißchen dumm.

»Nein, so ein Glücksfall!« rief sie und sammelte ein paar verstreute Hühnerfedern auf. »Die bringen wir dem Jagdaufseher, damit er uns glaubt, daß wir tatsächlich vor der Höhle der Übeltäter gestanden sind. Schade, daß wir sie nicht wiederfinden, dann könnte er sie ausräuchern. Da hört sich doch alles auf – stehlen einfach unsere Hühner!«

»Natürlich finde ich sie wieder!«

Aber die arme Amme glaubte mir nicht.

Auf dem Heimweg kamen wir wieder über die Weide, und die trächtige Kuh schaute uns ganz traurig an.

»Sei nicht traurig, du wirst ein schönes, schneeweißes Kälbchen haben«, tröstete ich sie. »Keine andere Kuh hat ein so schönes Kälbchen. Das stimmt doch, Trude?«

»Aber Hildegard, was redest du denn da! Es gibt keine schneeweißen Kälbchen!«

»Ja, siehst du es denn nicht? Da ist es doch, da drin!« Ich deutete auf den dicken Leib der Kuh. Die dumme Amme wollte mir wieder nicht glauben.

»Morgen wird es geboren, dann wirst du schon sehen!« rief ich wütend und rannte weg.

In der Spinnstube klapperten gleichmäßig die Spinnräder. Ungefähr zwanzig Frauen und Mädchen, die auf unserem großen Gutshof lebten, schwatzten bei der Arbeit halblaut miteinander. Vor den Fenstern heulte ein Schneesturm, im Kamin aber prasselte ein schönes Feuer. Ich kauerte mit meiner neuen Puppe, die ich zum fünften Geburtstag bekommen hatte, vor den Flammen und beobachtete fasziniert ihr wechselndes Spiel. Auf einmal traf mich ein so unerwarteter Schmerz, daß ich aufschrie.

»Was hast du denn?« Besorgt eilten ein paar Frauen, darunter auch meine Amme, mir zu Hilfe.

»Die Großmama! Die arme Großmama!« schluchzte ich. »Ich werde sie so vermissen, wenn sie morgen nicht mehr aufwacht!«

Ich ließ mich von niemandem trösten – und in dieser Nacht starb tatsächlich, völlig unerwartet, die liebe Großmama. Als ich am anderen Tag wieder in die Spinnstube kam, wichen die Frauen meinem Blick aus und wandten den Kopf von mir ab. Manche machten sogar das Zeichen gegen den bösen Blick. Ich wollte etwas sagen, aber meine Mutter, die diesmal mitgekommen war, um die Arbeit der Spinnerinnen zu begutachten, kam mir zuvor. Sie stellte die Frauen zur Rede, und schließlich erklärte ihr die Amme, was vorgefallen war. Nun sah auch meine Mutter mich mit diesem furchtsamen, ehrfürchtigen Blick an.

»Sag so etwas nie wieder!« zischte sie. »Hörst du: nie wieder! Die Leute denken sonst, du bist eine Hexe!«

Ich erblickte das Gesicht meines Vaters, der mich zärtlich ansah. Der Edelfreie Hildebert von Bermersheim saß auf dem Rücken seines Rappen, den er zum Abschied vor mir tänzeln ließ; im Reisemantel, gegürtet mit Schwert und Dolch. Als Herr unseres alteingesessenen Adelsgeschlechts nahm Vater aktiv an der Reichspolitik teil und folgte dem Salier Heinrich IV., der damals über das Reich regierte, von Königspfalz zu Königspfalz. Wütend und erregt kam er eines Tages zurück, als dieser König im Jahre 1105 von seinem eigenen Sohn gefangengesetzt worden war. Da wurde bei uns am Kamin hitzig debattiert, ob man den alten König womöglich aus der Festung Böckelheim, die ganz in unserer Nähe lag, befreien solle. Doch mein besonnener Vater entschied sich dagegen und ritt erneut mit seinen Knechten fort, um zu versuchen, zwischen den Parteien zu vermitteln und dem jungen Heinrich V. ein wenig Vernunft beizubringen. Ich wußte nicht, ob es zum Teil seinem Rat zu verdanken war, daß der alte König schließlich zugunsten seines Sohnes auf den Thron verzichtete.

Meine Mutter Mechtild, gebürtige Freifrau zu Merxheim an der Nahe, trug meist eine grobe Arbeitsschürze über ihrem kostbar gestickten Kleid. Sanft strich sie mir übers Haar, während sie die Vorratshäuser inspizierte, Käse, Wein und Bier begutachtete und überall praktische Anweisungen gab. Es kam den weitverzweigten Gütern der Bermersheimer zugute, daß Mutter aus der gleichen Gegend stammte, denn dadurch war sie mit Flora und Fauna des Nahegaus von Kindheit an vertraut. Niemand konnte ihr etwas vormachen, wenn es um die vielfältigen Erzeugnisse eines Gutsbetriebes ging; sie kannte sowohl das Potential als auch die natürlichen Grenzen und hatte sehr genaue Vorstellungen von der Qualität, die jedes Erzeugnis besitzen sollte. Unermüdlich trieb sie das Gesinde dazu an, sich in jedem Detail um Meisterleistungen zu bemühen; sie beherrschte die Leute mehr durch Ermunterung und Freundlichkeit als durch Drohung und Strafe.

Von meinen Geschwistern stand mir Clementia am nächsten. Sie war nur drei Jahre älter als ich; und beide beobachteten wir lieber die spannenden Vorgänge in der Natur, als an den wilden Spielen der älteren Geschwister teilzunehmen. Stundenlang lagen wir im Sommer auf einer Wiese und sahen den Insekten zu, wie sie zwischen Gras und Blumen ihr geschäftiges Leben führten. Oder wir angelten im Wiesbach und lauschten der lebendigen Symphonie von Vogelgezwitscher, murmelndem Wasser und dem Rauschen der Wälder, während die Sprüh unsere Gesichter benetzte. Durch dichtes Laub fiel grüngoldenes Sonnenlicht auf die seichten Wellen und verwandelte sich dort in tausend gleißende, fließende Flämmchen. Der Ruf des Kuckucks bohrte sich wie ein Pfeil der Freude in unsere Herzen, und wir glaubten, wir hätten eine unsichtbare Schwelle überschritten und seien durch die geheime Pforte zurück ins Paradies geschlüpft.

Dies alles gab Ich dir, sprach die Stimme, um dich zu lehren. Durch deinen Vater durchschautest du schon früh die Sinnlosigkeit politischer Ränke. Am Beispiel deiner Mutter lerntest du, Menschen zu leiten und Güter zu verwalten. Mit Clementia aber schmecktest du die Freiheit, Mein Geheimnis zu erleben. Deine Schwester ist bei Mir, sie wartet auf dich. Mein Geist aber, der Mut und Freiheit schenkt, ist immer noch bei dir!

Und verlangt von mir, daß ich nach Mainz reite, begehrte ich auf.

So ist es. Höre weiter und sträube dich nicht, denn Ich will dir aufzeigen, was Ich dir Gutes getan habe. Du sollst Meinen Plan darin erkennen.

Ich habe keine Zeit, in der Vergangenheit zu versinken. Meine Töchter brauchen mich in dieser schweren Zeit besonders.

Fast mußte ich lachen, als Er mich zur Antwort mit einer verstärkten Lähmung der Glieder überfiel, die jeden Widerstand meinerseits wirksam zunichte machte.

Wir ritten durch einen dichten, bunten Herbstwald. Zweige berührten meine Arme, ich war acht Jahre alt und führte mit meinen Eltern ein großes Gefolge an, dem auch meine Geschwister angehörten. Ich wußte, wohin wir unterwegs waren, und mein Herz hämmerte erregt in meiner Brust. Es war der letzte Tag des Weinlesemonats; ein Datum, dem ich seit Wochen entgegengefiebert hatte. Hinter mir hörte ich das Schluchzen der Amme Trude, die seit meiner Geburt nur für mich dagewesen war. Ab morgen würde sie sich bestimmt verwaist vorkommen. Ich hoffte, daß sie sich keine Vorwürfe machte. Was jetzt geschah, war nicht ihre Schuld.

Ein schmaler Weg führte uns über dicht bewaldete Hügel nach Westen. Immer wieder mußten wir unsere Tiere in schmale Schluchten hinuntertreiben, um auf Stegen oder durch Furten kleinere Flüßchen und Bäche zu überqueren. Wich der Wald zurück, lag fruchtbares Land um uns, das noch stundenlang zu unserem Besitz gehörte. Gegen Mittag aber wurde die Straße breiter, und wir näherten uns der steinernen Brücke über den Fluß Alsenz. Mit der Überquerung der rauschenden Wasser überschritt ich zum ersten Mal die Grenzen des Bermersheimschen Gebietes – um nie mehr zurückzukehren.

Zum Mittagessen rasteten wir unter Buchen und Ulmen, deren Laub rot und golden in den Zweigen hing. Diener breiteten grobe Teppiche aus, und wir ließen uns unter dem leuchtenden Laubdach nieder. Ein Pfeifer und ein Harfner begleiteten uns; sie spielten lustige Weisen, während Mägde die hölzernen Reisepokale verteilten und jedem einschenkten. Wir tranken Wein von den elterlichen Gütern; für uns

Kinder wurde er mit Wasser vermischt. Dazu gab es Dinkelbrot, Fleischpasteten und die würzigen Fischfilets, die eine Spezialität meiner Mutter waren. Zusammen mit dem Küchenmeister hatte sie ein Verfahren entwickelt, frisch gefangenen Fisch in Salz und speziell gewürztem Essig haltbar zu machen, den sie eigens zu diesem Zweck aus der jährlichen Traubenernte herstellen ließ. Er gab dem Fisch einen prickelnden, herb-aromatischen Geschmack. Dieses ungewöhnliche Gericht wurde bei jedem Bankett, das mein Vater für andere Adelsherren gab, als Vorspeise serviert und hatte seine Tafel weithin berühmt gemacht.

So sehr ich das Essen und die Musik auch genoß, empfand ich die Szene doch als unwirklichen Traum. Ich würde bald daraus erwachen, meine Eltern und Geschwister jedoch nicht! Fragend schaute ich von einem zum anderen.

Mir gegenüber lümmelte Drutwin, der älteste. Er war schon ein junger Mann, begleitete meinen Vater auf seinen Reisen und sollte später den Besitz erben. Versonnen kraulte er meinen Lieblingshund Gato, den man auf keine Weise dazu hatte bewegen können, zurückzubleiben. Hugo, der zweitälteste, zwinkerte mir neckend zu, als wollte er sagen: Jetzt wirst du Lesen und Schreiben lernen, wie du es immer schon wolltest, und brauchst dich nicht mehr heimlich zu mir ins Studierzimmer zu schleichen. Irmengarth hatte ihren Bräutigam mitgebracht, einen jungen Edelmann aus Alzey, und schäkerte mit ihm herum; sehr zum Ärger Odilias, die ebenfalls schon im heiratsfähigen Alter war. Die schüchterne Judda war in ein Gespräch mit unserem Jagdaufseher vertieft, und Rorich, der jüngste Bruder, der den Wald ebenfalls liebte, hörte aufmerksam zu. Clementia aber saß so dicht wie möglich bei mir und wandte ihren Blick nicht von mir. Ich ergriff ihre Hand, und sie umarmte mich wild.

Mein Vater sah, daß wir beide in Tränen ausbrachen und rief mich zu sich. Er nahm mich auf den Schoß und zauste mir das sorgsam frisierte Haar. »Wir alle werden dich sehr vermissen, mein Flämmchen ... Aber morgen wirst du eine neue Familie haben, und statt meiner wird Gott dein Vater sein. Er kann dich viel besser beschützen als ich, denn Er liebt dich sogar noch mehr als wir alle. Er hat dich geschaffen, du bist Sein Augenstern.«

Am späten Nachmittag fiel das Land zum Nahe-Ufer ab, und plötzlich erfüllte das Plätschern strömender Wasser die Luft. In einem spitzen Winkel flossen Glan und Nahe zusammen und schlossen zwischen ihren glitzernden Flanken eine Halbinsel ein. Darauf erhob sich der höchste Berg, den ich jemals gesehen hatte.

»Dort ist es«, wisperte meine Mutter, die neben mir ritt.

»Auf diesem riesigen Berg?«

»Ganz oben auf dem Gipfel sogar.«

»Wirklich? Da kann ich ja die Wolken anfassen!«

Meine Mutter antwortete nicht, aber ich sah, daß sie sich auf die Lippen biß und daß ihr eine Träne über die Wange rollte.

Wir kamen zur Glan-Furt und stießen am jenseitigen Ufer auf zwei andere Reisegruppen. Eine führte auf einer weißen Stute ein Mädchen in meinem Alter mit sich, das mich mit großen, fragenden Augen anblickte. Die dritte Gruppe aber wurde von einer jungen Frau angeführt, die Mutter mir raunend als Jutta von Spanheim vorstellte.

Bei ihrem Anblick erklang etwas in meinem Inneren wie eine Glocke. Dies war es, dies war das Erwachen aus langem Schlaf! Denn ich sah zwar ihren schlanken Leib, gekleidet in reiche Gewänder, die sie morgen für immer ablegen würde, und ihr nachdenkliches Gesicht mit den scharfen grauen Augen – zugleich aber sah ich ihre unverhüllte Seele; weich und duftend wie ein Blütenkelch, in dem Tau schimmerte. Dabei hörte ich die Stimme sagen: Diese wird Frucht tragen; siehe, dies ist eine Blüte, die zur Vollendung gelangen wird.

Vor Schreck über die unerwartete Offenbarung wäre ich fast vom Pferd gefallen. Noch nie zuvor hatte ich auf diese Weise mitten in einen Menschen hineingesehen! Meine Eltern deuteten mein Schwanken wohl als Abschiedsschmerz, denn Mutter ergriff tröstend meine Hand, sobald wir auf dem Berggipfel das Ende des gewundenen Pfades erreicht hatten und vor einer halb verfallenen Mauer abstiegen.

Wir führten unsere Pferde durch ein Tor und betraten ein Areal voller Gruben, Steinhaufen und einiger notdürftig reparierter Fachwerkhäuser, die sich um ein steinernes Kirchlein scharten. Mein Vater nahm meine andere Hand, und ich hörte, wie Mutter ihm etwas beklommen zuraunte: »Das ist doch alles sehr heruntergekommen hier –«

»Aber du weißt doch, die Augustiner haben diesen Platz schon vor langer Zeit aufgegeben«, unterbrach Vater sie scharf. »Erinnere dich an die Pläne, die Graf Spanheim uns gezeigt hat! Die Benediktiner sind erst seit wenigen Monaten hier und haben bereits angefangen zu bauen.«

Er wies auf einige große Rechtecke aus zugehauenen Steinen, die aus dem Herbstlaub ragten. Zu mir gewandt, erklärte er eine Spur zu fröhlich: »Dieses Kloster stand lange leer und wurde erst vor kurzem neu besiedelt. Aber die Aussicht ist wundervoll, und in einigen Jahren werdet ihr hier eine Kirche haben, die fast so groß ist wie der Dom in Mainz.«

»Wie der Dom in Mainz? Hier oben?« Unmöglich, dachte ich. An hohen Festtagen besuchten wir gelegentlich die Messe in der Bischofsstadt, und ich erinnerte mich gut an die gewaltige, dreischiffige Basilika mit ihrem mächtigen Querschiff, deren Innenraum Platz für unser ganzes Dorf mitsamt dem Gutshof geboten hätte. Doch mein Vater führt mich in der fallenden Dämmerung umher und erklärte mir genau, welche Gebäude aus den Fundamenten wachsen würden und wo in einigen Jahren der Grundstein für den Dom gelegt werden sollte. Allmählich tauchte eine große, befestigte Stadt vor mir auf.

»Das wird ja eine richtige Gottesstadt!«

»So ist es, mein Flämmchen. Und sie wird auf dem Gipfel dieses Berges entstehen, weil sie hier oben Gott näher ist als den Menschen.«

Sehr früh am nächsten Morgen standen wir in der festlich geschmückten Kirche, im Licht so vieler Kerzen, daß ich mich schon fast im Himmel glaubte. Ich hatte in dem überfüllten Gästehaus des Klosters sehr unruhig geschlafen und blinzelte schlaftrunken in die ungewohnte Helligkeit. Um meine Nervosität zu verbergen, knetete ich an einem Tuch herum, das man mir um die Hand gewunden hatte.

Plötzlich erhob sich Gesang aus vielen vollen, warmen Männerkehlen. Mit einem Schlag war ich hellwach. Diese Mönche sangen von der Freude, heimzukehren in das Haus des Herrn! Danach predigte der Abt; ich aber war so erregt, daß ich kein einziges Wort davon wahrnahm. Denn wie gestern bei Jutta sah ich nicht nur seinen Körper in der schwarzen Mönchskutte und sein scharf geschnittenes, müdes Gesicht, sondern ich sah auch, was in seinem Inneren geschah. Ich sah, daß er im gleißenden Strahl eines großen Lichts stand und sich bemühte, mitten hineinzublicken. Je länger er das tat, desto höher stieg er dabei, als wüchsen ihm davon Flügel. Aber das Licht blendete ihn auch, so daß seine Augen immer wieder zu tränen begannen. Dann mußte er sich abwenden und fiel wieder zur Erde zurück.

Staunendes Mitleid mit ihm ergriff mich. Da drückte Mutter mir etwas Schweres in die Hand, und ich wurde von meinen Eltern nach vorn geführt. Direkt vor dem hell erleuchteten Altar blieben wir stehen, wo auch die junge Jutta von Spanheim wartete: barfuß, in einem einfachen schwarzen Kapuzenkleid, wie es auch die Mönche trugen. Neben ihr stand das zweite kleine Mädchen, das gestern auf der weißen Stute gesessen hatte. Vater drückte meine Hand. Seine warme, volle Stimme zitterte ein wenig, als er sprach:

»Reich gesegnet von unserem Schöpfer und für immer tief in seiner Schuld, stehen wir hier vor Seinem allerhöchsten Antlitz. Mit weltlichen Gütern hat Er uns üppig versehen und unsere Ehe mit zehn Kindern beschenkt, von denen acht am Leben blieben und sich dank Gottes Gnade ihres Verstandes und ihrer Gesundheit erfreuen. So halten wir es für billig, wenn wir unserem Schöpfer den Zehnten von unserer Frucht abgeben, wie es die Heilige Schrift von jedem Gläubigen fordert. Unter Seufzern, doch auch mit großer Freude, weihen wir deshalb unsere jüngste Tochter Hildegard, die zehnte, die uns geschenkt wurde, dem Dienste Gottes. Die Bitturkunde um Aufnahme hält sie in der Hand; ebenso die Opfergabe. Im Namen des heiligen Disibod, dessen Reliquien hier liegen, und im Beisein des Abtes und vor vielen anderen Zeugen will ich sie, deren Hand in das Altartuch gewickelt ist, dir hiermit übergeben, damit sie der Regel gemäß hier lebe. Von diesem Tag an darf sie sich dem Joch der Regel nicht mehr entziehen.«

Hinter mir hörte ich das Schluchzen Clementias und das Schniefen meiner guten Amme, die, was hier geschah, noch immer für ein Unglück hielt und sich zum Teil die Schuld daran gab. Die anderen Geschwister tuschelten, und ich spürte, daß Mutter lautlos neben mir weinte. Dennoch stupste sie mich auffordernd; ich trat vor und überreichte Jutta das erwähnte Pergament und ein Säckchen mit Goldmünzen. Mir bedeuteten beide Dinge nichts – aber als unsere Blicke sich trafen, war es, als fiele ich in den tiefen Brunnen hinab, aus dem all meine rätselhaften Bilder hervorquollen.

Abschiedsschmerz und das Abenteuer des vor mir liegenden Unbekannten klangen in meinem Herzen zusammen wie ein brausendes Lied. Immer lauter ertönte es, je höher die Mauer vor uns in die Höhe stieg, als wir an jenem Nachmittag des ersten Tages im Herbstmonat 1106 gemeinsam in der Frauenklause eingemauert wurden: Jutta von Spanheim und wir beiden achtjährigen Mädchen. Durch mein unbegreifliches Anderssein hatte ich mich innerlich mein ganzes Leben lang von anderen Menschen abgesondert gefühlt – es schien fast eine Befreiung, nun auch räumlich abgesondert zu werden.

Im Gegensatz zum Durcheinander der Baustelle auf der Männerseite des Klosters war unser kleiner Frauenbereich bereits vollendet. Dafür hatte Graf Stephan von Spanheim gesorgt, Juttas Vater, der mit meinen Eltern befreundet war und diese Klause auf Wunsch seiner Tochter hatte bauen lassen. Unser winziges, steinernes Wohnhaus von zwölf Fuß Länge war innen mit frischem weißem Kalk verputzt. Wir besaßen eine Schlafstube sowie ein Wohn- und Arbeitszimmer. Auf den Boden waren frische grüne Binsen gestreut, und die neuen Strohmatratzen auf den drei niedrigen Betten strömten einen würzigen Duft aus. Spielsachen und elegante Kleidung waren mir nie besonders wichtig gewesen, und es machte mir nichts aus, daß wir außer einem einfachen Geschirr und den dunklen Mönchskutten nichts Eigenes mehr besaßen.

In beständigem Rhythmus bestimmte nun die Glocke unsere Tage. Siebenmal täglich, in dreistündigem Abstand, rief sie uns zum Gebet. Für uns Klausnerinnen gab es eine eigene kleine Kapelle, die wie ein Chor an der Nordseite der Mönchskirche angebaut und durch ein Fenster mit ihr verbunden war. Dort stand ich im Halbdunkel neben Jutta und meiner Mitschülerin und erlebte zum ersten Mal die Schönheit der gesungenen Psalmen. Mir war zumute wie einem Fisch, der bisher in einer seichten Pfütze ein armseliges Dasein gefristet hat und sich plötzlich in einem frischen, frei fließenden Gewässer wiederfindet! Nie hatte ich vermutet, daß es etwas so Wunderbares gebe.

Auch was die Aussicht vom Disibodenberg betraf, hatte mein Vater nicht zuviel versprochen. Nachts schienen Mond und Sterne zum Greifen nah zu sein, und an klaren Tagen reichte der Blick weit ins Nahetal hinab und verlor sich zwischen anmutigen Hügeln und Weinbergen in flirrende Ferne. Lagen aber Wolken auf dem Berg, dann schrumpfte die Weite zu dem kleinen Bereich in unseren Herzen.

Anhand der Psalmen unterrichtete Jutta uns Mädchen täglich in Lesen, Schreiben und Latein. Wenn sie uns darüber mündlich prüfte, spannen, stickten oder häkelten wir dabei. Zu unserer Klause gehörte auch ein Hühnerstall sowie ein ausgedehnter Kräuter- und Gemüsegarten. Dieser Garten zog sich bis zur nördlichen Außenmauer hinunter; einem moosbewachsenen Bollwerk, das den gesamten Gipfel des Disibodenberges umschloß. Nur diese Mauer hinderte den mächtigen, uralten Wald daran, unsere kleine Behausung einfach zu überwuchern. Nachmittags während der Freistunde lauschte ich dort dem Lied der Bäume und spähte fasziniert in das Zwielicht im Unterholz, wo unter den dicht verflochtenen Ästen die wilden Tiere lebten.

»Warum haben deine Eltern dich hierhergebracht?« erkundigte sich der Mönch Volmar. Er war jung; kaum so alt wie mein Bruder Drutwin. Dennoch hatte der Abt ihn zu unserem Seelsorger und geistlichen Lehrer bestimmt, denn beide Ämter durften auch in einer Frauenklause nur von Männern ausgeübt werden.

»Ich war das zehnte Kind«, murmelte ich unschlüssig. Volmar schien freundlich zu sein; aber ich zögerte, mich ihm anzuvertrauen.

»Und ein besonders begabtes Kind dazu, wie ich gehört habe.« Der Mönch drang nicht weiter in mich, sondern brachte ein Buch zum Vorschein, an dem er selbst mitgearbeitet hatte. Es war in der Schreibstube des Disibodenberges von einem alten Manuskript abgeschrieben und mit wunderschönen, bunten Illustrationen geschmückt worden.

»Dies ist die Lebensgeschichte des heiligen Benedikt und seiner Schwester Scholastika. Interessiert es dich vielleicht?«

Vor freudiger Überraschung schlug ich die Hände zusammen. »Du meinst, du läßt es mir hier? Und immer, wenn ich Zeit habe, kann ich darin lesen?«

»So ähnlich hatte ich mir das vorgestellt«, schmunzelte Volmar. »Allerdings stelle ich zwei Bedingungen. Erstens, du faßt es nur mit vollkommen sauberen Händen an. Zweitens, wenn du es ausgelesen hast, erzählst du mir alles, was darin steht. Einverstanden?«

»Einverstanden«, flüsterte ich und nahm den Band ehrfürchtig entgegen.

Dies erste Buch verschlang ich geradezu, obwohl ich vieles darin nicht verstand. Schon nach zwei Wochen hatte ich es ausgelesen und saß mit klopfendem Herzen vor meinem Lehrer, der gekommen war, um mich darüber zu befragen.

»Wodurch, denkst du, unterschied sich Benedikt von seinen Mitstudenten, die wie er im Jahre 500 in

Rom die schönen Künste studierten?« erkundigte er sich.

Ich überlegte fieberhaft und wurde ganz verzagt, weil von der richtigen Antwort so viel für mich abhing. Wenn Volmar nicht hörte, was er hören wollte, würde er mir nie wieder ein Buch mitbringen! Doch auf einmal war es, als wehte ein duftender Wind in meine Gedanken und wirbelte sie durcheinander wie welke Blätter im Frühling. Ich zuckte vor Schreck zusammen und wußte nicht, was mir mehr Furcht einjagte: der mühelose Zugriff des Unbekannten, Unsichtbaren auf mein Inneres – oder die Tatsache, daß Volmar nicht das Geringste davon mitbekam, obwohl er dicht vor mir saß und mich gespannt beobachtete. Dennoch gab mir die Nähe des jungen Mönches ein Gefühl der Sicherheit. Plötzlich wußte ich, daß ich ihm antworten konnte.

»Schöne Künste heißt, man lernt Bilder malen oder Figuren schnitzen, nicht wahr? Sachen, die zeigen, was jeder sehen kann«, erklärte ich und lauschte dabei jedes Wort dem Flüstern des unsichtbaren Windes ab. »Benedikt wollte aber lieber zeigen, was man nicht sehen kann. Eben Gott.«

Volmar hatte sich vorgebeugt. »Wer hat dir das gesagt?« erkundigte er sich streng.

Wie sollte ich ihm das mit dem Wind erklären? Ich verstand es ja selber nicht. »Ich weiß nicht«, flüsterte ich und fühlte, wie ich rot wurde. »Ich kenne niemanden außer dir, der ein Buch über Benedikt gelesen hat.«

Der junge Mönch starrte mir noch ein paar Herzschläge lang mißtrauisch ins Gesicht, dann entspannte er sich. »Erstaunlich«, lächelte er. »Nächste Frage:

Was hat dir selbst an Benedikt am besten gefallen?«

Diesmal brauchte ich nicht lange zu überlegen. »Daß er so mutig war!« rief ich. »Er hat immer getan, was Gott gesagt hat, auch wenn die anderen Leute das nicht verstanden haben.«

»Genau das gefällt mir auch am besten«, bestätigte Volmar eifrig. »Benedikt hat sich niemals dem gebeugt, was Menschen von ihm erwartet haben. Er blieb in seinem Herzen immer ein Künstler; aber statt Kunstwerken wollte er glückliche Menschen formen. Er wußte, daß man das Glück nur in der Nähe Gottes findet, und deshalb wurde das Kloster seine Werkstatt. Als Werkzeug aber entwickelte er die Regel, nach der wir leben. In ein paar Jahren, wenn du etwas älter bist, werden wir sie miteinander lesen. Darauf freue ich mich schon.«

»Ich auch!«

Mit leuchtenden Augen sahen wir einander an.

»Bist du deswegen Mönch geworden? Wolltest du, daß die Regel dich formen kann?« fragte ich neugierig; ich hatte jede Scheu vor ihm verloren.

»Richtig«, bestätigte Volmar. »Allein hätte ich das nämlich nicht gekonnt. Du weißt ja selbst, es gibt so viele Dinge, die uns jeden Tag von Gott ablenken. Alles verändert sich um uns herum, die Jahreszeiten kommen und gehen, wir selbst werden älter, Menschen und Tiere werden geboren und sterben. Gott aber bleibt stets derselbe. Und die Regel bleibt auch dieselbe; sie ist wie eine Umarmung, oder ein Anker, der uns in allen Stürmen festhält. Sie wird auch dich festhalten, du wirst sehen.«

»Und dann komme ich näher zu Gott?«

»Nein.« Der junge Mönch drückte liebevoll meine

Hand. »Dann merkst du, wie nah du Ihm immer schon gewesen bist.«

Von da an brachte Volmar mir regelmäßig Bücher, über die wir uns dann unterhielten: zunächst Geschichten von Heiligen, später die Werke der Kirchenväter und ein Manuskript über Heilkunde, das noch aus der Zeit des Klostergründers Disibod stammte. Ich erlebte, wie reich Abgeschiedenheit sein konnte, wenn Gottes Friede sie erfüllte, und wie unermeßlich groß ein kleiner Bereich wie der unsere, wenn Denken und Streben immer von neuem auf Gott ausgerichtet wurden.

4

Stets hatte ich mit der Wirklichkeit des Unsichtbaren gelebt und nie gewußt, was im nächsten Augenblick mit mir geschehen würde. Auch auf dem Disibodenberg blieb ich den überraschenden Eindrücken hilflos ausgeliefert, die ungerufen auf meine Seele einstürzten und mein Fassungsvermögen oft überstiegen. Als sei das nicht genug Unsicherheit, wurde auch mein Körper immer empfindsamer. Auf jeden Wetterumschwung, auf jeden Stimmungswechsel im Raum oder in der Atmosphäre des Klosters reagierte ich auf unvorhergesehene Weise, so daß ich oft mit Schwäche, Gliederzittern und sogar Lähmungserscheinungen im Bett lag. Sicherlich hätte ich diese zweifache Unsicherheit, in der ich lebte, nicht ertragen – konnte ich mich doch weder auf meinen Körper noch auf meinen Geisteszustand verlassen –, wäre da nicht Jutta von Spanheim gewesen.

Diese Inklusin besaß eine innere Freude, die sich jedem, der mit ihr zu tun hatte, unweigerlich mitteilte. Geduldig und liebevoll belehrte sie uns Mädchen durch ihr eigenes Beispiel; ihr Anspruch an uns hing nie an Äußerlichkeiten. Als ihre Weisheit in der Umgebung bekannt wurde, erklommen oft Ratsuchende den Berg, um sich Jutta anzuvertrauen; und die Schar der adligen Mädchen, die ihr zur Erziehung übergeben wurden, wuchs. Bald war unsere kleine Klause zu eng, und weitere Gebäude wurden unserem Wohnhaus angeschlossen. Wenn Jutta mich mit ihren klugen, grauen Augen musterte, war es, als blickte sie mir mitten ins Herz. Oft war ich nah daran, ihr von meiner Schau zu erzählen – doch dann hielt die Angst mich wieder davon ab.

An einem milden Frühlingstag, als ich etwa zwölf Jahre alt war, nutzten wir das schöne Wetter, um zum Glan hinunterzusteigen. Da noch keine von uns Inklusinnen das Gelübde abgelegt hatte, das sie für immer an den Orden band, durften wir die Klause ab und zu verlassen. Unter Juttas Anleitung hatten wir mit Untersuchungen der Pflanzen und Tiere unserer Umgebung begonnen und wollten die Laichplätze der Fische erkunden. Auf der Suche danach schweiften die Mädchen hierhin und dorthin; ich aber war zu neugierig, um die drei kostbaren Stunden, die wir bis zum nächsten Stundengebet hatten, so zu vertrödeln.

»Kommt endlich mit, dort sind sie doch!« rief ich und eilte ungeduldig flußaufwärts. An der Flußbiegung fand sich tatsächlich ein großes Laichgebiet; wohlversteckt unter den langfingrigen Blättern der Wassergräser. Erst, als die anderen Mädchen bei mir ankamen, wurde mir bewußt, daß ich mich verraten hatte. Da war er wieder, der Blick, den ich seit jenem Wintertag in der Spinnstube so fürchtete!

Doch Jutta war mit ein paar raschen Schritten an meiner Seite.

»Na, ein Glück, daß du uns so schnell hergeführt

hast! Du warst wohl schon einmal hier?« lachte sie leichthin. »Fangt gleich mit der Untersuchung an, und schreibt alles auf, hört ihr: Farbe, Größe, Beschaffenheit! Und nehmt nur so viele Fischeier heraus, wie ihr unbedingt dazu braucht!«

Zu mir sagte sie: »Mit dir habe ich noch zu reden, Hildegard.« Sie führte mich einige Schritte fort, damit die anderen uns nicht hören konnten. Vor Angst war mir ganz übel. Steif wie ein Stock folgte ich ihr und wünschte verzweifelt, ich könnte die unüberlegten Worte zurücknehmen, die alles verändert hatten. Jutta aber sah mich mit ihren gütigen Augen an und lächelte.

»Du bist eine gute Schülerin, Hildegard«, lobte sie. »Du begreifst schnell, und man kann sich auf dich verlassen. Deshalb habe ich beschlossen, dir unser Heilkräuterbeet anzuvertrauen. Du sollst es aber nicht nur pflegen, sondern die Heilkräuter auch erforschen und, wenn möglich, neue hinzugewinnen. Ich möchte, daß du lernst, ihr inneres Wesen zu erfassen und alles, was du siehst, genau aufzuschreiben. Dafür erlaube ich dir, an Werktagen täglich eine Stunde in den Wald zu gehen.«

»Allein?« staunte ich.

»Volmar kann dich begleiten. Ich denke, er wird sich über die Abwechslung freuen.«

»Aber, wie soll ich denn das innere Wesen der Kräuter erfassen?« stotterte ich überwältigt. Juttas Lächeln vertiefte sich.

»Ich denke, das weißt du selbst am besten. Hör gut zu: Das Sichtbare, das uns umgibt, ist wie ein Schlüssel, den Gott uns gegeben hat, damit wir das Unsichtbare begreifen. Und wenn wir lernen, die

Geheimnisse des Sichtbaren zu entschlüsseln, kann das Unsichtbare uns nicht mehr ängstigen.«

Durch Juttas Geistesgegenwart war das Mißtrauen der Mädchen zerstreut worden, und als wir zu ihnen zurückkamen, hatten sie den Vorfall bereits vergessen.

Gleich am nächsten Tag unternahmen Volmar und ich unseren ersten Ausflug. Das zartgoldene Sonnenlicht des Frühlings warf schimmernde Flecken auf den Waldboden. Wir verließen die Wege und wagten uns tief ins Unterholz. Hier war vielleicht noch nie ein Mensch gewesen.

Unter einer Gruppe Kiefern wuchsen einige Kräuter von tief dunkelgrüner Farbe, deren tropfenförmige Blätter dick und spröde aussahen wie Leder. Kaum hatten wir sie entdeckt, führte Volmar mich zielstrebig darauf zu.

»Nun? Besitzen sie heilende Kräfte? Was meinst du?«

»Das weiß ich nicht. Ich habe sie noch nie gesehen.«

»Du findest es bestimmt trotzdem heraus. Sieh genau hin!«

Volmar beobachtete mich gespannt. Mir aber dämmerte, daß mein Geheimnis trotz aller Bemühungen nicht so verborgen geblieben war, wie ich gehofft hatte. Wut stieg in mir auf.

»Du meinst also, wenn ich lange genug hinschaue, werde ich eine Offenbarung haben?«

»Das wäre doch möglich, nicht wahr?«

Volmar ließ sich gemütlich auf einer Wurzel nieder und sah mich weiterhin unverwandt an. Ich fühlte mich wie ein kurioses Schaustück, das auf Jahrmärkten herumgereicht wird. »Ihr habt mich an der Nase herumgeführt, du und Jutta!« rief ich, den Tränen nah. »Diese Waldausflüge sind nur dazu da, damit ihr meine Bilder ausnutzen könnt, um etwas über Pflanzen zu erfahren!«

»Und wenn es so wäre? Denkst du nicht, daß es auch für dich gut wäre, diese Bilder, wie du sagst, absichtlich zu etwas Praktischem zu nutzen?«

Ich starrte ihn fassungslos an. »Das – das habe ich noch nie getan«, stammelte ich schließlich. »Ich weiß nicht, ob es überhaupt möglich ist.«

»Wenn nicht, macht es ja nichts«, tröstete Volmar. »Versuch es einfach.«

Zitternd vor Aufregung hockte ich mich in den breiten Streifen Sonnenlicht, der auf die dickblättrigen Kräuter fiel. Mein Herz klopfte, als wäre ich meilenweit gerannt, und mein Mund wurde trocken wie von Staub. Stumm flehte ich um Hilfe. Und plötzlich wußte ich genau, wie ich beten mußte.

»Vater, bitte zeig mir, wie dieser Teil Deiner Schöpfung in der unsichtbaren Welt aussieht. Zeig mir die Kräfte, die Du in dieses Kraut gelegt hast. Zeig mir, wie es nach Deinem Plan von uns Menschen genutzt oder gemieden werden soll. Zeig mir das innere Wesen dieses Krautes, damit ich es erkennen und begreifen kann. Alles geschehe nach Deinem Willen, allmächtiger Schöpfer. Amen.«

Das Kraut vor mir zitterte leicht, als hätte ein sanfter Wind es berührt. Deutlich konnte ich das dunkle Muster der feinen Adern, die jedes Blatt trug, erkennen. Ich sah auch die grünen Säfte, die im Inneren der Pflanze kreisten wie das Blut in den Adern der Menschen; wie die Ströme und Bäche auf Erden und die

Sterne am Himmel. Die große Kraft Gottes hielt sie in Gang; dieselbe Kraft, die mein Herz schlagen und die Knospen im Frühling platzen ließ; die aus einem Samenkorn einen Baum hervorbrachte oder aus der Vereinigung zweier Tiere einen Wurf Junge. Ich spürte, wie diese Kraft in mir kreiste; ich sah um mich und erblickte sie in jedem Baum, jedem Strauch und auch in dem jungen Mönch, der mir lächelnd zusah. Ich mußte lachen – ich lachte einfach, weil die grünende Kraft so wundervoll war, weil sie direkt aus Gottes Vaterherzen kam und weil Volmar gar nichts davon wußte, obwohl sie ihn völlig erfüllte. Als ich mich wieder dem Kraut zuwandte, war mir so leicht zumute, als könnte ich wie eine Feder davonschweben.

Jetzt konnte ich gleichsam tiefer in die Blätter hineinsehen: Die kreisende Grünkraft war zwar überall dieselbe, besaß aber in jedem Geschöpf eine völlig unterschiedliche Qualität. Farbe, Geschmack und Geruch verwoben sich zu einer Atmosphäre, die jedem Geschaffenen ein unverwechselbares Wesen gab. Ich schmeckte eine dunkle Bitterkeit, die mir das Wasser in meinem ausgetrockneten Mund zusammenfließen ließ.

»Dieses Kraut bringt stockende Säfte zum Fließen«, hörte ich mich sagen. »Man kann es bei Kranken dazu einsetzen.«

Voller Ungeduld wartete ich am folgenden Tag auf Volmar. Er hatte ein paar Blätter des Krautes mitgenommen, um sie dem Bruder zu zeigen, der auf dem Disibodenberg für die Klosterapotheke zuständig war. In welchem Zusammenhang, würde er diesem natürlich nicht verraten – Volmar hatte zugestimmt, daß dies alles unser und Juttas Geheimnis bleiben sollte. Mit strahlendem Gesicht erschien er endlich an der Pforte unserer Klause.

»Du hattest recht«, flüsterte er aufgeregt. »Die Pflanze heißt Folia Uvae Ursi oder auch Bärentraube. Sie ist hierzulande selten, aber der Bruder Apotheker kennt sie aus Italien. Man verwendet sie, um gestockte oder aufgestaute Säfte wieder in Fluß zu bringen. Sie wirkt auch stark harntreibend.«

Mir war ein wenig schwindlig, als wäre ich in Sonne und Wind zu schnell gerannt. Doch gleichzeitig durchströmte mich ein gewaltiges Glücksgefühl. Ein ganz neuer Weg lag vor mir.

Von Jutta ermutigt, begann ich ein systematisches Studium der Heilkräuter, das ich bald auch auf die anderen heimischen Pflanzen und Tiere ausdehnte. Freilich erhielt ich nicht jederzeit auf alle Fragen eine präzise Antwort; vieles verstand ich nicht, und nach wie vor brachen die Bilder oft ungerufen über mich hinein. Aber ich lernte allmählich, die Schau als erweiterten oder vertieften Teil meiner eigenen Wahrnehmung zu empfinden und mich fragend nach ihr auszustrecken.

Unterdessen wuchs jenseits unserer Klause das Kloster Disibodenberg zu jener Gottesstadt, die mir mein Vater geschildert hatte. Neben dem Schlafsaal und dem Refektorium der Mönche und dem Wohnhaus des Abtes entstanden im Lauf der Zeit Ställe, Scheunen, Werkstätten und ein Krankenhaus, eine Mühle, ein Gästehaus, die Schreibstube mit Bibliothek, eine riesige Küche, eine Hostienbäckerei, ein Badehaus und ein Kreuzgang. Überragt wurden die massiven Steingebäude vom Rohbau der Kirche, deren dreischiffige Grundform mit den beiden wuchtigen Türmen sich unaufhaltsam immer höher in den Himmel erhob.

Mir erschien es wie das steinerne Skelett eines gewaltigen Wesens – eines Wesens, das durch Gottes Inspiration in den Herzen der Menschen gezeugt worden war und das die Altarweihe eines Tages auf geheimnisvolle Weise mit Leben erfüllen würde. Während die Mauern in die Höhe wuchsen, gingen die Steinmetze ans Werk und meißelten jeden Tag neue Verzierungen. Schlanke Säulen aus ockerfarbenem Sandstein schmückten die Fensterbögen, ein doppeltes Sims mit einem Relief über das Leben des Klostergründers Disibod beschloß den Giebel über der Apsis, Sandsteinfiguren, die Apostel darstellend, standen unter filigranen Baldachinen vor dem Hauptportal. Über dem Portal aber entstand ein riesiges, halbrundes Relief mit Darstellungen des Weltgerichts aus der Apokalypse. Es war das Eindrucksvollste, was ich je gesehen hatte. Stundenlang bewunderte ich es durch eine schmale Lücke in der Mauer, die unseren Bereich vom Männerkloster trennte.

Wie zwischen den Speichen eines Rades wurden einzelne Szenen gezeigt: Vier entsetzliche Reiter brachten Krieg, Hunger, Pest und Tod über die Menschen; die Sterne stürzten vom Himmel; eine siebenköpfige Bestie mit zehn schrecklichen Hörnern erhob sich aus den Tiefen des Meeres; die nackte Hure Babylon ritt, trunken vom Blut der Heiligen, auf einem vielköpfigen Drachen; sieben Engel leerten die sieben Plagen aus Gottes Zornesschalen auf die Erde und vollendeten damit das

Gericht. Satan wurde in einen See aus brennendem Schwefel gestoßen, Jesus aber thronte als Weltenrichter in der Mitte. Vom göttlichen Thron ergoß sich der Strom des Lebens, und an seinen Ufern wuchsen die Bäume, deren Blätter allen Völkern Heilung bringen.

»Auf jeden, der durch dieses Portal den Dom betritt, fließt das Wasser aus dem Lebensstrom hinab«, stellte ich hingerissen fest. »Er wird erfrischt und geheilt, und all seine Sünden werden abgewaschen. Wie wunderbar!«

»Ein Steinbild, das Lügen verbreitet«, entgegnete Ludowiga spöttisch. Sie war wie ich fast fünfzehn Jahre alt und seit zwei Jahren meine Mit-Inklusin. »In Wirklichkeit wird sich niemand, der in den Dom geht, deswegen irgendwie anders fühlen als vorher. Jeder weiß das, aber keiner gibt es zu.«

»Das meinst du doch nicht im Ernst!«

»Doch, gewiß! Das ist alles nur frommes Getue. Wer sich davon einlullen läßt, ist zu bedauern.« Ludowiga schnitt mir eine Fratze und rannte davon.

In den nächsten Tagen bemerkte ich ihren unverändert steinernen, abweisenden Gesichtsausdruck. Wir waren inzwischen mehr als zwanzig Mädchen und junge Damen; Juttas Klause war zu einem richtigen kleinen Frauenkloster angewachsen – da war es nicht allzu schwierig, sich innerlich zurückzuziehen. Ratlos befragte ich die Schau und sah Ludowiga in Finsternis an einem tiefen, dunklen Teich stehen. Jenseits der trüben Wasser flackerte ein schwaches Licht; aber Ludowiga konnte die Wasser nicht überqueren: Jedesmal, wenn sie sich ihnen näherte, zogen sie sich vor ihr zurück.

Tief beunruhigt versuchte ich, besonders freundlich zu ihr zu sein, und hoffte, allmählich ihr Vertrauen zu gewinnen. Statt dessen durchbohrten ihre grünen Augen mich mit kaum gebändigter Wut, und wenn ich sie ansprach, knurrte sie wie ein Hund, der zu lang an der Kette gelegen hat.

Bald darauf fehlte plötzlich Ludowigas hohlwangiges Gesicht an der Tafel, als wir miteinander beim Essen saßen. Als sie auch während der Vesper in der Kapelle nicht auftauchte, begann ich mir Sorgen zu machen. Ich fragte die anderen nach ihr, aber niemand wußte etwas. Jutta von Spanheim hatte sich zu einem dreitägigen Fasten, Wachen und Beten zurückgezogen, wie es einmal monatlich ihre Gewohnheit war. Ich wagte nicht, sie dabei zu stören und wartete die Komplet ab; doch noch immer fand sich keine Spur von Ludowiga. Nach diesem letzten Gottesdienst des Tages durfte nicht mehr gesprochen werden, und wir gingen bald schlafen, da kurz nach Mitternacht schon wieder die Glocken zu den Vigilien läuteten.

An jenem Abend aber schlich ich mich in die Dunkelheit hinaus. Ich wußte genau, wohin ich gehen mußte: hinunter zum Gemüsegarten, über die Mauer und dann den schmalen Pfad hinab, der sich zwischen Baumriesen zum Glan-Ufer wand.

Es war so dunkel, daß ich kaum die Hand vor den Augen sehen konnte. Nie zuvor war ich nachts allein im Wald gewesen. Ich fand meinen Weg, indem ich nach oben in die Baumwipfel sah: Dort fiel über dem Pfad ein wenig Sternenlicht durch die dicht verflochtenen Zweige. Die unbekannten Laute der Nachttiere verwoben sich um mich her zu einer sonderbaren, geheimnisvollen Musik, die so ganz anders klang als das helle Singen des Tages. Mir fiel ein, was ich über nachtjagende Luchse gehört hatte und machte beim Gehen soviel Lärm wie möglich, um sie zu vertreiben. Auf den Ästen dicht über mir raschelte es; ich sah glühende Augen und ahnte die Umrisse kleinerer Tiere, die vor mir davonstoben. Mein Herz klopfte zum Zerspringen, aber ich hatte keine Angst – mich erfüllte sogar eine wilde, triumphierende Freude. Auch in der Nacht bist du Mein, sprach die Stimme, und wer in Demut Meine Geheimnisse erforscht, der bleibt in Mir geborgen.

Etwa auf halber Höhe des Hanges, wo der Pfad sich am oberen Rand einer steilen Geröllböschung entlangwand, hörte ich Stöhnen. Einen Herzschlag lang standen mir nun doch die Haare zu Berge – dann aber erkannte ich Ludowigas Stimme und wußte, warum ich mitten in der Nacht hatte hierher kommen müssen.

Mit Fackeln und Seilen folgten mir wenig später Jutta und zwei große, kräftige Inklusinnen durch den nächtlichen Wald. Mit ihrem gebrochenen Bein hatte Ludowiga sich nicht von der Stelle rühren können und wäre womöglich elend umgekommen; dennoch zischte sie nur wütend, als man sie auf eine improvisierte Bahre hob und zurück ins Kloster trug. Mir warf sie unter halb geschlossenen Lidern einen so haßerfüllten Blick zu, daß mir eine Gänsehaut über den Rücken lief.

Jutta von Spanheim machte mir wegen meines nächtlichen Ausflugs keine Vorwürfe, sondern schalt mich, weil ich ihr nicht Bescheid gesagt hatte. Daß ich ihre Gebets- und Fastenzeit nicht hatte stören wollen, ließ sie nicht gelten.

»Was ist wichtiger: eine heiligende Übung, die man jederzeit wieder aufnehmen kann, oder ein brennendes Problem?« fragte sie. »Du hast es gut gemeint, Hildegard, und es ist ja gottlob auch nichts weiter passiert. Vergiß aber diese Lektion niemals! Dann lassen wir es für diesmal dabei bewenden.«

Ludowigas Bein wurde geschient, und bald konnte sie wieder herumhumpeln, doch sie blieb weiterhin reizbar, verweigerte Jutta den Gehorsam und beleidigte jeden, der sich ihr näherte. Als auch eine öffentliche Zurechtweisung nichts änderte, belegte Jutta sie schließlich mit der härtesten Strafe, die die Klosterregel kannte: mit Ausschluß. Ludowiga durfte an keiner Mahlzeit und keinem Gottesdienst mehr teilnehmen, niemand durfte mit ihr sprechen oder sich ihr nähern.

Dieses letzte Mittel erfolgte erst, wenn eine Reihe von zunächst liebevollen, später drohenden Ermahnungen fruchtlos geblieben waren. »Der Abt sei sich bewußt, daß er die Sorge für gebrechliche Menschen übernommen hat; nicht die Gewaltherrschaft über Gesunde«, mahnte die Benediktusregel, die ich mit Volmar gründlich studiert hatte. Ich war davon überzeugt, daß Ludowiga von der gütigen Jutta im geheimen sogar öfter als die vorgeschriebenen drei Mal ermahnt worden war. Vergeblich zermarterte ich mir den Kopf, wie ich ihr helfen könnte. Meine Gedanken kreisten ständig um sie, als sei ich allein für sie verantwortlich. Schließlich konnte ich es nicht mehr ertragen und stahl mich während der Freistunde heimlich zu der abgelegenen Webstube, in der die Ausgeschlossene arbeitete.

Ludowiga saß am Webrahmen und umklammerte

das Schiffchen, als sei es ein Messer, mit dem sie sich verteidigen mußte.

»Ah! Die fromme Schwester Hildegard!« spottete sie, sobald ich den Raum betrat. »Was willst du?«

»Ich wollte sehen, wie es dir geht.« Ich näherte mich zögernd; es war, als versuchte ich, ein wildes Tier zu zähmen.

»Und? Wie geht es mir? Wandelt meine Seele über dornige Pfade, fernab vom Licht? Willst du mich auf den Pfad der Tugend zurückführen?«

»Warum bist du so grob?« erkundigte ich mich. »Ich habe dir nie etwas getan. Ich habe sogar die Regel übertreten, um dich zu sehen. Du weißt, daß man selbst ausgestoßen wird, wenn man mit Ausgestoßenen spricht.«

»Und warum tust du es trotzdem?«

»Das weiß ich selbst nicht genau«, gab ich zu. »Ich glaube, mir ist einfach wichtig, was mit dir los ist. Bitte, sag es mir. Ich werde es niemand verraten.«

»Das möchtest du wirklich wissen?« Ludowiga nahm langsam die Hände vom Webstuhl. »Tu nichts, was du später bereuen könntest, kleine Nonne.«

»Ich bin keine Nonne.«

»Noch nicht. Aber du wirst bald das Gelübde ablegen.« Ludowiga sagte es, als sei es bereits entschieden; dabei hatte ich in Gedanken diese Entscheidung bisher immer von mir geschoben.

»Wie kommst du darauf?«

»Nun, bei dir ist das doch gar keine Frage, du hast die Frömmigkeit doch gepachtet. Wo willst du denn sonst hin? Du paßt ja gar nicht in die Welt.«

Ich kam zu dem Schluß, daß dies in Wirklichkeit gar keine Beleidigung war, obwohl Ludowiga es natürlich als solche gemeint hatte. »Wahrscheinlich hast du recht«, gab ich widerstrebend zu. »Findest du das schlimm?«

»Schlimm? Nein. Mir ist das egal«, knurrte Ludowiga. »Von mir aus kannst du den Kaiser von China heiraten, wenn es dich glücklich macht. Nur, es würde dich nicht glücklich machen. Du paßt genau hierher, in all die Regeln und die Stundengebete und die Langeweile.«

Ich unterdrückte die heftige Entgegnung, daß ein Ort, an dem der Schöpfer des Universums selbst unser Innerstes umgestaltete, unmöglich langweilig sein konnte. »Und du nicht.«

»Ich nicht.« Mit einem leisen Knacken zerbrach in Ludowigas geballter Faust das Weberschiffchen.

»Wo würdest du denn hinpassen?«

»Überallhin, wo sich nicht alles um Gott dreht, verdammt noch mal! Verstehst du, Gott ist mir völlig gleichgültig.« Ludowiga warf das zerbrochene Schiffchen hin, humpelte ans Fenster und starrte sehnsüchtig hinaus. »Da draußen gibt es Tausende von interessanten Männern! Zum Beispiel würde ich gern einem Kreuzritter begegnen, der mir vom Orient erzählen könnte. Und hast du das Gerücht gehört, daß Kaiser Heinrich V. den Papst wieder herausgefordert hat? Jetzt geht der Streit von vorne los, wer die Bischöfe ernennen darf, und der Kaiser zieht den feigen, papsttreuen Fürsten das Fell über die Ohren! Ich denke, ich würde gut an seinen Hof passen ... Hübsch genug wäre ich doch dafür, meinst du nicht?« Ludowiga hatte ihren Schleier abgenommen und elegant um ihre Schultern drapiert. Sie wiegte sich in den Hüften und warf mir einen verführerischen Blick zu.

»Du bist wunderschön«, bestätigte ich. Trotz meiner Bestürzung spürte ich, daß Ludowiga tatsächlich auf irgendeine Weise Unrecht geschah. »Verlangt deine Familie von dir, daß du im Kloster bleibst?«

»Meine Familie, meine Familie!« Ludowiga stieß ein häßliches Lachen aus. »Die haben mich vergessen, weil ich ihnen nicht in den Kram passe. Verstehst du, ich wurde ein bißchen zu früh geboren. Da gab es diese großartige arrangierte Heirat zwischen zwei alten Grafengeschlechtern, aber meine blöde Mutter hat sich vorher mit einem anderen eingelassen und nicht aufgepaßt.«

»Aber du bist doch erst seit zwei Jahren bei uns«, stammelte ich verlegen. »Wo warst du denn vorher?«

»Bei meiner Amme. Ich war ganz zufrieden dort; sie behauptete, ich sei ihre Tochter. Dann hab' ich zufällig mitbekommen, daß sie heimlich Geld von meinem Großvater bekam. Ich ließ ihr keine Ruhe, bis sie mir alles erzählt hatte. Lügen und Schachern, zu mehr sind sie alle nicht imstande! Ich wollte natürlich sofort auf und davon, aber mein Großvater hat blitzschnell reagiert – und jetzt bin ich hier.«

»Und deine Mitgift wurde dem Kloster überschrieben.«

»Klar. So wie deine auch. Bei dir ist das gleichgültig, aber ich hätte mit dieser Mitgift mindestens bis Konstantinopel kommen können! Jetzt sitzt der fette Abt Kuno drauf wie eine Glucke auf dem goldenen Ei – der rückt sie bestimmt nie mehr raus. So! Jetzt hab ich's dir erzählt. Bist du jetzt zufrieden?« Ludowiga spuckte verächtlich aus, aber ich sah trotzdem das Glitzern in ihren Augen.

»Das ist nicht recht«, stellte ich nach langem Schweigen fest.

»Was? Daß ich weglaufen wollte und das blöde Schiffchen zerbrochen habe?«

»Nein. Das andere. Du solltest nicht hier sein müssen, wenn du nicht willst. Dies ist kein Gefängnis, sondern ein Ort der Liebe und der Befreiung von der Last der Sünde.«

»Das meinst du doch nicht wirklich!«

»Doch, natürlich. Wozu hat Gott sich wohl die Mühe gemacht, uns mit dem freien Willen auszustatten?« ereiferte ich mich. »Adam und Eva haben die Finsternis gewählt, und jetzt kommen wir als Gefangene des Todes zur Welt. Aber wir sehnen uns nach der Freiheit, die wir verloren haben. Jesus ist der Weg dorthin; aber Er drängt sich niemandem auf. Er wünscht sich freiwillige Hingabe und würde uns niemals Gewalt antun! Es ist völlig gegen Seinen Willen, daß man dich hier einsperrt, obwohl du gar nichts verbrochen hast. Und es nützt weder dir noch Ihm.«

Vor Wut war ich jetzt ebenfalls den Tränen nah. Ludowiga war auf meine Zustimmung überhaupt nicht gefaßt gewesen und ließ endlich ihre höhnische Maske fallen.

»Wenn das stimmt, warum läßt Er es dann zu?« schluchzte sie.

Ich umarmte sie ratlos. »Ich weiß auch nicht. Vielleicht will Er dich vor Enttäuschungen bewahren. Wohin wärst du denn neulich nacht gegangen?«

»Zu einem Fischer unten am Glan. Er wollte mit mir fliehen. Er hat ein kleines Boot –« Ludowiga hob mir ihr tränenüberströmtes Gesicht entgegen. »Ich erwarte ein Kind von ihm«, schluchzte sie.

Mir stockte der Atem – wenn auch, Gott möge mir verzeihen, nicht so sehr wegen dieses schrecklichen Geständnisses, sondern weil ich mich wegen der Übertretung der Ordensregeln Jutta von Spanheim würde ausliefern müssen. Ich mußte ihr den Vorfall melden; ich spürte, daß vielleicht mehr als Ludowigas Gesundheit auf dem Spiel stand.

Ich hatte die verständnisvolle Jutta noch nie so zornig gesehen. »Hildegard,« sagte sie beherrscht, »du hast dich eines schweren Vergehens vor unserem Herrn Jesus schuldig gemacht. Von meiner persönlichen Verletzung und Enttäuschung will ich nicht sprechen. Wegen deines selbstsüchtigen und eigenwilligen Handelns wird dir die gleiche Strafe auferlegt wie Ludowiga, die du offenbar weitaus mehr liebst als Jesus.«

Ich war von der ungerechten Anschuldigung entsetzt. »Nein, ehrwürdige Mutter, ich –«

»Ruhe!! Wie es die Regel verlangt, wirst auch du vorübergehend ausgeschlossen. Aber im Hinblick auf die prekäre gesundheitliche Lage Ludowigas und die Tatsache, daß du anscheinend die einzige bist, zu der sie Vertrauen hat, sei deine Strafe bis zu Ludowigas völliger Genesung aufgeschoben.«

Zu Tränen gedemütigt verließ ich meine Mutter Oberin und ging in die Krankenstube, wohin die Schwestern Ludowiga inzwischen gebracht hatten. Sie sprach mit niemandem; doch ihre gequälten Augen verrieten ihr Elend. Jetzt fürchteten manche Schwestern um ihren Verstand, und wir wagten nicht, sie unbeaufsichtigt zu lassen. Nach einer scheinbar endlosen Woche begann sie jedoch plötzlich, jeden anzulächeln, der sich ihr näherte. Daraufhin ließen wir sie zumindest während der Nachtruhe allein.

Doch sie hatte uns alle getäuscht.

Irgendwie gelang ihr trotz des gebrochenen Beines eines Nachts erneut die Flucht. Diesmal folgte ihr erst am Morgen ein Suchtrupp, der mit schlimmen Nachrichten zurückkehrte. Ihr Geliebter, der Fischer vom Glan, hatte sie entgegen seinen Versprechungen nicht einmal eingelassen. Offenbar hatte er bei ihr nur ein Abenteuer gesucht, denn wie sich herausstellte, war er überdies verheiratet. Daraufhin überkam Ludowiga eine solche Verzweiflung, daß sie vor seinem Haus am Ufer des Glan ein Feuer entzündete, das Senklot von seinen Netzen zum Schmelzen brachte und sich das Leben nahm, indem sie das flüssige Blei trank.

Einen Monat später wurde meine Strafe aufgehoben. Ich durfte wieder am Gottesdienst teilnehmen, meine Mahlzeit gemeinsam mit den anderen einnehmen und, wenn die Reihe an mir war, aus der Bibel vorlesen und Psalmen vorsingen. Doch ich ertappte mich dabei, daß ich nur Lippenbekenntnisse abgab, während meine Gedanken ständig um die Frage kreisten: Warum, Herr?! Während der vier Wochen meiner Einsamkeit hatte ich ununterbrochen Ludowigas Unglück vor Augen gehabt, das ich trotz allem nicht hatte verhindern können. Ich konnte von den Erinnerungen und Selbstvorwürfen nicht lassen und opferte weitere vier Wochen lang jede Nacht zwei Stunden des ohnehin knapp bemessenen Schlafes, um Gott um Heilung für mein krankes Gemüt und mein wundes Herz zu bitten.

Nach dieser Zeit der Entbehrungen, die ich vor

meinen Mitschwestern zu verbergen suchte, hatte der Herr endlich Erbarmen mit mir. Von einem Tag zum anderen, ohne Übergang und ohne spürbare innere Vorbereitung, wich meine Erbitterung dem brennenden Wunsch, ein anderes und besseres Leben zu führen: ein Leben, das Christus gefiele. Bilder einer Hildegard, die in die Welt zurückkehrte, einen Mann von Stand heiratete, seinem Haushalt vorstand und ihm Kinder gebar, taumelten nun wie welke Blätter durch mein Gemüt. Ich sah mich als Edelfrau heranreifen, altern und sterben; eingebunden in Pflichten, die mit Gott nur am Rande zu tun hatten, doch weiterhin heimgesucht von den Bildern der Schau, die in dieser Umgebung keinen Platz hatten. Mir wurde klar, daß Ludowiga recht gehabt hatte: Für mich konnte es keinen anderen Ort geben als das Kloster.

Zur Feier meines Gelübdes kam meine ganze Familie, die ich nach all den Jahren zum ersten Mal wiedersah. Wieder funkelte die Klosterkirche im Schein von hundert Kerzen. Wie von der unglücklichen Ludowiga vorausgesehen, hatte Kaiser Heinrich V. seine Drohung wahrgemacht und viele papsttreue Bischöfe gefangengesetzt, darunter auch unseren Erzbischof Adalbert von Mainz. Statt seiner war der berühmte Otto von Bamberg gekommen, um mir den Schleier zu übergeben.

»Vor Gott und seinen Heiligen gelobe ich Beständigkeit, klösterlichen Lebenswandel und Gehorsam.« Meine Stimme übertönte kaum das Brausen in meinem Herzen. »Nimm mich auf, oh Herr, nach deinem Wort, und ich werde leben. Laß mich in meiner Hoffnung nicht scheitern.«

Während alle Anwesenden diesen Vers im Chor wiederholten, erkannte ich in dem Brausen Worte, die die Stimme zu mir sprach – so laut, daß ich meinte, alle anderen müßten es ebenfalls hören. »Ich habe Mein Wort in dein Ohr gesät, Meine Tochter, und dein Herz ist Mein Acker. Die Frucht, die darauf wachsen soll, ist Heiligkeit. Aber wie die Samenkörner im Acker den Tau, den Regen und die Sonnenglut brauchen, um zu reifen und Frucht zu bringen, so brauchst du den Tau des Gewissens, den Regen der Tränen, die Feuchtigkeit der Hingabe und die Glut des Heiligen Geistes. All diese Dinge will Ich dir schenken.«

»Ehre sei dem Vater«, beendete der Chor den Vers und begann mit der zweiten Wiederholung.

»Betrachte nun Sonne und Mond«, sprach die Stimme weiter. »Die Sonne ist wie Mein Sohn, der aus Meinem Herzen kam und die Welt erleuchtet. Der Mond ist wie die Kirche, die Meinen Sohn liebt. Denn wie der Mond ständig zu- und abnimmt, aber nicht aus eigener Kraft leuchtet, so nehmen auch Meine Kinder in der Kirche manchmal an Tugenden zu und verlieren sie manchmal wieder, durch lose Sitten oder Feindseligkeit. Aber Mein Sohn erleuchtet sie immer wieder neu und gibt auch dir die Kraft, diesen dauernden Wechsel zu ertragen.«

»Ehre sei dem Vater.« Der Chor setzte zur dritten Wiederholung an.

»Johannes, die Stimme in der Wüste genannt, war der Ziehvater des Ordensstandes; und diesen Stand habe Ich gesegnet und geheiligt und zum Beschützer Meines Volkes bestellt. Mit dem Ordensgewand legst du das Symbol des engelgleichen Lebens an. Denn wie die Engel vor Mir ein doppeltes Ehrenamt innehaben, führen auch die Ordensleute ein zweifaches Leben. Die Engel im Himmel dienen Mir und preisen Mich ohne Unterlaß; gleichzeitig aber beschützen sie die Menschen auf Erden vor den Nachstellungen des Teufels. Ebenso sollst du dich vom Irdischen abwenden und Mir täglich mit Lobgesang und guten Werken dienen, zugleich aber ohne Unterlaß durch deine Gebete die übrigen Menschen vor dem Zugriff der bösen Geister beschützen. Darum gleicht das Ordensgewand mit seinen flatternden Ärmeln den Flügeln der himmlischen Geister, und wenn du es in reiner Absicht anlegst, will Ich dir Gnade um Gnade schenken.«

»Ehre sei dem Vater.«

Zum Glück sah die Zeremonie vor, daß ich mich nach der dritten Wiederholung des Verses meinen Mitschwestern zu Füßen warf, um ihr Gebet zu empfangen – ich hätte mich unmöglich länger auf den Beinen halten können. Wie ein donnernder Wasserfall brauste die Stimme: »Durch Meinen Geist legte ich dir die Sehnsucht nach dem mühsamen Weg der Enthaltsamkeit ins Herz; durch Meinen Geist wirst du auch die Kraft dazu empfangen.«

5

Das Gelübde veränderte mein Leben völlig, obgleich äußerlich scheinbar alles beim alten blieb. Im Grunde fühlte ich mich erst jetzt als rechtmäßige Bewohnerin des Disibodenberges. Ich war nicht mehr Tochter eines alteingesessenen Adelshauses, deren Seltsamkeit die Familie belastet hatte, sondern besaß die Bürgerrechte für Gottes Königreich. Dadurch war die ganze Welt mein Zuhause geworden. Zugleich schien mir die Welt auch nähergerückt zu sein; denn ich hatte gelobt, im Ordensstand wie in einer geistlichen Armee zu dienen.

Ich war etwa zwanzig Jahre alt und betete während der Vesper mit den Schwestern, Christi Name möge in uns verherrlicht werden; eine Bitte, die wir mehrmals täglich äußerten und die uns so vertraut war wie das Vaterunser. An diesem Tag aber überfiel mich plötzlich ein Bild; so gewaltsam und real, daß ich unwillkürlich aufschrie.

Ich erblickte einen weiten Sumpf, umstanden von uralten Bäumen. Die mächtigen Stämme erinnerten an riesige Schachtelhalme, waren jedoch dicht mit Flechten überzogen. Insekten von Armlänge schwebten mit gierigem Brummen über die brodelnde Kloake; steingrauer Schimmel überzog Formen, von denen ich nicht einmal wußte, ob sich darunter verrottende Tiere oder Pflanzen verbargen. Der ekelhafte Gestank nach Fäulnis nahm mir fast den Atem. Der schlimmste Geruch aber stammte von einem fetten, alten Bären mit kleinen, heimtückischen Augen und verfilztem Fell und von einer riesigen, schimmligen Schildkröte, die am gegenüberliegenden Ufer stand. Beide Tiere hatten sich auf die Hinterbeine erhoben; in Mißgunst und stumpfsinnigem Haß bedrohten sie einander und stampften schließlich durch den Sumpf aufeinander zu, um zu kämpfen. Voll Grauen wollte ich mich abwenden – da entdeckte ich in der ekelhaften Brühe so etwas wie eine menschliche Hand, die kurz auftauchte, aber von dem angreifenden Bären sogleich niedergestampft wurde. Wider Willen sah ich genauer hin: Der ganze Sumpf bestand aus zertrampelten Menschen!

Jetzt erblickte ich am jenseitigen Ufer auch eine Gruppe Schakale, die ich nach einer illustrierten Beschreibung Ägyptens erkannte. Auch sie standen auf den Hinterbeinen und sahen mit ihren gierig erhobenen Lefzen aus, als grinsten sie voll Vorfreude auf das zu erwartende Festmahl. Das Entsetzlichste aber war eine Aasfliege von der Größe eines Fohlens. Getragen von schillernden Flügeln, kreiste sie unentwegt über dem Sumpf; ihren riesigen, kugelförmigen Augen schien nichts zu entgehen. Ihr Brummen klang gehässig und triumphierend.

Jahre der Schau hatten mich nicht auf eine derart abscheuliche Vision vorbereitet; mir wurde übel, und ein unkontrolliertes Zittern schüttelte mich. Man brachte mich zu Bett und gab mir heißen Lindenblütentee zu trinken, um mich von innen zu erwärmen. Jutta legte mir ihre Hand auf die Brust und sprach ein Gebet des Friedens für mich, worauf das Zittern erträglicher wurde. Bald darauf saß mein Seelsorger Volmar an meinem Lager, und ich beschrieb ihm, was ich gesehen hatte.

»Ich weiß, daß ich in dem Bären die Machtgier der Kaiser gesehen habe«, schloß ich schaudernd. »Und die Schildkröte bedeutet die Gier vieler hoher Kleriker. Du – du weißt ja selbst, was die riesige, triumphierende Fliege bedeutet!«

»Beelzebub, der Herr der Fliegen«, nickte Volmar so sachlich, als hätte ich ihm eine ganz alltägliche Begebenheit beschrieben. »Was mich noch interessiert: Wer oder was sind die grinsenden Schakale?«

»Dämonen, die darauf warten, Gegenpäpste zu werden«, antwortete ich ohne Zögern und begriff erst dann, was ich gesagt hatte. Sprachlos starrten wir einander an.

»Ein Bild aus der Zukunft?« flüsterte Volmar schließlich. »Wie viele Schakale waren es?«

»Ich habe sie nicht gezählt«, entgegnete ich kraftlos. »Welchen Sinn sollte es auch haben, so etwas Abscheuliches im voraus zu wissen?«

»Wundern würde es mich nicht«, meinte Volmar bedächtig. »Der Streit zwischen Kaiser und Papst spitzt sich immer mehr zu. Die Päpste wollen nicht länger dulden, daß der Kaiser Bischöfe einsetzt wie weltliche Lehnsherren. Hast du gehört, welch einen frechen Handel Heinrich V. dem Papst kürzlich vorgeschlagen hat? Wenn Bischöfe und Äbte auf sämtliche weltlichen Güter verzichten und der Krone alles zurückgeben, was der Kirche im Lauf der Jahrhunderte überschrieben worden ist, dann würde er dafür seinerseits darauf verzichten, sich in ihre Berufung einzumischen. Aber natürlich wußte Heinrich genau, daß der Papst sich darauf unmöglich einlassen kann; schließlich sind zum Beispiel Klöster wie unseres darauf angewiesen, daß sie selbst das Land besitzen, auf dem sie leben und wirtschaften. Letztlich zielt der ganze Streit darauf ab, wer in den christlichen Reichen die Vormacht haben soll, Staat oder Kirche. Und ich fürchte, Heinrich V. will sowohl die weltliche als auch die kirchliche Macht in seiner Person vereinen. An einem Kompromiß, wie er in Frankreich und England erzielt wurde, ist er gar nicht interessiert.«

»Zu viele Kleriker häufen schamlos Reichtümer an«, seufzte ich. »Ihre Habgier hat die ganze Auseinandersetzung überhaupt erst ins Rollen gebracht. Die einfachen Leute fühlen sich verraten, von der Kirche abgestoßen und damit auch von Gott verlassen. Sie sehnen sich nach einem Gott, dem sie vertrauen können. Ich fühle, wie Satan triumphiert! Dieser abscheuliche Bürgerkrieg und der ganze Streit sind sein Werk. Ich fühle, daß ein schreckliches Unrecht geschieht, für das ich in irgendeiner Weise verantwortlich bin – und doch kann ich nichts ändern und nichts verhindern; genau wie damals bei der unglücklichen Ludowiga.«

»Du bist nur für dich selbst verantwortlich«, ermahnte Volmar mich streng. »Daß du diese Dinge klarer siehst als andere Menschen, ist Bürde genug. Du lebst nach deinem Gewissen, nach Gottes Geboten und nach Benedikts Regel. Mehr wird nicht von dir verlangt, meine Tochter.«

Ich wußte, daß Volmar diesmal Unrecht hatte;

doch weshalb, das hätte ich nicht in Worte fassen können. Ich fühlte den Aufruhr der Welt in meinem Inneren und fuhr fort, in der unsichtbaren Welt verbissen gegen die Finsternis zu kämpfen. Meine körperlichen Schwankungen wurden dabei immer extremer; zugleich aber nahm die Intensität der Schauungen weiterhin zu.

»Vielleicht wird auf diese Weise eine Art unstofflicher Leib in dir geformt«, erwog Volmar, als ich von einer besonders lähmenden Schwäche überfallen wurde.

»Wie meinst du das?«

»Der Leib ist an die Erde gebunden und sieht irdische Dinge. Du aber siehst außerdem himmlische Dinge. Ist es da nicht natürlich, daß dein Leib immer wieder einem Prozeß der Verfeinerung unterworfen werden muß, um die himmlischen Bilder aufnehmen zu können?«

Trotz meiner Schmerzen mußte ich lächeln; ich wußte, wie sehr die Schau Volmar faszinierte. »Es hat wohl mehr mit den aufgestörten Elementen zu tun«, murmelte ich. »Gott sagt mir: Du bist nur eine Feder; Ich trage dich empor und Ich lasse dich auch wieder zur Erde sinken. Das eine ist der Preis des anderen! Denn, wenn Er mich emporträgt, dann empfinde ich wie Eva vor dem Sündenfall, und die Last der Erde drückt mich nicht –«

Volmar sah mich aufmerksam an. »Was war vor dem Sündenfall?«

Tastend streckte ich mich nach einer Antwort aus. »Die Elemente hatten noch Frieden«, erklärte ich. »Als Gott Adam aus Erde geschaffen hatte, erregte Er ihn mit Feuer, durchströmte ihn mit

Wasser und erweckte ihn mit Luft; Er gab ihm den Lebenshauch, der kein Lebensende hat und in dem Seele und Vernunft ist. Dann ließ Er ihn in Schlaf fallen und kochte ihn in all diesen Kräften. Da überkam Adam tiefe Liebe. Als er wieder aufwachte, war er sich der himmlischen Ereignisse bewußt. Er gebot über jede Kraft und alle Elemente der Schöpfung, da er sie alle in sich vereinigte. Darum bestellte Gott ihn zum Hüter über alles Geschaffene.«

»Und Eva?« erinnerte Volmar mich sanft.

Ich mußte lachen; all dies empfand ich wie eine glückliche Erinnerung. »Eva war die sichtbare Gestalt der Liebe, die Adam während seines Schlafes empfunden hatte! Da Gott sie aus Adams Fleisch geschaffen hatte und nicht aus Erde, war sie von Natur aus weich. Sie besaß einen luftigen, scharfen Sinn; und wie der Äther alle Sterne in sich trägt, trug sie alle künftigen Menschen in sich. Sie wußte von keinem Schmerz; ihr Leben war heiter und fröhlich. Als Adam sie ansah, wurde er von Weisheit erfüllt. Und als Eva ihn ansah, da war es, als ob sie in den Himmel blickte …«

»Liebe«, murmelte mein Seelsorger mit leuchtenden Augen.

»Ja, Liebe. Sie leuchteten wie die Sonne. Dieser göttliche Glanz der Reinheit war ihre Kleidung … Erst, als sie Gottes Gebot übertraten, erlosch der Glanz, und sie wurden dunkel.«

»Stammt deine Schwäche etwa aus dieser Dunkelheit?« erkundigte sich Volmar behutsam.

»Sie kommt zum Teil daher, daß ich mich erinnere, was geschah.« Ich zog fröstelnd meine Decke enger um mich. »Sie ist in uns allen; sie ist Teil unserer Körper geworden.«

»Der Teil, der uns krank macht und altern läßt?«

»Ja. Vor dem Sündenfall kreiste die süße, duftende Substanz der Unschuld wie reiner Kristall in den Körpern Adams und Evas. Aber als sie das Gebot übertraten, erloschen ihre Augen, die vorher himmlische Dinge gesehen hatten; und die unsterbliche Substanz wurde bitter und schwarz wie Galle.«

»So kam die Finsternis in uns hinein, die zum Tod führt«, stellte Volmar fest. »Und die Elemente? Du sagst, sie hatten anfangs Frieden?«

»Aber durch den Fall der Menschen verloren sie ihr Gleichgewicht«, bestätigte ich. »Die Schöpfung geriet in Aufruhr, als der Mensch sich von Gott abwandte. Und da der Mensch sich am Ort des größten Glücks gegen Gott aufgelehnt hatte, lehnte sich nun die Schöpfung gegen den Menschen auf ... Ich spüre, wie die Elemente unruhig in mir kreisen. Aus dem Feuer kommen Gefühle und Verlangen; es brennt in meinem Gehirn und im Mark meiner Knochen. Das Wasser schenkt Wissen und Beweglichkeit, es strömt aus dem Herzen ins Blut. Das Fleisch und die Knochen sind die Erde, aber ohne die Wärme des Blutes werden sie wieder zu Lehm. Aus der Luft kommen die Gedanken und die Unbeständigkeit; sie ist die Seele, der Atem und die Vernunft. Ich sehe himmlische Dinge; aber ich spüre zugleich, wie groß der Unterschied ist zwischen dem paradiesischen Zustand von damals und dem Zustand des Chaos und der Sünde, in dem wir heute leben. Ich möchte dorthin zurück ...«

»Warum eigentlich wurde Eva zuerst verführt?«

Mit seiner sanften Frage lenkte Volmar mich wieder von meinem Elend ab und trieb mich tiefer in die Schau hinein. Dafür war ich ihm von Herzen dankbar. Eine Weile schwiegen wir beide, und ich versuchte, meinen inneren Blick ruhig zu halten, um die riesigen Bilder scharf zu bekommen, die mir die Antwort zeigten.

»Hätte Adam zuerst gesündigt, dann wäre die Übertretung so schwer gewesen, daß der Mensch sich völlig verhärtet hätte und weder hätte erlöst werden wollen noch können«, antwortete ich. »Adam war aus Erde gezeugt; sein Körper war viel stärker und härter als der Körper heutiger Menschen. Aber Eva war weicher, und sie übertrat Gottes Gebot zuerst, damit die Schuld leichter getilgt werden konnte. Seitdem werden die Menschen mit jeder Generation schwächer und anfälliger.«

»Das scheint paradox. Aber es beweist, daß Gott sogar im schmerzlichsten Augenblick, als der Mensch sich von Ihm abkehrte und Seine Liebe mit Füßen trat, um uns besorgt war«, stellte Volmar mit seinem strahlendsten Lächeln fest. »Wir alle sind zu jeder Zeit und unter allen Umständen in Seinem Heilsplan geborgen. Du auch, Hildegard – du besonders, der Er so außerordentliche Gaben geschenkt hat. Freue dich!«

»Ich freue mich ja«, stöhnte ich lächelnd, »aber muß mir immer alles so weh tun?«

»Vielleicht brauchst du so etwas wie einen seelischen Aderlaß«, überlegte Volmar und sah plötzlich so aus, als hätte er selbst die Schau empfangen. »Hast du schon einmal versucht, die Dinge aufzuschreiben, die Gott dir offenbart?«

»Natürlich nicht«, wehrte ich mich empört. »Eine junge Nonne, die für ihre seltsamen Ergüsse teures Pergament vergeudet! Welchen Sinn sollte das wohl haben – außer, daß man mich endgültig für verrückt erklären würde?«

»Ich halte dich nicht für verrückt«, stellte Volmar fest. »Und die Meisterin Jutta auch nicht.«

»Nein. Jutta ist gütig und weise, und du bist mein Freund. Das genügt für mich.«

»Dann soll es auch mir genügen.« Volmar drückte liebevoll meine Hand. »Versuch jetzt, ein bißchen zu schlafen«, flüsterte er.

Mir war, als schliefe ich tatsächlich ein; oder vielleicht wurde ich auch ohnmächtig, denn als ich die Augen wieder aufschlug, saß Jutta an meinem Lager. Ihre kühle Hand lag auf meiner Stirn, und ihre Augen sahen direkt in mein Herz.

»Du fühlst das jetzt alles«, flüsterte sie, »als ob du das Zentrum seist. Aber in Wirklichkeit ist Christus das Zentrum. Er hat alle Schmerzen getragen, mein Kind – auch die deinen. Und bedenke noch etwas: Eine Frau hat Ihn geboren; eine junge Frau wie du, die sich dem Heiligen Geist derart öffnete, daß er das geheimnisvollste Wunder seit dem Beginn der Schöpfung in ihrem Leib tun konnte. So weit müssen auch wir uns Ihm öffnen, meine Tochter; mit ebensoviel Mut und mit ebensoviel Demut. Auch, wenn manches uns erschreckt, weil wir es nicht begreifen; oder wenn wir meinen, wir könnten die Folgen nicht ertragen, die wir gar nicht absehen können. Stell dir nur vor, Maria hätte die Kontrolle darüber behalten wollen, was mit ihr geschah; oder über die Folgen nachgedacht! Dann wäre Jesus nie geboren worden!

Aber ich sage: Christus soll die Kontrolle über unser Leben haben, und der Heilige Geist soll in uns herrschen und uns mit allem befruchten, was Ihm gut erscheint. Stimmst du mir zu?«

»Das tue ich«, flüsterte ich. Trotz meiner Schmerzen mußte ich losprusten wie ein kleines Mädchen. Es war, als seien Jutta, Jesus und ich von nun an so etwas wie geheime Verbündete.

Ein Jahr später wurde auf einem Konzil in Reims der Kirchenbann über Kaiser Heinrich V. ausgesprochen. Drei unruhige Jahre lang wurden zähe Verhandlungen geführt, während sowohl der Kaiser als auch der Papst sich immer tiefer in ihre politischen Bündnisse und Machenschaften verstrickten. Volmar und ich sprachen nicht davon; doch beide erwarteten wir jeden Tag die Aufstellung eines Gegenpapstes durch den Kaiser. Statt dessen erzielte man im Jahr 1122 endlich eine Einigung, die der englischen Regelung ähnelte: Der Kaiser verzichtete darauf, die Bischöfe einzusetzen, wohnte aber ihrer Wahl bei und verlieh ihnen schon vor der Weihe ihre weltlichen Hoheitsrechte. Ein Konzil bestätigte dieses Konkordat bald darauf, und endlich kehrte ein zögernder Frieden ein. Ich fühlte mich wie von einer ungeheuren Last befreit.

»Heute ist das verschlossene Tor uns geöffnet; und befreit ist alles, was die Schlange im Weib erstickte. Wie herrlich leuchtet im Morgenrot die Blüte aus der Jungfrau Maria«, sang ich vor mich hin, während ich das Heilkräuterbeet vom ersten zartgrünen Unkraut befreite. Es war ein sonniger Tag im Lenzmonat, und ich war glücklich wie ein sorgloses Kind. Die weiche Luft war erfüllt vom Duft der aufbrechenden Erde.

In meinem Herzen jubilierte die Antwort auf das frische Grün, das überall emporschoß: ich mußte einfach singen. Mein Lied vermischte sich mit den jauchzenden Stimmen der Vögel, die ebenfalls ihre Verzückung über den neuen Frühling kundtaten; und während meine Finger die taufeuchten Kräuter berührten, spürte ich die spezifische Kraft, die jeder Pflanze innewohnte.

»O du, leuchtend im göttlichen Licht! Vom Worte Gottes durchflutet, erblühte dein Leib; als Gottes Geist in dich einging, der dich durchwehte. Du saugtest das alles in dich hinein, was Eva einst von sich geworfen ... Wunderbar hast du das makellose Fleisch umschlossen, das in deinem Leib erwachte: der Sohn des gewaltigen Gottes! Er ging aus deinem Schoß hervor wie leuchtendes Morgenrot –«

»Der Sohn des gewaltigen Gottes, wie leuchtendes Morgenrot«, fiel hinter mir eine Kinderstimme ein. Als ich mich umsah, erblickte ich die Nichte Juttas, die vor einigen Tagen als Oblatin bei uns aufgenommen worden war. Das kleine Mädchen hatte die Augen zum Himmel erhoben und die Arme geöffnet, als wolle sie die ganze Welt umarmen; selbstvergessen tanzte sie zu der einfachen Melodie, die mir der Moment eingegeben hatte. Wie von einem Blitzschlag erhellt sah ich die Seele des Kindes: ein frischer, sprudelnder Quell. Mir schwindelte ein wenig von der ungeteilten Reinheit dieses Bildes.

Da ich vor Verblüffung verstummt war, summte das Mädchen allein weiter und drehte sich dabei schneller und schneller, bis es sich mit einem befriedigten Juchzen in das taufeuchte Gras fallen ließ.

Dort blieb es keuchend liegen und ließ sich einen Käfer über die Hand krabbeln.

»Guten Tag«, begrüßte ich sie. »Ich bin Hildegard. Wie heißt du?«

»Richardis von Stade.« Die Kleine stützte sich auf den Ellbogen und sah mich neugierig an. »Was hast du da gerade gesungen?«

»Ein Lied, das mir eingefallen ist. Hat es dir gefallen?«

»Es war sooo schön! Ich konnte gar nicht ruhig stehen bleiben. Bist du böse, weil ich mich schmutzig gemacht habe?«

»Ich glaube, das hast du gar nicht«, beruhigte ich sie, indem ich sie hochzog und ihr schwarzes Oblatinnenkleid abklopfte. »Siehst du – es ist nur naß vom Tau. Wie alt bist du denn, Richardis?«

»Acht. Und du?«

»Ich bin sechsundzwanzig.«

»Schon so alt?«

»Ja«, sagte ich lächelnd, »aber weißt du was? Als ich hierherkam, war ich auch acht, genau wie du. Wollen wir Freundinnen sein, Richardis?«

»Gern!« Das kleine Mädchen umarmte meine Röcke und drückte sich kurz an mich. Dann drehte sie sich um und rannte davon. Ich sah ihr mit klopfendem Herzen nach, als sei mir der Frühling persönlich begegnet.

Von nun an verrichteten wir die anfallenden Arbeiten im Kräuter- und Gemüsegarten oft zusammen und bewegten uns bald so selbstvergessen im Gespinst unseres gemeinsamen Singens, daß die Glocke zur nächsten Andacht uns wie eine Stimme aus einer fernen, gröberen Welt erschien. Die

Freundschaft mit der kleinen Richardis machte mich glücklicher, als ich je zuvor gewesen war; manchmal summte ich tagelang verzückt vor mich hin. Jutta erwies mir einen neuen Beweis ihrer Güte und Weisheit: Statt mich wegen meines Übermuts zu tadeln, ermunterte sie mich, die Lieder zu gliedern und aufzuschreiben.

Ich lernte, daß Melodien ebenso aus einzelnen Noten aufgebaut werden konnten wie ein Dom aus Steinen. Aufgeregt ging ich an das Werk des Niederschreibens, merkte aber bald, daß die gregorianische Liturgie zwar zuverlässige Richtlinien bot, zugleich aber auch enge Grenzen setzte. Die neuen Tonfolgen erklangen jedoch so zwingend in meinem Herzen, daß ich sie auf keine Weise verändern konnte; ich fühlte, daß eine vollständige Angleichung an die gregorianische Tonführung einer Lüge gleichgekommen wäre. Mir blieb nichts anderes übrig, als da und dort die Regeln zu durchbrechen – etwa, indem ich einen Schmerzensschrei aus dem Rahmen des festgesetzten Tonschlüssels unversehens in die Tiefe fallen oder einen Jubel wie auf Flügeln zum Himmel stürmen ließ.

Zu dieser Zeit beherbergte unser Kloster fast dreißig Frauen und Mädchen. Viele adlige Eltern übergaben Jutta ihre Töchter zur Erziehung, denn auf dem Disibodenberg wußten sie diese zumindest vor Gewalt geschützt – das Reich war in Aufruhr. Als Heinrich V. im Jahre 1125 starb, ernannten die Fürsten des Reiches unter Mißachtung des Erbrechts den sächsischen König Lothar zu seinem Nachfolger. Doch das mächtige Haus der Staufer erkannte Lothar nicht an und stellte in Konrad III. einen

Gegenkönig auf, der vom Mailänder Erzbischof auch tatsächlich gekrönt wurde. Aufgrund dieser Widrigkeiten war unsere Gemeinschaft gewachsen und mit ihr auch der Chor, in dem wir Gott siebenmal täglich den Lobgesang darbrachten. Im Lauf der Jahre hatten die Frauenstimmen gegenüber den Stimmen der Mönche an Gewicht gewonnen: Wie eine ausgewogene Symphonie der Farben reichte die Skala jetzt vom süßen, schwerelosen Gold der hellsten Mädchenstimmen bis zur tiefdunklen Erdenschwingung der ältesten Mönche.

»Was du da tust, ist gefährlich, Hildegard.« Bruder Benno, der für die Einstudierung der Gesänge zuständig war, hatte mich nach meinen Liedern gefragt. Er war ein zartgliedriger Mann mit großen, hellen Augen, der Musik von Herzen liebte – doch als er die Eigenwilligkeiten bemerkte, krauste er mißbilligend die Stirn. »Meinst du, die gregorianische Liturgie ist zufällig entstanden? Begreifst du nicht, wie leicht sich der Teufel in solche Tonsprünge, wie du sie teilweise vorgibst, einschleichen kann?«

»Das glaube ich nicht«, stotterte ich überrascht; ein solcher Gedanke war mir nie gekommen. »Sondern ich glaube, daß der Lobpreis wirklich die Sprache der Engel ist. Musik schenkt uns Flügel und trägt uns zu Gottes himmlischem Thron empor! Es ist – wie ein goldener Funke des Lebens, den Gottes Geist unseren Herzen eingibt und der wächst – zumindest ging es mir mit diesen Melodien so.«

»Sie sind wunderschön«, gab Bruder Benno zögernd zu. »Und ich kenne dich als eine Person, die nicht leichtfertig Regeln übertritt. Vielleicht, ausnahmsweise –«

Nach dieser Ermutigung beeilte ich mich, Texte in Latein abzufassen: Nach all den Jahren des Studiums unter Volmar beherrschte ich die Sprache hinlänglich gut. So hielten meine Lieder allmählich Einzug in unsere Andachten und wurden ein Teil unserer Anbetung. Niemand war darüber glücklicher als meine kleine Freundin Richardis, die eine wundervolle Altstimme besaß. Wenn wir singend nebeneinanderstanden, überkam mich ein unbeschreibliches Gefühl vom Einssein; sowohl mit den anderen Sängern und Sängerinnen als auch mit dem geheimnisvollen Kirchenraum selbst: der hingegebene Leib Marias, die den Samen des göttlichen Lebens in sich trug.

»Ich muß mit dir reden, Hildegard.« Wir standen im Studierzimmer, es war das Jahr 1130, und die Klosterkirche stand kurz vor der Altarweihe, der wir seit Wochen entgegenfieberten. Ich hatte Volmar noch nie so ernst gesehen.

»Du weißt ja, daß Papst Honorius II. vor einigen Wochen gestorben ist. Gestern abend ist ein Bote aus unserem Bruderkloster in Rom angekommen. Das römische Kardinalskollegium hat zwei konkurrierende Päpste ins Amt gewählt: Innozenz II. und Anaklet II.«

»Zwei Päpste? Wieso?« würgte ich erstickt hervor. Mir war, als hätte ein eisiger Windstoß alle Freude wie welke Blätter aus meinem Leben geschleudert.

Volmar beobachtete mich besorgt. »Innozenz steht den Klosterreformern nah, die sich dem ursprünglichen Ziel der Armut und Nächstenliebe wieder annähern wollen. Anaklet dagegen ist über die Maßen reich und besitzt entsprechenden politischen Einfluß. Er hat sich mit dem araberfreundlichen Normannenkönig Roger II. von Sizilien verbündet.«

»Der erste Schakal.« Ich merkte kaum, daß ich zitterte. »Mit der Altarweihe in unserer Kirche hätte ein neues, frisches Wehen des Heiligen Geistes über uns kommen müssen! Statt dessen versinken wir im Sumpf der Machtpolitik. Aber ohne die göttliche Grünkraft bringt sogar die Benediktusregel keine Frucht, sondern nur Last. Merkst du, Volmar, wie der Zwietrachtsäer uns beraubt? Und kannst du mir sagen, warum Gott unsere Herzen jetzt nicht erst recht neu entzündet, damit wir – die Gesamtheit aller Ordensleute – geschlossen gegen den Feind aufstehen? Wir müßten doch der zerstrittenen Welt ein Zeichen Seiner Einigkeit setzen ...«

Ich sprach immer schneller; ich wollte nicht hören, was Volmar und ich dachten: aus welchem Grund Gott mir wohl die Zukunft gezeigt hatte; nicht nur dies eine Mal, sondern unzählige Male.

»Hast du von dieser neuen Sekte gehört, die in Frankreich um sich greift?« fuhr ich erbittert fort. »In ihr hält der Feind besonders reiche Ernte, denn sie betrachten die gesamte irdische Schöpfung als ein Blendwerk des Satans! Stell dir vor, damit beraubt Satan uns sogar der Schönheit ... Wer zu dieser Sekte gehört, darf keine Kinder bekommen, damit das Elend des irdischen Lebens nicht an sie weitergegeben wird; sie lehnen Besitz ab, weil sie die Auswüchse der Gier fürchten; sie praktizieren Enthaltsamkeit und richten ihr ganzes Streben ausschließlich auf das Jenseits aus ...«

»Sie nennen sich Katharer: nach Katharsis, der Befreiung«, warf Volmar ein.

»Wenn die Geistlichkeit wirklich nach dem Evangelium leben würde, statt vorne fromm zu predigen und hinten gierig zu raffen, hätte sich ein solcher Abszeß des Irrglaubens nie gebildet«, ereiferte ich mich. »Aber ein Großteil des Klerus ist gefangen im Panzer der Lehen und Pfründe. Diese Teilung, diese Spaltung des Kosmos in Stoff und Geist, an die die Katharer offenbar glauben, ist nichts als ein höhnisches Spiegelbild, das uns der Teufel vorhält und schreit: ›Seht den Eiter, der aus eurer selbstgeschlagenen Wunde quillt! Seht die Frucht, die ihr gesät habt!‹«

»Du kannst nur versuchen, dein eigenes Haus in Ordnung zu halten«, versuchte mich Volmar zu besänftigen. »Übrigens gab es schon zur Zeit der Apostel eine Irrlehre im Orient, die sich die Gnosis nannte und an eine ähnliche Zweiteilung des Kosmos glaubte. Sie behaupteten, Jesus habe ein Art Lichtleib und der Rest sei Sinnestäuschung.«

»Sinnestäuschung«, schnaubte ich verächtlich. »Wenn Jesus nur einen Lichtleib hatte, dann war Sein Opfer ein Taschenspielertrick, der allenfalls Satans würdig wäre. Und welchen Nutzen hätte Satan davon? Dieser Widerspruch muß doch dem Dümmsten auffallen! Und was die Katharer angeht: Wenn die irdische Schöpfung nicht von Gott ist, woher kommt dann ihre überwältigende Schönheit und ihre bestürzende Gesetzmäßigkeit bis ins kleinste Detail? Haben diese Leute denn keine Augen im Kopf?«

»Vielleicht haben sie zuviel Schreckliches gesehen und wagen es nicht mehr, ihre Augen zu öffnen«, gab Volmar zu bedenken. »Ich stimme dir zu, Hildegard; aber vergiß nicht, daß wir alle Menschen sind, die fehlen können. Die Erkenntnis Gottes ist ebenso ein Gnadengeschenk wie die Hingabe, Ihm nachzufolgen – oder die Schau, die Er dir allein offenbart.«

Ich senkte den Kopf und kämpfte gegen Tränen. »Du hast natürlich recht«, stieß ich hervor. »Weißt du, manchmal bedauere ich, daß ich kein Mann bin. Als Mann könnte ich das Priesteramt anstreben, hinaus in die Welt reiten und den zynischen Klerikern den Marsch blasen. All diese Ränke des Feindes machen mich so wütend! Aber als Frau bin ich viel zu sehr Spielball meiner Gefühle, um Männer zu belehren oder gar zu verurteilen. Ich – ich wünschte nur, jemand anders würde das alles öffentlich anprangern.«

»Der Abt Bernhard von Clairvaux tut es, wie du weißt. Er hat den Papst Innozenz jetzt sogar in sein Kloster eingeladen und versprochen, ihm zumindest in Frankreich die Anerkennung zu verschaffen, die ihm gebührt. Ich denke, Innozenz wird die Einladung annehmen. Und wenn Bernhard ihn unterstützt, werden alle, die noch reinen Herzens sind, sich um ihn scharen.«

Ich lächelte vorsichtig. »Du gibst mir Hoffnung.«

»Ich gebe dir sogar noch mehr! Der Bote hat uns nämlich auch eine neue Schrift Bernhards mitgebracht. Sie wurde in der Schreibstube von Kardinal Aimeric in Rom für alle Klöster kopiert, denen die Suche nach Gott noch immer wichtiger ist als Politik.«

Volmar zog ein schmales, in Kalbleder gebundenes Buch aus seinem weiten Ärmel. »Es scheint, der Meister will uns in der Wüste nicht verdursten lassen«, sagte er lächelnd. »Wollen wir es zusammen lesen?«

Wortlos schob ich das Lesepult ans Fenster, damit wir trotz des winterlichen Spätnachmittags genug Licht hatten. Mit klopfendem Herzen überflog ich die Überschriften. »Über die Gottesliebe. Die niedrigste Stufe der Liebe: der Mensch liebt sich selbst, um seiner selbst willen. Die zweite Stufe: er liebt Gott um seines eigenen Vorteils willen. Die dritte Stufe: er liebt Gott um Gottes willen. Auf der vierten Stufe aber liebt der Mensch sich selbst um Gottes willen; und aus zweien ist eins geworden.«

Im Jahr 1133 wurden Bernhard von Clairvaux' Bemühungen von Erfolg gekrönt. Auch der deutsche König Lothar stellte sich auf die Seite von Innozenz II. und führte den Papst unter dem Schutz seines Heeres nach Rom zurück. Nicht ganz uneigennützig; denn dort ließ er sich von Innozenz II. zum Kaiser krönen.

Am selben Tag legte Richardis von Stade, inzwischen zu einer Jungfrau von fünfzehn Jahren herangewachsen, ihr Gelübde ab. Aus diesem feierlichen Anlaß erhielt sie Besuch von ihrer verwitweten Mutter und vielen anderen Verwandten. Für die Zeremonie hatte sie sich eins meiner Marienlieder gewünscht: ›Viridissima Virga‹; ein lateinisches Wortspiel, das an ›Virgo‹, Jungfrau, anknüpfte und sich leider nur als ›allergrünstes Reis‹ übersetzen ließ. Als wir den Vers sangen »Es kam die Zeit, daß du in deinen Zweigen blühtest; Sonnenglut strömte von dir aus wie Balsamduft« und Richardis mit strahlenden Augen den Schleier entgegennahm – da schien es mir, als seien die Worte ebenso auf sie wie auf die Jungfrau Maria bezogen.

Nach der Zeremonie entfernte ich mich rasch, um Richardis und ihre Familie bei dieser seltenen Begegnung nicht zu stören. Doch die junge Nonne rannte mir höchst unziemlich nach und bestand darauf, daß ich ihre Mutter kennenlernte. Die Markgräfin war eine geborene von Spanheim-Lavanttal: Juttas Kusine. Als Richardis uns bekannt gemacht hatte, schloß sie mich in eine herzliche Umarmung.

»Wie schön, dich endlich persönlich kennenzulernen, Hildegard von Bermersheim.« Sie nahm meine beiden Hände und sah mir offen in die Augen. »Ich danke dir von ganzem Herzen für die Liebe, die du meiner Tochter in all den Jahren entgegengebracht hast! Ich weiß wohl, es ist zum großen Teil dir zu verdanken, daß der Orden ihr Zuhause geworden ist.«

»Aber, da ist doch nichts zu danken«, stotterte ich verlegen. »Deine Tochter hat ein so feines, anmutiges Wesen; wie sollte irgend jemand sie nicht lieben! Sie bereichert unsere Gemeinschaft wie eine Blüte einen Strauch. Und ihre geistlichen Gaben sprießen, daß es eine Lust ist, dabei zuzusehen.«

»Geistliche Gaben sprießen nur, wenn sie entsprechend gedüngt und gewässert werden, liebe Hildegard«, versetzte die Markgräfin. »Trotz meines weltlichen Lebens begreife ich das sehr wohl. Siehst du, nach meiner Auffassung ist es um ein Reich um so besser bestellt, je enger sich seine Machthaber an die Gesetze Gottes halten. Darum habe ich mehrere meiner Kinder die geistliche Laufbahn einschlagen lassen; mein ältester Sohn Hartwig ist soeben zum Bischof geweiht worden. Ich glaube, ich kann sehr wohl unterscheiden zwischen Frömmelei und Reinheit des Herzens oder zwischen Lippenbekenntnissen und echter Liebe. In dir erkenne ich eine Streiterin, wie sie sich jede Armee nur wünschen kann.«

Ich war sprachlos; Richardis hatte mich in keiner Weise auf die eindrucksvolle Persönlichkeit ihrer Mutter vorbereitet. Die Markgräfin aber nahm mir meine Verlegenheit, indem sie mich vor aller Augen auf beide Wangen küßte.

»Gott schenke dir reichen Segen, Hildegard von Bermersheim. Wir sind einander gewiß noch nicht zum letzten Mal begegnet.« Sie winkte mir noch einmal zu, legte den Arm um ihre Tochter und schritt mit ihrem Gefolge vorüber, um im Haus Juttas den Festschmaus einzunehmen.

6

Drei Jahre später befiel meine geliebte Meisterin Jutta von Spanheim ein verzehrendes Fieber, dem all unsere Pflege und Sorgfalt nicht beikommen konnte. Sie rief uns alle der Reihe nach zu sich, um uns ein letztes Mal zu segnen.

Als sie mir die Hand auf die Stirn legte, erschauerte ich, als ginge die ganze Grünkraft, die in dieser heiligen Frau gewohnt hatte, durch ihre Berührung auf mich über. Ich brach in hilfloses Schluchzen aus. Jutta hatte ihrem zarten Körper durch Fasten und unablässige Arbeit stets viel zugemutet und war dennoch über fünfzig Jahre alt geworden; ich hätte nicht völlig überrascht sein dürfen, und doch brachte es mich vollkommen außer Fassung, sie sterben zu sehen. Ich wollte sie aufhalten, mich an sie klammern, sie anflehen, Mitleid mit mir zu haben und mich nicht allein zu lassen – statt dessen fühlte ich die festen Arme der Markgräfin von Stade, die als nächste lebende Verwandte Juttas ebenfalls anwesend war und mich nun behutsam ins Vorzimmer führte.

Sie ließ mich eine Weile an ihrer Schulter weinen und sagte dann sanft: »Es ist genug, Hildegard. Die Schwestern brauchen jetzt deine Kraft.«

Es klang, als dürfte ich nie wieder etwas für mich selbst wollen. Mein Herz brannte vor Schmerz und Angst, aber ich spürte auch, daß die Markgräfin recht hatte. Gefaßter kehrte ich ins Sterbezimmer zurück und kümmerte mich um die jüngeren Schwestern. Gemeinsam mit der Markgräfin und zehn anderen Nonnen wachte ich die ganze Nacht bei Jutta und fiel gegen Morgen, am zweiundzwanzigsten Tag des Heiligmonats 1136, in einen erschöpften Halbschlaf.

Auf dem Fensterbrett hatte eine Schar Spatzen ihr hungriges Getschilpe angestimmt, und draußen verklangen die Glocken, die zur Terz gerufen hatten – da erwachte ich mit einem Ruck, weil alles so still war. Mein erster Blick fiel auf die Vögel, die noch immer vor dem Fenster hockten: Mäuschenstill lugten sie herein. Erst, als ich mich über meine Mutter Oberin beugte, begriff ich, daß im Augenblick, als die Vögel verstummten, ihre Seele den Körper verlassen hatte. Auf ihrem wachsbleichen Gesicht lag so tiefer Friede, daß unsere Trauer ehrfürchtigem Staunen wich.

»Du wirst die nächste Äbtissin«, eröffnete mir Volmar nach der Beerdigung. »Jutta selbst hat dich vorgeschlagen, und der Abt hat zugestimmt. Niemand ist dazu besser geeignet als du.«

Es beginnt, dachte ich. Es beginnt, und ich kann es nicht aufhalten. Mein Herz begann wie rasend zu klopfen, doch hätte ich nicht mit Worten ausdrücken können, wie groß die Angst war, die ich fühlte. Laut sagte ich: »Das ist nicht wahr. Jede andere Schwester ist besser geeignet! Du weißt, daß jeder Wetterumschwung mich umwerfen kann – ganz zu schweigen von den Lähmungen, der Blindheit und all dem anderen, was so oft unversehens über mich gekommen ist. Wie soll ich den Schwestern Halt geben, wenn ich selbst nicht die geringste körperliche Festigkeit besitze?«

»Du vermittelst ihnen genau den Halt, in dem du selbst geborgen bist: den Vater, den Sohn und den Heiligen Geist. Was könnte es Besseres geben?«

»Volmar wird dir bei der Verwaltung helfen, und Bruder Arnold kann weiterhin für dich den Zehnten eintreiben«, ermutigte mich Abt Kuno, der mich in sein Empfangszimmer bestellt hatte. »Mir scheint, du besitzt ein beträchtliches Organisationstalent, und die Schwestern vertrauen dir, wie Jutta dir vertraute. Außerdem wüßte ich keine Nonne im ganzen Konvent, die ich geistlich für geeigneter –«

»Wie kannst du das sagen!« Ich war zu erregt, um höflich zu bleiben. »Ich könnte den Anspruch der Benediktinerregel nie erfüllen! ›Der Abt vertritt im Kloster die Stelle Christi! Er mache alles Gute und Heilige mehr durch sein Leben als durch sein Reden sichtbar. Er soll alle in gleicher Weise lieben, er lasse sich vom Gespür für den rechten Augenblick leiten. Wer es auf sich nimmt, Menschen zu führen, muß für sie alle Rechenschaft ablegen …‹«

»Ich verstehe, daß du davor Angst hast. Mir ging es als junger Mann ebenso. Ich möchte sogar sagen, wenn du keine Angst hättest, wärst du mit Sicherheit ungeeignet. Aber Benedikt schreibt außerdem: ›Wenn der Abt mit seinen Ermahnungen anderen zur Besserung verhilft, wird er selbst von seinen Fehlern geläutert.‹ Gott sagt nicht, daß du keine Fehler machen darfst. Sondern Er hilft dir, wenn du dein Bestes tust.«

Abt Kuno, dessen Kraft ich mein Leben lang als selbstverständlich empfunden hatte, wirkte plötzlich zart und verwundbar. Er mußte über sechzig sein. »Niemand wird dich zwingen, Hildegard«, schloß er begütigend. »Aber denk darüber nach und bete. Und dann sag mir, wer sonst das Frauenkloster führen soll.«

Draußen erwartete mich die Markgräfin, umarmte mich und drückte mir die Hand. »Hildegard, ich bin so froh, daß du nun endlich beginnen kannst, nach außen zu wirken. Das gebührt dir; du wirst deine Erfüllung darin finden.« Es schien ihr gar nicht in den Sinn zu kommen, daß ich die Wahl ablehnen könnte. Richardis aber, die während dieses ganzen schwierigen Tages nicht von meiner Seite gewichen war, zog mich nach der Vesper hinaus in die frostklirrende Nacht.

»Es ist wie ein Garten«, meinte sie leise. »Das ganze Kloster mit den Schwestern darin ist ein Garten. Du kennst sie alle so gut! Du weißt, wer viel Licht braucht und wer trockenen Boden, wer besser im Schatten einer Mauer wächst und wer am meisten Platz benötigt. Als Äbtissin setzt du einfach jede an den richtigen Ort und bestimmst andere dazu, regelmäßig zu gießen und zu jäten. Dann gehst du umher und schneidest ein paar Triebe zurück oder propfst ein Reis auf, das mehr Frucht bringt. Wenn du etwas nicht weißt, fragst du Gott, und Er wird dir antworten.«

»So einfach ist das?«

Richardis umarmte mich. »Nein, so schwierig«, flüsterte sie. »Trotzdem wirst du es besser machen als alle anderen. Du wirst dich immer dem Geist öffnen, die Jahreszeiten berücksichtigen und neue Flugsamen aufmerksam beobachten. Du wirst keine Pflanze zu etwas zwingen, das ihrer Natur zuwiderläuft und deiner eigenen Eitelkeit entspringt. Deshalb, nehme ich an, will Gott gerade dich als Gärtnerin haben.«

Ich sah mich in dem schneebedeckten Garten um, in dem wir standen. Der Harsch glitzerte schwach im Sternenlicht, und die kahlen Zweige der Sträucher sahen aus, als ob sie frören. Dennoch spürte ich überall das schlummernde Leben, das mächtig hervorbrechen würde, wenn die Zeit reif war. Ich hörte ein Knistern und Rascheln, der Schnee im Garten erglühte wie Morgenröte, und überall schwollen und platzten die Knospen, brachen zu Blüten auf und wurden schwer von Frucht. Augen bedeckten diese Früchte, bemerkte ich jetzt: Augen, die Gott erblickten. Und dann hörte ich einen fernen, aber mächtigen Ton, der immer mehr anschwoll wie der Ruf einer Posaune. Mit einem Tosen wie von tausend Wasserfällen, in dem ich viele tausend himmlische Stimmen zu hören meinte, erhob sich eine riesige, rotgoldene Sonne. Sie schien mir direkt ins Gesicht und setzte mit ihren flammenden Strahlen mein Inneres in Brand. Goldenes Grün zerbarst im Inneren meiner Augäpfel und durchwehte mich wie sprühende Funken – oder wie die Samen des Löwenzahns, wenn ein Windstoß sie erfaßt hat. Ich sah meine staunende Freundin Richardis, die wohl in meinem Gesicht eine Art Abglanz dieser Schau wahrnahm; zugleich aber hörte, schmeckte und spürte ich ein Gelächter schierer Freude, das in mir ausgesät wurde: Viridissima, leuchtendstes Grün.

Mein Vater war vor einigen Jahren gestorben, aber meine greise Mutter machte sich noch einmal auf den Weg, um der Äbtissinnenweihe beizuwohnen. Wieder lag ich der Länge nach vor dem Altar auf dem Boden der Kirche, während der Bischof mir seine Hand auflegte. Mit dem Äbtissinnenstab empfing ich aus seiner Hand meine eigene Abschrift der Ordensregeln, und ich mußte ein Lächeln unterdrücken, als ich mich an die vielen Stunden erinnerte, in denen Volmar und ich sie studiert hatten. Zum Abschluß der Weihe umarmten mich die Schwestern, die nun meine Töchter waren, und jede gab mir den Friedenskuß. Wie in geöffnete Blütenkelche sah ich dabei in jedes einzelne Gesicht und erkannte die schlummernde Frucht darin: die Seele, für deren Wachstum und Reife ich nun verantwortlich war.

»Ich fürchte mich vor der Sünde des Stolzes«, beichtete ich Volmar. »All die Jahre hindurch hat Jutta durch ihr Beispiel gelehrt, daß die Demut die höchste Tugend ist; und Benedikt nannte sie sogar die Leiter, auf der wir in den Himmel steigen können. Volmar, ich merke jetzt erst, daß sie mir völlig fehlt.«

»Wie kommst du darauf?« fragte mein Beichtvater verblüfft.

»Du selbst hast mich doch immer wieder ermahnt, wenn ich gegen die Glaubensschwäche des Klerus wütete und meinte, selbst viel heiliger und gottesfürchtiger zu sein; wenn ich mich durch den gottlosen Zustand des Reiches in meiner Würde als geistliche Kämpferin beleidigt fühlte; oder wenn ich –«

»Wer seinen Stolz erkennt, nimmt ihm den Stachel«, meinte Volmar bedächtig. »Ich frage mich nur, warum dir das gerade jetzt aufgefallen ist.«

»Ist das nicht offensichtlich? Als Äbtissin muß ich ein makelloses Vorbild sein, damit alle, die mir anvertraut sind –«

Volmar hob die Hand und unterbrach mich, was ganz selten geschah. »Erst jetzt bist du wirklich stolz«, wies er mich zurecht. »Wer makellos zu sein versucht, überhebt sich und geht in die Irre. Weißt du nicht mehr, daß Gott im Schwachen mächtig ist? Wer selbst stark ist, läßt Gott keinen Raum! Erinnere dich an Moses. Wie dir lag ihm sein ganzes Volk brennend am Herzen. Im Alter von vierzig Jahren wollte er endlich das Richtige tun und erschlug einen der Unterdrücker, einen Ägypter. Doch das tat er aus Stolz, und er mußte in die Wüste fliehen! Er mußte von den großen Problemen seiner Zeit ablassen und sich nur noch um das Naheliegende kümmern: seine Familie, die Herden seines Schwiegervaters. Erst dadurch konnte Gott sein Inneres verändern und ihn auf seine eigentliche Aufgabe vorbereiten.«

»Und dann hat er sein Volk doch noch befreit und durch die Wüste geführt.«

»Aber erst als Greis; als er wußte, daß er aus sich selbst nichts mehr vermochte. Moses hat außerdem als einziger Sterblicher mit Gott von Angesicht zu Angesicht gesprochen.« Volmar zeichnete lächelnd das Absolutionszeichen auf meine Stirn. »Erinnere dich: Weder gestern noch morgen, sondern in diesem Augenblick sind wir der Ewigkeit am nächsten.«

»Es liegt an der Schau«, murmelte ich, »sie zeigt mir so ungeheuer Großes; und ich denke dann, ich muß auch Großes vollbringen. Dabei bin ich viel zu schwach und ungeschickt und unwürdig ... Außerdem verlangt Gott von den Propheten nicht so sehr, daß sie etwas vollbringen, sondern hauptsächlich, daß sie Seinen Willen verkünden, nicht wahr?« Ich erschrak und schlug mir auf den Mund. »Schon wieder Stolz«, flüsterte ich.

Volmar schüttelte ernst den Kopf. »Diesmal nicht«, versicherte er.

Während der kommenden Jahre fühlte ich meine Kräfte mit jedem Tag wachsen. Zum ersten Mal in meinem Leben kannte ich Wochen und sogar Monate ununterbrochener Gesundheit. Meine Töchter hatten Vertrauen zu mir, und die Offenheit, die unter uns herrschte, war für alle förderlich. Richardis hatte recht gehabt: Wie ein Obstbaum nicht nur okuliert und gestutzt werden muß, sondern vor allem Sonne, Regen und Dünger braucht, um Frucht zu tragen, so brauchten auch die Schwestern vor allem Heiterkeit, Liebe, Verständnis.

Ich besichtigte die Gutsbetriebe, die unserem Konvent im Lauf der Jahre durch Schenkungen übereignet worden waren, und organisierte die Abgabe des Zehnten neu. Einem Hof in einem Gebiet mit sumpfigem Boden schlug ich vor, Karpfenzucht zu betreiben und uns in Zukunft übers Jahr verteilt zweihundert Karpfen zu liefern, statt wie bisher Fleisch, mühsam angebautes Getreide und Gemüse, deren Mengen gemäß der Fläche des Anwesens berechnet worden waren. Ein anderer Hof lag auf kargem Hügelland, und ich vereinbarte die jährliche Lieferung von zwanzig Ballen Wolle. Weinbauern sollten uns ausschließlich Wein, Kleinbauern nur noch Geflügel und besonders arme Gehöfte nichts als Honig und Holzkohle liefern. Den betroffenen Lehnsleuten erleichterte diese Regelung das Leben beträchtlich, und uns verhalf sie in kurzer Zeit zu erstaunlichem Wohlstand.

Bald schmückten Wandteppiche und gestickte Kissen unseren Speisesaal, und die Betten der Nonnen wurden mit daunengestopften Kissen ausgestattet. Im Gästezimmer der Äbtissin, in dem ich meine Besucher empfing, lag sogar ein Teppich auf dem Boden. Als Erzbischof Heinrich von Mainz eines Tages bei Abt Kuno weilte, führte dieser ihn voller Stolz auch in unserem Teil des Klosters umher, und ich durfte von dem mächtigen Mann einen anerkennenden Händedruck entgegennehmen.

Als uns aus Rom die Nachricht vom Tod des Gegenpapstes Anaklet II. erreichte, war es, als fiele eine schwere Last von meinen Schultern. Dennoch wuchs meine innere Unruhe; ich wußte, daß diese glückliche Lage nur die Vorstufe zu anderem war. Ich spürte etwas Unaufhaltsames näherkommen und wußte mich eine Gefangene zwischen Gottes riesigen Bildern und meinem zerbrechlichen Dasein als Frau.

Ich hatte das feurige Licht schon sehr oft gesehen: Von jenseits des Raumes brach es herein, und Gott zeigte mir darin verborgene oder ferne Dinge. Doch niemals zuvor war es wie ein mächtiger Blitz aus dem offenen Himmel geradewegs in mein Gehirn gefahren. Es setzte mir Herz und Brust in Brand; ein neues, viel zu heftiges Leben glühte in mir, als müßten meine Knochen schmelzen – und doch empfand ich keine Schmerzen, sondern nur ein so intensives Lebensgefühl, als gellte mein ganzer Körper vor purer Lebenskraft. Meine Ohren aber erfüllte die

Stimme der tausend Wasserfälle: »Du hinfälliger Mensch, sage und schreibe nieder, was du siehst und hörst!«

Niemals, dachte ich und wußte, daß Gott den Gedanken bereits vernommen hatte, bevor er formuliert war.

»Du sollst nicht so schreiben, wie es Menschen sonst tun. Ich weiß, daß du zum Reden zu furchtsam bist, zu einfältig, um Meine Offenbarungen auszulegen, und zum Schreiben zu ungelehrt. Darum sollst du weder mit deinem Verstand etwas erfinden noch nach deinem Willen etwas gestalten, auch keine Auswahl nach deinem Gutdünken treffen. Sondern du sollst einzig nach Meinem Willen und auf Meinen Befehl hin schreiben und sprechen; denn Ich sehe alles, weiß alles und ordne alles in der Verborgenheit Meiner Geheimnisse.«

Ein Bild wuchs und füllte den ganzen Horizont, klarer und schärfer als alles, was ich bis dahin jemals gesehen hatte. Doch das Überwältigende war, daß ich diesmal in jeder Einzelheit begriff, was es bedeutete.

»Ganz ruhig«, sagte Volmar, der von der besorgten Richardis herbeigeholt worden war. Dabei hatte ich mich seit Stunden nicht von der Stelle gerührt.

»Sie spricht nicht«, erklärte Richardis bekümmert. »Und wenn man sie berührt, ist sie hart wie Stein. Sie dreht sich nicht um, sondern starrt immerzu auf die Wand. Was kann sie da nur sehen!« Sie brach in Tränen aus, kauerte sich neben mich auf den Boden und umklammerte meine starren Knie.

Nicht, flehte ich innerlich, ich kann vielleicht ertragen, für den Rest meines Lebens starr zu bleiben und mit niemandem mehr zu sprechen, aber du darfst nicht weinen. Bitte hör auf zu weinen, du weißt nicht, was du mir damit antust.

Volmar kam vorsichtig näher: Ein mutiger Mann, der sich in der Wildnis einer unbekannten Bestie nähert. Er zwängte sich zwischen mich und die Wand, so daß mein Blick auf den Strick fiel, der seine Kutte gürtete.

»Ich bin dein Freund«, erinnerte er mich sanft. »Was du auch siehst und hörst, was du auch tust oder läßt, ich werde immer dein Freund sein. Und immer wird dein Vertrauen für mich die höchste Auszeichnung bleiben.«

Er sprach bittend, drängend. Volmar, der nie am Ursprung der Schau gezweifelt hatte. Mein Freund, mein Lehrer, mein Seelsorger. Wie enttäuscht wirst du von mir sein.

»Bitte«, sagte Volmar leise, und Richardis vergrub ihr Gesicht schluchzend in meinem Schoß.

Nur diesen beiden sage ich es, dachte ich. Es ist zu ungerecht, sie so zu verlassen. Nur diesen beiden und sonst niemandem.

»Ich sah in einen tiefen, dunklen Raum, dicht durchstrahlt von Sternen«, begann ich. »Ein eisenfarbener Berg erhob sich bis zum Firmament, der war das ewige Gottesreich. Auf dem Gipfel thronte ein Lichtherrlicher, der meine Augen blendete: Der Beherrscher des ganzen Erdkreises, dessen Gottheit unfaßbar ist für den Menschengeist. Er besaß Flügel von ungeheurer Größe, die reichten über alle Begrenzungen hinaus und waren wie lichte, hellviolette Schatten.

Am Fuß des Berges standen zwei Gestalten. Die

eine war über und über mit goldenen Augen bedeckt, so daß man ihre menschliche Form kaum erkannte. Dies war die Gottesfurcht, deren Wachsamkeit keine menschliche Zwietracht vereiteln kann. Bei ihr stand eine kindliche Gestalt in farblosem Gewand und mit weißen Schuhen. Von dem Thronenden fiel gleich einem Wasserfall ein Lichtstrahl auf sie herab, so daß man in dem Leuchten ihr Gesicht gar nicht sah. Dies war die Seligkeit der Armen im Geiste, die nichts für ihren eigenen Ruhm erstreben. Ihr farbloses Gewand bedeutete, daß sie ihre guten Werke nur Gott zuschreibt, und ihre weißen Schuhe, daß sie wie ein Kind am Anfang steht und sich dem Wunder hingibt.

Außerdem ging von dem, der auf dem Berg thronte, ein sprühender Funkenregen aus, der beide Erscheinungen berührte. Das waren die strahlenden Tugendkräfte, die Gott uns schickt, um unsere Nacht zu erhellen. Im Berg selbst waren auch unzählige kleine Fenster, dahinter bleiche oder leuchtende menschliche Paare. Denn vor Gott bleibt kein menschlicher Beweggrund verborgen, und Er sieht, ob wir träge schlummern, ob wir von Eitelkeit angestachelt sind oder ob wir Ihn lieben und uns in der Erkenntnis Seines Reiches freuen.«

Nach einem verblüfften Schweigen fragte Richardis: »Hildegard – all das ist wunderbar und eindrucksvoll, aber – ich meine, was ist eigentlich mit dir geschehen? Du warst ja starr und kalt wie Stein, so habe ich dich noch nie erlebt!«

»Ich habe nicht alles erzählt«, gab ich widerstrebend zu. »Es war nicht nur ein Bild, sondern der Thronende sprach auch zu mir. Er – er sagte –« Diesmal war ich es, die in Tränen ausbrach. Richardis umarmte mich tröstend.

»Ich hebe meine Augen auf zu dem eisenfarbenen Berg, von dessen Gipfel mir Hilfe kommt«, flüsterte sie. »Meine Hilfe kommt von dem Thronenden auf dem Gipfel, der Himmel und Erde gemacht hat. Er wird dich nicht straucheln lassen, denn der dich behütet, schläft nicht ...«

»Hildegard«, unterbrach Volmar das abgewandelte Gebet, »du selbst sagst immer, daß unausgesprochene Dinge in der Seele schwären können wie Eiter, der nicht aus einer Wunde abfließen kann. Bitte sag uns, was du gehört hast.«

»Aber nur euch«, preßte ich hervor. »Ich sage es nur euch. Und sollte ich danach nie wieder sprechen, dann wißt ihr warum und dürft nicht traurig sein. Versprecht mir das!«

Ich bekam keine Antwort, aber Richardis nahm meine Hände und drückte sie mit aller Kraft.

»Du hinfälliger Mensch«, murmelte ich und spürte, wie mein Gesicht zu glühen begann, »verkünde den Zugang zur Erlösung, den Ich dir zeige. Ergieße dich wie ein überströmender Quell, damit jene aufgeschreckt werden, die dich verachten, weil du eine Frau bist. Verströme dich in geheimnisvoller Lehre, damit jene beschämt werden, die den inneren Gehalt der Heiligen Schrift zwar kennen, aber nicht danach leben, sondern Meine Offenbarung im unfruchtbaren Acker eines oberflächlichen Lebens verbergen. Denn du erhältst Scharfblick von Mir, dem himmlischen, furchterregenden Richter. Erhebe dich also und verkünde laut, was Ich dir offenbare! Ich durchströme den mit dem Licht himmlischer Erleuchtung, der Mir in Liebe dient, und Ich schenke dem die Freuden ewiger Schau, der auf dem Weg der Gerechtigkeit bleibt.«

»Du mußt es tun«, meinte Volmar mit leuchtenden Augen. »Wer sonst, wenn nicht du? Siehst du nicht, daß sich jetzt erfüllt, worauf du dein Leben lang vorbereitet wurdest?«

»Als Frau? Als – Nonne? Volmar, du bist doch Seelsorger, du kennst die Menschen! Du weißt, niemand wird mich ernst nehmen, man wird Hohn und Spott wie Jauche über mich ausschütten, und niemand wird dadurch der Wahrheit auch nur einen Schritt näherkommen! Man wird mir die Worte im Mund herumdrehen, mich der Hexerei bezichtigen oder mich zumindest für wahnsinnig erklären. Und ich werde der Sünde des Stolzes anheimfallen, ohne daß davon auch nur eine einzige Seele besser oder glücklicher geworden ist! Das kann Gott nicht wollen. Und deshalb – deshalb glaube ich nicht, daß ich es wirklich tun soll. Ich glaube, das alles ist nur eine Prüfung, ob ich angesichts einer solchen Verlockung demütig bleiben kann.«

»Und wenn du einfach erstarrst wie ein gefrorener Baum, hast du die Prüfung dann bestanden?« flüsterte Richardis zweifelnd. »Hast du je von einem Propheten gehört, dem Gott befahl, stumm zu bleiben?«

»Ich bin kein Prophet!« fauchte ich. »Ich bin eine Frau von schwacher Gesundheit, die ab und zu Gesichte hat. Es muß Hunderte wie mich geben, aber sie kennen ihre Grenzen und schweigen. Ich könnte nicht einmal gut genug Latein, um solch unerhörte Dinge auszudrücken! Verlangst du von mir, daß ausgerechnet ich es mit der ganzen Welt aufnehme?«

»Nicht wir verlangen das, sondern Gott«, stellte Volmar fest. »Übrigens glaube ich, daß die Gestalt in dem farblosen Gewand und den weißen Schuhen du selbst bist, Hildegard. Du sagst, sie steht am Anfang wie ein Kind, hingegeben an die Wunder … Aber du hast meine Unterstützung, wie du dich auch entscheidest.«

»Und die meine«, sagte Richardis.

Ich brach in hilfloses Schluchzen aus. »Dann bring mich jetzt bitte zu Bett, Richardis«, flehte ich, »ich glaube, ich kann keinen Schritt mehr gehen. Und Volmar: alles, was du gehört hast, fällt unter das Beichtgeheimnis, nicht wahr?«

»Du kannst dich darauf verlassen.« Mit einem kleinen, traurigen Lächeln verneigte sich mein Freund und verließ den Raum. Seine Enttäuschung tat mir weh, aber ich konnte nichts daran ändern.

Ein heftiges Fieber mit Schüttelfrost hatte mich befallen, und als Richardis mich zu Bett gebracht hatte, blieb ich drei Monate lang dort liegen. In vielerlei Hinsicht wurde ich ebenso im Saft der Elemente gekocht wie Adam, als er neu geschaffen wurde: Selbst im schlimmsten Fieber wußte ich, daß ich nie wieder so sein würde wie vorher. Während des ersten Monats war ich fest davon überzeugt, die richtige Entscheidung getroffen zu haben, und sah die ganze Krankheit als einen weiteren Teil der Prüfung an. Im zweiten Monat, als es mir noch schlechter ging und ich buchstäblich kein Glied mehr rühren konnte, überkamen mich Zweifel – und zu Beginn des dritten Monats meinte ich begriffen zu haben, was Gott in Wahrheit von mir wollte. Ich mußte tatsächlich genau das tun, was die Stimme verlangt hatte: das, was ich am meisten fürchtete.

»Versuch es einfach. Komm, setz dich hier hin und beginne. Ich werde bei dir bleiben und dir helfen, das verspreche ich dir.«

Zitternd ließ ich mich von meiner Freundin zu dem Schreibstuhl führen, auf dessen Pult ein Griffel und eine Wachstafel bereitlagen. Mir war übel vor Angst; ich hatte seit vielen Nächten nicht mehr richtig geschlafen und fühlte mich ausgehöhlt wie ein Gespenst. Auf halbem Weg krümmte ich mich und sank in die Knie.

Richardis umarmte mich tröstend. »Was ist?«

»Ich kann es nicht! Sie werden sagen, meine Schau ist des Teufels! Sie werden mich exkommunizieren, foltern und töten! Ich kann einfach nicht.« Nun ließ ich meinen Tränen freien Lauf. »Ich spüre den Wahnsinn sehr nah – es ist, als bewegte ich mich unaufhaltsam auf einen Abgrund zu. Seit zweiundvierzig Jahren bemühe ich mich, trotz der Schau ein einigermaßen normales Leben zu führen –«

»Das ist dir auch großartig gelungen. Aber jetzt beginnt in deinem Leben etwas Neues. Glaubst du wirklich, Gott würde dich dazu treiben, wenn er nicht wüßte, daß du bereit bist?«

»Aber ich bin nicht bereit! Das siehst du doch!«

»Du meinst also, Er irrt sich?« fragte Richardis schmunzelnd. Sie nahm die Wachstafel und strich die eingegrabenen Zeichen glatt, die der letzte Benutzer darauf zurückgelassen hatte. »Dabei darfst du Seine Posaune sein – die Harfe des höchsten Königs! Was könnte Herrlicheres geschehen?«

»Richardis«, murmelte ich, während ich mich mit bleischweren Gliedern die letzten paar Schritte zum Schreibstuhl schleppte, »du bist der einzige Mensch, vor dem ich mich überhaupt nicht fürchte.«

»Was redest du da –«

»Das ist die Wahrheit! Als ich Gott fragte, wie in aller Welt ich diese ungeheure Aufgabe bewältigen soll, wenn Er sie schon von mir verlangt, hat Er mir in einer Schau deine Seele gezeigt. Es war eine duftende Sommernacht, der Himmel voller funkelnder Sterne, und du warst im himmlischen Brautgemach. Es war deine Hochzeitsnacht, und du hast den Bräutigam Jesus erwartet; mit solcher Leidenschaft, daß dem Feind keine Haaresbreite Raum blieb. Ich spürte nicht den leisesten Funken einer Bedrohung in dir. Alles habe ich in dir vollendet gesehen: die wirkliche Keuschheit der Seele ... Du bist dem König so nah wie niemand sonst. Und darum – darum kann ich dir so nah sein wie niemandem sonst.«

»Niemandem außer Gott«, flüsterte Richardis. Ein Licht war in ihren Augen, dessen Frieden auch auf mich abstrahlte. »Ich bin so glücklich, daß wir jetzt ans Werk gehen! Natürlich ist es furchterregend, als einfache Ordensfrau vom Wind der Gottesgegenwart durchtost zu werden. Aber dieser Wind wird dich nicht zerreißen, sondern emportragen! Wenn du dich Ihm ganz überläßt, wird dir der König die Leichtigkeit einer Feder schenken.«

»Seid ihr bereit?« fragte Volmar von der anderen Seite des vergitterten Fensters. Eine Trennwand teilte die Schreibstube in einen Männer- und einen Frauenbereich. Auf diese Weise konnten wir uns alle drei gleichzeitig darin aufhalten, obwohl weder ein

Seelsorgegespräch noch eine Unterrichtsstunde stattfand und auch kein Notfall vorlag. Ich hatte die Wand mit dem Sprechfenster eigens errichten lassen, als mir klargeworden war, daß ich sowohl Volmars als auch Richardis' Hilfe brauchen würde.

»Ich – ich nehme es an, ja.«

Ich hatte halbwegs erwartet, die Schau werde diesmal von meiner Angst verdunkelt sein; doch als Richardis hinter mich trat und sanft meine eiskalte, schreibende Hand umfaßte, erschien beinah augenblicklich das Große Licht. Trotz meiner tränenden Augen sah ich hinein, und die Stimme sagte: »Dies ist der Schatten des lebendigen Lichts. Darin zeige Ich dir den Sinn der Schriften, so wie sich die Gestirne im Wasser spiegeln.«

Ich begann zu sprechen, sobald die Schau über mich kam, und es war, als würden wir miteinander verschmelzen: Richardis, die meinen Körper stützte und mich mit ihrer Liebe umgab, und Volmar, der Lauschende, Ordnende, der meine gestammelten Worte zu Sätzen fügte und dafür sorgte, daß außer uns dreien noch andere Menschen würden verstehen können, was ich sah und hörte. Mit jedem Wort, das ich der Stimme ablauschte und weitergab, kehrten Kräfte in meinen Körper zurück; Schleier oder Nebel hoben sich, und in bestürzender Schärfe erschien vor mir, was Er mir zeigen wollte.

»Der Kosmos läßt sich mit der Form eines Eis vergleichen, denn er hat Anfang und Ende«, sagte die Stimme. Ohne Richardis hätte die unvorstellbare Weite, die ich schaute, mich verschlungen. »Die äußerste Hülle besteht aus den Flammen Meiner Wahrheit und Meiner unverhüllten Ewigkeit. Hier entspringt der Südwind, der die ganze Schöpfung mit Meiner Kraft erfüllt. Er bringt den Menschen die Wahrheit und der Erde die sommerliche Hitze.

Darunter liegt die Sphäre des Dunkelfeuers. Wie eine Haut trennt sie das Ewige vom zeitlich Begrenzten; der Sphäre der Welt mit Sonne, Erde, Mond und Sternen. Hier entspringt der Nordwind, der Wind Meines Gerichts. Unter den Menschen verbreitet er böse Worte und Verleumdungen, und auf die Erde bringt er Hagel und Gewitter. Donner ist der Ausdruck des Hasses, den der Verderber im Menschen entfachte; Blitz aber ist der Vollstrecker Meines göttlichen Urteils, das dem Donner immer zuvorkommt. Daran siehst du, daß Mein Heilsplan schon bestand, ehe die Welt begann.

Auch hält die Kraft des Nordwinds die vier Elemente zusammen, aus denen die sichtbare Welt gebildet ist; wie mit vier mächtigen Säulen hält er das Firmament und den Abgrund. Diese Säulen wird er am Ende aller Tage, wenn die Posaune ertönt, in die ungeheure Höhe ziehen. Wie eine deiner Schreibtafeln wird dann das Firmament zusammenklappen und in die Tiefe gerissen werden; du aber, wenn du treu bleibst, wirst Mich in Meiner Herrlichkeit sehen.«

Natürlich konnte unser Tun im Kloster nicht lange ein Geheimnis bleiben, wenn wir auch zunächst verschwiegen, worin genau unsere Arbeit eigentlich bestand. Aber der Abt mußte natürlich eingeweiht werden, und als wir drei Visionen aufgeschrieben hatten, legte Volmar ihm eine von mir durchgesehene Abschrift vor.

An einem windigen Tag im Ostermonat erwartete ich den Abt auf einer Bank im Garten. Mir war, als sei meine Seele durch die unvorstellbaren Weiten aus dem zerbrechlichen Gefäß meines Körpers befreit worden; als könnte ich mich an eine der Säulen des Nordwinds lehnen. Doch ich wußte, daß vom Urteil dieses Mannes der weitere Verlauf meines Schicksals abhing. Als die gebeugte Gestalt Kunos durch den Torbogen auf mich zukam, war ich bereit, alles hinzunehmen.

Ächzend ließ der alte Mann sich neben mich sinken und betrachtete die Pergamentrolle mit den Visionen, als sähe er sie zum ersten Mal. Er seufzte.

»Du weißt gewiß, was ich sagen will, Magistra?«

»Woher sollte ich das wohl wissen, ehrwürdiger Vater?«

»Hat Gott es dir nicht offenbart?« Winzige Fünkchen von Gelächter tanzten in seinen alterswäßrigen Augen. »Weißt du nicht alles, was dir in Zukunft geschehen wird?«

»Aber nein, meine persönliche Zukunft hat Gott mir noch nie gezeigt; ich würde sie auch nicht – Verzeihung, mein Vater, aber soll etwa das heißen –«

»Ich habe mit Staunen gelesen«, gab der Abt vorsichtig zu. »Ob wirklich Gott dir all dies eingibt, kann ich weder bestätigen noch abstreiten. Dennoch wage ich zu behaupten – und Freund Volmar bestärkt mich darin –, daß diese deine sogenannten Offenbarungen – erbaulich sind.«

»Wir dürfen also fortfahren?« Ich war überrascht, wie freudig das klang.

»Ich denke – ja, ich denke –« Kuno blätterte mit spitzen Fingern durch die Pergamentbögen. »Vieles klingt nicht so, wie es einer Ordensfrau geziemt«, murmelte er. »Hier, das hat mir dagegen sehr gefallen: ›Demut und Liebe sind wie Seele und Leib; zusammen besitzen sie mehr Macht als alle übrigen Seelenkräfte und als alle Glieder des Körpers. Sie sind miteinander verbunden und wirken miteinander, solange der Mensch im Körper lebt. Und wie die Glieder dem Körper dienen, leisten die übrigen Tugendkräfte ihren Beitrag zugunsten der Demut und der Liebe.‹ Solche Worte hört man gern von einer Frau, meine Tochter.«

»Ich habe darin keine Wahl, ehrwürdiger Vater«, versicherte ich und fügte ungewollt hinzu: »Wer gegen diese Prophezeiungen Flüche ausstößt, den treffe der Fluch Isaaks!«

Bei diesen harschen Worten zuckte der alte Abt unwillkürlich zurück. Er sah mir forschend, fragend ins Gesicht, und mir wurde bewußt, daß er fast erblindet war. Ich erinnerte mich, wie ich ihn als Achtjährige zum ersten Mal gesehen hatte: ein junger Mann, der versuchte, in die blendende Sonne zu blicken, sich aber immer wieder abwenden mußte, weil seine Augen schmerzten. Kuno hatte sich sein Leben lang redlich abgemüht, und ich verspürte plötzlich etwas von der Zärtlichkeit, die der Vater für ihn empfinden mochte.

»Du bist ein gütiger, getreuer Diener des himmlischen Königs«, murmelte ich, »und der Vater sagt dir, ›Ich werde dir neue Augen schenken, die das himmlische Strahlen ertragen, und Mein Leuchten soll für immer in deinem Herzen wohnen.‹«

Ein überraschtes Lächeln breitete sich über Kunos faltige Wangen. »Drohung und Schmeichelei«, brummte er. »Ich gestatte euch, vorläufig fortzufahren. Selbstverständlich muß Volmar mir regelmäßig berichten. Es ist gewiß auch in deinem Sinn, wenn ich jede Vorsichtsmaßnahme treffe, damit sich kein – kein unreiner Geist in diesen Mauern einschleicht.«

Wir schrieben weiterhin zu dritt. Wann immer wir zwischen unseren zahlreichen Pflichten und den Gebets- und Schweigestunden ein wenig Zeit zusammenkratzen konnten, trafen wir uns in der Schreibstube mit der Trennwand und dem vergitterten Fenster; ich streckte mich nach dem Gewaltigen aus, das Gott durch mich offenbaren wollte, Richardis unterstützte meine Anstrengung durch ihre liebevolle Gegenwart, und Volmar feilte aus den ungefügen Wortgebilden, die ich der brennenden Stimme ablauschte, verständliches Latein.

1143 wurde endlich die gewaltige Rupertsberger Basilika geweiht, deren Grundsteinlegung ich als kleine Oblatin miterlebt hatte; und bei dieser festlichen Gelegenheit gab Abt Kuno unserem unmittelbaren Vorgesetzten, dem Erzbischof Heinrich von Mainz, zu verstehen, daß ich manchmal »Gesichte« hatte. Ich ahnte, daß Kuno die Sache harmloser darstellte, als sie eigentlich war, denn der Erzbischof ging mit einem Lächeln darüber hinweg und meinte, wenn eine Äbtissin, die ihren Konvent wie ein Mustergut verwaltete, hin und wieder himmlische Offenbarungen empfing, könne daraus gewiß kein Schaden entstehen.

Im selben Jahr starb Papst Innozenz II., und statt seiner wurde ein Schüler des Bernhard von Clairvaux auf den Petrusstuhl gewählt: Bernardo Pignatelli von

Pisa, genannt Eugen III. Sogleich nach seinem Amtsantritt mußte er vor dem mächtigen römischen Senat aus der ewigen Stadt fliehen, und ich wartete voller Angst auf das Auftauchen des nächsten Schakals, eines neuen Gegenpapstes. Aber nichts dergleichen geschah, und Eugen III. begann, zu einem zweiten Kreuzzug aufzurufen. Er reiste nach Frankreich, wo Bernhard und der französische König ihn nach Kräften unterstützten.

Ein neuer Wind durchwehte das Reich und erfaßte auch den deutschen König Konrad III.: Zum ersten Mal seit undenklicher Zeit herrschte Einigkeit zwischen den Klerikern, dem deutschen König und dem Papst. Sogar der oströmische Kaiser trat dem Bündnis bei, um gegen den gefürchteten, araberfreundlichen Roger II. von Sizilien eine mächtige Allianz zu bilden. Aller Zwist in der Christenheit schien endlich beigelegt zu sein, und alle Augen blickten nun auf Bernhard von Clairvaux als dem eigentlichen Zentrum der Kraft und des Glaubens.

In mir aber schossen Zweifel empor wie Dornen. So glücklich mich die Entwicklung in Reich und Kirche auch machte, konnte ich doch die gräßliche Vision von den Schakalen nicht vergessen. Ich war ganz sicher, daß ich mehrere »Gegenpäpste« gesehen hatte; und da die Ereignisse diesem Bild völlig widersprachen, mußte ich mich geirrt haben. Wenn ich aber hierin irrte, dann gab es für mich nirgendwo Sicherheit; wenn auch nur eine einzige Offenbarung Lüge gewesen war, konnten weder der Konvent noch der Orden mir helfen.

Volmar wollte jedoch von Aufhören nichts wissen. »Seit fünf Jahren mühst du dich ab und willst jetzt alles verwerfen, weil ein Bild, von dem du nicht einmal sicher weißt, ob es die Zukunft gezeigt hat, sich nicht umgehend bewahrheitet hat? Begreifst du nicht, daß Gott in anderen Zeitspannen denkt als wir? Vielleicht waren die nächsten tausend Jahre in dem Bild enthalten –«

»Aber ich habe keinen anderen Halt auf der Welt als diese Schau und diese Stimme! Ich weiß, du hast ebenso hart gearbeitet wie ich, und auch Richardis wäre enttäuscht, wenn all die Anstrengung vergebens gewesen sein sollte; aber ich kann es mir nicht leisten, mich zu irren! Wenn die Stimme nicht, wie sie behauptet, von Gott kommt – ich muß dir doch nicht sagen, was das bedeutet, Volmar!«

»Du weißt, was Bernhard von Clairvaux lehrt«, entgegnete Volmar bedächtig. »Der Glaube muß den Verstand überwältigen. Gott läßt sich nicht zu Ende denken; er übersteigt das menschliche Fassungsvermögen.«

»Bernhard lehrt aber auch, daß die Liebe in der Vereinigung der Seele mit Christus das Entscheidende sein sollte; nicht Angst und Unterwerfung aus Furcht. Wie soll ich aber lieben, wo ich nicht vertrauen kann? Und – wie kann ich ohne die geringste Bestätigung vertrauen?«

»Du verlangst eine Bestätigung, die deine Vernunft begreifen kann. Aber dem göttlichen Geheimnis kannst du mit Vernunft nicht beikommen«, hielt Volmar dagegen. »Ich weiß, die Scholastiker behaupten, dies sei der Weg, den alle Wissenschaft zu gehen habe; und das mag ja auch sein – aber Gott ist größer, mächtiger; Er ist jenseits der Zeit. Er läßt sich weder erpressen noch beweisen; nicht einmal bündig erforschen. Erinnere dich, daß Jesus zu Thomas sagte: ›Selig ist, wer nicht sieht und dennoch glaubt‹!«

»Ich bin nur eine Frau, Volmar. Dieser Disput mag einem Mann neue Wege öffnen oder neue Erkenntnisse vermitteln – aber als Frau brauche ich keine Theorie, die zu vertreten mir ehrenhaft erscheint, sondern etwas Konkretes, an dem ich mich festhalten kann.«

Volmar nickte; ich sah, daß er Verständnis für meine Not hatte und mir helfen wollte; aber auch, daß er selbst nicht eine Minute an der Echtheit der Schau zweifelte. »Wahrscheinlich bist du verletzt, weil ich auch dir als meinem Seelsorger nicht genug vertraue«, seufzte ich. »Das täte mir sehr leid. Aber ich weiß, wie sehr dich die Schau fasziniert, und ich glaube einfach nicht, daß du in dieser Sache unparteiisch sein kannst.«

Plötzlich hellte sich das Gesicht meines Freundes auf. »Aber Bernhard von Clairvaux ist unparteiisch, nicht wahr?« rief er triumphierend. »Er hat nie zuvor von dir oder mir gehört, aber der Heilige Geist erfüllt ihn, und Gott spricht zu ihm. Wenn du ihm schreiben – und vielleicht ein paar deiner Offenbarungen beilegen – würdest und wenn er keine Bedenken hätte, könntest du dann deine Zweifel überwinden?«

Erschrocken starrte ich Volmar an. »Ich glaube schon«, flüsterte ich. »Aber wenn er Bedenken hat – weißt du, was das bedeuten würde?«

»Du müßtest für immer schweigen, würdest als Äbtisin abgewählt und vielleicht sogar aus dem Orden verbannt«, antwortete Volmar ruhig. »Du bist die mutigste Frau, die ich kenne, und ich dachte immer, die Wahrheit gehe dir wirklich über alles. Wenn dem aber nicht so ist –«

»Es ist so«, stammelte ich hastig, »sag jetzt bitte nicht, du wärst trotzdem noch mein Freund, denn das wäre gelogen. Du könntest mich nie mehr achten – und ich mich selbst auch nicht.« Ich seufzte tief auf. »Ich werde es tun«, stellte ich fest.

7

»Vater Bernhard, ich bitte dich beim lebendigen Gott, hör meine Frage an«, diktierte ich Volmar. »Obwohl ich als Mensch und als Frau ein doppelt erbärmliches Wesen bin, schaute ich seit meiner Kindheit große Wunderdinge. Ich habe nie in Sicherheit gelebt, nicht eine einzige Stunde. Wie eine verzehrende Flamme rührt die Schau mir an Herz und Seele und lehrt mich die Tiefen der Heiligen Schrift auszulegen. Bitte antworte mir: Was hältst du von all dem? Denn keinem Menschen wagte ich es zu sagen ... Nur einem Mönch habe ich all meine Geheimnisse offenbart, und er hat mich getröstet; er sagte, sie seien erhaben und ehrfurchtgebietend.« Volmar nickte nachdrücklich, während er schrieb, und ich mußte lächeln.

»Dich aber sah ich in dieser Schau als einen Menschen, der in die Sonne blickt und sich nicht fürchtet, sondern sehr kühn ist«, fuhr ich fort. »Und ich habe geweint, weil ich so zaghaft bin. Gütiger Vater, ich bin in deine Seele hineingelegt, auf daß du mir enthüllst, ob du willst, daß ich dies alles offen sage oder Schweigen bewahren soll ...«

Als Volmar den Brief versiegelte, fühlte ich mich wie ein gehetztes Tier. Ich fürchtete mich vor dem

Spott und dem Urteil der Menschen beinahe ebenso sehr wie vor dem Abgrund, vor dem ich stünde, wenn sich die Schau als Blendwerk entpuppen sollte. Richardis umarmte mich tröstend, und ich sah in ihren Augen, daß sie, wie Volmar, keinen Augenblick an der Echtheit meiner Offenbarungen zweifelte. Ich aber war inzwischen beinah vom Gegenteil überzeugt. Warum sollte sich ein so unerbittliches, göttliches Diktat ausgerechnet an eine ungebildete Frau wie mich richten?

Der Brief war kaum abgesandt, als wir von einer Reise Bernhard von Clairvaux' ins Rheinland erfuhren. Da seine Reiseroute allgemein bekannt war, schleppten die Menschen ihre Kranken an den Straßenrand, damit sie durch Bernhards Berührung, oder vielleicht nur durch seinen Anblick, geheilt würden. Geschichten unzähliger Wunder verbreiteten sich rasend schnell; Tausende strömten in die Dome und Basiliken, um seine Predigten zu hören. Die Worte des heiligen Mannes setzten die Herzen in Brand und entfesselten unter dem Volk einen Aufschrei der Hoffnung. Eine wilde Sehnsucht nach Gottes Wirklichkeit erfaßte sogar König Konrad III. Er warf sich Bernhard während eines Gottesdienstes öffentlich zu Füßen und gelobte, im nächsten Jahr ein Heer nach Jerusalem zu führen, damit das Heilige Land den Gläubigen wieder offenstände.

Ich aber konnte nur daran denken, daß Bernhard meinen Brief womöglich erst nach seiner Rückkehr erhalten würde.

Dann geschah etwas, das selbst der Heilige nicht vorausgesehen hatte: Die Masse, die durch die feurigen Predigten und das Beispiel des Königs aufgepeitscht war, aber nicht an der Befreiung des Heiligen Landes teilnahm, richtete ihren Haß gegen die ansässigen Juden. Im ganzen Rheinland kam es zu regelrechten Schlächtereien; hilflos mußten die Friedliebenden mit ansehen, wie in den Judenvierteln ganze Familien ausgerottet wurden. In Mainz, wo sich um den berühmten Rabbi Gershom eine besonders große jüdische Gemeinde gebildet hatte, wütete der Pöbel am ärgsten; wir hörten, daß sich sogar die Büttel der Stadt den mordlustigen Haufen angeschlossen hatten, statt die jüdischen Bürger zu verteidigen.

»Reite mit mir nach Mainz«, beschwor ich Volmar. »Bring den Abt dazu, daß er uns ein paar kräftige Mönche mitgibt! Sie werden keine Ordensleute töten. Wir müssen die Juden beschützen!«

»Das tue ich auf keinen Fall. Als Nonne sollst du geistlich kämpfen, nicht körperlich«, erinnerte mich Volmar unglücklich.

»Gewiß ist dies eine Ausnahme?! Wenn der Satan die Worte eines heiligen Mannes schon so verdrehen kann, daß sie derartige Auswirkungen auf die Menschen haben – was würden dann erst die Reden eines böswilligen Aufhetzers auslösen?«

»Ein Grund mehr, daß deine Schau offiziell anerkannt wird«, entgegnete Volmar grimmig. »Wäre dein Wort nämlich allgemein bekannt, daß die Synagoge als Mutter des menschgewordenen Gottessohnes wie die Morgenröte ist, die dem Sonnenaufgang vorausgeht – dann würden alle Christen die Juden als das Volk Jesu verehren, statt es als seine Mörder zu verdammen.«

»Es sind nicht meine Worte, wie du weißt«, wehrte ich ab. »Erstens hat Gott es gesagt, zweitens hast du die Formulierung verbessert –« Ich brach ab, weil Volmar mich triumphierend angrinste.

»Gott hat es gesagt«, wiederholte er befriedigt. »Ich wußte, daß du es irgendwann einsehen würdest. Hildegard, gleichgültig, was Bernhard von Clairvaux dazu sagt – dies ist einer von vielen Beweisen für die Echtheit deiner Schau. Du siehst, daß Satan Christen und Juden gegeneinander aufhetzen will. Wie könnte er dir also über die Synagoge gesagt haben, was ich eben zitiert habe?«

Plötzlich mußte ich lachen; sein Eifer und seine Beharrlichkeit rührten mich.

Bald hörten wir, daß sich Bernhard nun, ohne feierliche Gottesdienste in den Domen abzuwarten, auf den öffentlichen Plätzen für die Juden stark machte. Es gelang ihm, weitere Exzesse zu verhindern; wahrscheinlich rettete er dadurch den im deutschen Reich verbliebenen Juden das Leben.

Kurz nach dem Jahreswechsel, im Wintermonat 1147, kam endlich der ersehnte Antwortbrief.

»Der in Christus geliebten Tochter Hildegard entbietet Bruder Bernhard, genannt Abt von Clairvaux, seinen Gruß«, las Volmar Richardis und mir vor. Mir war übel vor Angst, und meine Hände zitterten viel zu sehr, um ein Pergament zu halten.

»Du scheinst mich weit höher einzuschätzen, als mein Gewissen mir zugesteht, was ich einzig deiner Demut zuschreibe … Wir freuen uns mit dir über die Gabe Gottes, die in dir ist. Und wir ermahnen dich, ihr mit deiner ganzen Liebeskraft und Demut und Hingabe zu entsprechen … Du weißt ja, daß Gott den Stolzen widersteht, den Demütigen aber Gnade schenkt. Wie können wir noch lehren oder wozu ermahnen, wo schon eine innere Unterweisung besteht und eine Salbung des Heiligen Geistes über alles belehrt? Vielmehr bitten wir, daß du unser bei Gott gedenkst ...«

Abt Kuno war womöglich noch erleichterter als ich. Mutig geworden, ließ er nun Erzbischof Heinrich meine Schriften überbringen – natürlich mit einer Kopie von Bernhards Brief als Deckblatt. Richardis, Volmar und ich überließen es Gott und den hohen Herren in Mainz, über mein weiteres Schicksal zu entscheiden, und fuhren voll neuer Tatkraft mit der Arbeit fort. Ich wußte inzwischen, welchen Titel die Schrift haben sollte: ›Sci Vias Domini‹, Wisse die Wege Gottes. Auch daß sie aus drei Teilen bestehen würde, war mir gezeigt worden. Der erste Teil, »Das Mysterium des dreieinigen Gottes und seiner Schöpfung«, war bereits abgeschlossen, und wir befanden uns tief im Mittelteil, »Die Erlösung und das Geheimnis der Kirche«. Der dritte Teil würde »Das Mitwirken des Menschen am Heilswerk bis zur Vollendung« behandeln; aber so weit wagte ich nicht zu denken.

Ende des Jahres 1147 wurde in Trier eine Synode abgehalten. Außer Papst Eugen III. und Bernhard von Clairvaux nahmen achtzehn Kardinäle sowie unzählige Bischöfe und Äbte aus dem deutschen Reich, England, Burgund, Flandern, der Lombardei und Tuscien daran teil; unter ihnen auch Erzbischof Heinrich von Mainz. Ich war von meinen vielfältigen Aufgaben völlig in Anspruch genommen und hatte nicht einmal darüber nachgedacht, was diese einmalige Gelegenheit für mich bedeuten konnte – da meldete man mir eines Tages, daß einige hohe geistliche Würdenträger auf dem Disibodenberg eingetroffen seien, die mich zu sprechen wünschten.

»Sie werden angeführt vom Primizerius Albert und dem Bischof von Verdun«, hauchte die junge Nonne Ursula ehrfurchtsvoll. »Sie tragen Ketten und Ringe mit funkelnden Edelsteinen, und ihre Gewänder sind mit Gold bestickt –«

»Und du möchtest wenigstens ab und zu auch so schön geschmückt sein, wie es einer Braut Jesu eigentlich geziemte, nicht wahr?« unterbrach ich die begeisterte Schilderung.

Ursula errötete und senkte den Kopf.

»Dessen brauchst du dich nicht zu schämen. Eigentlich finde ich, daß du recht hast«, tröstete ich sie. »Am besten führst du die Herren in die Schreibstube, dann können sie sich dort gleich umsehen. Bestimmt sind sie deshalb gekommen.«

Ursula gehorchte, und ich hatte das Gefühl, als lächelte Gott mir verschmitzt zu. »Denk dir dein Leben als fließendes Gewässer«, flüsterte Er mir zu. »Als du Äbtissin wurdest, war es wie die Mündung des Glan in die Nahe. Jetzt aber mündet die Nahe in den Rhein, meine Tochter. Diesen mächtigen Strom konntest du weder erhoffen noch vorhersehen. Vergiß nur nie, daß Ich das Meer bin, in das du einfließen wirst; und die Quelle, aus der du hervorgingst.«

»Mit welchen Gebeten bereitest du dich auf deine – Gesichte vor?« erkundigte sich der Bischof von Verdun, nachdem ich die Herren begrüßt und ihnen den praktischen Zweck der zweigeteilten Schreibstube erklärt hatte.

»Mit keinen besonderen«, versetzte ich überrascht.

Die Herren wechselten einen Blick, und ich begriff erst jetzt, was sie eigentlich gefragt hatten: Ob ich mit bestimmten Formeln, womöglich magischer Art, irgendwelche Geister zu Hilfe riefe. Um mein Lächeln nicht respektlos erscheinen zu lassen, fügte ich rasch hinzu: »Allerdings empfinde ich oft die Schau selbst als eine Art Gebet, da ich mich dabei ganz Gott zuwende.«

»Darauf wollte ich gerade kommen«, sprach der Bischof nicht unfreundlich. »Du wendest dich also Gott willkürlich zu?«

»Insofern, als ich versuche, mich durch nichts von der Schau ablenken zu lassen.«

»Und dann stellst du Ihm eine bestimmte Frage; zum Beispiel nach der Frucht, die deine Bemühungen bringen werden?«

»O nein, ich frage nie nach der Zukunft! Ich sehe viele Wunder und verstehe durch Gottes Gnade die Tiefe der Heiligen Schrift; aber ich würde mir nie anmaßen, die Zukunft erfahren zu wollen. Ich – ich glaube nicht, daß ich das ertragen könnte.«

»Würdest du denn für andere Menschen Gott nach der Zukunft befragen?« erkundigte sich der Primizerius und beugte sich gespannt vor. »Ausnahmsweise vielleicht, wenn sehr viel davon abhinge? Würdest du zum Beispiel Gott danach fragen, was König Konrad auf dem Weg ins Heilige Land erwartet?«

Unsicher starrte ich in das glattrasierte Gesicht; ich war mir keineswegs sicher, welche Antwort der Primizerius erwartete, und mein Herz begann warnend zu klopfen. Ich schloß die Augen und gab die Frage einfach an Gott weiter. Als ich einen Herzschlag später mit fester Stimme zu sprechen begann, war ich ebenso gespannt auf die Antwort wie die hohen Herren.

»Niemals darf der Mensch in die Zukunft sehen, ohne an seiner Seele Schaden zu nehmen. Und es gibt nichts in Meiner ganzen Schöpfung, das die Zukunft wahrhaft vorhersagt: nicht die Sterne, nicht der Flug der Vögel, nicht die Eingeweide von Opfertieren und nicht die Lage ausgeworfener Steine oder Knöchel. Wenn aber ein arglistiger Mensch behauptet, Einblick in die Zeitläufe zu haben, dann macht er sich die Angst der Leichtgläubigen zunutze und will sich auf diese Weise entweder Profit und Ansehen verschaffen; oder er ist den Einflüsterungen Satans so weit verfallen, daß er selber dessen Lügen glaubt. Doch wenn Ich, der Ich allmächtig bin, einem Menschen etwas Bestimmtes offenbaren will, dann werde Ich zu ihm sprechen, wie es Mir beliebt: im Traum, wie zu Josef; oder durch einen Stern, wie zu den Weisen aus dem Morgenland. Niemals aber antworte Ich demjenigen, der Mich eitel nach Zukünftigem befragt, denn dieser hat den Pfad der Demut verlassen.«

Erschrocken über die Harschheit und Schärfe dieser Worte biß ich mir auf die Lippen: Wie konnte ich, eine einfache Nonne, derart von oben herab zu einem päpstlichen Gremium sprechen? Mein Gesicht wurde heiß; ich spürte, daß ich rot wurde. Da legte mir der Abt von Verdun freundschaftlich die Hand auf die Schulter.

»Es ist recht, daß du uns ehrlich antwortest«, versicherte er. »Schließlich wollen wir alle die Wahrheit in dieser Sache herausfinden, du gewiß ebenso sehr wie wir, nicht wahr?«

»Unbedingt, ehrwürdiger Vater«, stammelte ich und konnte gerade noch verhindern, daß ich aus schierer Anspannung in Tränen ausbrach.

Die Männer fragten noch vieles, und ich antwortete, ohne nachzudenken: seit wann ich die Schau besäße, wem ich davon erzählt hätte, wie ich selbst dabei empfände. Als sie endlich Volmar rufen ließen und ich mich wieder in den Schutz des Frauenkonvents zurückziehen konnte, war ich unendlich erleichtert.

Nach drei Tagen ritten sie wieder fort und nahmen eine Abschrift des ersten Teils des ›Sci Vias Domini‹ mit nach Trier. Volmar begleitete sie: Er hatte Abt Kuno überredet, ihn als Abgesandten des Disibodenberges auf die Synode zu schicken.

»Die Nahe mündet in den Rhein«, murmelte ich nachdenklich. »Dahinter muß noch mehr stecken. Es geht mir nicht mehr aus dem Kopf.«

»Wie sieht es dort aus, wo die Nahe in den Rhein mündet?« erkundigte sich Richardis. »Bist du je dort gewesen?«

»Als Kind, einmal. Am Westufer des Rheins liegt die Stadt Bingen, am Ostufer Rüdesheim. Und am Nordufer der Nahe erhebt sich ein wilder, unbewohnter Hügel mit einer verfallenen Kapelle.«

»Ist das nicht der Ort, wo vor dreihundert Jahren der heilige Rupert gewohnt hat?«

»Ich glaube …« Plötzlich überschattete mich das Licht, und ich sah den Hügel deutlich vor mir; mit scharf gezeichneten Schatten wie nach einem reinigenden Sommergewitter. Nur war er nun nicht mehr unbewohnt, sondern wimmelte von Menschen.

»Hildegard! Was siehst du?« Richardis hatte ungeduldig meinen Arm gepackt.

»Ja«, antwortete ich langsam, »ich glaube, ich sehe unser künftiges Zuhause, Richardis. Ich sehe das Frauenkloster Rupertsberg.«

Wie zwei kleine Mädchen brachen wir in hilfloses Kichern aus; wir lachten, bis uns die Tränen herunterliefen und unser Gelächter dem Weinen sehr nah kam. Denn selbstverständlich war es völlig undenkbar, daß eine Äbtissin von sich aus einen Ort für ein Frauenkloster aussuchte, den Bau allein plante und dann einfach mit ihren Nonnen davonzog. Erstens hatten wir alle geschworen, den Disibodenberg im Leben nie mehr zu verlassen; und zweitens wurden Frauenklöster entweder von Adelshäusern gestiftet, oder sie entwickelten sich im Schatten eines übergeordneten Männerklosters.

Hier ging es nicht nur um meine persönliche Zukunft, sondern um das Wohlergehen von zwanzig anderen Frauen, das davon abhing, daß ich die richtige Entscheidung traf. Diesmal brauchte ich Gewißheit, bevor ich auch nur Volmar davon erzählte. Ich erlegte Richardis strengste Verschwiegenheit auf und begann zu fasten und Gott täglich um deutlichere Weisung zu bitten.

Solange Volmar auf der Trierer Synode weilte, mühten Richardis und ich uns allein mit dem ›Sci Vias Domini‹. In der Schreibstube stapelten sich unsere eng gekritzelten Notizen. Die erste Vision des dritten Teils zeigte mir wieder Gottes Thron.

»Vom allmächtigen Vater dehnt sich ein goldener

Lichtkreis wie Morgenrot. Er umkreist die ganze Schöpfung in allen Himmelsrichtungen und kehrt schließlich zum Thronenden zurück; er hat kein Ende. Das ist die Macht und das Werk Gottes. Im Willen des Vaters, der eins ist mit dem Sohn und dem Heiligen Geist, entstehen alle Geschöpfe. Sie alle erfahren Ihn in Seiner Macht bei ihrer Erschaffung: kreisend vom Osten, dem Ursprung aller Gerechtigkeit, nach Norden, zur Beschämung des Teufels, der dort seine Herrschaft aufrichtete; im Nichts, im Ungeschaffenen. Dann kreisen sie weiter zum Westen, wo die Finsternis des Todes das Licht des Lebens vernichten will, das Licht sich aber wieder erhebt und die Finsternis besiegt; und zum Süden, wo die glühende Liebe von Gottes Gerechtigkeit in den Herzen der Gläubigen brennt. So kehrt der Lichtkreis schließlich zurück zum Ursprung, nach Osten. Das bedeutet, daß das Werk Gottes sich in Seinen Erwählten widerspiegelt und daß Er es zu Seiner vorbestimmten Zeit in allen Menschen vollenden wird. Ebenso wird sich auch der Lauf dieser Welt am Jüngsten Tag vollkommen erfüllen. Denn Gottes Macht und Werk sind unversehrt; Er ist ohne Ende und ohne Anfang in irgendeiner Zeit; da Er nicht war, sondern ist.«

Als Volmar nach einigen Wochen zurückkehrte, nahm er sich nicht einmal die Zeit, seinen staubigen Reisemantel abzulegen, sondern eilte direkt zum Abt. Eine halbe Stunde später stürmte er in die Schreibstube und strahlte uns durch das Gitter an.

»Ich entbiete der hochverehrten Prophetissa Teutonica meinen untertänigsten Gruß!« Er verneigte sich.

»Was soll das heißen?«

»Daß Papst Eugen III. höchstpersönlich vor der ganzen Synode aus dem ›Sci Vias Domini‹ vorgelesen hat! Alle schwiegen beeindruckt, aber Bernhard von Clairvaux stand auf und rief: ›O ehrwürdiger Vater der Christenheit, ich bitte dich, laß dieses strahlende Licht nicht von Schweigen verdunkelt werden! Laßt uns vielmehr alle dem Herrn danken, daß er in unserer Zeit solche Gnade ausgegossen hat!‹ Am Schluß waren alle Anwesenden überglücklich und dankten Gott für deine Sehergabe; und der Papst hat dir nicht nur erlaubt, sondern sogar befohlen, weiterhin deine wahrhaftige Schau zu befragen und zum Wohl der Christenheit zu verkünden, was Gott dir aufgetragen hat.«

Mein Freund warf sich auf einen Stuhl, erschöpft, aber lachend vor schierem Vergnügen. Richardis sah mich fest an, und ich wußte, daß sie dasselbe dachte wie ich: Jetzt brauchte ich keines Menschen Urteil mehr zu fürchten; ich konnte sogar den Umzug zum Rupertsberg betreiben, wann immer ich wollte.

Ich starrte zurück, bis meine Freundin die Augen niederschlug, und dachte, wie unsagbar glücklich mich diese Neuigkeit noch vor wenigen Wochen gemacht hätte; wie erleichtert ich gewesen wäre. Doch ich zwang mich zu einem Lächeln.

»Wir sind auch nicht müßig gewesen, wie du siehst«, sagte ich zu Volmar. »Der zweite Teil erwartet deine kundige Feile, und mit dem dritten Teil haben wir begonnen. Ich habe auch eine Offenbarung vom Satan gesehen: Gott schuf ihn anfangs als den schönsten und hellsten der Sterne, der Gottes Herrlichkeit am klarsten widerspiegelte. Doch als er Gott nicht mehr liebend, sondern eifersüchtig anblickte, verdunkelte er sich und erlosch. Er hatte in sich selbst die innere Schönheit zerstört. Sein Licht aber kehrte zu Gott zurück, und Gott bewahrte es für uns auf; so wie ein Vater, dessen erster Sohn gestorben ist, dasselbe Erbe später seinem zweiten Sohn gibt. Wenn wir uns also darum bemühen, Gottes Licht widerzuspiegeln, treten wir dieses Erbe an – und darum haßt der Satan die Menschen besonders.«

Am nächsten Tag war ich blind. Es war lächerlich; ich schlug die Augen auf und sah Dunkelheit. Erst dachte ich, ich hätte die Glocke zur Laudes nur geträumt; dann vermutete ich, daß vielleicht pechschwarze Wolken den frühen Morgenhimmel verdunkelten. Doch selbst dann hätte ich irgend etwas sehen müssen: meine Hand, den Umriß meines Fensters. Tastend fand ich eine Lampe, die ich entzündete: Ich verbrannte mir die Finger an der kleinen Flamme, ohne den geringsten Schein zu erblicken.

Ich war unfähig, etwas anderes zu empfinden als die ungeheure Ungerechtigkeit Gottes, der mir nicht einen Tag Ruhe gönnte; nicht einen einzigen Tag. Zugleich erinnerte ich mich daran, daß Er mir mein Leben als fließendes Gewässer bezeichnet hatte, und begriff, daß es keinen Stillstand geben konnte. Trotzdem gab es für mich eine Möglichkeit, dem reißenden Strom zu entkommen: Ich konnte ertrinken.

»König Konrad hat für seinen Kreuzzug den Landweg gewählt«, erzählte mir Volmar, der mich seit Wochen fast täglich an meinem Krankenlager besuchte. »Gerüchten zufolge ist irgendwo in den Bergen Kleinasiens eine Seuche in seinem Heer ausgebrochen, und er hat die meisten Männer schon verloren, bevor sie auch nur in die Nähe des Heiligen Landes kamen … Ich denke, wir wissen beide, wer diese Seuche verschuldet hat.«

»Vielleicht sind sie vergiftet worden«, murmelte ich. »Unterwegs sind sie auf die Lebensmittel des jeweiligen Landes angewiesen, und es gibt kein Bündnis zwischen Konrad und den Völkern Kleinasiens. Vielleicht hat Roger II. von Sizilien die Leute dort sogar aufgewiegelt.«

»Das ist nicht der springende Punkt, Hildegard«, wies Volmar mich streng zurecht. »Du redest wie ein Politiker; und oberflächlich betrachtet, mag es sogar so sein, wie du sagst. Aber du mußt begreifen, daß ich auch von dir spreche, wenn ich sage: Der Feind hat verhindert, daß das Heer auch nur im Heiligen Land ankam. Denn du verschweigst etwas von großer Wichtigkeit; ich weiß nicht, ob aus Angst, aus weiblicher Schwäche oder aus falsch verstandener Demut. Hör auf damit! Deine große Zeit hat eben erst begonnen, und du hast kein Recht, sie vorzeitig zu beenden.«

»Ich bin fünfzig Jahre alt, Volmar. Wie kannst du behaupten, daß meine Zeit gerade erst beginnt? Wenige Frauen erreichen auch nur dieses Alter.«

»Du bist zwar die Prophetin, aber ich habe durchaus Augen im Kopf«, schnaubte Volmar. »Im Gegensatz zu dir spreche ich aus, was ich sehe; auch wenn ich dadurch vielleicht Schwierigkeiten bekomme.«

»Hat Richardis dir etwas gesagt?« argwöhnte ich; aber Volmar schnitt mir energisch das Wort ab.

»Das braucht sie nicht, und das würde sie auch nicht tun, wie du sehr wohl weißt. Du bist störrisch wie ein Maultier, Hildegard, und als dein Beichtvater und Seelsorger muß ich dich wegen Ungehorsams und Leichtfertigkeit tadeln.«

»Danke, alter Freund«, stöhnte ich, »das hat mir wirklich gerade noch gefehlt.«

»Er hat recht, finde ich«, mischte sich Richardis schüchtern ein. Erschrocken fuhr ich zusammen; ich hatte ihre Anwesenheit nicht einmal gespürt. »Was kann denn schon passieren, außer daß es vielleicht – Schwierigkeiten gibt? Und was könnte schlimmer sein als dieser gräßliche Zustand, in dem du dich jetzt befindest?«

»Richardis, es geht nicht um mich, das weißt du doch«, ächzte ich, aber meine Freundin ließ das nicht gelten.

»Wenn du wirklich die Verantwortung für die Schwestern so ernst nimmst, wie du behauptest, dann müßtest du schon ihnen zuliebe alles tun, um gesund zu werden. Sie brauchen dich! Der Papst erwartet, daß du weiterschreibst! Auch Volmar vermißt dich, glaube ich. Und – ich brauche dich auch.«

»Was kann ich gegen eure Liebe ausrichten?« schluchzte ich und spürte, wie es mit jeder Träne etwas heller um mich wurde. »Ihr habt beide recht. Es stimmt, ich war feige und selbstsüchtig und bitte euch dafür um Vergebung. Was ich nämlich verschwiegen habe – es handelt sich um die Gründung eines Frauenklosters, Volmar.«

Diesmal schäumte Abt Kuno vor Wut und wollte von meiner »Offenbarung Rupertsberg« nichts wissen. Der Vogt, den er gegen meinen Rat vor fünf Jahren damit betraut hatte, die weltlichen Geschäfte des

Klosters zu führen, sprach sogar von Größenwahn und gefährlicher Hysterie. Auch unter den Mönchen erhob sich ein Sturm der Empörung gegen mich. Meine Töchter dagegen waren von Anfang an offen für den kühnen Plan.

Sobald ich meine volle Sehkraft wiedererlangt hatte, bat ich Kuno um eine persönliche Unterredung. Schon als der alte Mann durch die Tür meines Empfangszimmers trat, erkannte ich, wie bitter ich ihn enttäuscht hatte.

»Es tut mir so leid, ehrwürdiger Vater«, seufzte ich. »Du bist immer gut zu mir gewesen, und aus freien Stücken wäre ich dir niemals so in den Rücken gefallen. Aber sicher begreifst du, daß ich in dieser Sache keine Wahl habe.«

»Willst du dich tatsächlich auf deine Visionen herausreden!« schnappte Kuno wütend. »Denkst du, ich habe den Bericht der Untersuchungskommission nicht gelesen? Du siehst nicht in die Zukunft, steht da ausdrücklich; und jetzt willst du dein eigenes Kloster gesehen haben! Das ist wohl die unverschämteste Lüge, die ich in meinem ganzen Leben gehört habe!«

Ich kämpfte verzweifelt mit den Tränen. »Das kannst du doch nicht wirklich von mir glauben«, preßte ich hervor.

»Ich maße mir natürlich nicht an, das Urteil des Papstes über deine Schriftauslegungen anzuzweifeln. Aber in dieser Vision von einem Frauenkloster auf dem Rupertsberg erkenne ich die faulige Frucht von Eitelkeit und Undankbarkeit. Die jüngste Anerkennung war zuviel für deine Demut. Vielleicht ist das menschlich sogar verständlich, so schmerzlich es auch ist. Ich werde dir eine strenge Buße auferlegen, bis du deinen Hochmut gesühnt hast.«

»Aber ehrwürdiger Vater, so ist es nicht! Hast du denn bisher je Grund gehabt, mir zu mißtrauen? Ich würde dich niemals –«

»Ich habe eine Schlange an meinem Busen genährt«, unterbrach Kuno verächtlich. »Desto schlimmer für dein Seelenheil, wenn du selbst an diesen anmaßenden Unsinn glaubst. Aber du hast dein Leben dem Orden geweiht und deinem Abt Gehorsam geschworen. Da gibt es keine Ausnahmen! Selbst wenn der Papst deine Schriften auch noch so erhebend findet: Daß dieses Frauenkloster Gottes Befehl ist, glaube ich nie und nimmer!«

Er ließ mich stehen und verließ mit polternden Schritten den Raum. Ich ballte hilflos die Fäuste und wußte nicht mehr ein noch aus. Da wuchs, inmitten der schlimmsten Verwirrung, plötzlich eine glühende Kraft in mir und durchdrang mich mit einer Härte, die ich nie zuvor empfunden hatte. Es war, als würde ich in einen Fels verwandelt, der den schlimmsten Stürmen trotzen konnte. Meine Tränen versiegten; auch mein Gesicht wurde hart, und meine Augen schienen blicklos wie Marmor auf das eine zu starren, das ich als die Wahrheit erkannt hatte. Dies war keine Krankheit, die meinen Trotz oder meine Furcht beugen sollte: Dies war der Heilige Geist, der mich mit übermenschlicher Unnachgiebigkeit erfüllte, damit ich endlich das Richtige tat.

»Sei doch vernünftig, Hildegard«, bettelte der Abt ein paar Wochen später. Ich war völlig gelähmt und konnte nicht einmal den Kopf wenden, um ihn zu begrüßen. »Wie willst du denn mit deinen Töchtern in einer solchen Einöde existieren? Auf dem Rupertsberg gibt es nicht einmal Wasser, geschweige denn fruchtbare Felder, Weinstöcke und Gemüsegärten wie hier! Und deine Töchter sind adlige Fräulein; keine von ihnen ist das harte Leben gewohnt. Welchen Zweck hätte es, all das Gute, das du hier erreicht hast, einfach wegzuwerfen?«

»Die Wahrheit läßt sich nicht teilen«, murmelte ich mit Mühe. »Entweder ich gehorche der Schau oder nicht. Die Bibel ist voll von Leuten, die Gott in die Wüste oder die Wildnis geführt hat. ›Wer an Mich glaubt, fragt nicht nach dem äußeren Zweck‹, spricht der Herr.«

Ich verstummte, denn die Stimme Gottes sprach jetzt so laut, daß mein ganzer Körper erschüttert wurde. Es war mir völlig rätselhaft, wie Abt Kuno sie nicht ebenfalls wahrnehmen konnte. »Du sollst an diesem Ort, wo Mein Gebot mißachtet wird, kein Wort mehr von Mir sagen oder schreiben«, befahl Er.

Ich wandte mich brieflich an die Markgräfin von Stade, schilderte ihr die Situation und bat sie, in meinem Namen mit Erzbischof Heinrich zu sprechen. Bald darauf kam Richardis aufgeregt in mein Krankenzimmer.

»Meine Mutter ist von der Idee begeistert«, berichtete sie. »Sie hat herausgefunden, wem der Rupertsberg gehört, und glaubt, daß sie ihn für zwanzig Mark für dich erwerben könnte. Er ist Teil des gräflichen Gutes von Wenerde, und sie meint, die Familie wäre sicher froh, ihn loszuwerden, weil er ohnehin brachliegt und keine Einkünfte bringt. Und die umliegenden Weinberge gehören der Mainzer

Kirche; das heißt, wenn der Erzbischof den Plan gutheißt, könnte er dir ihre Nutzung einfach überschreiben! Mutter hat versprochen, sobald als möglich selbst nach Mainz zu reisen. Wahrscheinlich ist sie in diesem Augenblick schon dort!«

Richardis beugte sich über mein versteinertes Gesicht, und es tat mir leid, daß ich nicht einmal ihr zuliebe ein Lächeln zustande brachte. Aber meine Freundin war über diese mächtige Manifestation Gottes viel zu glücklich, um enttäuscht zu sein. Sie küßte meine kühle Stirn und flüsterte: »Es dauert gewiß nicht mehr lange!«

Doch leider unterschätzte Richardis Abt Kunos Eigensinn. Denn als tatsächlich ein Brief vom Erzbischof eintraf, in dem er den Plan guthieß und mir die offizielle Erlaubnis zum Umzug des Frauenkonvents auf den Rupertsberg erteilte, wollte Kuno noch immer nichts davon wissen.

Volmar erzählte mir voller Abscheu von regelrechten Hetzkampagnen gegen mich, in denen sich besonders ein Mönch namens Arnold hervortat. Dieser hatte sich schon lange über die vielen Freiheiten geärgert, die ich mir seiner Meinung nach herausnahm – vor allem, seit ich die Zahlung des Zehnten umorganisiert hatte. Bis dahin hatte er ihn eingetrieben; vielleicht war immer ein Teil davon in seine eigene Tasche gewandert, und ich hatte ihn seiner verbotenen Einkünfte beraubt; vielleicht steckte auch Eifersucht dahinter – jedenfalls war die Atmosphäre auf den Disibodenberg bald vollkommen vergiftet.

Ich spürte den Widerstand des Feindes hinter all diesen Widrigkeiten so deutlich wie einen körperlichen Angriff, der mir jedoch nicht das Geringste anhaben konnte, denn mein Körper und mein Gemüt glichen einer uneinnehmbaren Festung. Jenseits aller Vernunft war eine blinde Zuversicht in mir, die sich auf meine Töchter übertrug, wenn sie sich täglich um mich versammelten. Gemeinsam unterstellten wir unser Leben dem Willen Gottes, und keine der Schwestern ließ sich durch das böse Gerede beirren. Viele schrieben sogar ihren Familien, und ich erhielt von verschiedenen Adelshäusern finanzielle Unterstützung. So gelang es mir vom Krankenbett aus, den Ankauf des Rupertsberges in die Wege zu leiten, und ich bat die Markgräfin, einen zuverlässigen Baumeister für mich zu finden.

Eines Tages meldete man mir einen gewissen Meister Philibert. Ich schickte nach Volmar, damit bei unserer Begegnung ein Mann anwesend wäre.

»Bitte beuge dich über mich, damit ich dein Gesicht sehen kann«, forderte ich den Fremden auf. »Ich kann den Kopf nicht bewegen.«

Der Baumeister, ein struppiger Mann um die vierzig, kam der Bitte unverzüglich nach und sah mir unerschrocken ins Gesicht. Meine sonderbare Krankheit schien ihn nicht einzuschüchtern. Seine fröhlichen Augen flößten mir sofort Vertrauen ein.

»Du weißt über unser Vorhaben Bescheid?«

»Ich habe dir sogar etwas mitgebracht.« Philibert zeigte mir einen Pergamentbogen. »Man hat mir gesagt, daß du das Bett nicht verlassen kannst, und darum habe ich dir den Baugrund aufgezeichnet.«

»Großartig.« Ich betrachtete die skizzierte Wildnis, die er mir unter die Nase hielt. »Wir brauchen Wasserleitungen in allen Arbeitsräumen und Werkstätten«, hörte ich mich sagen. »Da es dort nirgendwo Wasser gibt, ist das die beste Lösung.«

Nun wurde Philibert doch unsicher und blickte fragend zu Volmar hinüber. Er zweifelte an meinem Verstand.

»Wie es die Magistra sagt, so soll es geschehen.« Volmar klopfte dem Baumeister auf die Schulter. »Wenn du sie besser kennst, wird dich das Ungewöhnliche nicht mehr überraschen. Und wenn du sie noch besser kennst –«, er grinste breit, »– dann wirst du feststellen, daß das Leben in ihrer Nähe äußerst spannend ist.«

»Spannend ist es ohne Zweifel«, murmelte Philibert mit hochrotem Kopf. »Zwanzig Nonnen sollen dort wohnen, nehme ich an, so wie hier?«

»Fünfzig«, widersprach ich. »Außerdem zehn arme Frauen, die wir als Herrgottsgäste aufnehmen wollen, fünf Gesindefamilien und zwei Priester. Wir müssen großzügig planen, sonst beginnt in ein paar Jahren alles von vorn.«

»Fünfzig Nonnen. Ganz, wie du wünschst«, wiederholte Philibert mit dem scherzhaften Unterton eines Mannes, der sich bei einem spielerischen Handgemenge mit einem Kind geschlagen gibt. »Welche Wirtschaftsräume wirst du benötigen?«

»Wir werden ein dreiflügeliges Hauptgebäude haben«, murmelte ich, während ich die Skizze unverwandt anstarrte. »Der Ostflügel hat den Kapitelsaal im Erdgeschoß und die Schlafsäle im ersten Stock. Im Südflügel sollen unten die Küche und der Speisesaal sein und oben die Schreibstube, die Bibliothek, die Webkammer, die Nähkammer, die Spinnstube und die Goldschmiedewerkstatt. Im Westflügel sollen die Vorratskammern sein, die Kleiderkammer, die Werkstatt für die landwirtschaftlichen Geräte und die Lagerkeller. Die Mühle, das Backhaus, das Brauhaus und die Malzdörre sollen im Süden liegen, das Gesindehaus und das Gästehaus im Westen und das Krankenhaus im Osten. Natürlich werden wir auch einen Kreuzgang haben, der von der Kirche zu unserm Wohnhaus führt ... Aber das hat Zeit. Ich denke, am besten richten wir zunächst die verfallene Kapelle wieder her, damit wir sofort ein Gotteshaus zur Verfügung haben. Wir können unmöglich warten, bis das Münster fertig ist.«

»Aber auch ohne Münster wird es Jahre dauern, alles so herzurichten, daß adlige Damen dort einziehen können«, protestierte Philibert erstickt. »An welchen Zeitraum hast du denn gedacht?«

»Wir ziehen um, sobald der Abt uns die Erlaubnis gibt«, verkündete ich. »Der Zustand der Gebäude spielt dabei keine Rolle. Wir könnten vorerst in Hütten oder Zelten leben und bei den Bauarbeiten helfen, um Zeit und Geld zu sparen. Darum möchte ich, daß du so bald wie möglich die Kapelle in Angriff nimmst.«

Ich beauftragte den sprachlosen Philibert, umgehend mit den Rodungsarbeiten zu beginnen, und bat ihn, mir bald gezeichnete Pläne für die ganzen Anlage vorzulegen. Vor meinem inneren Auge sah ich bereits alles deutlich vor mir, obwohl ich mich an den Rupertsberg selbst kaum noch erinnern konnte. Der Mönch Arnold verbreitete allerdings, ich sei schon seit Jahren heimlich dorthin geritten – vermutlich, wenn ich zum Eintreiben des Zehnten unterwegs gewesen war – um mit einem dort ansässigen Hexer heimtückische Pläne zu spinnen. Diese Reden waren zwar so bösartig, daß nur wenige Brüder sie glaubten; ich aber fragte mich, wen er mit dem dort ansässigen Hexer wohl meinte.

8

Je länger der Zustand meiner Lähmung dauerte, desto mehr Gerede gab es auch außerhalb des Klosters. Insbesondere die Mainzer Prälaten erkundigten sich, warum denn die Arbeit am ›Sci Vias Domini‹ trotz eines ausdrücklichen Befehls des Papstes nicht weitergehe. Auf solche Fragen mußte ich das antworten, was mir die Stimme befohlen hatte: daß ich an einem Ort, an dem man Gottes Befehle ignorierte, nichts mehr sagen oder schreiben dürfe. Der arme Kuno, der es sich in den Kopf gesetzt hatte, dem Plan zu trotzen, tat mir inzwischen beinahe leid. Doch solange sein Widerstand nicht gebrochen war, wich auch meine Lähmung nicht, und unser fruchtloses Ringen wäre vielleicht noch jahrelang weitergegangen.

»Ich war gerade dabei, in der Kapelle des heiligen Rupert das Dach auszubessern.« Philibert war unangemeldet und völlig außer Atem in mein Krankenzimmer gestürmt; begleitet von Richardis, deren Augen freudig glänzten. »Auf einmal hörte ich von draußen ein ganz grausiges Geräusch; eine Art Bellen oder Grunzen. Ich erschrak fast zu Tode, weil es weder wie ein Mensch klang noch wie ein Tier … Verzeih mir, Magistra, ich bin sonst ein beherzter

Mann, aber am hellichten Tag erwartet man doch keine Geister, nicht wahr? Auf jeden Fall nahm ich den langen Haken, mit dem ich die verrotteten Schindeln heruntergerissen hatte, und trat mit meinem grimmigsten Gesicht hinaus. Etwas Schwarzes, Riesengroßes kroch den Hang hinauf und kam direkt auf mich zu. Mir standen die Haare zu Berge; das Ding schüttelte sich ständig und kollerte mehr, als daß es kroch. Ich wußte immer noch nicht, was es war, aber das Grunzen klang eigentlich erbärmlich, nicht angriffslustig. Dann entdeckte ich einen Mönch, der unten am Fluß ein Boot festgemacht hatte und hinter dem unheimlichen Vieh herrannte. Er winkte mir zu und schrie etwas, das ich nicht verstand; und jetzt wurde mir klar, daß das Vieh ebenfalls ein Mönch war. Aber sein ganzer Körper wurde von einer Art Veitstanz geschüttelt, und als er näher kam, begriff ich das Grunzen, denn seine Zunge war so dick angeschwollen wie ein Unterarm. Sie füllte seinen ganzen Mund aus und hing schwarz und scheußlich auf sein Kinn hinunter – ich habe so etwas noch nie gesehen, Magistra; es ging ganz sicher nicht mit rechten Dingen zu. Denn kaum hatte der Unglückswurm sich durch die eingestürzte Tür in den Innenraum der Kapelle gewälzt und vor die Stelle geworfen, wo früher der Altar gewesen ist – glaub es oder nicht, ehrwürdige Mutter, aber seine Zunge schrumpfte sofort auf ihre normale Größe zurück! Das ging so schnell, als würde ein Apfel im Feuer schrumpfen. Zugleich hörte auch das gräßliche Geschüttel auf, und als der andere Mönch bei uns ankam, war alles schon vorbei. Der erste Mönch brach nach dieser wunderbaren Heilung völlig zusammen und heulte wie ein kleines Kind – was wohl verständlich ist, wenn man solch übernatürliche Dinge erfahren hat. Seltsamerweise schluchzte er immer wieder deinen Namen! Der andere erzählte, sie seien vom Disibodenberg und hätten gerade auf einem der Landgüter des Klosters den Zehnten eingetrieben, als der Bruder, Arnold mit Namen, urplötzlich, aus heiterem Himmel, von diesem – Veitstanz befallen worden sei. Ich mußte einfach herkommen und dir davon berichten, Magistra. Ich hatte das Gefühl, wenn jemand mir das alles erklären kann, dann du.«

Mit mir geschah etwas, das sich nach über einem Jahr marmorner Härte wie eine schmelzende Lawine anfühlte: ich lachte. Ich lachte, bis mir die Tränen herunterliefen und jeder einzelne Muskel meines Körpers schmerzte. So fand mich Kuno, der kurz darauf in Begleitung von Arnold und Volmar hereinkam.

»In Gottes Namen, geh«, sagte der Abt mürrisch, ohne mir in die Augen zu sehen. »Nimm deine Töchter und zieh auf deinen Rupertsberg, und mögen die Gesänge der Himmlischen dir dort lauter erschallen als hier.«

Bei seinen Worten wurde mein ganzer Körper neu belebt. Überall prickelte es, als sei ich ein Stück Ödland, in dem neue Samen aufbrachen. Ohne die geringste Anstrengung setzte ich mich auf und lächelte meine Gäste an. Richardis stieß einen Jubelruf aus, umarmte mich und stürzte aus dem Zimmer, um den Schwestern von dem Wunder zu erzählen. Unterdessen stellte ich die Beine auf den Boden, stand auf und neigte vor dem sprachlosen Abt den Kopf. Dieser wich ein wenig vor mir zurück, und ich begriff, daß er mir nie wieder vertrauen würde. Aber jetzt fürchtete er sich: vor mir und vor dem mächtigen Wirken des Heiligen Geistes, das sich durch mich offenbarte.

»Verehrungswürdige Abbatissa«, sprudelte da der strahlende Arnold heraus; der erste, der mich mit diesem Ehrentitel ansprach. »Laß mich dir helfen! Ich möchte bei der Rodung des Rupertsberges und beim Bau eurer Wohnungen mitarbeiten. Das soll meine Sühne sein, weil ich dich verleumdet habe. Der Herr hat mich –«

»Ich weiß.« Ich lächelte ihm zu. »Meister Philibert hat mir soeben davon berichtet. Wenn es der Abt erlaubt –«

Abt Kuno winkte nur müde mit der Hand: In diesem Augenblick seiner Niederlage hätte ich alles und jeden für mich beanspruchen können. Ich nutzte die Gunst der Stunde und bat, Volmar mitnehmen zu dürfen.

»Er dient dem Frauenkloster seit dessen Gründung als Beichtvater, Seelsorger und geistlicher Lehrer. Meine Töchter werden ihn auf dem Rupertsberg dringender brauchen denn je; und ich kann ohne seine Hilfe meine Arbeit am ›Sci Vias Domini‹ nicht vollenden.«

Ich brauchte nicht einmal auf den päpstlichen Befehl hinzuweisen; mit einem Kopfnicken willigte Kuno ein. Nun hätte ich ihn gern in die Arme geschlossen oder ihm wenigstens irgend etwas Liebevolles gesagt, um sein Herz zu erweichen und die alte Zuneigung zwischen uns wieder aufleben zu lassen, aber mir fiel nichts ein.

»Ich danke dir für viele glückliche Jahre, die ich

unter deinem Schutz auf dem Disibodenberg verbringen durfte, mein Vater«, sagte ich lahm und streckte ihm die Hand entgegen. »In der langen Zeit meiner Lähmung wünschte ich mir nur deinen Segen. Bitte glaub mir, ich wollte dir gegenüber, dem ich so viel verdanke, nicht ungehorsam sein –«

»Ich habe nur versucht, meiner Verantwortung dir und deinen Töchtern gegenüber gerecht zu werden.« Kuno ergriff meine Hand und schüttelte sie steif. Seine Finger waren feucht und eiskalt. »Gottes Segen sei mit dir.«

Bereits am nächsten Tag ritt ich mit Philibert zum Rupertsberg – ein wenig zittrig noch, aber voller Unternehmungslust. Vor meinem geistigen Auge sah ich bereits die vollendete Klosteranlage; das Münster, den Kreuzgang und die Gärten – meine leiblichen Augen aber bezauberte die Wildnis des Rupertsberges mit ihrer verschwenderischen Frühlingskraft. Ich bat Philibert, mit Arnolds Hilfe ein paar behelfsmäßige Hütten für uns zu zimmern.

Zu Beginn des Weidemonats ritten meine zwanzig Töchter und ich, gefolgt von dem treuen Volmar, zum letzten Mal den steilen Disibodenberg hinab und folgten dem Lauf der Nahe nordwärts bis zum Rhein. Ich fühlte mich frei wie ein Vogel, der der Sonne entgegenfliegt. Die laue Luft liebkoste uns, und wir sangen fast den ganzen Weg. Auf der alten Bingener Römerbrücke, auf der wir den Fluß überqueren mußten, um unsere wilde Wohnstatt zu erreichen, erlebten wir eine Überraschung: Hunderte von jubelnden Menschen erwarteten uns und umdrängten uns so dicht, daß wir absteigen und unseren

Pferden beruhigend zureden mußten. Die Tiere waren ebenso an Einsamkeit gewöhnt wie wir und legten nervös die Ohren an.

Ich fragte mich, wie es zu dem Volksauflauf gekommen war. Viele Menschen hofften sicher, auf unserer Baustelle Arbeit zu finden; andere freuten sich ehrlich, daß dem alten Rupertusheiligtum endlich wieder Ehre widerfahren sollte. Man nannte mich Heilige und Prophetin; einige versuchten sogar, ein Stück von meinem Gewand abzureißen. Aus meinem freudigen Staunen wurde jedoch rasch Unbehagen, als ich mehrere Angehörige des Klerus von Bingen erblickte. Kühl und abschätzend beobachteten mich diese Männer, und ich begriff, daß wir keineswegs allen willkommen waren.

Richardis zupfte mich am Ärmel und deutete auf eine Böschung, ein Stück von der brodelnden Masse entfernt: Auf eigens gezimmerten Hochsitzen saßen dort juwelenbehängte Damen in bestickten Gewändern und kostbar bewaffnete Herren. Sie verzehrten süßes Gebäck und tranken Wein, als sei unsere Ankunft ein Schauspiel zu ihrer Belustigung, wie ein Bärentanz oder der Auftritt einer Gauklertruppe. Mir wurde zum ersten Mal bewußt, daß sich hier am Zusammenfluß der beiden Ströme auch die großen, alten Handelswege kreuzten. Wir waren aus der Verborgenheit mitten unter die Augen der Welt getreten.

Als wir das Getümmel endlich hinter uns lassen konnten, war es Abend. Es hatte Ansprachen und Musik gegeben – auch ich hatte eine kurze Rede gehalten und zur allgemeinen Begeisterung gemeinsam mit meinen Töchtern zwei meiner Lieder gesungen. Jetzt fiel schon die Dämmerung, und jenseits der Nahe roch es nach feuchter Erde. Der Lärm verklang, und die Hufe der Pferde verfingen sich in Dornen und Brennesseln. Das Licht einer einzigen Laterne schwankte wie ein fernes Schiff; als wir näher kamen, erkannten wir Philibert und Arnold, die vor den Hütten auf uns warteten und einen großen Topf heißer Brühe für uns bereithielten.

Nachdem ich mehr als ein Jahr lang starr und abgeschirmt in meinem Bett gelegen hatte, waren die vielen neuen Eindrücke fast zuviel für mich; Richardis mußte mich stützen und breitete ihren Mantel über eine grobe Holzbank, damit ich mich setzen konnte. Nach der Mahlzeit, bei der jede ihren Holzlöffel in den großen Topf tauchte, bestand ich darauf, daß wir den Tag mit einer Messe abschlossen.

An Richardis' Arm schritt ich mit der Laterne voran, bergauf über schroffen Felsboden und zwischen riesigen Disteln hindurch. Einige meiner Töchter strauchelten vor Müdigkeit; die eine oder andere weinte gar vor seelischer Erschöpfung. Doch die kleine Kapelle, welche die Gebeine des heiligen Rupert barg, erstrahlte im Schein unserer bescheidenen Lampe so hell wie ein Münster im Licht von hundert Kerzen, und ich spürte förmlich, wie sie zum Leben erwachte.

»Vater, wir danken Dir für diesen Ort. Wir legen unser Leben und unsere Zukunft ganz neu in Deine Hände. Ohne Deinen Segen und Deine Grünkraft bleiben all unsere Anstrengungen Torheit und Eitelkeit. Hilf uns zu glauben, wo wir nicht sehen, und mutig zu sein, wo unser Denken verzagen will. Dein ist die Glorie, an der alle teilhaben, die ihre Augen nur auf Dich heften und Dein unsichtbares Wunder dem Sichtbaren dieser Welt vorziehen, halleluja, amen.«

»O gloriosissimi, lux vivens, angeli!« stimmte Richardis' reine Altstimme an, »O herrlichste Engel, lebendiges Licht«. Indem wir sangen, überwanden wir die Begrenzung der verfallenen Kapelle, unserer erschöpften Körper und unserer verwirrten Gemüter. Zu den Sternen erhob sich unsere Sehnsucht, und das goldene Licht antwortete; es flutete aus der Schwärze in unsere Herzen und erfüllte uns mit Staunen und Vertrauen. Ohne die schützenden Mauern des Disibodenbergs, ganz auf uns gestellt in einer unbewohnten Wildnis, kamen viele meiner Töchter Gott so nah wie noch niemals zuvor. Denn erst jetzt, ohne jegliche Sicherheit, hatten wir uns auch äußerlich völlig in Seine Hand begeben.

Als wir todmüde zu unseren Hütten zurückstolperten, war mir, als kauerten in einem Verschlag neben der Kapelle zwei oder drei zerlumpte Gestalten, die uns anstarrten – doch die Nacht war so dunkel und ich selbst so erschöpft, daß ich nicht sicher war und es dabei bewenden ließ. Am folgenden Abend aber, als wir nach einem unruhigen Tag voller Widrigkeiten die Komplet begangen hatten, sah ich sie wieder; ebenso am nächsten und am übernächsten Abend.

Ich spürte nichts Böses und wäre der Sache gern auf den Grund gegangen, wollte aber meine Töchter nicht beunruhigen. Schließlich kam eine besonders dunkle, wolkige Nacht, und ich beschloß, sie zu nützen. Da wir nach der Komplet bis zum nächsten Morgen unter dem Schweigegebot standen, schickte ich die Schwestern mit einem Handzeichen unter Volmars Schutz voraus und wartete, bis sie außer Sichtweite waren. Dann näherte ich mich klopfenden Herzens dem verfallenen Verschlag. Einst, bevor der Hügel von den Normannen verwüstet worden war, hatte die Mutter des heiligen Rupert hier ein Krankenhaus geleitet. Vielleicht wurden damals in diesem Verschlag die Geräte des Totengräbers aufbewahrt. Vorsichtig spähte ich hinein und spürte die Anwesenheit von Menschen, konnte aber nicht das Geringste erkennen.

»Wer seid ihr?« fragte ich leise in die Finsternis.

Etwas raschelte und wisperte; etwas Hauchfeines berührte meine Stirn, so daß ich doch für einen Augenblick erschrak – dann hatten sich meine Augen an die Dunkelheit gewöhnt, und ich erkannte die Umrisse eines alten Mannes. Was mich berührt hatte, waren nur Spinnweben gewesen.

»Sei gegrüßt, Abbatissa«, krächzte eine Greisenstimme. »Wir wollten dich nicht erschrecken.«

»Wer seid ihr?« Der Alte trat an mir vorbei ins Freie, und ich folgte ihm, froh, dem fauligen Gestank zu entrinnen. Er hatte sehr lange, weiße Haare, die aussahen, als hätte er sie noch nie im Leben gekämmt. In seinem ebenso verfilzten Bart klaffte ein zahnloser Mund, und in seinen Augen glomm ein seltsames Licht.

»Ich heiße Hubert«, sagte er.

»Ich heiße Hildegard.« Als er meine ausgestreckte Hand ergriff, meinte ich, die Erde selbst zu spüren.

»Wer sind die anderen? Warum versteckt ihr euch hier?«

»Ich bin hier auf dem Rupertsberg geboren. Ich

lebe hier – seit dem Jahr, als der Normannenfürst Robert Guiscard halb Italien als Lehen erhielt. Das hat mir meine Mutter gesagt.«

»Das war 1059«, staunte ich. »Dann bist du über neunzig Jahre alt?«

»Wenn du es sagst, Abbatissa. Möglich wäre es wohl. Ich habe so viele Sommer und Winter kommen sehen.«

»Und du lebst hier seit mehr als neunzig Jahren? Wo denn nur? Ich habe nirgendwo ein Haus gesehen!«

»Ganz oben im Wald. Ich habe auch eine Frau und Kinder«, versetzte der alte Mann würdevoll.

»Es tut mir leid, wenn wir eure Ruhe stören.« Ich fragte mich, wieso dieser Greis im Ruf stand, Hexer zu sein. »Wir haben diesen Berg gekauft und bauen hier unser Kloster. Hast du davon nicht gewußt?«

»Oh doch, dein Baumeister hat es mir erzählt. Er ist ein guter Junge, der einen alten Mann in Frieden läßt. Ich wollte erst sehen, wer ihr seid, bevor ich mich vorstelle.«

»Wir sind Benediktinerinnen«, versetzte ich etwas gereizt. »Das muß Baumeister Philibert dir doch gesagt haben.«

»Freilich. Aber glaubst du, daß so ein schwarzes Kleid schon einen Engel macht?«

»Nein«, antwortete ich beschämt. »Aber nun bist du gekommen.«

»Ihr singt so schön«, schwärmte der alte Hubert. »Genau wie Engel. Hast du schon viele Engel gesehen?«

Verblüfft von dieser direkten Frage ließ ich mich auf einen Baumstamm sinken. »Ja«, sagte ich. »Aber nicht so, wie ich dich jetzt sehe. Gott zeigt sie mir in einem Großen Licht, das Er den Schatten des Lebendigen Lichtes nennt. Er zeigt mir darin viele Dinge. Aber manchmal, ganz selten, zeigt Er mir darin das wirkliche, lebendige Licht. Dann spüre ich die Gewißheit, daß in Wirklichkeit alles gut war und ist und sein wird, weil Er alles in der Hand hält. Und ich fühle mich wieder wie ein junges Mädchen.«

Hubert lächelte zahnlos. »Ja. Aber das bist du ja auch. Sei willkommen auf dem Rupertsberg, Mädchen Abbatissa.«

Niemand von uns hatte je annähernd so hart gearbeitet wie in diesem Sommer. Jeden Morgen berichtete mir Philibert von den Fortschritten, und wir entschieden dann gemeinsam, was am dringlichsten war und was noch aufgeschoben werden konnte. Der heilige Benedikt hätte seine Freude an uns gehabt, denn außerhalb der sieben Gebetszeiten blieben wir keinen Augenblick untätig. Arnold war eine unschätzbare Hilfe; aber ich teilte auch meine Töchter je nach Alter und Körperkraft zu verschiedenen Aufgaben ein: vom Roden des Geländes über das Anlegen von Beeten und Feldern, von Messungen über den Bau von Fundamenten bis zu Zimmermannsarbeiten. Zwar hatten unsere adligen Gönner für die Klostergründung eine beträchtliche Summe zur Verfügung gestellt, doch bei der Größe der Anlage, die mir vorschwebte, waren wir darauf angewiesen, soviel als nur irgend möglich selbst zu tun. Die Schwestern lernten eine Menge: Philibert hatte aus den umliegenden Ortschaften Handwerksmeister – Maurer, Schlosser, Steinmetz und Zimmermann – eingestellt, die meine Töchter wie Lehrlinge einwiesen. Sie wurden bei der schweren Arbeit kräftig und braungebrannt.

Natürlich war dieses Vorgehen ebenso unerhört wie bereits die Tatsache, daß Nonnen selbständig ein Kloster gründeten; doch gab es für die üblichen Tätigkeiten einer Nonne, wie Spinnen, Weben, Sticken und Buchmalerei, ohnehin noch keine geeigneten Räumlichkeiten. Wir gaben zu viel Gerede Anlaß, und je weiter das Jahr voranschritt, desto gehässiger wurde der Unterton.

Sobald wir uns in unseren kargen Behausungen einigermaßen eingerichtet hatten, nahmen Richardis, Volmar und ich die Arbeit an ›Sci Vias Domini‹ wieder auf. Die zweite Vision des dritten Teils zeigte mir ebenfalls eine Baustelle: eine gewaltige, quadratische Festung entstand. Wie der Baugrund auf dem Rupertsberg lag sie ein wenig schräg – auf der schiefen Ebene des irdischen Lebens, von der wir jederzeit abrutschen können, wenn wir den Lügen des Teufels verfallen. Die Festung war das Heilsgebäude der Menschheit und ragte in alle vier Himmelsrichtungen, weil alle Völker der Erde daran beteiligt waren. Seine Ecksteine waren Adam, Noah, Moses und Christus, und seine Mauern bestanden aus dem Schutz guter Werke und dem Glanz der Erkenntnis. Doch klafften zwei Lücken darin: die Unvollkommenheit des einzelnen und die Unvollkommenheit der Kirche.

»Durch die fünf Wunden Christi wird die Bürde der Laster von jedem Menschen genommen, der seine Verantwortung erkennt und am Heilswerk mitarbeitet«, diktierte ich in einer warmen Sommernacht, während ringsum Grillen zirpten und Volmar sich im Schein eines winzigen Talglichts um leserliche Schriftzeichen bemühte. »Die Wunden Seiner Hände befreien uns von der Gier, und die Wunden Seiner Füße vom Irrweg in die Verbannung. Die Wunde in Seiner Seite befreit vom Ungehorsam; aus ihr ging die Kirche hervor, wie Eva aus Adams Seite hervorging. Die Fünf ist eine goldene Zahl; denn der Mensch soll mit seinen fünf Sinnen zur Höhe der Gottheit aufblicken. Er soll sich mit Leib und Seele bemühen, das Böse zu meiden und in Glück oder Unglück Gutes zu tun.«

Dank Gottes Gnade blieb der Sommer des Jahres 1150 warm und trocken; zumindest brauchten wir in unseren elenden Hütten nicht zu frieren. Doch der Mangel an Wasser war eine große Erschwerung, die uns viel Schweiß kostete und auch die Bauarbeiten verzögerte. Als der Herbst kam, stellten wir fest, daß unsere Ernte viel magerer ausfallen würde, als die Hoffnung es uns vorgegaukelt hatte.

Der erste Frost fand uns noch immer in unseren Hütten, wo jetzt der eisige Wind durch die dünnen Bretter pfiff; unsere daunengestopften Kissen konnten uns nicht wärmen. Die reichen Leute der umliegenden Orte höhnten über unsere Einfalt; die einfachen Leute aber tuschelten, es geschähe uns adligen Frauen ganz recht, Hunger und Mangel einmal selbst zu spüren.

Das Schlimmste war, daß einige meiner Töchter jetzt murrten und sogar offen gegen mich rebellierten. Viele machten mir bittere Vorwürfe, weil ich nicht dafür gesorgt hatte, daß uns das Mönchskloster unsere sogenannte Mitgift der Jungfrauen ausbezahlte: die Einkünfte aus allem, was unsere Familien uns beim Eintritt in den Orden mitgegeben hatten. Wie die Dinge jetzt lagen, konnten wir uns nicht einmal mit Lebensmitteln und Brennholz versorgen. Selbst Volmar ging mit sorgenvoll gefurchter Stirn umher, und Richardis lag mit Fieber und Schüttelfrost danieder.

Eines Tages, als ich schier verzweifeln wollte, erklommen unerwartete Besucher den mit gefrorenem Schlamm bedeckten Hang. Als sie näher kamen, erkannte ich meinen Bruder Hugo und meine Lieblingsschwester Clementia. Mein Herz tat einen Sprung – ich hoffte, daß meine Geschwister etwas zu essen mitgebracht hatten, das ich unter meine Töchter verteilen konnte. Bestürzt, weil die Not mich so gierig gemacht hatte, eilte ich ihnen entgegen.

Hugo, seines Zeichens Domkantor in Mainz, war ein fülliger Mann, der seine Würde ebenso selbstverständlich trug wie seinen kostbaren Pelzmantel. Er küßte mich auf beide Wangen und musterte mich vorwurfsvoll. Clementia aber hängte sich mir förmlich an den Hals, und in ihren Augen lag eine Verlorenheit, die ich in ihr nie gesehen hatte. Ich führte die beiden in meine eisige Hütte und bat sie, es sich auf der Pritsche bequem zu machen, die mir als Bett diente. Hugo blickte sich grimmig um, Clementia aber brach unversehens in Tränen aus.

»Was ist?« fragte ich besorgt.

»Walther, ihr Mann«, knurrte Hugo und legte tröstend den Arm um Clementia. »Du weißt doch wohl, daß er dem König Konrad auf seiner Fahrt ins Heilige Land als Herzog diente? Er hat die Seuche in Kleinasien und die Überfälle der Seldschuken überlebt. Sogar bei der schrecklichen Niederlage gegen die Stadt Damaskus ist er mit einer leichten Verwundung davongekommen. Und jetzt ist er hier im deutschen Reich gefallen, als er versuchte, für den König den Aufstand der verräterischen Welfen zurückzuschlagen. Clementia hat sich zu mir geflüchtet.«

Schuldbewußt senkte ich den Kopf; ich hatte den politischen Geschehnissen inmitten meiner Bedrängnis kaum Aufmerksamkeit geschenkt. »Das tut mir sehr leid«, brachte ich heraus. »Darf ich erfahren, was euch beide mitten im Winter hierher getrieben hat?«

Hugo sah mich erbittert an. »Man sagt, ihr seid hier am Verhungern, und ich wohne nur einen halben Tagesritt von euch entfernt. Ich wollte sehen, ob die Gerüchte stimmen.«

»Und dennoch hast du uns nichts zu essen mitgebracht!« Ich konnte meine Wut kaum bezähmen. »Wolltest du dich nur sachlich von unserer Not überzeugen, sozusagen um der reinen Wahrheit willen, wie die Scholastiker?« Ich zischte den Namen heraus wie ein Schimpfwort.

»Ein Scholastiker hätte sich jedenfalls nicht auf ein derart unvernünftiges Unternehmen eingelassen«, versetzte mein Bruder kühl. »Ich kann dir nur dringend anraten, auf den Disibodenberg zurückzukehren, bevor dir die ersten Nonnen unter den Händen wegsterben.«

Sprachlos vor Zorn blickte ich in das empörte Gesicht, das dem meinen so ähnlich war – und in diesem Augenblick kam die Schau über mich. Ich mußte lachen; ich begriff wieder, daß in Wirklichkeit Gott und nicht ich die Verantwortung trug.

»Auch die Kinder Israel haben in der Wüste gegen Moses gemurrt, obwohl er sie ihrer Bestimmung und Befreiung entgegenführte«, erklärte ich Hugo. »Wir alle sind dazu ausersehen, ins gelobte Land zu ziehen – nicht auf einem Kreuzzug zum irdischen Jerusalem wie der arme Walther; sondern innerlich. Und genau das tun wir hier. Ich erfahre jetzt, daß Not genauso blind machen kann wie Reichtum; aber Gott ist viel größer! Er kann uns Wasser aus dem Felsen schenken, wenn Er will! Solange wir Seinen Willen tun, sind wir in Ihm geborgen.«

Jetzt war es an Hugo, sprachlos zu sein. Clementia aber hatte ihr tränenfeuchtes Gesicht gehoben und sah mich an, als lausche sie einer fernen Musik.

»Trotzdem ist diese Not, die ihr leidet, völlig sinnlos«, wand mein Bruder schließlich ein. »Warum konntet ihr nicht auf dem Disibodenberg leben, in ordentlichen Häusern, unter dem Schutz von Mönchen? Was ist so göttlich daran, zu erfrieren und zu verhungern?«

»Woher soll ich das wissen? Der springende Punkt ist, Gott hat uns hierher geschickt, also sind wir gegangen. Wir vertrauen auf Seine Gnade; Er wird uns zu Seiner Zeit und auf Seine Weise beistehen.«

»Erst wenn man gar nichts mehr hat, kann man erleben, daß man außer Gott nichts braucht«, warf Clementia unerwartet ein. »Zumindest stelle ich mir das vor.«

Sie sah mich fragend an, und ich nickte staunend. Hugo aber stand verdrossen auf.

»Dann seid Gottes Segen herzlichst anempfohlen«, brummte er und zog Clementia mit sich hinaus.

Zwei Tage später trafen mehrere Fässer mit gepökeltem Rind- und Schweinefleisch bei uns ein, fünf Säcke mit Dinkel, Hirse und Gerste sowie drei große Körbe mit Äpfeln; außerdem zwei Fuder Heu und eine Wagenladung Brennholz. Ich war gerührt. Mein Bruder Hugo hieß unser Leben zwar nicht gut, hatte uns aber nicht vergessen.

Dennoch verließen fünf meiner Töchter zum Jahreswechsel den Konvent, was zugleich bedeutete, daß sie aus dem Orden austraten und in die Welt zurückkehrten. Ich erhielt viele vorwurfsvolle Briefe; unter anderem von Abt Kuno, meinem Bruder Hugo und den Familien der Betroffenen. Meine verbleibenden Töchter waren verstört und durch die Entbehrungen geschwächt; ohne das Bild von Moses, mit dem Gott mich getröstet hatte, wäre ich wohl verzweifelt. Doch blieb eine unerklärliche Zuversicht in mir, die mir half, meine Augen auf das Unsichtbare zu richten.

Eines eisigen Nachmittags im Wintermonat 1151 stand der alte Hubert vor meiner Hütte, ganz in Wolfsfelle gehüllt.

»Ich lade dich ein, Mädchen Abbatissa«, krächzte seine Greisenstimme.

»Wohin?«

»Zu mir natürlich. Das Essen ist gleich fertig.«

»Wirklich? Wie freundlich von dir. Ich komme.«

Ich sagte Richardis, daß ich wahrscheinlich zur Komplet nicht zurück sein würde und folgte Hubert den Hang hinauf. Wir hatten auch auf dem Disibodenberg nicht übermäßig üppig gelebt; aber nichts in meinem Leben hatte mich darauf vorbereitet, für eine Mahlzeit alles liegen und stehen zu lassen. Auf geheimen Pfaden führte Hubert mich durch den winterlichen Wald; ich keuchte bald von dem steilen Aufstieg. Der Atem drang als Nebel aus unseren Mündern, und der hartgefrorene Schnee knirschte unter unseren Schritten.

Die Höhle lag ganz oben, im schroffen Felsen des Gipfels. Wir zwängten uns durch einen Spalt und folgten einem dämmrigen Gang um mehrere Ecken. Plötzlich standen wir in einem großen, annähernd runden Raum, der sogar einen Rauchabzug besaß und in dessen Mitte ein Feuer brannte. Es war dort hell und wohlig warm; viel wärmer, als ich es seit dem Spätsommer jemals gehabt hatte.

Ich ließ meinen dicken Pelzmantel, den ich seit Tagen auch zum Schlafen nicht abgelegt hatte, von den Schultern gleiten und fühlte mich ohne sein Gewicht wie von Ketten befreit. Huberts Frau hatte fuchsfarbenes Haar und war viel jünger als er; ich schätzte sie auf Anfang fünfzig, so wie ich. Sie war dünn, sehnig, wie gegerbt vom Leben in der Wildnis, und begrüßte mich mit einem Kopfnicken, ohne von dem großen Topf aufzublicken, der über dem Feuer hing und in dem sie eifrig rührte. Ein eigenartiger Geruch nach Fisch und Kräutern entströmte dem Kessel und hing verlockend im Raum.

Zwei jüngere Frauen saßen auf fellbedeckten Holzbänken außerhalb des Feuerscheins und betrachteten mich mit kaum verhohlenem Mißtrauen. Eine schien kurz vor der Niederkunft zu stehen. Ich nickte beiden zu, aber sie rührten sich nicht. Sicher empfand es der Vater des Kindes als unter seiner

Würde, die Tochter eines Ausgestoßenen zu heiraten.

Etwas unsicher sah ich mich um. Auch auf dem Boden lagen Felle, und die Felswände waren mit Tierhäuten bedeckt, wodurch der Raum äußerst gemütlich wirkte. Außer einigen einfachen Holztruhen, in denen wohl die Habe der Familie aufbewahrt wurde, einem grob gezimmerten Tisch, zwei Bänken und vier fellbedeckten Lagerstätten gab es keine Möbel. Doch als meine Augen sich an den unruhigen Feuerschein gewöhnt hatten, entdeckte ich eine weitere Felsspalte, die in eine Art Vorratsraum führte. Ich spähte hinein und sah Hunderte von getrockneten Kräuterbündeln und Wurzelstrünken, die von der Decke hingen. Allmählich dämmerte mir, was Arnold auf den Gedanken gebracht hatte, den alten Hubert als Hexer zu bezeichnen.

Mein Gastgeber hatte mich genau beobachtet. Er lud mich ein, auf einer Bank neben ihm Platz zu nehmen, und flüsterte mir zu, daß seine Frau Gudrun und seine Töchter Hilda und Rotraud hießen. Bald darauf gab Gudrun jedem einen irdenen Napf und forderte uns auf, damit die heiße Brühe aus dem Topf zu schöpfen. Ich verbrühte mir dabei die Finger und schnitt mich an den zerkochten Resten von Fischköpfen, die in dem Sud schwammen; doch nach den ersten paar Schlucken erfüllte mich eine innere Wärme, wie ich sie kaum jemals verspürt hatte.

»Das schmeckt wunderbar!« lobte ich. »Womit ist es gewürzt?«

Gudrun sah mich nicht an, Hubert aber sagte herausfordernd: »Mit vielerlei, dessen Nutzen nur wenige kennen, Abbatissa. Auch ein bestimmter halbedler Stein wurde darin mitgekocht, der Wärme freisetzt.«

»Ein Stein?« Mein Blick wanderte wieder zu der Vorratskammer. »Ich habe selbst mit Heilkräutern gearbeitet, aber mir scheint, ihr wißt über solche Dinge viel mehr als ich.«

»Interessiert dich unser Wissen? Hältst du es vielleicht für Teufelswerk?«

Alle Augen waren jetzt auf mich gerichtet; ich spürte, daß ich nur darum eingeladen worden war, damit Hubert mir diese Frage stellen konnte. Aus dem Augenwinkel sah ich, daß Hilda ein kleines Messer bereithielt. Zögernd streckte ich mich nach der Schau aus, aber im Herzen kannte ich schon die Antwort.

»Gott hat uns Menschen mitten in die Schöpfung gestellt. Wir sind untrennbar mit allem Geschaffenen verbunden und vereinen in uns sämtliche Elemente«, sagte ich leise. »Alles, was die Erde hervorbringt, entsteht durch Gottes Grünkraft und ist Teil Seines Planes. An uns liegt es, alles zum Guten oder Bösen zu gebrauchen. Warum sollte es also Teufelswerk sein, die reiche Vielfalt Seiner Wunder zu erforschen?«

Ein deutliches Aufatmen ging durch den Raum. Die Frauen entspannten sich, Gudrun lächelte zum ersten Mal, nahm mir meine Schüssel ab und füllte sie von neuem. Die Töchter tuschelten miteinander und kicherten leise.

»Bist du eine Forscherin?« erkundigte sich Hubert, als ich den Napf zum dritten Mal geleert hatte.

»In gewisser Weise schon.« Ich seufzte wohlig. »In dem Kloster, wo ich bisher wohnte, haben wir jahrelang Wissen über Pflanzen und Tiere zusammengetragen.«

»Soll ich mein Wissen mit dir teilen?«

Ich starrte den Greis überrascht an. »Das würdest du tun?« Ich lachte vor Freude. »Welch ein unerwartetes Geschenk. Ich danke dir! Wir werden bald eine Schreibstube im Kloster haben, dann könnten wir alles in ein Buch schreiben, damit es nicht vergessen wird –«

»Das ist gut.« Der alte Hubert grinste zufrieden. »Ich werde nicht mehr lange leben, und meine Töchter haben andere Dinge im Kopf. Das ist sehr gut, Mädchen Abbatissa.«

Es war, als hätte sich die Windrichtung geändert: Der eisige Sturm blies uns nicht mehr direkt entgegen. Häufig fanden wir jetzt Lebensmittel vor unserer Tür – ich hatte besonders Huberts Töchter und einige Fischer in Verdacht. Boten von Adelshäusern brachten uns kleine, anonyme Geldgeschenke, und eine Abordnung von Bingener Bürgern brachte uns mehrere Fuhren Brennholz. Im Hornung war der ärgste Frost endlich gebrochen.

Sobald es etwas milder wurde, konnte auch die Arbeit an der Baustelle wieder beginnen. Philibert hatte den Winter in seiner Heimatstadt Trier verbracht; er kehrte mit einem Fuhrwerk zurück, auf dem sich eine vollständige Tonguß-Werkstatt befand, und war in Begleitung eines gewissen Michel aus Verdun, den er mit dem Bau unserer Wasserleitungen beauftragt hatte. Meister Michel verbrachte zwei Tage fassungslosen Staunens auf dem Rupertsberg; dann hatte er sich an unsere ungewöhnliche Gemeinschaft gewöhnt und ging eifrig ans Werk.

Mit verdoppeltem Eifer arbeiteten Richardis, Volmar und ich an ›Sci Vias Domini‹. Riesige Bilder folgten so schnell aufeinander, als würden sie von einem Sturm vorangetrieben. In allen Einzelheiten beobachtete ich den Bau des Weltgebäudes, an dem jeder Mensch Anteil hat. Gute Kräfte, zu denen sich ein Mensch bewußt entschließt – Demut, Liebe, Gottesbewußtsein, Gehorsam, Selbstdisziplin, Hoffnung und Glaube –, traten mir als lebendige Helfer entgegen, die unfehlbar jeden unterstützten, der seiner Trägheit trotzte und sich ihnen anvertraute. Verschiedene Farben und Stoffe ihrer Gewänder machten diese Kräfte unverwechselbar; sie wirkten zusammen wie Choralklänge. Alle hatten sie ihren bestimmten Platz in dem Gebäude, das sowohl den Ablauf der Weltzeitalter als auch die Erlösung der Menschheit bedeutete: Heilsplan und Aufbau des Universums bildeten zusammen ein untrennbares Ganzes namens Schöpfung.

»Im Leben jedes einzelnen spielt sich eine verkleinerte Form des großen Geschehens ab. Als Mensch besitzt du sowohl das Wissen um Gut und Böse als auch die Fähigkeit zu handeln. Du kannst dich also mit nichts entschuldigen«, diktierte ich, während mein Inneres wie eine Glocke von der gewaltigen Stimme des Menschensohnes widerhallte. Dann umklammerte ich Richardis' Arme wie ein Kind die Hand seiner Mutter, denn Er zeigte mir eine Offenbarung vom Ende der Zeiten.

Wie schon früher erschien mir die Kirche; die golden gekrönte, strahlende Braut Christi – diesmal aber war sie korrumpiert und entstellt. »Vom Nabel bis zur Vulva ist sie von schuppigen Flechten bedeckt«, diktierte ich. »Ihre Beine sind blutig von den Schlägen und der Vergewaltigung, die sie erlitten hat. Aus ihrer Scheide ragt der ekelhafte, pechschwarze Kopf eines Dämons mit feurigen Augen, Eselsohren und dem Maul eines Löwen hervor ... Er bedeutet die Habgier, die Mordlust und den Zynismus derer, die sich um persönlicher Vorteile willen Gläubige und Priester nennen. Am Ende des letzten Zeitalters reißt dieses abscheuliche Haupt sich unter großem Getöse los, so daß die Frauengestalt vor Angst und Entsetzen an allen Gliedern erzittert. Unmengen von Kot türmen sich aus dem Haupt gen Himmel: Abbild der Anmaßung, den Himmel erfassen zu können. Der Geruch ist fürchterlich ... Endlich trifft ein mächtiger Donnerschlag das Haupt mit tödlicher Wucht; es stirbt und erbricht seinen Lebensatem, der seine Seele hätte sein sollen. Ungeheurer Gestank breitet sich aus, der noch lange in der Luft hängenbleibt.«

»Ekelhaft«, stöhnte Richardis unwillkürlich.

»Durch diesen Gestank erweist sich der teuflische Hochmut endlich als unrein, und die verführten Menschen erkennen ihren Irrtum. Jetzt erscheinen die Füße der weiblichen Gestalt strahlend weiß; sie leuchten heller als die Sonne. Das ist der Glanz des Glaubens! Der Tag der letzten Offenbarung ist nah.«

Ich wollte die Arbeit für diesen Tag beenden, aber Volmar berührte sanft meine Hand.

»Sprich weiter, Hildegard«, bat er mit glänzenden Augen. »Sag uns, was am Ende aller Zeiten geschehen wird.«

»Alle Elemente und die ganze Erde werden von einem schrecklichen Beben geschüttelt.« Mein Körper rebellierte, Tränen schossen mir in die Augen, und meine Glieder begannen zu zittern. Richardis hielt mich fest, während ich mich dazu zwang, den Blick nicht abzuwenden. Ich mußte an den Apostel Johannes denken, der in seiner Verbannung auf Patmos derselben Offenbarung standgehalten hatte.

»Die Menschen geraten in Aufruhr«, stieß ich hervor. »Überall zugleich bricht Feuer aus; es erfüllt die Luft, und die Luft löst sich in ihre Bestandteile auf. Alles Wasser brodelt und schäumt und fließt über. Blitze zucken, Donnerschläge krachen, Berge werden gespalten, Wälder stürzen; alles Sterbliche auf Erden geht zugrunde. Das Feuer erfüllt die gesamte Luft, das Wasser überflutet die ganze Erde ...«

Ich brach ab, um Atem zu schöpfen, und wandte mich meinen Freunden zu: gute, lebendige Gesichter; genauso wirklich und lebendig wie ich selbst. Richardis hatte sich so hinter mich gesetzt, daß ich mich an ihren Köper lehnen konnte und streichelte sanft über meine Schläfen, während Volmar wie besessen schrieb. Ich trank die Szene gierig in mich hinein, seufzte tief und zwang mich dazu, mich erneut den entsetzlichen Bildern auszusetzen. Diesmal aber erblickte ich nichts Schreckliches.

»Auf diese Weise werden alle Elemente gereinigt«, sprach ich staunend. »Alles Häßliche verschwindet aus der Welt, als wäre es nie gewesen. Die Körper der Toten stehen unversehrt wieder auf ... Jetzt ist alles öffentlich geworden, was früher in der Verborgenheit des Herzens stattfand. Denn jetzt erstrahlt das Gewissen der Gläubigen sichtbar im Glanz der Weisheit, und das Gewissen der Übeltäter ist fleckig von Finsternis ... Jesus erscheint in der Gestalt seines irdischen Leibes. Da Er selbst unser Los geteilt hat, kann Er das Leben jedes einzelnen gerecht beurteilen und weiß, wie dessen Taten einzustufen sind. Den Ungerechten erscheint Er furchtbar; aber denen, die Ihn lieben, drückt Er Sein strahlendes Siegel auf, so daß sie im selben Augenblick entrückt werden ... Schließlich ist das Gericht beendet, und alles Vergängliche ist vergangen wie Schnee in der Sonne. Stille herrscht, alle Elemente schweigen, sogar die Kreisbahn der Erde wird angehalten, und Sonne, Mond und Sterne werden aus ihren unruhigen Bahnen erlöst, denn die Zeit selbst ist vergangen ... Wie Edelsteine auf goldenem Hintergrund schimmern die Gestirne, während ein ewiger, unwandelbarer Tag heraufzieht. Der Herrscher der Schöpfung wird mit Seinem unveränderlichen Licht alle erleuchten, die durch Seine Gnade früher dabei geholfen haben, die irdische Finsternis zu vertreiben. Das Feuer wird ohne Glut wie die Morgenröte leuchten, und die Luft wird klar und glänzend sein; ohne jede Trübung. Das Wasser wird ruhig und ganz durchsichtig daliegen, und auf der Erde wird eine große, unwandelbare Schönheit offenbar ...«

9

Das ›Sci Vias Domini‹ endete in Musik; die Bilder lösten sich auf in einer Flut von himmlischen Harmonien, Lobgesängen der Engel, Klageliedern der Verlorenen und Siegeshymnen der Tugendkräfte und ewig Seligen. Ich ließ das Buch rasch kopieren und diktierte Volmar einen Begleitbrief für Eugen III.

»Dem König gefiel es, eine kleine Feder zu berühren, so daß sie wunderbar emporstieg. Ein starker Wind trug sie, damit sie nicht sinke. Nun spricht Er zu dir: bestätige diese Schrift. Laß sie grünen; mach sie zur Wurzel, die sich verzweigt, zum wehenden Blatt gegen den Teufel, und du wirst leben in Ewigkeit! Hüte dich, diese göttlichen Geheimnisse zu verachten, denn –«

»So respektlos schreibst du dem Papst?« In Volmars Augen stand nicht Vorwurf, sondern Staunen.

»Entweder ist er offen für den Heiligen Geist oder nicht«, gab ich ungerührt zurück. » – denn sie sind unentbehrlich in einer Notlage, die noch nicht offen zutage getreten, sondern verborgen ist.«

Wir tauschten einen besorgten Blick. Beide dachten wir an das schreckliche Bild von dem Sumpf mit den wartenden Schakalen, sprachen es aber nicht aus.

Erzbischof Heinrich von Mainz, mein unmittelbarer Vorgesetzter, erhielt ebenfalls eine Kopie. Als der Bote mit den beiden schweren Paketen den Hang hinab zur Anlegestelle schritt, fühlte ich mich von einer gewaltigen Last befreit. Ich atmete auf und sah mich auf dem Rupertsberg um, als sähe ich ihn zum ersten Mal. Es war Frühling. Lerchen schossen durch die blitzende Luft, und im Rauschen der zusammenfließenden Ströme hörte ich brausenden Jubel. Auch der Anblick der Baustelle stimmte mich zuversichtlich: sowohl die Mauern der Kirche als auch des Wohnhauses hatten bereits Mannshöhe erreicht.

»Was würdest du sagen, wenn die Scholastiker auf ihren Universitäten die Heilkunde lehren würden?« fragte mich Volmar.

»Heilkunde? Das paßt ungefähr so gut zu den Scholastikern wie Geburtshilfe zu einem Hersteller von Flaschenzügen! Warum fragst du mich das?«

»Weil es so ist«, versetzte mein Seelsorger ruhig. »Auf der Pariser Universität wurde vor kurzem Heilkunde als Unterrichtsfach eingeführt.«

»Und die Kranken? Gibt man ihnen vielleicht an der Pforte ein Rezept zu lesen, und wenn sie davon nicht gesund werden, haben sie irgend etwas falsch verstanden? Was für eine Torheit«, seufzte ich. »An einer Universität können vielleicht die Auswirkungen einer Krankheit mit Gottes Hilfe geheilt werden; aber das innere Gleichgewicht des Kranken stellt sich dadurch nicht wieder her.«

»Wieso nicht?« Volmar beobachtete mich aufmerksam; ich kannte das bohrende Schmunzeln seiner Augen von Kindheit an und wußte, daß er durch mich etwas ganz Bestimmtes von Gott hören wollte.

»Wenn niemand dem Kranken zuhört, bleibt er mit seinen Problemen allein«, erklärte ich. »Falls Melancholie, Gier oder sonst eine Verwirrung der Seele die Krankheit verursacht haben, ermöglicht ihm die klösterliche Lebensweise, sein Leben neu zu überdenken. Aber wenn ihm niemand dabei hilft, die Einheit wiederzufinden, die ihn mit Gott ebenso verbindet wie mit der Natur, wird seine Lebenskraft nicht wieder zum Strömen gebracht. Und das bedeutet, daß er sehr wahrscheinlich in kürze erneut erkranken wird.«

»Und was wirst du nun tun?«

»Volmar, bitte sprich nicht mit mir, als sei ich eine kleine Oblatin. Wenn du auf etwas hinauswillst, dann sag es mir bitte.«

»Oh, ich will auf nichts Bestimmtes hinaus«, erwiderte Volmar lächelnd. »Ich wollte dich auf diese Dinge nur aufmerksam machen. Daß du das Richtige tun wirst, habe ich nie bezweifelt.«

Das Gespräch hatte mich beunruhigt. Ich trieb den Bau unseres Krankenhauses rascher voran und begann, das umfangreiche Material zu den Naturbeobachtungen zu sichten, die wir, von Jutta ermutigt, über viele Jahre auf dem Disibodenberg betrieben hatten. Volmar und eine junge Nonne namens Hiltrud, die erst kürzlich ihr Gelübde abgelegt und sich als zu verträumt für die Bauarbeiten erwiesen hatte, halfen mir beim Sortieren. Richardis dagegen unterstützte mich lieber bei meinen Verwaltungsaufgaben.

Das Frühjahr und der Sommer 1151 glichen einer ununterbrochenen Ernte. Als sollten wir für die Entbehrungen des ersten Winters belohnt werden, ergoß sich ein steter Strom von Gaben und Spenden über uns, so daß wir nun drei Bettlerinnen als Herrgottsgäste bei uns aufnehmen konnten.

Während Volmar und Hiltrud mit einer systematischen Abschrift unserer bisher gesammelten naturkundlichen Aufzeichnungen begannen, verbrachte ich mit dem alten Hubert viele Stunden in den Wäldern. Er machte sein Versprechen wahr und teilte sein uraltes Wissen mit mir.

»Alles hat ein bestimmtes Wesen«, erklärte er. »Bäume, Steine, Kräuter, Gewässer. Jeder weiß, daß Tannenholz vor bösen Geistern schützt – aber warum? Weil Lebenskraft stolz und ungebrochen in ihm fließt. Es wächst kerzengerade in die Höhe, Breite und Tiefe, weil es keinen Einflüsterungen nachgibt. Es hört nicht auf die östlichen Luftgeister, die westlichen Wassergeister oder die südlichen Feuergeister. Und die nördlichen Geister des Verderbens besiegt es durch seine ebenmäßige Pfeilform.«

»Der Saft im Baum ist wie die Seele im Körper«, zitierte ich aus dem ›Sci Vias Domini‹. »Die Gestalt des Baumes entspricht den Kräften der Seele. Der Verstand gleicht dem Grün der Blätter, und der Wille den Blüten. Die erste Frucht entspricht dem Gemüt, die voll ausgereifte Frucht der Vernunft. Das Empfindungsvermögen aber entspricht der Ausdehnung des Baumes in die Höhe und Breite.«

»Genauso ist es.« Der alte Hubert grinste. »Und willst du wissen, welchem Baum du gleichst?«

Ich lächelte arglos. »Gern.«

»Du, Mädchen Abbatissa, bist wie eine hohe, schlanke Zypresse. Du strebst so unbeirrbar zum Himmel, daß sogar deine Äste nach oben weisen.

Deine Blätter duften nicht, denn das hieltest du für Tändelei. Dafür aber strömt dein Holz einen so starken Duft aus, daß sogar Ungeziefer davon verscheucht wird. Dieser Duft ist zunächst kaum spürbar; aber wer länger in deiner Nähe ist, kann nie genug davon bekommen. Das kommt daher, daß du die Gottheit selbst in dir birgst.«

Ich errötete vor Verlegenheit. »Oh, Hubert – meinst du nicht, daß alles die Gottheit widerspiegelt? Und daß die Grünkraft und die unsterbliche Seele in jedem verborgen sind?«

»Sicher«, nickte Hubert, »aber unterschiedlich stark. Ein Fels aus Sandstein nimmt vieles auf und gibt vieles ab – Wind und Regen, Staub und Spreu, den Lauf der Zeiten. Aber in einem Edelstein vereinen sich Feuer und Wasser; das gibt ihm geheimnisvolle Kräfte. Ein solcher Stein kann mancherlei abwehren und anziehen: Fieber, Rheuma, Flüche – je nachdem, wie es seinem Wesen entspricht.«

Ich nickte. »Weil alles in der Schöpfung einander antwortet und Gleiches manchmal mit Gleichem geheilt werden kann. Wie geht es übrigens deiner Tochter Rotraud? Sicher hat sie inzwischen entbunden?«

»Ein Mädchen. Es hat brandrote Haare –« Hubert sah mich fragend an, ob ich dies als unheilvolles oder gar teuflisches Zeichen betrachten würde.

»Wenn ihr wollt, könnt ihr sie bei uns in der Kapelle taufen lassen«, bot ich ihm statt dessen an. »Unser Priester Volmar ist mein bester Freund, und ich habe ihm alles über euch erzählt. Wie soll sie denn heißen?«

Nun strahlte der alte Mann. »Mit deiner Erlaubnis, Mädchen Abbatissa, wir wollen sie gern Hildegard nennen.«

»Das ist mir eine große Ehre.« Neugierig wie Kinder drangen wir noch tiefer in den Wald ein.

*

»Der Titel unseres neuen Buches lautet ›Über das innere Wesen der verschiedenen natürlichen Geschöpfe‹«, informierte ich Volmar, »also ›Liber subtilitatum diversarum naturarum creaturarum‹, nicht wahr? Habe ich mein Latein gut gelernt? Und weißt du, was es noch Neues gibt? Du wirst bald eine Taufe vollziehen, und ich soll Patin werden.«

Ich lachte; seit langer Zeit war ich nicht so glücklich gewesen. Wie Pilze nach dem Regen wuchsen die Gebäude unseres Klosters rings um uns empor; aus den elenden Hütten waren wir in ordentliche Schlafräume umgezogen. Anstelle der fünf Schwestern, die uns im Winter verlassen hatten, waren drei junge Oblatinnen und zwei erwachsene Frauen unserer Gemeinschaft beigetreten. Es war, als wolle Gott unsere Treue belohnen, uns über unseren Verlust trösten und Mangel mit Überfluß vergelten.

Volmar aber blickte betrübt und besorgt drein; nicht einmal die Neuigkeit von der Taufe heiterte ihn auf. »Hildegard, ich muß dir etwas sagen«, murmelte er widerstrebend. »Es betrifft eine deiner Töchter. Sie sollte eigentlich selbst mit dir sprechen, aber sie hat zuviel Angst davor. Darum hat sie mich gebeten –« Er brach ab und sah mich unglücklich an.

Meine Freude erlosch wie Glut im Schnee. »Wer? Was meinst du?« drängte ich. »Bitte, Volmar, nichts kann so schlimm sein wie solche Andeutungen!«

»Ich fürchte, da irrst du«, seufzte mein Freund mitleidig. »Richardis will uns verlassen.«

Mir war, als glitte der Boden unter mir fort, und die neuen, steinernen Wände schienen durchlässig wie Stroh. Irgendwie brachte ich es fertig, mich hinzusetzen, bevor ich das Gleichgewicht verlor.

»Sie will nicht den Orden verlassen«, beruhigte mich Volmar hastig. »Im Gegenteil, man hat ihr angeboten, ein Adelsstift zu leiten – in Bassum bei Bremen. Als Äbtissin, Hildegard! Und – sie hat angenommen.«

»Ohne mich zu fragen?« Ein dumpfer Schmerz pochte hinter meinen Schläfen. »Wieso hat sie – Volmar, fürchtet sie mich wirklich? Weiß sie denn nicht, wie sehr ich sie liebe?«

»Natürlich weiß sie das.« Volmar legte schützend den Arm um mich. »Gerade deshalb wagte sie nicht, mit dir darüber zu sprechen. Du hättest sie hier halten wollen und ihr abgeraten –«

»Etwa aus Eigennutz? Glaubt sie das wirklich?« Erst jetzt begannen meine Tränen zu fließen. »Habe ich das verdient, Volmar?«

»Der springende Punkt ist doch, was für Richardis am besten ist«, versuchte Volmar mich abzulenken. »Und vergiß nicht, wie unbeirrbar ihre Mutter ist, wenn sie sich einmal etwas in den Kopf gesetzt hat – deine eigene Klostergründung ist ein Beweis dafür. Außerdem ist Richardis' Bruder Hartwig Erzbischof von Bremen. Er wird das Ganze eingefädelt haben.«

»Aber sie hat mich nicht gefragt – mir nicht einmal davon erzählt«, jammerte ich fassungslos. »Habe ich ihr nicht – Volmar! Es geht hier doch nicht um mich! Sie darf nicht gehen, hörst du? Gott will es nicht!«

»Sagt dir das etwa die Schau?« Zum ersten Mal sah ich Zweifel in Volmars Augen.

»Ja. Ja, natürlich die Schau. Meinst du, ich sage so etwas aus Selbstsucht?«

»Es wäre verständlich«, erwiderte mein Seelsorger. »Du verlierst deine beste Freundin, deine tüchtigste Mitarbeiterin und engste Vertraute. Es wäre nur menschlich, wenn diesmal ein – ein Schleier der Hoffnung deine Augen verhüllte.«

»Das ist kein Schleier«, schnaubte ich wütend. »Laß Richardis sofort rufen!«

Der Anblick meiner Freundin zerriß mir fast das Herz, denn sie sah mich an wie einen Feind, vor dem sie auf der Hut sein mußte. Schon nach wenigen Worten war offensichtlich, daß sie mir nicht glaubte.

»Es tut mir sehr leid, wenn du das Gefühl hast, daß ich dich im Stich lasse«, sagte sie so kühl, als hätten wir nie unsere intimsten Geheimnisse geteilt. »Aber ich habe eigens gewartet, bis ›Sci Vias Domini‹ abgeschlossen war, und den ganzen letzten Winter im Elend bei dir ausgeharrt. Mehr kannst du nicht verlangen! Du bist selbst Äbtissin; du mußt doch verstehen, daß ich nicht mein ganzes Leben in deinem Schatten verbringen kann.«

»Es geht weder darum, was du willst, noch darum, was ich will«, schluchzte ich hilflos. »Es geht darum, was Gott will! Und wenn du nach Bassum gehst, dann ist das Eitelkeit, Machtgier und nichts anderes als Simonie, Ämterkauf! Es liegt kein Segen darauf, es wird dich unglücklich machen, und ich muß dich davor bewahren!«

»Ich verstehe ja, daß du bestürzt bist«, sagte Richardis seufzend. »Aber mußt du immer so übertreiben? Bitte, mach es mir doch nicht so schwer!« Damit stürzte sie hinaus; ich konnte sehen, daß sie ebenfalls weinte.

Am nächsten Tag bat meine Tochter Adelheid von Stade, eine Enkelin der Markgräfin, um ein Gespräch und teilte mir mit, sie wolle mich ebenfalls verlassen. Man hatte ihr die Äbtissinnenwürde im Kloster Gandersheim angeboten; die Markgräfin war offenbar nicht müßig gewesen.

Obwohl Adelheid jünger war als Richardis, verspürte ich in ihrem Fall einen viel geringeren Widerstand. Dennoch traf mich dieser doppelte Vertrauensbruch der Markgräfin tief. Ich diktierte ihr einen leidenschaftlichen Brief, in dem ich die Freundschaft und das Vertrauen, das sie mir immer entgegengebracht hatte, beschwor und den ich mit den Worten schloß: »Die Würde, die du für deine Tochter begehrst, ist sicher, sicher, ja sicher nicht von Gott.«

Adelheid reiste ab, und ich ließ sie schweren Herzens ziehen. »Gott segne dich, mein Kind, ich werde dich vermissen!« Ich umarmte sie.

»Ich werde dir schreiben«, versprach sie schluchzend. »Danke, Mutter Hildegard – danke für alles!«

Ich winkte ihr weinend nach. Doch war dies nur gewöhnlicher Abschiedsschmerz; wenn ich dagegen an Richardis' Zukunftspläne dachte, erfaßte mich Grauen.

Die Schau zeigte mir Richardis' Bruder Hartwig, den Bremer Erzbischof, und ich schrieb ihm: »Ich armselige Frau sah in dir das Licht der Erlösung.« Doch meine Hoffnung auf seine Hilfe war vergebens; ich erhielt keine Antwort. Abt Kuno vom

Disibodenberg ließ alle Beteiligten wissen, er könne sich für das Stift Bassum keine passendere Äbtissin vorstellen. Leider unterstanden wir nominell noch immer seiner Leitung, so daß ihm offiziell das Recht zukam, Richardis zu entsenden – ein auf die Dauer unhaltbarer Zustand. Schließlich erhielt ich sogar einen Brief von Erzbischof Heinrich, in dem er mich aufforderte, Richardis gehen zu lassen. Wütend diktierte ich zurück:

»Die Gründe, die für die Bevollmächtigung dieser jungen Frau aufgeführt wurden, sind vor Gott wertlos, denn Ich, der Erhabene, Unermeßliche, habe sie nicht gewählt! Vielmehr ergaben sie sich aus der nachlässigen Verwegenheit unwissender Gemüter. Der Geist Gottes spricht in Seinem Eifer: Oh Hirten, klagt und trauert in dieser Zeit, in der ihr nicht wißt, was ihr tut! Deshalb darf man euren Lästerungen, böswilligen Worten und Drohungen kein Gehör schenken ...«

Volmar schüttelte bedauernd den Kopf, schrieb aber getreulich alles so nieder, wie ich es ihm diktierte. Kurz darauf kam aus Mainz die Antwort: Der Erzbischof befahl mir Kraft seines Amtes rundweg, Richardis ziehen zu lassen, »um sie denen zu ihrer Leitung zur Verfügung zu stellen, die darum bitten und dies begehren.«

Ich stellte mich taub; doch dann rollte die Kutsche der Markgräfin über die Bingener Römerbrücke. Ich eilte ihr entgegen, aber Richardis' Mutter war nicht selbst gekommen, um ihre Tochter abzuholen; wahrscheinlich hatte sie einer Auseinandersetzung mit mir aus dem Weg gehen wollen. Statt ihrer erschienen als Geleitschutz fünf Bewaffnete, die keinen Hehl daraus machten, daß sie ihre Schwerter und Degen nicht nur zur Zierde trugen.

Richardis war bereits reisefertig – sogar den Tag ihrer Abreise hatte sie mir verschwiegen – und stieg in den Wagen, ohne mich noch einmal anzusehen. Es fehlte nicht viel, und ich hätte mich der abfahrenden Kutsche vor die Räder geworfen. Erst, als Hiltrud schüchtern den Arm um mich legte, wurde mir bewußt, daß meine Töchter ebenfalls Abschied nahmen, daß sie unter meiner Verzweiflung litten und daß ich mich um sie kümmern mußte.

Unter Aufbietung aller Willenskräfte gelang es mir, zum Alltag zurückzukehren und während der Andachten meine Lieder zu singen, ohne jedesmal vor Sehnsucht nach Richardis in Tränen auszubrechen. Aber ich gab nicht auf. Noch einmal schrieb ich dem Erzbischof von Mainz: »Der Ist, spricht: Ich sage dir, der Himmel hat sich aufgetan für die Rache des Herrn. Du Aschenstaub, warum schämst du dich nicht, dich in die Höhe auszubreiten, wo du im Moder liegen müßtest? Steh auf, lasse den Fluch hinter dir und fliehe vor ihm.«

Natürlich kam keine Antwort; ich hatte auch keine mehr erwartet. Statt dessen erhielt ich an einem kühlen Herbstabend einen Brief in einer kostbaren purpurnen Hülle und einem kaiserlichen Siegel.

»Konrad, durch die Gunst Gottes König der Römer, entbietet Hildegard, der gottgeweihten Jungfrau und Meisterin der Schwestern vom heiligen Rupert in Bingen, seine Gunst«, las Volmar voll Staunen vor. »Da es uns die königliche Würde verbietet und uns auch viele Wirbelwinde und Stürme heimsuchen, können wir dich nicht nach unserem

Wunsch aufsuchen ... Obwohl wir ein weltliches Leben führen, eilen wir zu dir, flüchten wir uns zu dir und ersuchen dich demütig um die Unterstützung deiner Gebete und Ermahnungen. Denn wir leben weit anders, als wir sollten ... Du sollst auch wissen, daß wir dir und deinen Schwestern in jeder Not nützlich sein werden. Daher empfehle ich mich nachdrücklich in deine Gebete.«

»Volmar! Was geschieht mir«, flüsterte ich. Mein Beichtvater sah mich mit leuchtenden Augen an; stolz wie eine Mutter, die ihr Kind nach Jahren auf einem Holzgaul zum ersten Mal auf einem richtigen Pferd reiten sieht.

»Die Ernte beginnt«, sagte er leise. »Was du bisher insgeheim getan hast, tu jetzt unter den Augen der Welt. Fürchte dich nicht; du mußt nicht anders sein als bisher – nur befragst du Gott jetzt nicht mehr im geheimen, sondern öffentlich.«

»Das kaiserliche Siegel«, stammelte ich, »Volmar, wir gehören wahrscheinlich zu den ersten, die von Konrads Kaiserkrönung erfahren! Letzte Woche schrieb mir mein Bruder Hugo, daß der Senat in Rom Konrad angeboten hat, ihn zum Kaiser zu krönen, wenn er dem Papst dafür die weltlichen Machtbefugnisse entzieht. Hugo meinte, Konrad werde wohl ablehnen und sich auf die Seite des Papstes stellen. Genauso muß es gekommen sein, und der Papst hat ihn für seine Treue belohnt.«

»Demnach hat Eugen III. das ›Sci Vias Domini‹ erhalten«, sagte Volmar schmunzelnd. »Er muß dem Kaiser davon berichtet haben. Vielleicht hat er ihm die Schrift sogar zu lesen gegeben –«

»Dann soll er nicht lange auf eine Antwort warten

müssen. Hol bitte das Schreibzeug, Volmar.« Ich streckte mich nach der Schau aus und empfing beinah augenblicklich eine schnelle Folge von Bildern.

»Höre, o König«, diktierte ich. »In gewisser Weise wendest du dich von Gott ab, und die Zeiten, in denen du lebst, sind leichtfertig wie ein Weib. Sie versuchen, die Gerechtigkeit zu vernichten. Nach diesen Zeiten werden jedoch noch schlimmere kommen ...«

Ich war selbst wie vor den Kopf gestoßen, als ich die Weissagungen hörte, die aus meinem Mund kamen. Vom Irrtum der römischen Kirche war die Rede, von ekelerregend angehäuften Reichtümern und von erdrückender Ungerechtigkeit. Erst nach einem langen Niedergang sah ich Eintracht unter den Fürsten und Demut unter der Geistlichkeit voraus. Der Brief endete mit den Worten: »Wenn du das hörst, dann bessere dich, damit du dich deiner Taten nicht schämen mußt.«

Der zweite Winter auf dem Rupertsberg fand uns zwar nicht in Wohlstand, aber doch in ordentlich gemauerten Häusern und mit einer Wasserleitung in sämtlichen Arbeitsräumen, die nur im allerstrengsten Frost einfror. Die Handwerksmeister reisten in ihre Heimatstädte, und Philibert versprach, beim ersten Anzeichen des Frühlings zurückzukehren. Im nächsten Sommer würden wir die Kirche einweihen können – falls das kalte Wetter in diesem Jahr nicht ungewöhnlich lang anhielt.

An Richardis' Stelle half mir nun Hiltrud bei der Abfassung der Schrift ›Über das innere Wesen der verschiedenen natürlichen Geschöpfe‹, während

Volmar wie üblich die Reinschrift ausarbeitete. Mehrere Klöster stellten mir auf meine Bitte vorübergehend ihre medizinischen Aufzeichnungen zur Verfügung. Ich wollte die Heilkundeschrift so umfassend wie möglich gestalten. Da dieses Buch ebenso auf gesammelten Notizen wie auf dem unerbittlichen Diktat der Schau basierte, fühlte ich mich weniger ausgeliefert. Ich konnte mich konzentrieren, obwohl Richardis' Abwesenheit wie ein Loch in meinem Herzen war, durch das Kälte eindrang.

Die Schrift begann mit einem kurzen Abriß über die Erschaffung und Beschaffenheit der Welt, damit bei aller Detailgenauigkeit der große Zusammenhang alles Lebendigen mit dem Schöpfer ersichtlich würde. Unsere gesammelten Beobachtungen zu Pflanzen, Tieren und Steinen wollte ich daran anschließen, um die wunderbare Vielfalt der Schöpfung als Spiegel von Gottes Herrlichkeit zu verdeutlichen. Ein dritter Teil würde den Einfluß des Feindes abhandeln, die Ursachen von Krankheiten und ihre mögliche Behandlung. Mir war klar, daß ein solches Vorhaben jahrelange Arbeit erfordern würde.

Dabei blieb es allerdings nicht. Wie Volmar vorausgesehen hatte, verbreitete sich mein Ruf als Seherin und Prophetin jetzt rasend schnell. Sogar im Winter fanden sich Boten in stetig wachsender Zahl auf dem Rupertsberg ein, die mir Anfragen und Hilferufe wegen der unterschiedlichsten Lebensnöte brachten. So fragte eine Frau Luthgart aus Karlsburg, ob ihr Mann von seiner schweren Krankheit genesen würde; und ein Mönch vom Otterberg bat mich, Gott über die Vergebung seiner Sünden zu befragen. Eine Kölner Äbtissin klagte über ihr mangelndes

Gottvertrauen und bat mich um aufbauende Worte. Graf Philipp von Flandern wollte wissen, ob er nach Jerusalem ziehen sollte, um gegen die Sarazenen zu kämpfen; eine Gräfin aus Regensburg erkundigte sich, ob sie beim Kaiser um Gerechtigkeit nachsuchen sollte, nachdem man ihre Familie um ein Landgut betrogen hatte.

Ich war so beschäftigt, daß ich mir meiner selbst kaum bewußt wurde; doch der Schmerz um Richardis und die Angst um sie verließen mich keinen Augenblick. Da ich mir nach den vielen fruchtlosen Briefen an sie, ihre Mutter, ihren Bruder und Erzbischof Heinrich keinen anderen Rat mehr wußte, wandte ich mich ihretwegen schließlich an Papst Eugen persönlich.

Am Weihnachtstag nach der Terz, als die Sonne sich gerade über den Rüdesheimer Berg erhob und in unseren Herzen noch der Jubel des Choralamtes nachklang, erklomm eine einzelne Frauengestalt den sandbestreuten Weg, der inzwischen vom Bootssteg bis zu der Schwelle führte, über der sich im nächsten Jahr unser Eingangstor erheben würde. Bei ihrem Anblick blieb ich wie gebannt stehen: es war meine Schwester Clementia.

»Diesmal bleibe ich hier«, erklärte sie, nachdem wir uns umarmt hatten. »Alle Welt fragt mich nach meiner berühmten Schwester, und immer antworte ich ›Leider sehen wir uns viel zu selten‹. Jetzt ist mir endlich aufgegangen, daß sich das ändern läßt … falls du mich aufnehmen willst, heißt das.«

»Als Dauergast? Es wäre ungewöhnlich … aber warum nicht? Das Gästehaus ist beinah fertig; du könntest, solange –«

»Hildegard – verstehst du mich absichtlich falsch, oder ist deine Sehergabe nur ein Gerücht?« Clementia küßte mich lachend. »Ich will in den Orden aufgenommen werden, ehrwürdige Mutter.«

Im Hornung 1152 starb unerwartet Kaiser Konrad in Bamberg – von Welfenhand, wie viele meinten. Noch vor seinem Tod hatte er seinen Neffen Friedrich von Schwaben zu seinem Nachfolger bestimmt, und die Reichsfürsten bestätigten dies durch ihre Wahl einstimmig. Zum ersten Mal seit vielen Jahren bestand Hoffnung auf Frieden im Reich: Friedrich war zwar ein Staufer, stammte aber mütterlicherseits von den Welfen ab. Wie Kaiser Konrad hofften die meisten, daß der unheilvolle Machtkampf der beiden Fürstenhäuser damit endlich beigelegt wäre.

Im Schatten des lebendigen Lichts sah ich den rothaarigen Friedrich als König in Israel auf einem Berg stehen. Sein Stab riß Schlummernde aus ihrem Stumpfsinn und brachte Verdorrenden neue Grünkraft; ringsum aber vernichteten Raben die Täler. Ich erkannte in den Raben die Zügellosigkeit der Fürsten und diktierte – wie es mir nun zur Gewohnheit geworden war – Volmar alles, was ich gesehen hatte, um es Friedrich zukommen zu lassen. Abschließend ermahnte ich den neuen König: »Daher wirf die Habsucht ab, und wähle die Enthaltsamkeit; das liebt der himmlische König sehr.«

Zu Anfang des Lenzmonats wurde Friedrich in Aachen gekrönt. Man sagte mir, er habe meinen Brief »in Demut und kindlicher Freude zur Kenntnis genommen«.

Überraschend erreichte mich ein Hilferuf Erzbischof Heinrichs, der sich so oft für mich eingesetzt hatte: Man klagte ihn der Vergeudung von Kirchengütern an. Da ich ihn als aufrechten Mann von guter Gesinnung kannte, schrieb ich seinetwegen an die Kardinäle Bernhard und Gregorius, die mit der Untersuchung beauftragt waren:

»Welcher Mensch kann die Stimme übertönen, die den Abgrund überwand und ihn mit dem Mantel mütterlichen Grüns schmückte? Kann sie nicht eine kleine Feder zum Fliegen bringen, daß sich kein Schwert gegen diese Feder erheben kann? Dies ruft euch der lebendige Quell zu, denn eurer Würde entspricht es nicht, euch nach Schlangenart fortzubewegen, zu rauben und den Altar Gottes zu plündern. Weil ihr es aber tut, könnt ihr den Schuhriemen des Herrenleibes nicht lösen. Nehmt euch in Zucht!«

Als endlich ein Schreiben des Papstes bei mir eintraf, befiel mich ein solches Herzrasen, daß ich mich kaum aufrecht halten konnte. Volmar beobachtete mich besorgt, während er das päpstliche Siegel erbrach. Er entrollte ein honigfarbenes Dokument, dem ein sanfter Duft entströmte.

»Bischof Eugen, Knecht der Knechte Gottes, entbietet der in Christus geliebten Tochter Hildegard Gruß und apostolischen Segen. Wir freuen uns, Tochter, weil dein ehrenvoller Ruf sich so weit und breit erstreckt, daß die Gläubigen ausrufen: ›Wer ist sie, die da aus der Wüste aufsteigt wie eine Rauchsäule aus duftenden Gewürzkräutern?‹ … Wir halten es für überflüssig, deinen Geist, der sich hinlänglich auf die göttlich Kraft stützt, mit ermunternden Worten zu bestärken. Weil aber ein Pferd durch Sporen zum Laufen angespornt wird, wollen wir dich dennoch erinnern, daß nicht dem Anfänger, sondern dem Vollender Palme und Ruhm gebühren. Bedenke, daß die alte Schlange danach trachtet, die Großen zu Fall zu bringen, und harre bis zum Ende in heiligem Wandel aus –«

»Das will ich ja«, stöhnte ich. »Schreibt er denn nichts über Richardis?«

Volmar überflog die restlichen Zeilen. »Doch. ›Was übrigens deine an uns gerichtete Bitte betrifft, so haben wir unserem Bruder, dem Erzbischof Heinrich von Mainz, die Weisung gegeben: Entweder soll die Regel von jener Schwester, die du ihm überlassen hast, an dem ihr angewiesenen Ort beobachtet werden, oder er schicke sie unter die Leitung deiner Zucht zurück …‹«

»Was? Was heißt das? Volmar, was soll das bedeuten?«

»Nichts.« Volmar sah mich mitleidig an. »Der Papst zieht sich aus der Affäre. Natürlich ›beobachtet Richardis die Regel‹, sie ist schließlich Benediktinerin. Eugen gibt dir zu verstehen, daß er einer ordentlich gewählten Äbtissin nicht befehlen kann, ihre Position aufzugeben, wenn sie sich keine Nachlässigkeit zuschulden kommen ließ. Ich fürchte, er hat recht, Hildegard.«

10

Am ersten Tag im Weidemonat, zwei volle Monate früher, als Baumeister Philibert vorausgesagt hatte, fand die feierliche Einweihung unserer Kirche des heiligen Rupert statt. Eigentlich war es eine Wiederweihe, denn die kleine Kapelle war schon vorher ein heiliger Ort gewesen. Plötzlich wimmelte es auf unserem einst so wüsten Berg von Menschen, und ich erkannte die Vision wieder, in der mir auf dem Disibodenberg aufgetragen worden war, dieses Kloster zu gründen.

Halb Bingen war gekommen. Boote aus Rüdesheim und Ebingen legten ununterbrochen an, Kutschen brachten adlige Gönner und Verwandte der Nonnen über die Römerbrücke. Erzbischof Heinrich erschien mit einer großen Abordnung prunkvoll gekleideter Prälaten, küßte mich anerkennend auf beide Wangen und überreichte mir eine Urkunde, mit der er unserem Kloster eine einträgliche Mühle am Binger Loch übereignete.

Auch mein Bruder Hugo war da, umarmte mich voller Stolz und flüsterte mir ins Ohr: »Ich hatte nicht erkannt, daß du einfach nur das lebst, was du lehrst. Ein solcher Ansatz ist so selten geworden. Du bist ein Licht in der Finsternis! Kannst du mir verzeihen?«

»Ach, Hugo!« Ich barg meinen Kopf an seiner Brust, weil mir Tränen in die Augen schossen. »In Wirklichkeit bin ich schwach, töricht und selbstsüchtig. Aber ich freue mich, daß du da bist.«

Hugo tupfte mir die Tränen ab. »So redet keine Äbtissin, deren Heiligkeit in aller Munde ist«, schalt er scherzhaft. »Komm jetzt, du hast noch weitere Gäste zu begrüßen. Ach, da ist ja mein Butterblümchen!«

Damit schloß er auch Clementia in die Arme, die sich ihm von hinten genähert hatte. Ich mußte lächeln: das immer noch goldblonde Haar meiner Schwester erinnerte tatsächlich an Butterblumen.

Dieser Tag hätte eine günstige Gelegenheit geboten, unser Verhältnis zum Disibodenberg neu zu definieren; denn rechtlich waren wir noch immer eine dem Mönchskloster angeschlossene Klause. Nach wie vor verwaltete der dortige Propst unsere Mitgift und konnte sogar jederzeit auch die Erträge der Ländereien konfiszieren, die wir in letzter Zeit mit Hilfe von Schenkungen erworben hatten. Doch bei dem bloßen Gedanken an die Auseinandersetzung, der ich mich würde stellen müssen, wurde mir ganz elend, und ich beschloß, auf eine spätere Gelegenheit zu warten.

Irgendwie fand ich die Kraft, mich von Hugo loszureißen und die Kirche zu betreten: eine dreischiffige Basilika mit dem Chor in der Mitte – ganz wie ich es erhofft hatte. Zur Feier der Einweihung sollte ein Singspiel aufgeführt werden, zu dem mich die letzten in ›Sci Vias Domini‹ aufgezeichneten Visionen inspiriert hatten: Das Spiel der guten Kräfte, »Ordo Virtutum«. Während der letzten Wochen hatte ich es mit zwanzig meiner Töchter und einigen Mönchen vom Disibodenberg einstudiert, die mir Bruder Benno aus alter Freundschaft überlassen hatte – natürlich unter Mißbilligung des Abtes. Sie sangen nicht nur, sondern illustrierten den Fortgang der Handlung auch durch ihre Bewegungen. Etwas Derartiges hatte es noch nie gegeben; wäre ich nicht als Prophetin und Seherin anerkannt gewesen, hätte ich eine solch unerhörte Neuerung nicht wagen dürfen.

Aber auch so war es ein Wagnis, und ich war sehr gespannt, wie die Gäste es aufnehmen würden. Im letzten Augenblick schlüpfte der alte Hubert mit seiner Frau und seinen Töchtern in die Kirche; und sonderbarerweise erfüllte mich erst seine Ankunft mit der triumphierenden Freude, die diesem Tag gebührte.

Das allgemeine Tuscheln und Wispern erstarb, als auf der erhöhten Fläche vor dem Hauptaltar fünfzehn meiner Töchter erschienen. Sie trugen leuchtende Gewänder, weiße Brautschleier und golddurchwirkte Kränze.

»Wer sind diese Wolkengleichen?« Die tiefen Stimmen der Mönche bildeten einen dunklen Klangteppich, über den sich die strahlenden Stimmen der Jungfrauen erhoben.

»Das lebendige Wort Gottes leuchtet in der Menschenform. Da wir die Glieder Seines Leibes bauen, erstrahlen auch wir.« Zum ersten Mal erfüllten ihre klaren Stimmen das hohe Kirchengewölbe, und allen Anwesenden, auch mir, lief ein Schauer über den Rücken.

Mit fließenden Bewegungen näherten sich die Schwestern einander und ebbten wieder auseinander:

ein lebendiger Kreis, der zu atmen schien. Würden die Leute begreifen, daß jeder einzelne dazu ausersehen war, ein lebendiges Glied am Körper Jesu zu werden? Würden sie sich selbst in der Anima, der suchenden Seele wiedererkennen, von deren innerem Kampf das Spiel berichtete?

»Wir aber sind Fremde hier. Im Schatten der Sünde kämpfen wir deinen Kampf, o größter König.« Einige Schwestern in groben Umhängen näherten sich durch den Mittelgang. Sie stellten die Seelen dar, die in der Mühsal des Fleisches gefangen sind, und ihre Melodie erinnerte an trübe, langsam fließende Gewässer.

Doch eine löste sich aus ihren Reihen und sang voll Sehnsucht vom verlorenen Paradies und der zukünftigen Seligkeit. Dabei glitt der grobe Umhang von ihren Schultern: darunter war auch sie in strahlendes Weiß gekleidet. Sie verwünschte die Bürde des Körpers und endete mit rauher, bitterer Stimme, als würde ein Fluch ausgesprochen: »Aber mir fehlt die Kraft, das Stoffliche zu überwinden.«

Die leuchtenden Kräfte versicherten ihr, sie werde den Kampf gewinnen. »Sieh doch, in welches Leuchten auch du gekleidet bist! Sei unbeirrt, und du wirst niemals fallen!«

Aber die Anima zweifelte. Zitternd zerrte sie sich den groben Umhang wieder über die Schultern, um sich darunter zu verstecken.

»Wo wirst du dich verbergen vor der ewigen Gegenwart deines Schöpfers?« mahnten die Kräfte, und die Seele trotzte:

»Es ist nichts Böses, daß ich Gottes Schöpfung genießen will!«

»Du Närrin! Was nützt dir all dein Streben?«

Volmars kräftige Stimme ließ die Zuhörer wie unter einem Hieb zusammenzucken, denn er – der Satan – war der einzige, der nicht sang.

»Ihr wißt ja nicht einmal, wer ihr seid!« schrie er höhnisch.

In steigenden und fallenden Kaskaden hielt eine der Schwestern dagegen: »Ich bin der Glaube, der Spiegel des Lebens. Ich führe euch zum sprudelnden Quell!«

»Und ich bin die Gottesfurcht und bereite euch darauf vor, den Schöpfer leibhaftig zu sehen und dennoch nicht vernichtet zu werden.« Jutta von Spanheim hatte mich zu dieser Gestalt inspiriert. Beim Klang der sanften Altstimme mußte ich mich mit Gewalt zurückhalten, ihr nicht beizuspringen, als der Teufel sie verhöhnte:

»Und wer ist diese große Liebe? Ihr wißt ja nicht, wen ihr anbetet!«

Aber die Kräfte schlugen den Angriff zurück. Ihre schimmernden Gestalten formten einen Bogen, durch den die Keuschheit hervortrat. Der leidenschaftliche Klang ihrer Stimme ähnelte der von Richardis und durchbohrte mein Herz wie ein Dolch: Ich hatte bis zuletzt gehofft, daß sie heute hiersein und diesen Part selbst singen würde, den ich für sie geschrieben hatte.

»O Königstochter, wie kostbar ist deine Liebe. Bleibe in der Musik des Himmelsheeres, daß deine zarten Blüten niemals vertrocknen.«

Doch unfähig, den Lockungen des Satans zu widerstehen, entfernte sich die Anima von der Treppe, wo die Leuchtenden den lebendigen Tempel bauten.

Dieser nahm inzwischen deutliche Gestalt an, denn eine jede hatte ihren Platz gefunden. Disziplin, in Gestalt Hiltruds, heftete ihren Blick unverrückbar auf den König des Himmels. Bescheidenheit zertrat die Köder, die der Teufel ausgelegt hatte, und Erbarmen reichte der Ausgestoßenen die Hand. Sieg zückte eine Schleuder gegen Satan, so daß dieser von der Anima zurückweichen mußte, und Discretio, die Unterscheidungsgabe, verkündete die Erlösung aus der Verwirrung Adams. Demut, die eine dreizackige Krone trug, berief sich auf Gottes Erbarmen, und Geduld war eine ausdauernde Kriegerin, die keine Folter fürchtete.

Doch eine Lücke klaffte in dem lichten Gebäude der Körper, die nur die Anima schließen konnte. Die Kräfte streckten ihr die Arme entgegen; Satan aber krallte sich in ihren Umhang und hielt sie fest.

Plötzlich wünschte ich, daß ich meinen Schmerz um Richardis und meine Sehnsucht nach ihr nicht so unbeherrscht hinausgeschrien hätte. Wären meine flehenden Briefe sachlicher gewesen, hätte ich ihr das Herz nicht mit meinen verzweifelten Klagen schwer gemacht und ihretwegen halb Europa in Bewegung gesetzt, dann hätte sie ihren Irrtum viel leichter einsehen können. Womöglich wäre sie längst zurückgekehrt ... Aber der Verlust meiner Seelengefährtin hatte mich in ein Tier verwandelt, dem man bei lebendigem Leib die Haut abzog: völlig unfähig, mich zu zügeln.

»Wehe! Eine feurige Süße hielt mich in meinen Sünden«, klagte die Anima in rauhen, erdgebundenen Tönen. »Nun brauche ich euch, um mich aufrecht zu halten, denn die Wunden eitern, mit denen die alte Schlange mich vergiftet hat.« Elend krümmte sie sich am Fuß einer Säule zusammen und streckte die Hände nach der Demut aus, die sich ihr behutsam näherte.

»Folge den Spuren, in denen du niemals strauchelst, und Gott wird sich deiner erbarmen«, tröstete sie.

»Ich schloß mich selbst aus eurer Gegenwart aus. Helft mir, daß ich durch das Blut des Sohnes auferstehe.«

Allmählich begriff ich das ganze Ausmaß meiner Schuld. Ich hatte mich an Richardis' Freundschaft geklammert, obwohl ich als Ordensfrau gelobt hatte, mich ausschließlich an Gott und das Ewige zu binden. Außerdem hatte ich meine Freundin all meinen anderen Töchtern vorgezogen, obwohl die Benediktinerregel dem Abt dies ausdrücklich verbot. Ich selbst war die irrende Seele, und das Spiel ›Ordo Virtutum‹ war die Geschichte meiner Verfehlung ... Jetzt konnte ich das Ende der Feierlichkeiten kaum erwarten, um Richardis einen reuevollen Brief zu schreiben. Irgendwann würde sie von selbst erkennen, daß ich, trotz meiner undisziplinierten Verzweiflung, wirklich Gottes Willen ausgesprochen hatte.

»Wir werden dich niemals verlassen«, versicherten die Kräfte der zitternden Anima. »Das ganze Himmelsheer wird jubeln über dich, und auch wir singen in HARMONIE!«

Wie ein Blitzschlag fuhr es durch die Menge, als diese Worte tatsächlich »in Harmonie« gesungen wurden: Stimmen, die ihre jeweiligen Melodien voneinander ablösten, einander aber nicht bekämpften, sondern zusammen ein tieferes, plastisches

Ganzes bildeten. Bruder Benno hatte mich gelehrt, daß solche Harmonien höchst gefährlich seien; möglicherweise sogar teuflisch, da sie die Seele in ganz besonderer Weise berührten. Indem ich sie an dieser Stelle in mein Mysterienspiel einbezog, stellte ich sie als Ausdruck besonderen Jubels bewußt an die Seite der einstimmigen, gregorianischen Tonführung.

Die Zuhörer seufzten hingerissen über diese äußerste Schönheit der Klänge; ich aber verfiel in Schluchzen. Schreckliche Angst um Richardis zerriß mir das Herz, und ich fühlte, wie verzweifelt wichtig es war, daß ich sie während dieser Zeit ihres Irrtums mit meiner Liebe stärkte, statt sie mit meinem Schmerz zu schwächen.

»Wer bist du? Woher kommst du?« schrie Satan höhnisch die Anima an.

»Im Herzen wußte ich, daß mein Streben böse war, und darum floh ich vor dir – doch jetzt, Lügner, will ich dich bekämpfen«, schleuderte ihm die Anima entgegen. »Heile mich, Königin Demut, mit deiner Medizin.«

»Begierig folgen wir dir in den Kampf gegen den Täuscher.« Rhythmisch, mit grimmigen Gesichtern marschierten die Kräfte den Mittelgang hinunter: ein Heer, das in den Krieg zog. Endlich wagte es die Seele, ihren alten Umhang abzustreifen. Damit schüttelte sie auch die Umklammerung Satans ab.

»Fesselt ihn!« befahl Demut; von großer Höhe stieg ihre Stimme gleichsam in die finstere Tiefe herab. Gemeinsam wickelten sie Satan in den Umhang der Anima, der in seiner Hand zurückgeblieben war.

»Die alte Schlange ist gebunden.«

Wieder teilte sich der Gesang in mehrstimmige Harmonie; himmelsstürmend ertönte ihr Jubelschrei: »Gepriesen sei Christus, König der Engel!«

Triumphierend trat Keuschheit hervor: Richardis, um deretwillen ich sogar meinen Schmerz aufgeben mußte. Ihre Stimme schien vor Liebe zu glühen.

»Eines Sinnes mit dem Höchsten zertrat ich deinen Kopf, Satan, unter meinen Füßen. In Gestalt einer Jungfrau nährte ich ein süßes Wunder: Der Sohn Gottes kam in die Welt und streckte dich und all deine Beute nieder.«

»Du weißt ja nicht, was du hervorbringst«, versuchte Satan es noch einmal, der lüstern zu ihren Füßen lag. »Da du den Samen des Mannes nicht aufnimmst, bleibt dein Bauch leer, und du übertrittst Gottes Gebot. Du weißt nicht, wer du bist!«

»Wie könnten deine Worte mich berühren?« Die Keuschheit breitete weit die Arme aus. »Mit Fäulnis vergiften deine Lügen; doch Einen brachte ich zur Welt, der Mensch ward, um mit uns gegen dich zu stehen!«

Als auch die Anima und die anderen Kräfte ihre Arme öffneten, krümmte sich Satan endlich besiegt zusammen. Noch einmal schnitt die mehrstimmige Harmonie allen Anwesenden mitten ins Herz: »Preis sei dir, König!«

Ein warmer Grundton erklang, diesmal aus Frauenkehlen, und erfüllte den Raum wie ein dunkles Feuer. »Allmächtiger Vater, aus dir ergoß sich ein Strom feuriger Liebe. Führe uns mit deinem frischen Wind über die Wasser, da wir sie heimführen!« Jubelnd teilten sich die Stimmen, als auch die Anima ihren Platz einnahm: der lebendige Leib Jesu war vollendet.

»Im Anfang ...«, sangen die tiefen Stimmen der Mönche, »... gedieh jedes lebende Geschöpf«, fielen meine Töchter ein. Nur diese eine Phrase wurde von allen gemeinsam gesungen.

»Später welkte die Grünkraft; darum blickt auf des Vaters Spiegelbild. Vergeßt nicht, die Fülle, die im Anfang geschaffen war, hätte nicht welken müssen ... Vater, siehe, ich zeige dir meine Wunden.« Ein letztes Mal schöpften die Schwestern gemeinsam Atem und erhoben ihre Stimmen. »Darum beugt eure Knie vor dem Vater, ihr Menschen, da Er euch seine Hand entgegenstreckt.«

Während des langgezogenen, sanften Schlußtones wandten sie sich der Menge zu und öffneten die Arme.

Der Eindruck auf die Zuhörer war so stark, daß sie nur zögernd aus ihrer Entrückung erwachten. Ich hörte viele Frauen schluchzen; auch bei einigen Männern schimmerte es in den Augen. Selbst Abt Kuno hielt den Blick tief gesenkt wie ein Novize und betete. Bruder Benno aber starrte mich mit offenem Mund an wie ein kleiner Junge, der zum ersten Mal eine Sternschnuppe gesehen hat. Verhaltenes Nasenschnauben hallte durch die Stille, als die Mönche vom Disibodenberg sich zu ihren Brüdern setzten und meine Töchter ihre Plätze im Chorgestühl einnahmen. Das szenische Singspiel hatte seine Wirkung nicht verfehlt.

Es wurde Mitternacht, bis ich endlich allein war und den Brief schreiben konnte, der mir jetzt weit dringlicher erschien als alle Ehrungen, die unserem

Kloster an diesem Tag zuteil geworden waren. Ich schilderte Richardis meine Selbstvorwürfe, meine Trauer und Reue und schloß mit den Worten: »Gottes Engel gehe dir voran, es beschütze dich Gottes Sohn, und Seine Mutter behüte dich. Gedenke meiner, damit dein Glück nicht dahinschwindet.«

In diesem Sommer begannen die wohlhabenden Bürger aus der Umgebung, ihre Toten bei uns bestatten zu lassen – eine Ehre, die uns noch mehr Ansehen und vor allem weitere Einkünfte bescherte. Ich betete jeden Tag für Richardis und fühlte mich ihr innerlich näher als all die Monate zuvor. Aber ich schrieb ihr nicht mehr und erwartete auch keine Post von ihr.

Meine Tage waren mehr als ausgefüllt. Nicht nur standen unzählige Menschen mit mir im Briefwechsel, nicht nur ging die Arbeit an dem Buch ›Über das innere Wesen der Geschöpfe‹ weiter – Gott hatte zudem noch eine neue Aufgabe für mich vorgesehen. Kaum war nämlich unser Krankenhaus eingeweiht, wurden wir zu einer regelrechten Pilgerstätte für Leidende, die sich Heilung von meiner sogenannten Wunderkraft erhofften.

Ich ließ neben dem Krankensaal und dem Behandlungszimmer eine freundliche, kleine Stube einrichten, in der ich mich ungestört mit jedem Patienten unterhalten und ihn über sein Leben befragen konnte. Während ich zuhörte, beobachtete und behutsam nachfragte, formte sich dann ein Bild vor meinem inneren Auge. Die anschließende Behandlung wandte sich gleichermaßen an Körper, Seele und Geist.

Zunächst legte ich jedem die Hände auf und betete für ihn oder sie. Ich lernte, mich dabei genauso nach dem Heiligen Geist auszustrecken, wie ich es bei der Schau mein Leben lang getan hatte – nur schenkte mir Gott jetzt keine Bilder, sondern Grünkraft. Wie ein goldener Kraftstrom floß sie durch mich in die Kranken, und viele wurden davon augenblicklich gesund. Bei der anschließenden körperlichen Untersuchung entschieden einige Schwestern und ich über die weitere Therapie und ließen den Patienten in der Obhut derjenigen Töchter, die zu ihrer besonderen Aufgabe die liebevolle Pflege gewählt hatten.

»Ich sage jedem: ›Gott kennt dich und liebt dich; Er wird dich niemals verlassen, und Er allein kann heilen‹«, klagte ich Volmar. »Trotzdem glauben die meisten an irgendwelche geheimen Kräfte, die ich angeblich besitze. Was soll ich nur tun?«

»Nichts«, lächelte Volmar. »Sie vertrauen dir, und du zeigst ihnen den Weg zu Gott. Was könnte besser sein?«

»Aber Volmar, du kennst mich am besten; du weißt, wie lächerlich es ist, wenn sie mich für eine Heilige halten!«

»Solange du sie auf Gott hinweist und ihnen Liebe schenkst, wird daraus kaum Schaden erwachsen. Außer du fängst selbst an, dich für heilig zu halten.«

»Diese Gefahr besteht wohl kaum! Als Richardis fortging, habe ich deutlich gesehen, wie weit ich davon entfernt bin.«

»Aber du hast daraus gelernt. Du hast dich verändert.«

»Glaubst du?«

Volmar legte den Kopf schief und lächelte mich nachdenklich an.

Im Nebelmond kam ein Brief des Erzbischofs Hartwig aus Bremen, den ich arglos öffnete. Ich las:

»Ich melde dir, daß unsere Schwester – meine leibliche, deine geistliche – den Weg allen Fleisches angetreten hat. Die Würde, die ich ihr verschafft habe, schätzte sie gering, und sie verlangte aus ganzem Herzen zurück nach deinem Kloster. In vollkommenem Glauben, in Hoffnung und Liebe ist sie gestorben. Ich bitte dich also, falls ich dessen würdig bin: Sollte sie in etwas gefehlt haben, was nicht auf sie zurückging, sondern auf mich, dann halte ihr die Tränen zugute, die sie darüber vergossen hat ... Hätte nicht der Tod sie daran gehindert, sie wäre sogleich nach erhaltener Erlaubnis zu dir zurückgekehrt ... Gott möge dir jetzt und künftig all das Gute vergelten, was du ihr erwiesen hast.«

»Ruf bitte Volmar«, sagte ich zu Hiltrud.

In mir war etwas wie ein Schrei, der immer mehr anschwoll. Ein seltsames Empfinden – als dehnte sich mein Herz mehr und mehr aus, immer weiter, über den fernsten Horizont hinaus. Himmel und Meer fanden darin Platz ... Ich wartete auf die Verzweiflung; meine Gedanken schrien, meine schlimmsten Befürchtungen hätten sich bewahrheitet; ich hätte die ganze Zeit recht gehabt und alle anderen unrecht – doch stärker als dieses Gebrüll empfand ich einen sanften Geruch: frisch, herb und süß zugleich. Er war zart wie ein Blütenblatt im Morgentau; nur unendlich viel größer und von perlmuttschimmernder Farbe; jenseits allen Begreifens ... Ich wußte, daß Richardis in diese Schönheit gegangen war; in die eigentliche Heimat. Als Volmar hereinkam, reichte ich ihm den Brief und wartete schweigend, bis er ihn gelesen hatte. Mein Gemüt schwieg ebenfalls; reglos lauschte ich der Stille, eingehüllt in duftenden, perlmuttschimmernden Frieden.

»Er glaubt, daß es seine Schuld war«, sagte ich leise, als Volmar fertig war. »Darf ich dir gleich eine Antwort diktieren?«

Während ich sprach, war mir, als könnte Hartwig mich hören, und ich tat mein Bestes, ihn zu trösten. Ich schilderte ihm, wie Gott mir in einer Schau Richardis' innerstes Wesen offenbart hatte: als Jungfrau im königlichen Brautgemach. »Gott hat sie zu sich gerufen, weil Er sie noch mehr liebte als wir und sie nicht dem feindlichen Liebhaber, der Welt, überlassen wollte ... Verrichte du nun die guten Werke, nach denen sie trachtete; und ich verbanne den Schmerz aus meinem Herzen, den du mir um diese meine Tochter zugefügt hast. Gott gewähre dir den Tau Seiner Gnade und selige Vergeltung in der künftigen Welt.«

Ich weinte die ganze Nacht und auch während der nächsten Tage; aber diese Tränen waren wie Regen, der nach langer Dürre das verhärtete Erdreich aufweicht und von neuem fruchtbar macht. Richardis hatte einen Teil meiner selbst mit sich genommen; und was zurückblieb, war nur noch für andere bestimmt. Nie wieder würde ich für mich selbst etwas wollen. Es schien, als könnte nichts den schimmernden Frieden durchbrechen, mit dem Gott mich umhüllte.

Eine Schau bestätigte mir erneut, was ich schon

seit den letzten Visionen des ›Sci Vias Domini‹ geahnt hatte. Ich bat die Schwestern in den Werkstätten, fünfzig weiße, bodenlange Schleier und fünfzig golddurchwirkte Kränze anzufertigen. Als sie damit fertig waren, versammelte ich eines Sonntags, bevor wir wie jeden Monat das Abendmahl feiern sollten, meine Töchter in unserem neuen, holzgetäfelten Kapitelsaal.

»Wir alle sind Bräute Christi und werden uns heute durch die Kommunion mit unserem Bräutigam verbinden«, begann ich. »Wir sind Ihm geweiht, unser ganzes Leben ist auf Ihn ausgerichtet, wir gehören Ihm und Er uns. Aus Demut verzichten wir auf weltliche Ehren und leben ein verborgenes Leben. Er aber sieht uns, zu jeder Stunde des Tages und der Nacht, und wir sehen Ihn. Deshalb wollen wir uns heute für unseren Bräutigam schmücken, meine Töchter. Laßt euer Haar frei herunterfallen, legt Ringe und goldene Kränze an, macht euch so schön, wie ihr in Seinen Augen seid! Wir wollen heute strahlend weiße Brautschleier tragen. Die heilige Kommunion ist unsere Hochzeit! An diesem Tag soll unser Aussehen Spiegel unserer Freude sein.«

Unter Wispern und Kichern eilten die Schwestern davon, und ich fing einen strahlenden Blick von Ursula auf, die mich vor Jahren auf dem Disibodenberg zuerst auf diese Idee gebracht hatte. Später in der Kirche lag knisternde Erwartung in der Luft. Jede empfand an diesem Tag die Tiefe des Mysteriums, in dem wir mit Jesus eins wurden, auf ganz neue und persönliche Weise, denn wir traten Ihm im schönsten Schmuck entgegen, um Ihm alles darzubringen. Ich erkannte in meinen Töchtern die Tugendkräfte, wie die Schau sie mir offenbart hatte: Ohrgehänge verschlossen ihre Ohren den Einflüsterungen des Satans, goldene Geschmeide auf der Brust stärkten ihre Herzen, und goldene Armreifen kräftigten ihre Arme für den Kampf gegen den Feind. Ich beschloß, daß wir die Kommunion künftig immer im Brautschmuck feiern würden.

Natürlich entfesselte diese unerhörte, von mir dreist ins Leben gerufene Sitte einen Sturm der Entrüstung. Besonders die Klostervorsteherin Tengswich aus Andernach wies mich empört darauf hin, daß Frauen sich laut der Bibel nicht zu schmücken hatten. Sie zitierte die entsprechenden Stellen aus der Schrift; ich aber spürte eine Verbitterung hinter ihren Worten, die mit Hingabe oder Liebe zu Gott nichts mehr zu tun hatte. Kühl erklärte ich ihr, daß das biblische Verbot weltlichen Frauen gelte, nicht aber geweihten Jungfrauen, die vor den Augen der Welt verborgen seien und sich allein für Jesus, ihren Bräutigam, schmückten. In vielen folgenden Briefen riet ich jedem Ordensgeistlichen, der es hören wollte, über seiner Demut und Buße nicht die Freude über die Erlösung und die Liebe Christi zu verlieren.

Im Jahr 1153 starben kurz hintereinander Bernhard von Clairvaux, Papst Eugen III. und Erzbischof Heinrich. Heinrichs Nachfolger Arnold schien sich geradezu vor meiner Schau zu fürchten; in einer vorsichtigen Huldigung schrieb er mir: »Wir dürfen und können die Gabe Gottes, der dich durch Seine Inspiration belehrt, nicht zurückweisen.«

Als Antwort gab Gott mir eine Zurechtweisung

seiner Arroganz ein, und ich schrieb ihm: »›Warum verbirgst du dein Gesicht vor Mir?‹ spricht das Lebendige Licht durch mich zu dir. ›Und warum eiferst du, als ob du Weizen siebst, um überlegen fallen zu lassen, was dir zuwider ist? Ich will das nicht.‹«

Daraufhin hörte ich nichts mehr von Arnold; auch nicht, als meine Schwester Clementia ihr Gelübde ablegte und unser Bruder Hugo aus diesem Anlaß dem Kloster ein einträgliches Weingut aus dem Familienbesitz überschrieb. Im Sommer 1154 berief mich König Friedrich überraschend in die Pfalz Ingelheim.

Ich nahm nur meine Töchter Ursula und Hiltrud mit. Wir übernachteten in einem befreundeten Kloster und erreichten die Kaiserpfalz nach zwei leichten Tagesritten. Das mächtige Eichentor in der Außenmauer stand offen; Wachen in polierten Rüstungen verneigten sich vor uns, und Knechte nahmen sich sogleich unserer Pferde an. Es war, als hätte das gesamte Gesinde der Burg nur auf unsere Ankunft gewartet.

Ein sehr unterwürfiger, kostbar gekleideter Diener geleitete uns in ein geräumiges Gästezimmer mit drei daunengepolsterten Betten. Man brachte uns Waschwasser und ein Tablett voller Leckereien. Dann wurde ich allein in einen kleinen, mit geschnitzten Sesseln eingerichteten Raum gebracht, wo – schwindelerregender Überfluß – ein Teppich mitten auf dem Boden lag.

Der König stand am Fenster. Er wandte sich erst zu mir um, als der Diener uns verlassen hatte. Ich war überrascht, wie groß er war.

»Du hast mir gleich nach meiner Wahl deine Vision geschrieben; das war, was ich am nötigsten brauchte«, sagte er mit voller Stimme, dazu geschaffen, weithin gehört zu werden. »Du mußt zugeben, ich wäre sehr töricht, wenn ich von deiner Gabe nicht weiterhin Gebrauch machte.« Er lachte herzlich, und ich fiel mit ein. Darauf bot er mir einen der Sessel an, beugte sich über mich und brachte seinen Mund so dicht an mein Ohr, daß sein dichter, roter Bart meinen Hals kitzelte.

»Sag mir etwas über die Kaiserwürde«, flüsterte er. »Ich meine, es ist mir gelungen, den Frieden hier im Reich bis auf weiteres zu sichern. Soll ich nach Italien ziehen?«

»Du stehst an einem Scheideweg«, antwortete ich vorsichtig. »Ich habe dich bereits als König in Israel gesehen; das schließt ganz sicher die Kaiserwürde mit ein. Aber hüte dich, daß du nicht übermütig wirst und auf Schmeichler hörst, statt mit offenen Augen und klarem Verstand zu urteilen –«

»Das ist mir ohne dein Gebet nicht möglich!« König Friedrich ergriff mit funkelnden Augen meine Hände. »Begleite mich weiterhin mit deiner Schau, und schreib mir alles, was du siehst. Mit deiner Unterstützung kann ich nicht fehlgehen!«

»Willst du etwa einer Ordensfrau befehlen, Majestät?« fragte ich halb im Scherz, angerührt von seinem gewinnenden Wesen.

»Natürlich«, schmunzelte er. »Gott hat mir diesen Thron gegeben; ich weiß sehr wohl, daß Er mein Lehnsherr ist. Sei du mir also Sein Propst, oder besser Seine Pröpstin. Erinnere mich an meine Pflichten, und treibe den schuldigen Zehnten von mir ein – wenn nötig mit Gewalt, hörst du! Ich kann es mir nicht leisten, die Gunst meines Lehnsherrn zu verlieren.«

Friedrich zwinkerte mir zu und fragte mich noch mancherlei, worauf ich antwortete, wie Gott es mir eingab. Bald darauf zog er nach Italien und wurde ein knappes Jahr später von dem englischen Papst Hadrian IV. tatsächlich zum Kaiser gekrönt.

»Abt Kuno hat dir geschrieben.« Volmar reichte mir einen Brief. In ungewohnt freundlichem Ton bat Kuno mich darum, die Schau über den Klostergründer Disibod zu befragen und ihn das Resultat wissen zu lassen, »um ihm mit meinen Brüdern frommen Lobpreis darzubringen.«

»Wenn Kuno auf diese Weise von meinem sogenannten Ruhm profitieren will, dann sei ihm das von Herzen gegönnt«, meinte ich und streckte mich unverzüglich nach der Schau aus.

Ich sah Disibod als einen Mann, der von Liebe zu Christus so geblendet war, daß er sogar in die Verbannung ging, um Seinen Namen zu verkünden – für einen Iren das denkbar größte Opfer. Der Heilige Geist begleitete ihn in Gestalt einer weißen Taube, und wohin er auch trat, schossen Blumen und Gräser empor. Schließlich stand er auf einem Berg, berauscht vom Blumenduft, und Ströme von Wasser ergossen sich aus seinem Geist. Hingerissen von der Schönheit der Schöpfung schämte er sich nicht, vor dem lebendigen Gott zu singen.

Das Resultat dieser Schau war ein Wechselgesang; doch als ich ihn Abt Kuno schicken wollte, zeigte Gott mir noch mehr.

»Wie kannst du es wagen, einen Menschen zu zerbrechen, den du nicht geschaffen hast?« diktierte ich als Begleitbrief. »Du segnest niemanden, indem du ihn allzusehr zurechtweist, ihn aber gleichzeitig weder verteidigst noch beschützt. Jetzt ist für dich die Zeit des Verscheidens gekommen; doch Gott will dich nicht verloren geben! Begreife das!«

Volmar wiegte besorgt den Kopf. »Ist es nicht etwas übertrieben, Hildegard, ihm so harsch seinen eigenen Tod anzukündigen?«

»Gott wünscht, daß ich ihm das so mitteile«, gab ich achselzuckend zurück. »Vielleicht will Er ihm damit eine letzte Chance geben, sein Herz und sein Denken zu ändern. Soll ich ausgerechnet Kuno gegenüber eigenmächtig eine solche Botschaft unterschlagen? Wäre das nicht erst recht grausam?«

»Wahrscheinlich«, seufzte Volmar. »In all den Jahren als dein Sekretär habe ich mich nie daran gewöhnen können, mit offenen Augen in den Abgrund zu springen und unter allen Umständen blind darauf zu vertrauen, daß Gott immer weiß, was Er tut – auch wenn es noch so töricht, sinnlos oder ungeheuerlich erscheint. Ich muß mich jedesmal von neuem dazu überwinden.«

»Mir geht es genauso. Daß wir älter werden und diesen Schritt schon so oft getan haben, macht es keineswegs leichter, nicht wahr?«

»Keineswegs.« Wir lächelten einander an. Unter den grauen Haaren blitzten in Volmars Augen dieselben Fünkchen, die mich als Achtjährige dazu gebracht hatten, dem jungen Mönch zu vertrauen. Leise sagte ich: »Aber du bist viel mehr als ein Sekretär, Volmar. Du bist mein Symmista; du hast

Teil an allen Mysterien und bist Mitwisser aller göttlichen Geheimnisse, die durch mich offenbart werden. Ich habe nur deinetwegen nicht den Verstand verloren, weißt du noch? Ohne dich hätte ich niemals weiterleben und Gott mit der Schau dienen können. Er gab mir dich als größtes Geschenk meines Lebens an die Seite.«

Wenige Tage später verlangte Abt Kuno, wie ein Blitz aus heiterem Himmel, Volmar zurück. Dieser Mönch sei ihm unterstellt und werde für andere Aufgaben benötigt, schrieb er knapp.

Ich war so fassungslos, daß ich nicht einmal wütend wurde. Mir war, als hätte man mir die Luft zum Atmen abgeschnürt, und alles um mich wurde glühend heiß. Unerbittlich mahnte mich Gottes Stimme, sofort zum Disibodenberg zu reiten und uns endlich die Dokumente zu verschaffen, die unsere rechtliche Unabhängigkeit garantierten. Ich aber sah mich außerstande, in einer so fragwürdigen Rechtslage Forderungen zu stellen.

Drei Wochen lang wurde ich förmlich ausgedörrt; all meine Glieder schmerzten wie im Feuer, und meine Seele wollte sich aus dem glühenden Gefängnis lösen, zu dem mein Körper geworden war. Manchmal bewegte ich mich zwischen strahlenden Himmelsgestalten, und die Musik, die ich hörte, sprengte fast mein sehnsüchtiges Herz. Dann wieder fielen Dämonen über mich her und zischten mit ihren stinkenden Stimmen, Gott habe mich vergessen, weil er mich solcher Qual überließ.

Als die Schmerzen nach einer besonders schlimmen, schlaflosen Nacht noch heftiger wurden und ich meinte, ich müßte im wahrsten Sinne daran ersticken, überkam mich ohne Übergang eine Erleichterung, die ich in meinem ganzen Leben noch nie empfunden hatte. In dieser köstlichen, segensreichen Ruhe erschien eine männliche Gestalt, so schön, wie ich sie mir nicht einmal als junges Mädchen hätte träumen lassen. Ich schämte mich dieser Regungen, die mich wachrüttelten, obgleich sie nur im Geiste stattfanden.

So müssen die olympischen Athleten der Antike ausgesehen haben, dachte ich: ein Körper, dessen geringste Bewegung Kraft, Souveränität und Selbstsicherheit ausdrückt. Die bronzefarbenen Wölbungen und Gruben eines jeden Muskels strahlten eine Kraft und Harmonie aus, die mir schier den Atem raubte. Trotz ihrer dunklen Farbe blendeten mich die braunen Augen mit ihrer Helligkeit. Den charaktervollen Kopf, dessen gemeißeltes Profil zugleich weich und kraftvoll wirkte, bedeckte eine üppige Krone dichter, schwarzer Haare, die glitzerten, als seien Diamanten auf dunklem Samt ausgestreut.

»Wozu krallst du dich so an deinen Gehorsam?« fragte eine Stimme, deren Wohlklang in der ganzen Schöpfung ihresgleichen suchte. »Weißt du nicht, daß übertriebene Demut auch eine Art von Hochmut ist? Täusche dich nicht, Hildegard, du bist schon längst in die Falle gegangen, und Gott hat dich verstoßen. Warum sträubst du dich so gegen die Wahrheit? Hast du nicht gesagt, daß dir die Wahrheit über alles geht?«

Er beugte sich über mich und lächelte. Der Atem, der mich zwischen seinen elfenbeinfarbenen, tadellosen Zähne anhauchte, roch wie eine Mischung aus Tannenduft und Lavendel.

»Ich könnte dir helfen«, schmunzelte er. »Ich bin ein treuer Freund und auf meine Weise mächtig. Du könntest gesund und machtvoll werden, wenn du dich mir anvertraust.«

Ein Welle von Schmerz durchglühte meine Glieder, und ich schrie auf vor Schmerz.

»Davon könnte ich dich befreien«, grinste er.

Ich schluchzte und setzte müde und kraftlos dazu an, nach seiner Hand zu greifen. Doch bevor ich seine Finger berühren konnte, hörte ich plötzlich meine eigene Stimme aus dem Nichts erschallen: »Ich habe auch eine Offenbarung vom Satan gesehen: Gott schuf ihn anfangs als den schönsten und hellsten der Sterne, der Gottes Herrlichkeit am klarsten widerspiegelte. Doch als er Gott nicht mehr liebend, sondern eifersüchtig anblickte, verdunkelte er sich und erlosch.«

So ruckartig zog ich meine Hand fort, daß es mir wie Feuer den ganzen Arm durchzuckte. Ich schrie vor Schmerz und Zorn. »In die Flammen, wo du hingehörst!«

Wie durch groben Stoff sah ich mich in meinem Zimmer liegen, Clementia und Ursula besorgt an meiner Seite. Ich hörte die Stimme eines Besuchers, den ich nur von hinten sehen konnte: »Es muß eine göttliche Strafe sein, daß sie so zu leiden hat. Vielleicht ist sie des Hochmuts schuldig?«

Diese Ungerechtigkeit erbitterte mich so sehr, daß es mir gelang, zwischen den Zähnen zu knirschen: »Eine Prüfung! Keine Strafe!« – aber da war das Zimmer schon wieder fort; wie von lehmigen Wellen davongespült.

Ich fand mich in einer Wüste; gleißend stach die

Sonne mir in die Augen und in das Gehirn. Allmählich weitete sich der Horizont. Er dehnte sich unermeßlich aus, verschlang Himmel und Meer und verfärbte sich sanft perlmuttfarben. Auch ein Duft erfüllte plötzlich die Luft; der war zugleich frisch, herb und süß – und dann sah ich die Engel.

Sie füllten den ganzen unermeßlichen Horizont aus; es mußten Zigtausende sein – viel mehr, als ein Mensch begreifen konnte. Es war der Heerbann des Erzengels Michael; alle trugen gleißende Schwerter, und alle hatten mit dem alten Drachen gekämpft. Ich wußte, daß ihre Gesichter von Gottes Zornesfeuer verzehrend lodern konnten – doch jetzt waren die Flammen gleichsam verhüllt, denn sie lauschten. Sie erwarteten den Beschluß Gottes darüber, was mit mir geschehen sollte.

Ich war jetzt ganz ruhig und hatte weder Angst noch Schmerzen; der perlmuttschimmernde Frieden war um mich, und ich wußte, daß ich in Seiner Hand geborgen war. Nach all der Mühsal war ich mehr als bereit zu gehen.

Da sah mich einer der mächtigsten Engel geradewegs an. Seine Augen waren riesig wie Seen voller Himmelsfeuer, und seine Stimme klang wie ein goldener Wasserfall, als er sprach: »Adler, steh auf, erhebe dich aus deiner Unschlüssigkeit! Steh auf, Morgenröte, erhebe dich zur Sonne und trink!«

Die anderen Engel brachen in einen brausenden Ruf aus: »Die Boten haben geschwiegen, die Zeit deines Hinübergehens ist noch nicht gekommen. Also steh auf, Jungfrau!«

Ich schlug unwillkürlich die Augen auf und sah meinen Bruder Hugo, Clementia, Ursula und sogar die greise Markgräfin von Stade, die mich weinend umringten. Ich lag auf dem Boden meines Zimmers, auf dem ausgebreiteten Totenhemd, und bei mir kniete ein junger Priester, der mir offenbar soeben die letzte Ölung gegeben hatte. Die meisten meiner Töchter drängten sich schluchzend an den Wänden, und alle brachen plötzlich in Jubel aus, als sie mein Gesicht sahen. Man hob mich auf und legte mich ins Bett zurück.

Am nächsten Tag war ich noch immer zu schwach, um selbständig zu stehen und zu gehen, doch ich ließ mich ins Oratorium tragen. Dort beichtete ich vor allen Anwesenden, daß Gott mich schon vor langer Zeit aufgefordert hatte, wegen unserer rechtlichen Situation zum Disibodenberg zu reiten, daß ich mich aber aus Furchtsamkeit zurückgehalten hatte und deshalb diese Krankheit über mich gekommen war.

Nach dem Gottesdienst ließ ich mich zum Stall tragen und auf ein Pferd setzen. Clementia und Ursula hielten mich links und rechts an den Händen fest und führten mich langsam vorwärts. Bei vielen Töchtern versagte bei diesem Anblick der Glaube: Sie fürchteten, ich hätte den Verstand verloren. Ich aber fühlte, wie ich mit jedem Schritt ein wenig kräftiger wurde.

Als wir spätnachmittags auf dem Disibodenberg eintrafen, war ich bereits stark genug, abzusteigen und barsch an dem verblüfften Bruder Pförtner vorbeizueilen. Mit donnernden Schritten stürmte ich den vertrauten Weg zum Kapitelsaal der Mönche entlang; überzeugt, Abt Kuno und seine Brüder dort zu finden. Als ich die Tür aufriß, waren sie tatsächlich dort versammelt.

»Räuber! Söhne des Teufels! Fürchtet ihr denn nicht das göttliche Strafgericht?« donnerte ich in die erschrockene Stille.

Niemand wagte, auch nur ein Wort zu sagen.

11

Nur wenige Tage nach meinem zornigen Auftritt starb der alte Kuno. Der neue Abt schien unser Verhältnis von vornherein als Machtkampf zu empfinden, den er gewinnen mußte – schon allein deshalb, weil es nicht anging, daß eine Frau sich Männern gegenüber durchsetzte. Ohne Volmars liebevolle Weisheit, seine Geduld und seinen feinen Humor fühlte ich mich wie eine Waise. Es war, als hätte ich am selben Tag beide Eltern verloren.

»Du hast doch das Güterverzeichnis, ehrwürdige Mutter«, meinte Hiltrud, die als Sekretärin unter meiner Hilflosigkeit am meisten zu leiden hatte.

»Ja. Kuno hat es mir an dem Abend gegeben, an dem ich ihn so wütend überfallen habe.«

»Er hat dir auch versprochen, all deine berechtigten Forderungen zu erfüllen. All seine Mönche, Ursula und ich waren Zeugen.«

»Aber Abt Helenger denkt nicht daran, die Versprechen seines Vorgängers als bindend zu betrachten.«

»Warum wendest du dich dann nicht an den Erzbischof? Es ist unrecht, uns ohne Propst zu lassen. Wenn der Abt vom Disibodenberg soviel Wert darauf legt, dein Vorgesetzter zu bleiben, dann hat er auch gewisse Pflichten zu erfüllen, oder nicht?«

»Im Grunde fühle ich mich dieser Feindschaft nicht gewachsen«, seufzte ich. »Helenger wird mich hassen, wenn ich ihm so in den Rücken falle –«

»Das ist seine eigene Schuld«, versetzte Hiltrud ungerührt. »Und dein Feind ist er jetzt schon, sonst hätte er dir eine so einfache Bitte nicht abgeschlagen.«

»Du hast recht.« Ich gab mich geschlagen und diktierte einen langen Brief an den Mainzer Erzbischof. Täglich erwartete ich, Volmars graue Stute auf der Römerbrücke auftauchen zu sehen, aber nichts dergleichen geschah.

Einige Wochen später erhielt ich vom Ordinariat eine Einladung nach Köln. In Ursulas und Hiltruds Begleitung ritt ich im Erntemonat 1155 rheinaufwärts. Die Reise durch die spätsommerliche Landschaft tat uns gut; jeden Tag staunten wir über die verschwenderische Schönheit der Natur, die uns umgab. In Köln wurden wir herzlich aufgenommen, und der Erzbischof empfing mich im Kreis all seiner Prälaten mit großer Ehrerbietung. Sie befragten mich über geistliche Belange, als sei ich wirklich Deborah, Prophetin und Mutter in Israel. Natürlich nutzte ich die Gelegenheit, ihnen unsere Not zu schildern. Als wenige Tage nach unserer Heimkehr Volmar wieder auf den Rupertsberg erschien, war ich zum ersten Mal im Leben einfach nur glücklich.

Es dauerte noch drei Jahre, bis ich am zweiundzwanzigsten Tag des Weidemonats 1158 endlich die Urkunden in der Hand hielt, die ein für alle Mal die Rechtsverhältnisse des Klosters Rupertsberg festlegten. Vor zahlreichen Zeugen hatte Erzbischof Arnold mit seinem Siegel beglaubigt, daß wir über all unsere Besitzungen frei verfügen durften, daß der Disibodenberg keinerlei Ansprüche mehr an uns hatte und daß das Mönchskloster uns geistliche Betreuung durch einen Propst garantierte, dessen Wahl allein bei uns lag. Ebenso stand den Schwestern das Recht zu, künftige Äbtissinnen frei zu wählen.

Es hatte zäher Verhandlungen bedurft, Helenger zu dieser Regelung zu bewegen – ich hatte ihm sogar eine Abfindung dafür bezahlt, daß das Mönchskloster seinen Anspruch auf unsere »Mitgift der Jungfrauen« endgültig aufgab. Dies bezeichneten viele zwar als Ungerechtigkeit; doch war es mir tausendmal lieber als der dauernde Streit und die Ungewißheit, was dem Abt wohl als nächstes einfallen würde, um uns seine Macht spüren zu lassen. Überdies fiel mir das finanzielle Opfer leicht, denn jetzt, da unser Rechtsanspruch endgültig geklärt war, brach eine wahre Flut von Spenden über uns herein. Am meisten rührte mich der gemeinsame Beschluß meiner Geschwister, dem Rupertsberger Kloster sämtliche Bermersheimschen Güter zu überschreiben; einschließlich des Herrenhauses, in dem Clementia und ich aufgewachsen waren.

Unterdessen hatten wir mit vereinten Kräften auch das naturkundliche Werk ›Über das innere Wesen der natürlichen Geschöpfe‹ beendet. In neun Büchern und insgesamt fünfhundertdreizehn Kapiteln hatten wir alles zusammengetragen, was es über Natur- und Heilkunde zu wissen gab.

»Jede menschliche Tat, die gegen das eigene Gewissen gerichtet ist, zerstört auch etwas am

Ganzen, da der Mensch mitten im Kosmos steht und alles, Himmel und Erde, in sich selbst trägt«, schrieb ich zum Abschluß. »Wer sich aber bemüht, maßvoll und seiner eigenen Natur gemäß zu leben und zu handeln, den wird der Heilige Geist mit Grünkraft und brennender Vernunft erfüllen. Heil an Leib und Seele, wird er mitwirken am Heilsplan Gottes.«

Die erste Kopie ging aus unserer Schreibstube an die Priorin des Klosters Ilbenstadt, die sich mit einem geradezu verzweifelten Hilferuf an mich gewandt hatte: Sie empfand ihre Aufgabe, die Schwestern zu korrigieren, als unerträgliche Last, litt unter vielfältigen Ängsten und Todesangst. Ich schrieb ihr: »Wer den Acker seines Körpers stets mit Hilfe seines Unterscheidungsvermögens durchpflügt, dem schadet ein plötzlich hereinbrechendes Ende nicht; denn die Symphonie des Heiligen Geistes und die Freude des ewigen Lebens warten auf ihn. Doch soll der Mensch seinen Körper nicht durch zu starke Anstrengung oder Bußübungen zugrunde richten ... Gott mache dich zu einem Tempel des Lebens.«

Leider hatte der Wohlstand nicht auf alle meine Töchter eine erfreuliche Wirkung. Einige wurden eitel und faul, hielten sich Dienstmädchen und ließen sich, mit Hinweis auf ihr Adelsprivileg, hinten und vorn bedienen. Wie zur Antwort überschüttete die Schau mich mit neuen, lebendigen Bildern, in denen Laster und Gotteskräfte einander bekämpften. Die Gotteskräfte verbargen sich in einer leuchtenden Wolke, die Laster aber erschienen mir so unverhüllt, wie vielleicht Gott sie sah. So hatte Feigheit den Körper eines knochenlosen Weichtieres und am

Menschenkopf ein riesiges Hasenohr, das ihr Gesicht verbarg.

»Jedem zu Gefallen will ich leben, damit ich nicht zu kurz komme«, greinte sie zitternd vor Angst. »Ob die Menschen Böses oder Gutes treiben, ich werde schön den Mund halten. Lieber will ich den Vornehmen und Reichen schmeicheln, denn für mich kommt mehr dabei heraus, manchmal zu lügen oder zu täuschen, als immer die Wahrheit zu sagen ...«

Ihr antwortete aus einer stürmischen Wolke die Stimme des göttlichen Sieges: »Dir fehlt alles rechte Maß! Ich will hart gegen dich sein, denn was immer du verlangst und an dich ziehst, ist nur kleinliches, geringfügiges Zeug. Ich aber mag kein Leben, das in der Asche liegt. Ich begehre vielmehr, an den springenden Quell zu gelangen! Ich nehme den Kampf auf und zerstöre die Rüstung der alten Schlange mit Gottes Geheimnis ...«

Anfangs dachte ich, daß aus diesen Bildern wieder ein szenisches Spiel wie das »Ordo Virtutum« werden sollte, das ich vielleicht zur Mahnung und Erbauung meiner Töchter in unserer Kirche hätte aufführen können. Doch Gott hatte andere Pläne.

»Ich sehe einen Mann, der von der höchsten Himmelshöhe bis in die tiefsten Abgründe reicht. Seine Ausmaße sind so gewaltig, daß er sich vom Anfang der Schöpfung bis zum Ende der Welt erstreckt. Sein Kopf ragt in den strahlendsten Äther, sein Leib steht inmitten der Himmel. Von den Hüften bis zu den Knien umspielt ihn die irdische Luft, seine Unterschenkel befinden sich in der Region der Erde. Seine Füße aber tauchen in die Wasser des Abgrundes; in ihre geheimen Kräfte nämlich, die dem Menschen unbekannt sind. Sein Antlitz strahlt von solcher Herrlichkeit, daß ich es nicht voll ansehen kann ... Vor seinem Mund ballt sich eine blendendweiße Wolke zu einer Posaune zusammen, erfüllt von einer gewaltigen, aufbrausenden Musik. Drei Winde entströmen ihr; die tragen eine Feuerwolke, eine Sturmwolke und eine Lichtwolke. Da steigt von Westen her eine dichte, schwarze Finsternis herauf und stellt sich der Lichtwolke entgegen ...«

»Ein neues Buch?« fragte Volmar halb im Scherz.

»Ich denke«, stammelte ich mühsam, »aber auch ein Kampf, fürchte ich. Ich spüre, wie die Luftgeister gegen uns kämpfen –«

Hitze schoß um mich herum auf, glühte in meinen Gliedern und waberte wie ein Ozean voll brennender Schlacke. Ich verlor den Halt, bevor Volmar mich auffangen konnte, fand ich mich auf dem dicken Strohteppich der Schreibstube wieder. Hiltrud brachte mich zu Bett, wo ich die nächsten Wochen und Monate zubrachte.

Kaum erträgliche Schmerzen kamen und gingen in Wellen; diesmal aber wußte ich, daß dies nicht über mich kam, weil ich Gott irgendeinen Befehl verweigert hatte, sondern daß es eine neue Prüfung war, die Er mir auferlegte. Sooft es mir möglich war, arbeitete ich mit Hiltruds und Volmars Hilfe dennoch weiter an dem neuen Buch.

»Satan spricht: ›Daß ja kein Mensch einen anderen Gott anbetet als den, den er sieht und kennt! Was wäre das für ein gefährlicher Unfug, wenn der Mensch etwas verehrte, das er nicht einmal versteht?‹ So zieht er die menschliche Vernunft vom wahren Gott ab, der ja in Seiner Herrlichkeit der menschlichen Schwäche wegen nicht gesehen werden kann«, diktierte ich.

»Wieder ein Pfeil, der ins Schwarze trifft!« murmelte Volmar befriedigt. »Das wird den Scholastikern gar nicht gefallen.«

»Dieses Buch beschreibt ebenso wie ›Sci Vias‹ die Heilsgeschichte«, murmelte ich aus dem Feuerofen meiner Schmerzen, »aber diesmal ist der Blickwinkel anders. ›Sci Vias Domini‹ meinte den Vater; diesmal aber geht es um die Verantwortung der Menschen. Der Mann in der Anfangsvision ist Jesus in all Seiner Macht ... Ich glaube – Volmar, ich glaube, ich soll danach noch ein drittes Visionenbuch schreiben, das den Blickwinkel des Heiligen Geistes zum Inhalt haben wird.«

Volmar warf mir einen bewundernden, ehrfürchtigen Blick zu, was bei ihm äußerst selten vorkam. »Ein weiter Vorausblick«, stellte er fest. »Laß mich dich gelegentlich daran erinnern; wenn du dich beklagst, daß dir als Sechzigjähriger die Widerstände gewisser Schwestern zuviel werden ...«

»Wehe dir«, stöhnte ich lächelnd und diktierte weiter.

»Der Teufel ist ein Gefäß ohne Inhalt; ein Räuber, der den Menschen ausplündert. Vom ersten Übel an tötet er die Menschen, indem er sich ihnen zeigt, als sei er der Gott. Wehe und abermals wehe dem schadenbringenden, entsetzlichen Werk, welches das Leben floh und das nun in uns dem Tod zusteuert! Der Mensch wurde in der frühen Blüte seines Wachsens durch den Teufel gebrandmarkt. Gott aber nahm sich seiner wieder an. Im unversehrten Fleisch, durch die Liebesglut des Heiligen Geistes und ohne den Samen eines Mannes ist Er Mensch geworden und hat allen todbringenden Schmutz von den Menschen abgewaschen. Sobald aber der Mensch die Schlange überwunden hat, versteckt sie sich sofort, um sich ihm aus dem Hinterhalt wieder zu nähern.«

Im Verlauf der Schauungen sah ich viele weitere Laster im Dialog mit den Gotteskräften. Stumpfsinn wurde durch Tapferkeit besiegt, Spottsucht durch Wertschätzung, Geiz durch Genügsamkeit, Weltschmerz durch himmlische Freude. Anschließend an jede Szene wurde mir gezeigt, welches Laster welche Strafe nach sich zieht und durch welche Buße sich ein Sünder davon reinigen kann. So folgt auf den Mord aus Habgier ein glühendes Feuer, in dem zwei schauderhafte Drachen hausen, die den Übeltäter quälen. Um dieser Strafe zu entgehen, muß der Mörder eine Zeitlang die Gemeinschaft mit anderen Menschen meiden und als Einsiedler im Wald leben. Dort soll er strengstes Fasten üben und sich täglich geißeln.

Je öfter ich solche Dinge diktierte, desto dringender spürte ich den Aufruf, all das nicht nur schreibend, sondern auch sprechend vor die Menschen zu bringen. Ich konnte mir inmitten meiner Schmerzen allerdings beim besten Willen nicht vorstellen, wie das vor sich gehen sollte.

»Vielleicht habe ich doch aus meinen Erfahrungen gelernt«, sagte ich zu Volmar. »Gott hat mir unmißverständlich befohlen, aufzustehen und zum Disibodenberg zu reiten, um den Mönchen dort zu predigen. Er sagte: ›Ich will dir Worte in den Mund geben‹ – und weißt du was? Ich bin dazu bereit.«

Ich mußte beinahe lachen, weil Er mir nicht einmal offenbart hatte, worüber ich sprechen sollte.

Volmar sah mich mit seinem befriedigten Schmunzeln an und raunte: »Weißt du noch, wie du als junge Frau unbedingt den Klerikern den rechten Weg weisen wolltest? Ich hätte dich schon damals nicht zurückgehalten.«

Hiltrud aber, die trotz ihrer Jugend über beachtliche Festigkeit verfügte, meinte: »Jetzt, wo du die Urkunden in der Hand hast, können sie dir kaum etwas anhaben, ehrwürdige Mutter. Und ich für meinen Teil habe es von Herzen genossen, daß all die selbstgerechten Männer endlich einmal von einer Frau zurechtgewiesen wurden.«

»Schade, daß du so denkst«, seufzte ich, »ich hätte dich gern dabeigehabt, aber wenn du es als persönliche Genugtuung empfindest –«

»O nein!« beeilte sich Hiltrud zu versichern. »So etwas würde ich nie empfinden, ehrwürdige Mutter!« Sie errötete, mußte aber gleichzeitig selbst über ihren Eifer lachen.

»Nun gut. Dann sag bitte Ursula Bescheid, daß wir morgen früh nach der Terz losreiten wollen.«

»Danke, Magistra!« Hiltrud küßte meine Wangen. »Vielleicht wirst du sogar wieder gesund davon, wie beim letzten Mal?«

»Wer weiß«, antwortete ich, wünschte aber insgeheim, sie hätte das nicht gesagt. Denn meine Tochter hatte damit einen Gedanken ausgesprochen, den ich nur unter Aufbietung aller Disziplin vermieden hatte.

*

»Wind und Luft und alles Grüne unter dem Firmament dienen Ihm als Gewand.« Ich stand an der

Stirnseite des Kapitelsaales, und Helenger saß mit wohlgefälligem Lächeln neben mir. Er hatte wohl beschlossen, meinen Besuch als eine Art von Huldigung aufzufassen.

»Das Wehen und die Weite der Winde, die milde Feuchtigkeit der Lüfte, die Grünkraft der Bäume und Kräuter – sie alle geben Ihm die Ehre, indem sie Seine Gesetze befolgen. Denn Gott wird durch die Mysterien Seiner Schöpfung verherrlicht; so wie der Mensch durch ein Gewand, in das er sich kleidet, geehrt werden kann. Das Feuer und das Licht der Lüfte sind ein Schmuck auf Seinem Gewand …

Genauso wird Gott durch das rechte Tun der Seele verherrlicht. Das Verlangen nach Gerechtigkeit fliegt durch die Seele wie Wind, der gute Wille spielt in ihr wie Luft, und die guten Werke grünen in ihr.«

»Sprich weiter«, mahnte die Stimme, als ich vor einem Bild des Schreckens und der Verwüstung zurückzuckte. Ich wußte, daß ich jetzt in die Zukunft blickte, und ich muß wohl sehr elend ausgesehen haben, denn Ursula und Hiltrud schoben sich gleichzeitig neben mich, um mich zu stützen.

»Die Elemente bringen mit wildem Geschrei ihre Klagen vor den Schöpfer«, stieß ich hervor. »Sie reden durch die Folgen ihrer Unterdrückung … Sie sind in einem widernatürlichen Kreislauf gefangen, weil menschliche Untaten sie unterwerfen; sie stinken im Pesthauch übler Schandtaten. Auch die Winde sind durch diesen Gestank verseucht und bringen nicht mehr reine Luft, sondern bedrohliche Gewitter. Die Luft aber speit den Schmutz der menschlichen Gier aus, indem sie mit widernatürlicher Feuchtigkeit die Grünkraft und die Früchte, die der menschlichen Ernährung dienen sollen, verdorren läßt. Manchmal ist die Luftschicht auch voll Nebel, aus dem schädliche Tierchen entstehen, die die Frucht der Erde verletzen.«

Ich verstummte, weil der Gestank aus der Zukunft mir den Atem nahm. Ursula tupfte mir den Schweiß vom Gesicht, und Hiltrud nötigte mich, einen Schluck Wein zu trinken. Ich atmete tief und sah mich in dem wohlbekannten Kapitelsaal um, als sei er der angenehmste Ort der Erde. Wie gebannt hingen die Mönche an meinen Lippen; manche hatten die Augen halb geschlossen, als erblickten sie die kommenden Schrecken ebenso wie ich.

»Alles, was die Menschen tun, dient ihrer Begehrlichkeit und Lüsternheit«, fuhr ich mühsam fort. »Die Grünkraft, die in ihnen herrschen sollte, ist verdorrt; sie haben keinerlei Leben mehr. Dabei fragen sie, wer wohl jener Gott sei, den man doch nie zu sehen bekäme, was er wohl könne und welche Macht er habe.

Gott antwortet ihnen: ›Habt ihr Mich denn nie geschaut, in der Erleuchtung des guten Gewissens oder im Leuchten der irdischen Sonne? Habt ihr Mich nie geschaut, als der Samen in die Erde fiel und mit Tau und Regen zum Wachstum kam? Habt ihr euch nie gefragt, ob das alles durch einen anderen geschehen könnte als durch den Schöpfer aller Dinge?‹

Der Mensch aber unterstellt Gott seine eigenen Absichten und sagt: ›Gott hat mich nun einmal so geschaffen, daß ich diese Sünde nicht vermeiden kann.‹«

Auf einmal brach der Abt Helenger in ein seltsames, unwillkürliches Gelächter aus. Ich spürte, daß der Heilige Geist wie ein Chirurgus im Inneren seiner Seele arbeitete, und fühlte wilde Freude darüber, daß Gott, und nicht ich, den Überblick und die Verantwortung für alles hatte, was hier geschah.

»Am Ende der Welt muß die erschöpfte Schöpfung fallen.«

Die Offenbarung verwandelte mich; mein Körper fühlte sich jetzt dünn an wie ein Blütenblatt, das im Wind aus der Unendlichkeit erzitterte. »Dann wird Gott Seine Gewalt zeigen und die Welt zu einem neuen Wunderwerk wandeln. Denn wenn jetzt der umdüsterte Himmel noch eine Art von Verschluß bildet, werden dann die Elemente in neuem Glanz erstrahlen. Die Auserwählten werden ihrem Schöpfer begegnen, und Er wird ihnen gute Werke mit ewigem Glück vergelten. Sie werden, in den verwandelten Elementen gereinigt, dem goldenen Kreis eines Rades gleichen und hinübergeführt werden in eine unerschöpfliche Verwandlung. Die Ungläubigen aber sind nicht gezeichnet vom feurigen Zeichen der geheiligten Quelle; sie erwartet ein anderes Schicksal.«

»Amen«, murmelten ehrfürchtig die Mönche, als ich mich so vorsichtig auf meinen Stuhl setzte, als könnte er unter mir zu Wasser zerfließen. Ich war noch nicht völlig in die unaufhaltsame Bahn der Zeit zurückgekehrt; fast schien mir, als würden alle Dinge, die ich gesehen hatte, in diesem Augenblick zugleich geschehen. Abt Helenger aber lachte immer noch, wie von einer großen Sorge befreit.

Die Mönche tischten uns eine Mahlzeit aus gebratenem Wild auf, wie sie sich kein Bischof köstlicher hätte wünschen können. Sie nötigten uns, im Gästehaus zu übernachten, und wir nahmen dankbar an. Leider erfüllte sich meine heimliche Hoffnung auf Genesung nicht: Diese Nacht war eine der schlimmsten meines Lebens. Hätte ich nicht tief in mir die Gewißheit gespürt, daß Gott in allen Schmerzen dicht bei mir war, hätte ich es nicht ertragen können.

Am nächsten Morgen begingen wir Laudes und Terz mit den Brüdern. Wie seltsam es war, wieder im Nordchor der Kirche eingesperrt zu sein wie ein verborgenes Ärgernis, statt frei und offen vorm Altar zu stehen! Helenger erschien zum Abschied mit einem strahlenden Lächeln, das ich noch nie an ihm gesehen hatte, und küßte vor allen Mönchen meine Hand mit dem Ring der Abbatissa. Kurz bevor wir durchs Tor ritten, trat uns ein älterer Bruder namens Gottfried in den Weg.

»Danke, Magistra, daß du uns aufgerüttelt hast!« sagte er. »Ich werde täglich für dich beten, und Gottes Engel sollen dich beschützen. Ich bin sicher, bei uns wird sich jetzt vieles ändern.«

Auf dem Rupertsberg erwartete uns voller Spannung Volmar, den eine verständliche Scheu davon abgehalten hatte, uns zu begleiten – er hatte wohl insgeheim gefürchtet, Abt Helenger werde ihn festhalten und einsperren. Er berichtete, daß Friedrich Barbarossa ganz selbstverständlich von seinem Recht der Investitur Gebrauch gemacht und einen neuen Mainzer Erzbischof ernannt hatte: Konrad, der nun in aller Bescheidenheit um ein aufmunterndes oder mahnendes Wort der »geliebten Meisterin Hildegard« gebeten hatte.

Ich war selbst gespannt, was Gott meinem neuen Vorgesetzten zu sagen haben würde, und befragte noch am selben Tag die Schau.

»Der Tag wäre nicht strahlend hell, wenn er nichts von der Finsternis wüßte«, diktierte ich Volmar. »Sogar die Bosheit des Teufels offenbart Gott, weil alles Kriegsgetümmel und alle Gottlosigkeit Ihm nicht widerstehen können. Du stehst jetzt unter der Anforderung des Tages. Halte also Gottes Gerechtigkeit in deinem Herzen so innig umfangen wie eine geliebte Freundin, und bezähme deine Lenden.«

»Interessant«, schmunzelte Volmar. »Ein solcher Brief wird gleich erweisen, ob Konrad Schmeichelei oder Wahrheit bevorzugt.«

Der neue Erzbischof schien es mit seiner Nachfrage jedoch ernst gemeint zu haben, denn er schrieb zurück:

»Wir entbieten dir treue Gunst in väterlicher wie in kindlicher Zuneigung. Von Geschäften abgehalten, schreiben wir dir nur kurz; obwohl wir mit weitem Herzen und aus ganzem Willen zu deiner heiligen Liebe eilen. Wir erkennen, daß du vom göttlichen Geist inspiriert bist, und sehnen uns nach deinen ermutigenden Worten. Während wir nämlich versuchen, äußerlich dem irdischen Reich zu dienen, vernachlässigen wir innerlich den himmlischen König ...«

Im Lauf der folgenden Monate baten mich eine ganze Reihe von Klöstern und sogar eine Abordnung von Mainzer Prälaten um meinen Besuch und eine »Predigt voll Mahnung und Zuspruch«. Ich hatte den Mönch Gottfried in Verdacht: Der hatte wohl einigen befreundeten Brüdern geschrieben, welch wundersame Wandlung seit meiner Predigt mit Abt Helenger vorgegangen war.

Sobald mein Zustand es einigermaßen erlaubte, ritt ich in Begleitung von Volmar, Hiltrud, Clementia und Ursula nach Mainz. Mein Bruder Hugo brachte uns in seinem großen Haus alle fürstlich unter, und ich sprach vor dem Domkapitel, in Anwesenheit des Erzbischofs und sämtlicher Prälaten. Zum Teil gebrauchte ich ziemlich harsche Worte, denn Gott prangerte durch mich die Oberflächlichkeit, Völlerei und Prunksucht vieler Kleriker an. Abends bat mich der Erzbischof unter vier Augen, ob ich es womöglich auf mich nehmen würde, auch einmal öffentlich zu predigen – etwa auf dem Domplatz –, da das Volk in letzter Zeit durch allerlei Irrlehren verunsichert und gegenüber der Kirche geradezu feindlich eingestellt sei. Nach einer schlaflosen Nacht und einer Beratung mit Volmar stimmte ich zu.

An einem Montagmorgen, kurz vor Weihnachten, stand ich neben Volmar unter dem Mainzer Marktkreuz. Statt auf den Domplatz hatte Gott mich hierher geführt; ich wußte nicht, warum. Natürlich fand an diesem Morgen kein Markt statt. Auf den Dächern und Zinnen von Mainz lag fingerdick der Schnee, und der große Platz war verlassen und still, mit kleinen Schneehauben auf den buckligen Kopfsteinen. Eine Unzahl gewundener Gäßchen öffneten sich nach allen Seiten, wie Rinnsale von einem Quell ausgehen: Eine davon führte ins Judenviertel, andere hießen nach ihren Bewohnern Fleischhauergasse, Gerbergasse oder Töpfergasse. Mir direkt gegenüber war die Goldmachergasse, wo Alchimisten, Wahrsager und Astrologen ihre Läden und Wohnungen hatten.

Jetzt umrundete ein Ausrufer des Erzbischofs den Platz und trommelte, wie er es sonst getan hatte, um Soldaten für den Kreuzzug anzuwerben.

»Hört, ihr Leute, hört!« schrie er mit geübter, durchdringender Stimme.

Als hätte der Ausrufer sie erst zum Leben erweckt, schlüpften von allen Eingängen, unter jedem Torbogen und aus jedem schattigen Durchgang die Bewohner hervor. Schweigend kamen sie näher; die meisten waren zerlumpt und hatten große, argwöhnische Augen in den mageren Gesichtern. Die Juden mit ihren spitzen Hüten waren etwas ordentlicher gekleidet, wirkten aber noch mißtrauischer. Angst lag in der Luft wie ein stinkender Nebel, und einen Augenblick fürchtete ich mich vor der schieren Masse der Menschen, die von allen Seiten auf mich eindrangen. Ich warf Volmar einen nervösen Blick zu und fing das aufmunternde, wissende Schmunzeln auf, das mich mein ganzes Leben lang begleitet hatte. Es war wie ein Atemzug voll köstlicher, lauer Frühlingsluft.

Wieder wußte ich nicht, was ich sagen würde.

»Der Mann blickt rundum ins All. Die Wasser des Abgrundes, in denen er steht, enthalten seine ungeheure Kraft, denn der Abgrund trägt alles, was ist; und die ganze Welt ist in ihn eingebunden. Der Abgrund ist wie die Werkstatt des höchsten Meisters, in dem sich all Seine Werkstücke befinden.«

Ich fragte mich selbst, was die Bewohner von Mainz kurz vor Weihnachten wohl mit einer solchen Predigt anfangen sollten – da fiel mein Blick auf eine

Gruppe, die so dicht vor mir stand, daß ich sie bisher übersehen hatte. Diese Leute waren deutlich besser gekleidet als die meisten ihrer Mitbürger, und in jedem ihrer Gesichter, so verschieden sie auch sonst waren, lag derselbe lauernde, selbstzufriedene Ausdruck. Ich blickte in lauter kalte Augen, während ich weitersprach:

»Mancher meint, er könnte aus der Schöpfung wie aus einem Buch mancherlei herauslesen. Der vergißt über den Einzelheiten das Ganze! Denn wer auf die lebendigen Geschöpfe blickt wie auf eine abstrakte Schrift, der verehrt statt Gott den Teufel. Ein solcher Narr glaubt, sein Heil in der Natur zu finden; doch indem er mit seiner kalten Forschung ständig auf die Natur starrt, löscht er den Anblick seiner eigenen Seele aus. Er ist wie ein Kreis ohne Mittelpunkt, und die Natur wird ihn ausschließen, denn er hat ihr den Namen des Schöpfers geraubt!«

Die unmittelbar vor mir Stehenden antworteten mit höhnischem Grinsen und begannen, untereinander zu tuscheln. Aber sie bauten wohl auf die Dummheit der übrigen Zuhörer, denn sie blieben herausfordernd stehen. Ich durchbohrte ihren offensichtlichen Meister, einen feisten Mann mittleren Alters, mit meinem Blick und hatte das Gefühl, den lüsternen Lügen der alten Schlange selbst zu begegnen.

»Ein solcher Mensch mag sich für höchst vernünftig halten«, fuhr ich mit erhobener Stimme fort. »Er sagt sich: ›Kühne und kluge Männer haben die Schöpfung so lange erforscht, bis sie ihre Mechanik beherrschten. Sie haben große Weisheit angesammelt und zahlreiche Erfindungen gemacht. Hat ihnen das etwa geschadet? Im Gegenteil. Auch ich beherrsche die Leuchten des Himmels, die Bäume und Kräuter und jedes irdische Grün. Ich gebiete den wilden Tieren und allen übrigen Lebewesen auf und unter der Erde. Wer will mir Widerstand leisten? Gott füge ich mit solchen Künsten kein Unrecht zu! Welchen Wert hätte die Schöpfung, wenn man die innersten Ursachen ihrer Natur nicht zum allgemeinen Vorteil benutzen dürfte?‹«

Die Hexer und Alchimisten verschwammen vor meinen Augen, und ich spürte etwas wie eine schwarze Woge, die über mir zusammenschlug. Jetzt hätte ich fortgespült werden sollen; doch ein anderer Blick aus der Menge durchdrang die Schwärze und hielt mich fest wie ein Anker. Es waren die dunklen Augen eines Rabbiners.

Ich schöpfte tief Atem, und die Schwärze verging wie Nebel. In der Menge rührte sich kein Haar.

»Solche Forschung geschieht teils mit Gottes Hilfe, teils mit dämonischer«, stellte ich fest, während die Gesichter meiner Widersacher sich vor Wut verzerrten. »Manche böse Geister geben sich als göttlich aus. Sie zeigen dem Menschen viel Falsches an und führen ihn in die Irre. Der Mensch durchschaut dies um so weniger, als sie ihm zwischendurch immer wieder auch Wahres enthüllen. Hütet euch also vor vorgetäuschter Macht, und geht stets nüchtern allem erst auf den Grund, dann können sie euch nichts anhaben! Hütet euch auch vor Leuten, die die Wirkung verehren, die Ursache aber übersehen! Was ist wohl Gott angenehmer: wenn man ihn selbst verehrt oder seine Werke? Nur der Mensch ist durch die Flügel seiner Vernunft lebendig, während alle anderen Lebewesen durch die natürlichen Elemente bewegt werden. Doch wo im Menschen keine Frage ist, kann der Heilige Geist auch nicht antworten!«

Am Ende der Predigt waren die Hexer so spurlos verschwunden, als hätte ein Wind sie verweht. Auch den Rabbi sah ich nicht mehr und fragte mich, ob all die Erscheinungen Wirklichkeit gewesen seien. Doch ich kam nicht dazu, lange darüber nachzudenken, denn eine verhärmte Frau mit einem Bündel auf dem Arm drängte sich zu mir durch und fiel vor mir auf die Knie.

»Heilige Mutter Hildegard«, krächzte sie mit rauher Stimme, »bitte hilf meinem Kleinen, er hat die Starrsucht!«

Sie öffnete das Bündel, aus dem mir ein ekelhafter Geruch entgegenschlug. Ein apathischer Säugling lag darin, über dessen Beine schon die Maden krochen.

»Du mußt ihn jeden Tag waschen und ihm regelmäßig frische Kleider anziehen«, sagte ich, ganz benommen vor Ekel. Dann legte ich meine Hand auf den winzigen Kopf und betete: »Ich habe nichts zu geben, sondern empfange alles von meinem Herrn. Im Namen Jesu Christi von Nazareth, sei geheilt!«

Darauf drehte der Säugling den Kopf und gab ein zartes Wimmern von sich. Die Frau drückte ihn an sich und umschlang laut schluchzend meine Röcke.

»Ein Wunder!« schrie sie mit erstaunlich durchdringender Stimme. »Er hat mich angeschaut! Sancta Hildegardis!«

»Ein Wunder! Sancta Hildegardis!« setzte sich der Ruf über den ganzen Marktplatz fort.

Es war schon dunkel, als die aufgewühlte Menge mich endlich gehen ließ. Volmar und Clementia trugen mich förmlich in Hugos Haus zurück. Wen immer Gott an diesem Tag geheilt hatte – ich war nicht dabeigewesen.

12

Kurz nach Neujahr meldete man mir einen fremden Besucher auf dem Rupertsberg. Da dies einer meiner besseren Tage war, erwartete ich ihn im Empfangszimmer der Abbatissa. Als die Tür aufging, entfuhr mir ein Überraschungslaut: Es war der Rabbi vom Mainzer Marktplatz.

»Gershom Reuben zu deinen Diensten, Mutter Abbatissa.« Er nahm seinen spitzen Hut ab und verneigte sich so tief, daß seine langen, gekräuselten Stirnlocken fast den Boden berührten.

»So warst du doch keine Erscheinung«, stammelte ich lächelnd. »Also habe ich dir zweifach zu danken! Nimm Platz, Rabbi, und trink ein Glas Wein mit mir.«

Wir tranken einander zu, und Gershom lächelte fragend. »Du dachtest also, ich sei –«

»Ich war nicht sicher, ob du ein Trugbild warst«, gab ich etwas verlegen zu. »Ich spürte einen Angriff der Hexer, die vor mir standen, und du hast mich beschützt. Doch später warst du ebenso verschwunden wie sie, und ich dachte –«

»Diese sogenannten Hexer waren leider ebenfalls echt«, sagte der Rabbi schmunzelnd.

»Erzähl mir noch etwas«, bat ich. »Erinnerst du

dich an den Säugling, für den ich als erstes gebetet habe? Ist er –«

»Vollkommen gesund«, nickte Gershom. »Hast du etwa auch daran gezweifelt?«

Wir lachten beide, und ich staunte über die Vertrautheit zwischen uns, obwohl wir noch kaum ein paar Worte gewechselt hatten.

»Bitte verzeih, ich unterbreche dich immer. Was ist denn nun der Grund deines Kommens?«

»Alles, Mutter Abbatissa«, meinte der Rabbi bedächtig und nahm noch einen Schluck Wein. »Ich will dir sagen, was ich sah«, begann er. »Ich hatte das Treiben der Hexer schon seit langem beobachtet; mit Sorge, aber ich habe geschwiegen, obwohl sie immer mehr Zulauf bekamen. Wer außer einem Juden würde auch auf einen Juden hören? Und dann stand plötzlich eine alte Nonne auf dem zugigen Platz. Als sie zu sprechen anfing, merkte ich, daß in ihr die Feuersäule Jahwes verborgen war. Je länger sie sprach, desto mehr Gestalt gewann das Feuer; sie wurde wie eine Fackel und forderte die Finsternis heraus. Um die Hexer aber waberte die trügerische Glut des Moders. Vorher hatten sich die lichthungrigen Menschen darum geschart wie Motten um eine Kerze; jetzt aber merkten sie, wie fahl es schien und daß es nicht wärmte. Sie wendeten sich der Feuersäule zu und entzündeten die längst erloschenen Binsenlichter ihrer Herzen daran. Am Schluß war der ganze Platz erfüllt von den kleinen Flammen, die sich um das Große Licht scharten und zum Teil damit verschmolzen.«

»Ohne dich hätte mich die trügerische Glut, wie du sie nennst, wahrscheinlich überwältigt«, fiel ich ein. »Ich war nicht auf den Angriff vorbereitet. Von nun an werde ich wachsamer sein.«

»Aber du mußt doch gewußt haben –«

»Ich habe nichts gewußt. Der Erzbischof bat mich, öffentlich zu sprechen, weil er sich Sorgen machte. Ich bat Gott, durch mich zu sagen, was Er für richtig hielt.«

Der Rabbi wiegte den Kopf, sah mich mit seinen samtschwarzen Augen an und murmelte: »Erstaunlich, erstaunlich. Zum Teil war deine Predigt auch gegen mich gerichtet, weißt du. Auch ich habe den Schöpfer über der Erforschung Seiner Schöpfung allmählich aus den Augen verloren … Wenn es mir auch nicht um Macht, sondern nur um das reine, heilige Wissen ging. Ich bin ein Adept der Kabbala, der geheimen Zahlenmystik, die der Thora zugrunde liegt.«

»Gott hat mir in meiner Schau auch etwas über das Judentum gezeigt«, hörte ich mich sagen. »Stimmst du mir zu, Rabbi, daß man immer zuerst den Schall eines Wortes hört, bevor man den Sinn begreift? Das alte Gesetz, das Moses aufschrieb und das ihr Thora nennt, war wie der Schall des Göttlichen Schöpfungswortes, das alles ins Leben rief. Aber der Sinn dieses Wortes ist Jesus! – Andererseits war der alte Bund zwischen Gott und den Juden wie ein Kriegsdienst: Die Juden waren wie Seine Armee im Feindesland; ihr Leben war geprägt von Disziplin und mit vielen Opfern verbunden. Jesus aber hat das letzte und größte Opfer gebracht: sich selbst! Seine Liebe hat die Auferstehungskraft freigesetzt, die in allem Geschaffenen wohnt. Sie allein macht mich frei, dir dies alles zu sagen.«

Ich war ein wenig unsicher, wie mein Gast diese unverblümte Rede aufnehmen würde. Gershom aber nickte nachdrücklich und sah mich an, als lausche er auf etwas viel Größeres hinter meinen Worten. Am Glanz seiner Augen sah ich, daß er verstand.

Nicht nur wurde Gershom mir in den folgenden Jahren ein guter Freund; sondern er brachte auch noch andere Männer aus dem Zirkel der Mainzer Kabbalisten zu mir auf den Rupertsberg. Die meisten waren nicht jüdischer als ich; ein wacher Verstand und eine tiefe Sehnsucht nach Weisheit hatte sie zusammengeführt. Viele Stunden sprachen wir über Gott und die Welt; ich durfte zusehen, wie ihre skeptischen Herzen im Lauf der Jahre weich wurden und das vertrauensvolle Staunen von Kindern in ihnen erwachte.

Einer von ihnen war so reich, daß ihm halb Mainz gehörte; er unterhielt Handelsbeziehungen zum Orient, und alle Seide, die aus einem sagenhaften Reich jenseits der Wüste in unser Land kam, lief durch seine Hände. Mit ihm als Gönner kannte unser Kloster endgültig keine finanziellen Sorgen mehr. Trotzdem verbot ich meinen Töchtern ein luxuriöses Leben, was einige mir sehr übelnahmen.

»Während die ganze Welt verkündet, daß du jeden mit der Freude des Heiligen Geistes beschenkst, habe ich mich bisher in trägem Müßiggang verborgen gehalten«, schrieb mir Abt Helenger. »Endlich bin auch ich von Ehrfurcht und Liebe ergriffen ... Meine Mutter, mir ist bei der Hochzeit des Herrn, die wir Ordensleute täglich feiern sollten, der geistliche Wein ganz ausgegangen. Der Eifer für das monastische Leben ist bei uns fast erloschen, denn weder ist die Mutter Jesu bei uns, noch Jesus selbst. Nicht einmal Seine Jünger sind zu unserer Feier eingeladen; und daher bestürmen uns allerlei Widrigkeiten … Ich weiß, daß an mir vom Scheitel bis zur Sohle nichts Gutes ist. Richte daher ein Trostschreiben an mich. Leb wohl!«

»Er spielt auf die Hochzeit zu Kana an, wo Jesus Sein erstes Wunder tat und Wasser in Wein verwandelte«, sagte ich zu Volmar, der mir diesen erstaunlichen Brief vorgelesen hatte. »Der Ärmste sieht nicht, daß Wasser vollkommen ausreicht! Wir dürfen uns nur nicht einbilden, daß wir irgend etwas aus eigener Kraft vermögen oder irgendwelche pompösen Zeremonien durchführen müssen! Wenn wir uns Seiner Liebe unterwerfen, verwandelt die Grünkraft täglich unser Wasser; sooft wir nur wollen.«

In diesem Sinn schrieb ich Helenger und predigte davon in allen Klöstern, die mich einluden. Überall herrschte Unsicherheit; viele Ordensgemeinschaften blickten mehr auf ihre politischen Bündnisse als auf Gottes einfache Wahrheit, denn in Rom gab es wieder einmal zwei Päpste. Nach dem Tod Hadrians hatten die Kardinäle seinen Berater, den gelehrten Orlando von Siena, als Alexander III. auf den Papstthron gewählt. Kaiser Friedrich aber hatte auf eigene Faust seinen Verwandten Ottavian zu Papst Viktor IV. gemacht und verlangte von allen deutschen Bischöfen und Reichsfürsten, daß sie ihn anerkannten. Erst nach einigen Wochen fiel mir ein, daß sich meine Schau von den wartenden Schakalen nun doch bewahrheitete.

»Uns predigst du immer Disziplin, Diskretion und Maßhalten, aber selbst reist du überall herum«, fauchte mich meine Tochter Agathe an, als ich gerade von einem Besuch im Frauenkloster Kitzingen zurückgekommen war. Ich hatte Agathe soeben verboten, sich eine eigene Köchin zu halten. »Wo du hinkommst, setzt man dir nur das Beste vor; da fällt es dir leicht, zwischendurch hier bei uns den scheußlichen Fastenfraß zu essen. Aber uns gönnst du nichts!«

»Glaubst du, für mich ist es so besonders angenehm, ohne einen Funken Kraft bei Wind und Wetter von Kloster zu Kloster zu reiten und stets die anderen, aber nie mich selbst geheilt zu sehen?« gab ich wütend zurück. »Aber ich tue es dennoch, weil Gott es von mir verlangt.«

»Ich tue auch, was Gott verlangt, indem ich nämlich nie die kostbare Regel überschreite, die du andauernd zitierst. Warum soll ich mich da auch noch beim Essen beschränken wie eine Leibeigene?«

»Weil du eine Leibeigene Gottes bist, genau wie wir anderen auch!«

»Ach! Und warum sollte Gott seinen Leibeigenen nichts Gutes gönnen?«

»Darum geht es nicht, und das weißt du genau! Du hast ein Gelübde abgelegt –«

Aber Agathe hörte nicht zu, sondern starrte mich nur wütend und herausfordernd an. In letzter Zeit versuchte sie immer öfter, mich bis zum äußersten zu reizen. Sie war zu einer Art Rädelsführerin geworden; mehrere Schwestern vertraten jetzt den Standpunkt, daß sich unser Wohlstand als Gabe Gottes auf unser tägliches Leben weitaus stärker auswirken müßte, als ich es bisher gestattet hatte. Entnervt befragte ich die Schau und berief eine Versammlung im Kapitelsaal ein.

»Die Unzufriedenheit unter euch ist ein Angriff aus der unsichtbaren Welt«, verkündete ich den überraschten Schwestern. »Ich habe die Dämonen der Lüfte gesehen; sie ballten sich über diesem Ort zusammen wie eine schillernde Wolke und legten ein glitzerndes Netz aus, das funkelte wie von tausend Edelsteinen – oder wie ein taubedecktes Spinnennetz, wenn gerade die Morgensonne darauf fällt. Aber in Wirklichkeit ist es aus Leimruten der Eitelkeit gewebt, und die Luftgeister wollen euch darin fangen wie fette, begehrliche Wachteln.«

Manche Töchter sahen beleidigt aus, andere ängstlich, einige eher amüsiert. »Jede von euch prüfe sich selbst, denn ich werde niemanden anklagen«, fuhr ich fort. »Ich werde auch nicht jeder alles vorkauen, was sie zu tun und zu lassen hat. Gott hat uns Vernunft gegeben; bittet den Heiligen Geist, daß er eure Unterscheidungsfähigkeit neu entflammt. Der Schlüssel liegt immer darin, das rechte Maß zu erkennen; in allem.«

Wie es ihrer Natur entspricht, verloren die Geister allein dadurch, daß jemand ihre Machenschaften durchschaute, einen Großteil ihres Einflusses. Doch Agathe und einige ihrer Freundinnen verließen uns; und ich hörte aus diesem Anlaß viele Geschichten darüber, welch liederliches Leben diejenigen meiner Töchter inzwischen führten, die schon während des ersten Winters auf dem Rupertsberg fortgegangen waren.

Obwohl meine Krankheit einem täglichen Kampf

glich, bei dem ich oft unterlag, gab ich dem vielfachen Drängen von anderen Klöstern oder Domkapiteln nach und brach zu weiteren Predigtreisen auf.

Leider war Volmar für solche Abenteuer nicht mehr rüstig genug; auch hätte ich meine Töchter ohnehin nicht so oft ohne Seelsorger lassen können. Hiltrud und Ursula begleiteten mich jedoch. Wir benutzten Treidelschiffe und ritten nur, wenn es gar nicht anders ging, da die meisten Straßen nur aus Schlammlöchern zu bestehen schienen. Ich fühlte mich auf diesen Fahrten wie von einem mächtigen Wind getrieben und fürchtete weder eine Verschlimmerung meiner Krankheit noch Unfälle oder Überfälle durch Wegelagerer. Gott spielte mich wie ein Instrument; ich war eine Harfensaite, die unter Seiner Berührung vibrierte.

»Ihr blickt nicht auf Gott; ihr möchtet Ihn nicht einmal sehen«, wetterte ich in Köln, während die kirchlichen Würdenträger mich umringten wie gescholtene Kinder. »Ihr blickt nur auf eure eigenen Werke. Nach Belieben tut und laßt ihr, was ihr wollt. Weder aus Liebe zu Gott noch aus Liebe zu den Menschen bemüht ihr euch um einen guten Lebenswandel; ihr wollt Ehre ohne Mühe ernten und verkündet scheinheilig und prahlerisch, was der Teufel sprach: ›Ich bin gut und heilig!‹ Dabei ist das keineswegs so, im Gegenteil!

Blinden gleicht ihr, denn eure Werke leuchten den Menschen nicht im Feuer des Heiligen Geistes. Ihr seid keine Vorbilder, sondern flieht in die Höhlen eurer Lust. Euer ekelhafter Reichtum und eure Habsucht hindern euch daran, Gottes Gesetze zu lehren.

Ihr solltet die Menschen mit Gottes Wort so durchwirken, wie fruchtbare Erde durch Feuchtigkeit und Grünkraft zusammengehalten wird, damit sie nicht zu Asche wird. Aber eure Schafe werden wie Asche verstreut!«

Das Ergebnis solcher Predigten war nicht etwa Empörung, sondern Ehrfurcht. Der Kölner Domdekan Philipp schrieb sogar:

»Nachdem ihr auf göttliche Weisung zu uns gekommen wart und uns Worte des Lebens dargelegt habt, waren wir höchst erstaunt, daß Gott in einem so schwachen menschlichen Gefäß solche Wunder seiner Geheimnisse wirkt ... Wir bitten, das uns mündlich Gesagte auch schriftlich niederzulegen.«

In einer Nacht besonders schlimmer Schmerzen, als ich mir die Faust in den Mund stopfen mußte, um mein Wimmern zu ersticken, erfüllte plötzlich sichtbares Feuer mein Zimmer: dasselbe Feuer, in dem ich drei Jahre lang gekocht worden war. Ungeheure Bilder spielten in den zuckenden Flammen; überwältigt starrte ich sie an, ohne zu verstehen, was ich sah; ich begriff, daß dies Feuer Geheimnisse widerspiegelte, die ich ohne Seine Erleuchtung nicht erfassen konnte.

Da verdichtete sich die Lohe zu einer gewaltigen Gestalt mit loderndem Haar und Flügeln, die bis zum Firmament reichten. Ein Cherub stand mitten im Feuer und hob sein flammendes Schwert.

Jetzt erst entdeckte ich die Dämonen. Es waren dieselben, die meinen Töchtern mit ihren Netzen nachgestellt hatten; all die Zeit waren sie im Rauch und in den Schmerzen meiner Glieder verborgen gewesen. Aufgeschreckt durch den Cherub kamen sie jetzt endlich hervor …

Allmählich begriff ich, daß dies die Prüfung gewesen war, daß Gott sie zugelassen hatte und daß sie nun zu Ende war. Unter gellenden Flüchen ergriffen die Geister die Flucht, und der Cherub sah mir noch einmal mit seinen ungeheuren Augen ins Herz, bevor auch er verschwand. Das Feuer war fort. Ich lag in meinem Zimmer, durchs Fenster drang Morgenröte, und ich war vollkommen gesund.

Nach fünfjähriger Arbeit beendeten Volmar, Hiltrud und ich das ›Liber Vitae Meritorum‹, das »Buch der Lebensverdienste«. In unserer Schreibstube war auf Volmars Anregung auch mit einer Sammlung meiner Briefe begonnen worden; aber daneben begannen die fleißigen Schwestern unverzüglich, das neue Buch zu kopieren.

Darin tat sich besonders Rotraud hervor, Hubertus' Tochter, die nach dem Tod ihres Vaters zusammen mit ihrer Schwester Hilda in unseren Konvent eingetreten war. Rotraud hatte sowohl eine ruhige Hand als auch ein sicheres Gespür für den Inhalt, so daß die reich verzierten Initialen, die sie jedem Kapitel voranstellte, immer auch ein Gefühl des Staunens über das Kommende vermittelten. Hildas Tochter aber, mein Patenkind Hildegard, war inzwischen vierzehn Jahre alt und mit einem Weinbauern verlobt.

»Gott ist ewig, und die Ewigkeit ist Feuer, und darin lebt Gott«, las Rabbi Gershom im Rahmen einer kleinen Pfingstfeier aus ›Vitae Meritorum‹ vor. »Dies wahrhaft unauslöschliche Feuer ist der Heilige Geist. Er schenkt alle Güter, entzündet alle Werte, erweckt alle Güte und lehrt alles Gute. In Seinen Flammen gibt er den Menschen die Sprache, die brennende Vernunft, und in Seiner Glut zeigt Er die Demut, die sich allen unterwirft.

Die Luft bezeichnet den Glauben, das Banner des Sieges. Sie trägt den Tau der Hoffnung und die grünende Lebensfrische vollkommener Liebe. Im Wasser mit seinen vieltausendfachen Kräften überwindet der Heilige Geist alles Unbillige und sendet die Prophetengabe aus. Die Erde aber hat ausgleichende Kräfte: im Sommer kühl, im Winter warm. Wie die Erde die Tierwelt auf sich nimmt, erleidet der Mensch vielerlei Heimsuchungen. Er trägt in seiner Leiblichkeit die ganze Welt, indem er alles Irdische in seiner Existenz überwindet. – Dies ist die Wahrheit. So soll es sein, und jeder spreche: –«

»Amen!« riefen mein Bruder Hugo, fünf Mainzer Kabbalisten, Volmar und der Mönch Gottfried vom Disibodenberg im Chor. Sie alle saßen mit mir im Empfangszimmer der Abbatissa und strahlten mich an.

»Das dritte Buch wird den Blickwinkel des Heiligen Geistes zum Thema haben«, verkündete ich. »Den Auftrag dazu hat Gott mir schon vor einiger Zeit erteilt. Es wird ›Liber Divinorum Operum‹ heißen: ›Buch über die Werke Gottes‹.«

»Bei dir hört es sich immer so an, als sei Gott jemand, mit dem du redest wie mit einem Menschen«, meinte einer der Kabbalisten kopfschüttelnd.

»Aber genauso ist es, mein Freund«, erwiderte ich lächelnd. »Ich habe ein halbes Leben gebraucht, um mich daran zu gewöhnen – aber als ich es endlich wagte, wirklich nur noch Ihm zu vertrauen, ging es endlich bergauf.«

»Bergauf?« wunderte sich Rabbi Gershom. »Verzeih mir, Abbatissa, aber wenige würden diese Auffassung teilen. Ich kenne niemanden, der so hart arbeitet und sich so abmüht wie du.«

»›Bete und arbeite‹ ist das Motto der Benediktiner, Rabbi«, versetzte ich. »Wer das Arbeiten wegläßt, schläft beim Beten ein. Unsere Regel ist auf die Fähigkeiten und Bedürfnisse der Menschen zugeschnitten. Benedikt hat sie so gestaltet, daß auch der Schwache sie befolgen kann, wenn sein Herz dabei ist – und daß sie sogar dem Starken zuviel wird, wenn sein Herz nicht dabei ist.«

Im Ostermonat des Jahres 1163 hielt Kaiser Friedrich einen glänzenden Hoftag in Mainz, zu dem er mich persönlich einlud. An der Seite des Erzbischofs Konrad, der vor Freude übers ganze Gesicht strahlte, empfing ich aus Barbarossas Hand die kaiserliche Schutzurkunde.

Dieses höchste Dokument des Reiches bescheinigte dem Rupertsberger Kloster auch von weltlicher Seite vollkommene Unabhängigkeit. Obwohl wir inzwischen zweiundzwanzig eigene Güter besaßen und von zwölf weiteren Gütern und drei Dörfern jährlich Zinsen erhielten, durfte kein Vogt und kein Beamter des Reiches Abgaben von uns erzwingen.

Neun Erzbischöfe und eine Vielzahl weltlicher Herrscher unterschrieben als Zeugen; unter ihnen auch der berühmte Herzog Heinrich der Löwe von Bayern und Sachsen, der dem Kaiser riesige Gebiete im Osten erobert hatte. Er besaß eine beinah ebenso unwiderstehliche Persönlichkeit wie Barbarossa selbst, und man mußte keine Prophetin sein, um Unfrieden zwischen diesen beiden Herrschern vorauszusehen. Auch konnte nicht einmal der verschwenderische Prunk, der allenthalben zur Schau getragen wurde, über die Spannung hinwegtäuschen, die aufgrund des Schismas in der Luft lag. Friedrich überspielte jedoch alle Unsicherheit mit seinem dröhnenden Gelächter; und wem er zutrank, der fiel mit ein.

»Er wird uns Kirchenleute bald jagen wie die Hasen, wenn wir seinen Stroh-Papst Viktor nicht anerkennen«, seufzte Erzbischof Eberhard von Salzburg, der beim Gastmahl neben mir saß. »Seit der Papst Alexander aus Rom geflohen ist, ist niemand mehr mächtig genug, Rotbart zurückzuhalten. Er wird sich über alles hinwegsetzen, was nicht seiner Machtpolitik nützt ... Mutter Hildegard, bete für mich, wenn du vor den König des Himmels trittst.«

»Und für mich«, fiel der greise Erzbischof Hillin von Trier ein, der mir zur Linken saß. »Ich muß dir übrigens danken, Tochter Abbatissa.«

»Wofür denn nur?« Ich hatte Hillin nie zuvor gesehen.

»Dafür, daß es dich gibt.« Der alte Mann wiegte vergnügt den Kopf. »Seit ich von dir weiß, bin ich wieder voller Zuversicht. Denn wenn Gott so deutlich spricht – noch dazu durch eine einfache Frau –, dann ist trotz allem nichts verloren.«

»Dies ist eine geistlich laue Zeit voller Kompromisse«, antwortete ich ihm. »Ich nenne sie weibisch, denn sie ist verführbar wie Eva. Der Feind will jetzt Evas Sündenfall vollenden ... Aber gleichzeitig ist die Frau auch das Haus der Weisheit. Ihre Schwachheit verwirklicht das Himmlische im Irdischen; wie die Schwäche des Gottessohnes uns das unsterbliche Leben zurückgab.«

»Je älter ich werde, desto mehr Einsicht schenkt Gott mir in das geheimnisvolle Gesetz, daß Er im Schwachen am stärksten ist. Nur wer sich Ihm völlig ausliefert, in dem kann Er wirken ... Wer von uns eitlen Menschen aber wäre dazu freiwillig in der Lage; außer, er würde durch Schwäche dazu gezwungen?«

»Nur ein Heiliger. Ich wäre es nicht.«

Der alte Mann umarmte mich und küßte meine Stirn. »Sei gesegnet, meine Schwester«, murmelte er.

Als ich mit meinem kostbaren Dokument auf den Rupertsberg zurückkehrte, war ich fünfundsechzig Jahre alt. Die Geschwindigkeit, mit der die Jahre verflogen waren, schien atemberaubend, nahm aber immer noch zu. Jeder Tag war durch Ratsuchende, durch meinen umfassenden Briefwechsel und durch Kranke, die Heilung ersehnten, mehr als ausgefüllt. Manchmal fürchtete ich, ich könnte das dritte Buch nicht mehr vollenden, das Gott mir befohlen hatte – zumal Volmars gichtige Finger mit seinem wachen Geist nicht länger Schritt halten konnten.

Oft wurde ich auch um eine Stellungnahme zu wichtigen aktuellen Themen gebeten. Als die Sekte der Katharer am Rhein immer mehr um sich griff, beauftragten mich die Mainzer Domherren mit der Abfassung einer Schrift über diese Irrlehre, damit das Volk durch mich gewarnt würde.

»Das ist endlich einmal eine Schrift, bei der ich annähernd vorher weiß, was darinstehen wird«, sagte ich zu Volmar. »Weißt du noch, wie wir auf dem Disibodenberg zum ersten Mal von diesen unglückseligen Scharlatanen sprachen?«

»Natürlich«, erwiderte Volmar lächelnd. »Du warst sehr wütend auf sie, weil sie sich weigern, in der Schönheit der Schöpfung den Schöpfer zu erkennen, und alles Geschaffene dem Teufel zuschreiben. Aber vielleicht weißt du inzwischen besser, wie hart das Leben für jeden ist, der den Zugang zur Quelle nicht gefunden hat und niemals das lebendige Wasser spürt, mit dem du täglich beschenkt wirst.«

Ich senkte den Kopf. »Ich war sehr hochmütig, nicht wahr, Volmar?«

»Du warst innerlich zerrissen. Jetzt kannst du die Sünde hassen, aber den Sünder lieben.«

Ich zwang mich dazu, den Katharern völlig unvoreingenommen gegenüberzustehen, und befragte ihretwegen die Schau. Dabei blickte ich geradewegs in Gottes Thronsaal und sah den alten Drachen selbst, wie er sich über die Winde erhob, um Wahnsinn unter die Völker zu bringen. Hinterher lag ich mehrere Tage überwältigt darnieder, bevor ich die Kraft fand, Volmar alles zu diktieren, was ich gesehen hatte. Es war, als hätte der Feind das Reich wirklich in den Klauen.

Nach dem Tod des unglückseligen Viktor setzte Kaiser Friedrich mit Paschalis III. sofort den nächsten Schakal als Gegenpapst ein. Wütend schrieb ich ihm:

»König, ich sehe dich wie ein Kind; wie einen unbesonnenen Menschen. Hüte dich, daß der himmlische König dich nicht wegen deiner Blindheit niederstreckt ...«

Leider fruchtete der Brief nichts, und Barbarossa begann mit einer systematischen Vertreibung aller Anhänger des rechtmäßig gewählten Papstes. Der gnadenlosen Hatz fielen unter anderem der gute Erzbischof Konrad von Mainz sowie sämtliche Zisterzienser zum Opfer. Die meisten flüchteten nach Frankreich, wo sie sich um Papst Alexander III. scharten. Als die kaiserlichen Truppen ringsum Klöster und Kleriker überfielen wie wüste Räuberhorden, waren wir um so dankbarer für die Schutzurkunde, die uns vor ihren Angriffen bewahrte.

Trotz der Großzügigkeit unserer Anlage war es auf dem Rupertsberg eng geworden. Fünfzig adlige Nonnen waren das äußerste, was wir aufnehmen konnten; doch nun baten immer mehr Frauen aus dem Bürgertum um Aufnahme. Abgesehen von der räumlichen Enge hielt ich nichts von sogenannten »gemischten« Klöstern, wie es sie seit der Klosterreform hie und da gab – Unfrieden und Standesdünkel waren meist die Folge. Ich beschloß, für die Bürgerlichen ein Tochterkloster einzurichten, und erwarb das verlassene, heruntergekommene Augustinerstift in Eibingen, einem Winzerdorf auf der gegenüberliegenden Rheinseite.

Leider lebte Philibert nicht mehr, so daß ich einen anderen Baumeister mit dem Ausbau beauftragen mußte. Dieser war jedoch so umsichtig und tüchtig, daß die kleine Kirche noch im selben Jahr geweiht wurde und dreißig Schwestern einziehen konnten. Mit ihnen gingen Hilda, Huberts ältere Tochter, als Priorin und die begabte Rotraud, die sogleich wieder eine Schreibstube einrichtete. Von nun an überquerte ich zweimal wöchentlich den Rhein, um meine Töchter in Eibingen zu besuchen.

Bei einem dieser Besuche bat mich Rotraud um eine Unterredung unter vier Augen. Ich war auf ein Gespräch über seelische Nöte gefaßt und wunderte mich, als sie mich in der Schreibstube erwartete und mit blitzenden Augen an ihr Arbeitspult führte. Das Licht eines milden Frühlingstages fiel auf ein ganzseitiges Gemälde – und mir stockte der Atem, als ich das Bild erkannte. Es war ein eisenfarbener Berg mit einer thronenden Lichtgestalt; darunter standen eine mit Augen bedeckte Figur und ein Mädchen in weißen Schuhen.

»Meine allererste Vision aus ›Sci Vias Domini‹«, stieß ich betroffen hervor. »Ich wäre nie auf die Idee gekommen, ein gemaltes Bild daraus zu machen!«

»Bist du mir böse, ehrwürdige Mutter?«

»Böse? Ich bin überwältigt! Glaubst du, du könntest noch weitere Visionen malen?«

»Natürlich«, versicherte Rotraud nicht ohne Stolz. »Ich kann sie alle malen, wenn du willst. Du hast sie ja ganz genau beschrieben.«

»Ja. – Rotraud, vielleicht werden wir das neue Buch gleich illustriert herausbringen! Hör zu: In der südlichen Luft, die vom Geheimnis Gottes leuchtet, sah ich eine wunderschöne Gestalt. Ihr langes Gewand glich dem Glanz der Sonne, und unter ihren bloßen Füßen zertrat sie ein entsetzliches Ungeheuer und eine schwarze Schlange. Sie sprach:

›Ich, die höchste und feurige Kraft, entscheide über alle Wirklichkeit, umfliege den Erdkreis und habe mit Meiner Weisheit das All geordnet ... Ich entzünde die Schönheit der Erde; Ich leuchte in den Gewässern und brenne in den Gestirnen. Denn die Sterne sind unzählbare Worte der Vernunft ... Mit jedem Lufthauch erwecke Ich alles zum Leben und ruhe in aller Wirklichkeit verborgen. Kein Tod ist in Mir, denn Ich bin das ganz heile Leben. Alles Leben wurzelt in Mir, denn Ich bin die Vernunft, die den Hauch des Wortes in sich trägt, durch das die Schöpfung gemacht ist. Die Ewigkeit wird der Vater genannt und das Wort der Sohn. Der Hauch aber, der sie beide verbindet, ist der Heilige Geist.‹«

»Rot«, murmelte Rotraud. »Die Gestalt muß rot sein, vor einem goldenen Hintergrund. Und ihre Flügelspitzen berühren den Rahmen ...«

»Ja. Und dann erschien mitten in der Brust dieser Gestalt ein kreisendes Rad, das wuchs zu gewaltiger Größe. Es bestand aus mehreren Schichten: einem lichthellen Feuerkreis der Macht Gottes, einem dunklen Feuerkreis Seines Gerichts, Kreisen von reinem Äther, wäßriger und klarer Luft und der dünnen Luftschicht, die die Erdkugel umhüllt und die Sehnsucht gläubiger Menschen bedeutet ... Denn die Gottheit ist in ihrem Wirken wie ein Rad; ein Ganzes, nicht zu teilen, ohne Anfang und Ende. Mitten in diesem Rad erscheint der Mensch. Er steht mitten im Weltenbau, und seine Werke durchdringen das All, denn sein Körper ist von den Kräften der Seele umgeben; und die Kräfte der Seele erstrecken sich über den gesamten Erdkreis. Er erkennt Gott in jedem Geschöpf.«

Leider ging es mit dem dritten Buch nicht so rasch voran, wie ich gehofft hatte, denn ich wurde wieder krank. Es ging wohl nicht an, in die Tiefe der letzten Dinge zu blicken und gleichzeitig ungerührt den Alltag zu bewältigen. Unterdessen spaltete das Schisma das Reich, und als Barbarossa einen dritten Gegenpapst aufstellte, schrieb ich ihm:

»Der Ewige spricht: Trotz vernichte Ich, und den Widerspruch derer, die Mich geringschätzen, zermalme Ich. Wehe der Übeltat der Frevler, die Mich verachten! Dies vernimm, König, wenn du leben willst. Sonst wird dich Mein Schwert treffen!«

Der Kaiser reagierte nicht auf meinen Brief, und ich quälte mich weiter mit den Schauungen. Das Schlimmste war, daß sie so überwältigend schön waren. Viel zu groß für mein Begreifen, zeigten sie mir die vielfachen Verknüpfungen und Entsprechungen von Kosmos und Mensch, die Gleichheit der Gesetze im Großen und im Kleinen und die ungeheure Liebe Gottes, die alles zusammenhält.

»Die Liebe ist mitten im Kreisen der Ewigkeit, ohne Zeit; wie die Glut im Feuer.« Unermüdlich trieb Volmar mich an, trotz meiner Krankheit weiterzuarbeiten; wir waren beide wie gehetzt vom unbarmherzigen Fortschreiten des Alters und wußten, daß uns nicht mehr viel Zeit blieb. Unser Zusammenarbeiten wurde in diesen Jahren enger und enger; oft war es, als wären wir zu einem sehenden und schreibenden Doppelwesen verschmolzen, von dem die eine Hälfte ohne die andere nichts vermochte. Volmars ruhige, liebevolle Gegenwart hatte mich mein ganzes Leben lang vor dem Irrsinn bewahrt; doch auch Volmar hätte seine unbezähmbare Sehnsucht nach dem Wunderbaren ohne mich nicht stillen können – allein wären wir beide verloren gewesen.

In vielen Klöstern wurde bei den täglichen Tisch-Lesungen aus meinen Schriften zitiert, und als Resultat erreichten mich immer neue, flehentliche Briefe mir unbekannter Ordensleute, die mich darum baten, ihretwegen die Schau zu befragen. Zumindest war ich von den meisten anderen Pflichten entbunden: Gott hatte mir tüchtige und weise Töchter geschenkt, denen ich meine verschiedenen Aufgaben nach und nach übergeben konnte.

Eines Tages erhielt ich einen Brief des Abtes Gedolph von Brauweiler bei Köln, in dem er um Hilfe wegen einer Besessenen bat. »Aus dir leuchtet nicht Menschenwerk, sondern Gotteswerk, und deine Gabe kommt aus dem leuchtenden Quell«, schrieb er. »Eine adlige Frau namens Sigewiza ist seit acht Jahren von einem bösen Geist besessen. Freunde brachten sie zu uns, und wir haben uns drei Monate lang auf vielfache Weise abgemüht, aber – aufgrund unserer Sünden, wie wir nicht ohne Schmerz zugeben müssen – nichts erreicht. Jetzt hat jener Dämon endlich verraten, daß die junge Frau nur durch dich – ›eine alte Frau am oberen Rhein, namens Schrumpelgardis‹ – befreit werden könnte …«

Volmar und ich lachten bei dieser Beschreibung, und ich befragte wegen Sigewiza die Schau. Ich sah, daß ihre Seele wie eingeschlafen lag; betäubt von einem schwarzen Rauch, mit dem der Teufel sie verdunkelte. Wäre der Feind selbst in ihren Körper eingedrungen, hätte sie augenblicklich sterben müssen, als würde ein Grashalm vom Wind verweht. So aber benutzte der Teufel ihren Körper nur, schrie durch sie wie durch ein Fenster und ließ sie alle möglichen gewalttätigen und obszönen Handlungen ausführen.

Mich packte Mitleid mit der jungen Sigewiza, und ich versicherte Gedolph in einem Antwortbrief, daß wir alle für sie fasten und beten würden. Außerdem beschrieb ich ihm genau, wie er bei der Austreibung vorgehen sollte. »Ich bin der Alte vom Tage«, sollte ein Priester im Namen Gottes ausrufen. »Denn Ich bin durch Mich selbst der Tag, von dem die Sonne erst entzündet wurde; und Ich bin die Vernunft, die allem Vernunftbegabten den Lebenshauch gab. Ich habe diesen Lebenshauch in preisende, klingende Harmonie gebracht; wie der Donner erschallt Meine Stimme, mit der Ich den ganzen Erdkreis bewege, durch die lebendigen Klänge aller Geschöpfe.«

Gedolph schrieb bald darauf zurück, daß alle Mühen nichts gefruchtet hatten: der beherrschende Dämon sei zwar durch das Ritual ausgefahren, während des anschließenden Dankgottsdienstes aber wieder zurückgekommen und quäle die arme Sigewiza jetzt schlimmer als je zuvor. Ich erzählte meinen Töchtern davon, und wir waren uns einig, daß wir Sigewiza bei uns aufnehmen und mit vereinten Kräften versuchen wollten, ihr zu helfen.

13

An einem stürmischen Tag im Hornung legte die Barke an unserem Steg an, in der die Besessene von Brauweiler zu uns transportiert worden war. Schon von ferne drang unflätiges Gekreisch zu uns herauf. Obwohl sie an Händen und Füßen gefesselt war, hatten zwei Bedienstete die größte Mühe, die junge Frau an Land zu bringen; so wild wand sie sich hin und her. Je näher sie uns kam, desto wüster wurde das Geschrei, und wer Sigewiza nicht sah, hätte geschworen, einen Mann zu hören.

Etwas beklommen beobachteten meine Töchter die wüsten Ausbrüche des Dämons, der jetzt einem der Bediensteten heftig in die Weichteile trat. Rasch wandte ich mich den Töchtern zu.

»Traut ihr es euch nicht zu? Wir tun dies freiwillig; wenn ihr meint, daß es uns zuviel abverlangt, dann sagt es bitte jetzt.«

Die Schwestern blickten von mir zu der unglücklichen Sigewiza, die gerade dem anderen Bediensteten in die Hand biß. Adelgundis begann zu lächeln; Lächeln breitete sich auch auf den anderen verschlossenen Gesichtern aus, als ob fünfzig Knospen zu Blüten aufplatzten.

»Es könnte jede von uns treffen«, meinte Adelgundis, stellvertretend für alle. »Wir wollen ihr zeigen, daß sie nicht allein ist«, fiel Illga ein. »Und wenn wir uns vor Dämonen fürchten, wer soll sich ihnen dann entgegenstellen? Wir sind doch das geistliche Heer!« fügte kämpferisch die junge Klara hinzu.

Der Dämon schien die veränderte Atmosphäre wahrzunehmen, denn als die schwitzenden Diener mit Sigewiza bei uns angelangt waren, hatte er seine Taktik geändert. Ein genießerisches Grinsen lag in den Augen der gequälten Frau, und er sagte mit öliger Stimme:

»Was für ein lächerlicher Haufen von Zierpuppen! Und dabei hat jede einzelne von euch mehr Dreck am Stecken, als ein Strolch auf der Landstraße! Was Dreck und was ein Stecken ist, brauche ich euch doch wohl nicht zu erklären?«

Er brach in höhnisches Gelächter aus und begann dann, mit geblähten Backen gegen uns zu pusten. Ein übler Gestank kam aus Sigewizas Mund, und der Dämon machte das obszönste Geräusch, das ich je gehört hatte.

Die Schwestern zuckten zusammen, aber die meisten faßten sich schnell wieder.

»Danke, daß ihr sie hergebracht habt. Wir schaffen das jetzt allein«, sagte Adelgundis zu den Dienern, während sie Sigewizas gefesselte Hände ergriff.

»Ihr seid willkommen, euch im Gästehaus ein wenig auszuruhen und zu Mittag zu essen, bevor ihr euch wieder auf die Reise macht«, fiel Klara ein und übernahm Sigewizas Füße. Die Diener wechselten einen raschen Blick, verneigten sich vor uns, küßten meinen Ring, murmelten verlegen, dazu hätten sie leider überhaupt keine Zeit, und hasteten den

Hang hinunter. Offensichtlich wollten sie keinen Augenblick länger auch nur in der Nähe des Dämons bleiben.

Der gemeinsame Kampf gegen Sigewizas Besessenheit brachte uns Schwestern enger zusammen als je zuvor. Auch die Dörfler aus den umliegenden Ortschaften, die sonntags unsere Messe besuchten, und die Bürger von Bingen unterstützten uns; vielen tat die junge Frau von Herzen leid, und sie nahmen alle möglichen Bußübungen auf sich oder fasteten, um ihr zu helfen. Dem Dämon entging unsere Entschlossenheit nicht; da er mit körperlichen Angriffen und Obszönitäten nichts erreichte, verlegte er sich darauf, mit seinem Wissen anzugeben. Das tat er besonders gern während des Sonntagsgottesdienstes, weil er dann die meisten Zuhörer hatte.

»Ich war am Ufer des Jordan, als der Mann getauft wurde, den sie Jesus nannten«, erzählte die ölige Männerstimme mit Sigewizas Lippen. »Als er untertauchte, zog er alle Kraft, die im Wasser und in der Erde ist, in sich hinein. Ich spürte das ganz genau, denn auch ich habe meine Kraft von der Mutter Erde! Sie schenkt alles Leben, und wer ihr vertraut, den schützt sie und macht sie sogar mächtig. Ihre Gesetze sind verläßlich wie die Jahreszeiten: Eines folgt auf das andere; wer sie beachtet, dem kann nichts fehlschlagen! Deshalb wurden alle Kranken geheilt, und Tote standen wieder auf, wenn Jesus es so wollte, denn die Kraft der Mutter war in ihm. Ihr Name ist Maria Gäa, die ewige Mutter, die alles hervorbringt ...«

Auf einmal tat sich eine Stille auf, als befänden wir uns plötzlich in einem Raum, dessen Wände ringsum von Vorhängen bedeckt waren, so daß der weiche Stoff jeden Laut verschluckte. Auch die Luft schien dick und zähflüssig zu werden. Das einzige, was die dichte Substanz durchdrang, war die Stimme des Dämons, die mit völlig verändertem Klang weitersprach. Jetzt hatte ich den deutlichen Eindruck, daß ich die starke, alle Güte und Weisheit umfassende Stimme Jesu hörte!

»So wisset denn«, schoß die Stimme wie ein Pfeil der Gerechtigkeit durch das Mittelschiff, so daß selbst der Priester machtlos dabeistand, »daß euch erbärmlichen Sündern, die ich liebe – denn ich liebe die Sünder, doch hasse ich die Sünde –, durch die Kraft, die mir von meiner Mutter Gäa in die Füße fließt, Heilung und Vergebung gewährt wird. Dir, Schwester Eugenissa, wird dank der Kraft Gäas verziehen, daß du nachts heimlich Brot aus der Küche stiehlst und ißt. Dir, Schwester Celia, wird verziehen, daß du in der schützenden Dunkelheit Hand an dich legst, um verborgene Sehnsüchte zu befriedigen! All dies und mehr verzeiht Der, mit dessen Stimme ich zu euch spreche. Er lädt euch alle ein, mit Ihm zusammen dem Vater und der Mutter Gäa zu huldigen, indem ihr euch jetzt, in der ganzen Liebe und Leidenschaft, die der Kraft der Erde entspringt, alle gegenseitig umarmt und küßt!«

»Das reicht«, unterbrach ich den Dämon energisch; innerlich schmunzelnd, daß sogar dieser Abgesandte der Hölle bewundernd von Jesus sprach. »Du erzählst nur die halbe Wahrheit. Wer schuf denn die Erde, und was ist die mütterliche Kraft, von der du sprichst? Gott, der die Ewigkeit ist, Jesus, der das Schöpfungswort ist, und die Liebe, die das Werk vollkommen gemacht hat: der Heilige Geist. Dein finsterer Herr wurde zuerst geschaffen; als der schönste der Engel. Doch er leugnete, daß er sein herrliches Leuchten Gott verdankte, verhöhnte seinen Schöpfer und wollte Ihm aus Hochmut nicht dienen. Kannst du dir vorstellen, wie verletzt der himmlische Vater gewesen sein muß? Er schleuderte Luzifer in der Abgrund und schuf den Menschen: Zerbrechlicher als die Engel, sollte er vollenden, was Satan nicht tun wollte. Gott gab Adam und Eva unsterbliche Körper; Satan aber erkannte in Eva die Mutter, die in ihrem Schoß bereits eine große, mögliche Welt trug. Mit der gleichen Niedertracht, mit der er Gottes erste Schöpfung verachtet hatte, zog er nun den Menschen in seine Gemeinschaft. Als die arglose Eva den Apfel gegessen hatte, spürte sie, daß sie eine andere geworden war, und gab ihn ihrem Mann. So wurden sie sterblich, und mit ihnen verwandelte sich der himmlische Garten Eden in das Exil der irdischen Mühsal; denn der Mensch trägt alle Elemente in sich, und sie fielen mit ihm der Sterblichkeit anheim. Maria aber war die schlummernde Erde, die nichts von Satans Niedertracht in sich trug, sondern sich in vollkommener Demut Gottes Magd nannte. Darum kam die Leidenschaft des Heiligen Geistes über sie, und durch sie wurde die Liebe Gottes in Jesus wieder freigesetzt. Solcherart ist die wahre mütterliche Kraft: voll Liebe und Hingabe und voll Sehnsucht nach dem Himmel.«

Der Dämon knirschte wütend mit den Zähnen und fing wieder an zu blasen, was unter den Kirchenbesuchern beträchtliche Unruhe hervorrief. Die Schwestern waren jedoch längst daran gewöhnt;

ungerührt streichelten Ursula und Clementia die aufgeblähten Wangen der armen Sigewiza, und die Chorführerin stimmte ein Lied an, von dem das scheußliche Blasen bald verschlungen wurde wie ein Tröpfeln vom Rauschen des Meeres.

»Oh quam mirabilis est praescientia divini pectoris. Wie wunderbar ist das völlige Wissen im Herzen der Gottheit. Wie wunderbar ist der Hauch, der den Menschen zum Leben erweckt!«

Monatelang mühten wir uns mit dem Dämon ab und ließen Sigewiza keinen Augenblick allein, damit ihre schlafende Seele ununterbrochen unsere Liebe spürte. Doch es änderte sich nichts; der Dämon ließ sich nicht vertreiben.

Am Ostersonntag fand bei uns eine Taufe statt; ganz Bingen und halb Rüdesheim war aus diesem Anlaß in unserem zum Bersten überfüllten Münster versammelt. Der junge Priester Gernot, der seit einiger Zeit an Volmars Statt die Gottesdienste leitete, blies über das Wasser des Taufbrunnens und sprach dabei die Worte aus der Schöpfungsgeschichte: »Und der Geist Gottes schwebte über den Wassern.«

In diesem Augenblick fing der Dämon fürchterlich an zu zittern; Sigewiza stampfte mit den Füßen, blies und war kaum zu bändigen. Ich spürte, daß er sich entsetzlich vor der Grünkraft fürchtete, die das Taufwasser umgab.

»Weiche, Satan, aus dem Leib dieser Frau und gib dem Heiligen Geist darin Raum«, hörte ich mich mit befehlender Stimme sagen. Die arme Sigewiza wurde auf ihrer Bank hin und her geschleudert, furzte und rülpste, urinierte und schrie. Dann war der scheußliche Spuk endlich vorbei.

Sigewiza sah sich um wie eine Erwachende. Allmählich wurde sie sich ihrer Umgebung bewußt und begriff, was geschehen war – doch bevor sie sich schämen konnte, verließen die meisten Schwestern und auch viele Gäste ihre Plätze, um sie liebevoll zu umarmen. Es dauerte lange, bis der allgemeine Überschwang sich so weit gelegt hatte, daß Gernot fortfahren konnte. Dieser Taufgottesdienst war genau so, wie er sein sollte: erfüllt von einem überwältigenden Gefühl der Befreiung und von überschäumender Freude.

»Seit wir wußten, daß du unsere vertraute Tochter Sigewiza in eure beglückende Gemeinschaft aufgenommen hast, wurde die ganze Stadt Köln in neuer Liebe zu Gott entfacht«, schrieb bald darauf der Dekan des Kölner Klosters St. Aposteln. »Seid von Herzen gesegnet, daß ihr auf eurem bescheidenen Berg die Werke der Liebe übt, die alle Bergeshöhen und die ganze Weite der Täler versäumten.«

»Er möchte zu gern wissen, wie du den Dämon losgeworden bist«, bemerkte Volmar schmunzelnd. »Er gibt es nicht zu, aber bestimmt hat er es auch versucht.«

»Er allein hätte nichts ausrichten können.« In der Erinnerung an Sigewizas Befreiung strahlten wir einander an. »Schreib: ›Das Wirken Gottes gleicht dem Tagesablauf. Die Morgenröte geht der Sonne voraus, mittags brennt die Hitze, abends vergeht die Wärme, und nachts verbirgt sich die Sonne. Wenn all dies auf einmal geschähe, würde das menschliche Fassungsvermögen gesprengt, und wir könnten es nicht ertragen … Ähnliches geschah mit jener jungen Frau, die jetzt als Novizin unter meinen Töchtern lebt. Hohe und geringe Personen setzten sich über einen längeren Zeitraum voll Mitleid für sie ein. Jedem gab der Heilige Geist einen bestimmten Dienst für sie; manchen Gebete und Nachtwachen, anderen mitleidige Fürsorge, wieder anderen Almosenspenden oder sogar Fasten und körperliche Kasteiungen. Aber alle brachten durch ihre Anstrengungen und Gebete dasselbe zum Ausdruck; freiwillig und ohne Widerwillen blickten wir alle für sie zu Gott – und wie die Sonne ihren Lauf vollendet, hatte Er zur rechten Zeit Erbarmen.‹«

Sigewiza wurde eine meiner liebevollsten Töchter. Bald wich sie mir kaum noch von der Seite und tat alles, um mir in meiner Gebrechlichkeit beizustehen. Ich war dafür um so dankbarer, als ich wieder sehr krank wurde und vierzig Tage lang das Bett nicht verlassen konnte. Alle Kraft wurde aus mir gezogen, und ich hörte die bösen Geister höhnen: »Ha! Jetzt wird sie sterben, und ihre Freunde, mit denen sie uns so oft in Verwirrung gebracht hat, werden hilflos zurückbleiben und weinen.«

Aber Gott hatte andere Pläne. Er versicherte mir, daß ich auch diesmal am Leben bleiben würde, und befahl mir erneut eine Reise zu einigen Klöstern, die wegen innerer Zwistigkeiten um meine Hilfe gebeten hatten. Ich war zu schwach, um auch nur einen Becher Wasser zu halten; doch bald quälten mich so schlimme Schmerzen, daß ich nachgeben mußte und mich, diesmal begleitet von Hiltrud und Sigewiza, auf den Weg machte. Und wieder schenkte Gott mir genug Kraft, Seinen Auftrag auszuführen.

Als ich endlich zurückkam, erwartete mich eine Anfrage von Abt Helenger: Er bat mich, eine Schrift über das Leben des heiligen Disibod abzufassen. Ich tat mein Bestes; gleichzeitig drängte mich die Schau, am ›Liber Divinorum Operum‹ weiterzuarbeiten.

»Die Vernunft führt die Seele überallhin und lehrt sie das Gute verstehen. Dann brennt sie in ihrer Freude wie die Sonne. Aber die Seele kann nicht immer in dieser Himmelsglut bleiben, da sonst das Fleisch des Menschen vergehen müßte. Die Seele steigt in ihrer feurigen Vernunft nach oben; aber der Körper kann das nicht ertragen. Deshalb steigt die Seele wieder hinunter und stärkt ihn. Die Seele ist wie Feuer, die Vernunft in ihr ist das Licht ...«

Volmar war inzwischen so hinfällig, daß ihn außer der Schau fast nichts mehr dazu bringen konnte, aus seinem bequemen Sessel aufzustehen. Er genoß die Sonderregeln, die Benedikt sehr jungen und sehr alten Mitgliedern der Klostergemeinschaft einräumte. Oft durchträumte er über einem Glas Wein den ganzen Nachmittag.

Einmal erwachte er mit einem freudigen Glanz in seinen wäßrigen Greisenaugen.

»Jetzt habe ich es auch gesehen«, flüsterte er glücklich. »›Ich aber, der Ich ohne Anfang bin, Ich bin das Feuer, durch das alle Gestirne entzündet werden. Ich habe dem Menschen sein Gewissen geschaffen, welches das Licht der Wahrheit ist.‹ Jetzt kann ich in der Himmelsglut bleiben ...«

Es war, als träte Volmar, mein Gefährte, den ich von ganzem Herzen liebte, durch einen goldenen Schleier. Den einen Augenblick war er bei mir, und im nächsten Augenblick war er fort.

Ich ließ seine Hand nicht los, als könnte ich ihn so dazu bringen, mich mitzunehmen. Er war mir wie durch ein Dickicht entschlüpft, ganz nah und doch auf der anderen Seite. Ich saß inmitten der kreisenden Planeten; Gottes Gnadengeschenke, die die menschliche Vernunft übersteigen; und ich saß auf der ausgebreiteten Erde; und ich stand mitten im kreisenden Rad.

»Bitte! Laß mich mitgehen! Laß mich nicht als Waise zurück!« schrie ich, oder vielleicht dachte ich es nur; mit einer mächtigen Stimme, die in das Zentrum gerichtet war; das in mir war; das Gott war; das die Ewigkeit war.

Ich verlor jedes Zeitgefühl. Um mich herum nahm das Klosterleben seinen Lauf, die Sonne ging auf und unter, aber ich bewegte mich nicht. Irgendwann brachten Sigewiza und Clementia mich wieder in die Schreibstube, wo Hiltrud mit den Wachstafeln wartete. Sie war bleich wie ein Gespenst, und als unsere Blicke sich trafen, sah ich den Tod darin.

»Gott schickt die Seele wie eine Feuerkugel in den Körper des Kindes im Mutterleib. Durch ihre Kraft wird der neue, sterbliche Körper erweckt und belebt. Er gibt der Seele eine Form; er kleidet sie gleichsam in das leuchtende Gewand der Unschuld«, sagte ich, während Hiltrud mit angestrengt gerunzelter Stirn schrieb. »Die Menschen gleichen dem Ackerboden: Auch sie bleiben unfruchtbar, wenn sie nicht im Gnadentau des Heiligen Geistes leben ...«

Mein Blick wanderte von der Schau fort aus dem Fenster; hinaus zu dem wirklichen Acker, der öde und verlassen dalag. Mir war, als hörte ich von fernher Volmars Stimme sagen: »Sieh genauer hin. Beschreib mir das deutlicher«; und meine Stimme antwortete:

»Das alte Gesetz, das durch Mose gegeben wurde, gleicht einem Pflug. Durch ihn wurden die Menschen auf Jesus vorbereitet; das heißt, auf die Liebe, die unter ihnen ausgesät wurde. Diese Saat muß im Tau des Heiligen Geistes aufgehen ...«

Aber in Wirklichkeit blieb alles still; ich spürte meinen Körper im jenseitigen Wind flattern wie ein dünnes, zerfetztes Tuch und begriff nicht, was ihn noch zusammenhielt. Ich fand nicht die Kraft, meinen Blick von dem trostlosen Acker zurück auf die Schau zu lenken, die wie Morgenrot am äußersten Rand meines Blickfelds glühte.

Als spräche sie durch ein tönernes Rohr, hörte ich Hiltrud sagen: »Verzeih, meine Mutter, mir ist gar nicht gut.«

Ich hörte ein leises Poltern, als sie vom Schreibstuhl fiel. Später saß ich an ihrem Bett und hielt ihre Hand und sprach Gebete und Segen; aber auch sie starb ... Und eine Woche später starb meine Schwester Clementia. Ich blieb allein übrig; wie ein einzelner Zahn in einem verfaulten Mund ragte ich sinnlos ins Leere. Mir war unbegreiflich, warum Gott mich zu dieser Einsamkeit verurteilt hatte.

»Du mußt dein Werk vollenden, Mutter Hildegard«, sagte der stattliche, blühende Mann, den Sigewiza mir als »Dein Neffe Wezelin, Propst von Sankt Andreas in Köln«, angekündigt hatte. Er stand mitten im Empfangszimmer der Abbatissa und sah mich bekümmert an. Ich konnte mich nicht einmal erinnern, wie ich hierher gekommen war.

»Das geht leider nicht, mein Sohn«, antwortete ich höflich. »Ich kann nicht gleichzeitig sehen und schreiben. Und fragen. Wußtest du, daß es ohne Frage keine Antwort gibt?«

»Vielleicht darf ich dir helfen?« fragte Wezelin hoffnungsvoll. »Volmar hat eine Menge Skizzen hinterlassen; deine Tochter Sigewiza hat sie mir gezeigt. Du hast ihm eine Offenbarung über die Schöpfungsgeschichte aus dem Johannesevangelium diktiert, nicht wahr? Mir scheint, sie besteht aus drei Auslegungen: einer wörtlichen, einer allegorischen und einer moralischen. Vielleicht könnte ich ...«

»Die Weisheit war vor dem Ursprung allen Anfangs«, sagte die Stimme, deren Worte ich unwillkürlich wiederholte. »Nach dem Ende wird sie in ihrer größten Kraft dastehen, denn nichts kann ihr widerstehen ... In Mir, der Liebe, spiegelt sich alles Sein. Mein Glanz offenbart die Gestalt der Dinge, wie der Schatten die Form anzeigt.«

Ich zwang mich, den Blick von der Holzmaserung meines Tisches zu heben, die Strähnen dunkelbrauner Haare glich oder fließenden Adern voll dunklem Blut oder dem flüsternden Wehen eines sanften Windes. »Es ist nicht eigentlich wörtlich, allegorisch und moralisch zu verstehen. Sondern der eine Aspekt beschreibt die Erschaffung der sichtbaren Welt in ihrem zeitlichen Ablauf. Ein anderer Aspekt zeigt, daß im Anfang alles Zukünftige bereits vorhanden war, weil Gott weder Anfang noch Ende hat, sondern den gesamten Lauf der Zeit umfaßt. Der dritte Aspekt zeigt, wie die Schöpfung des ganzen Kosmos den Heilsplan offenbart, weil Gott ihn ins Herz aller Dinge gelegt hat.«

Zum ersten Mal sah ich das freundliche, offene Gesicht voll an, und der junge Propst zuckte unwillkürlich zurück. Ich wußte, daß meine Augen in diesen Tagen einen grundlosen See von Schmerz und Trauer widerspiegelten, und Wezelin tat mir leid.

»Du bist sehr freundlich zu mir, mein Sohn«, gelang es mir zu sagen. »Wie hast du von meiner Not erfahren?«

»Ach, im ganzen Land spricht man doch davon! Viele sagen, du hättest nun nach all dem Leid, das du in deinem Leben durchlitten hast, das Äußerste erreicht und würdest niemals sterben –«

»Du meinst die völlige Verwandlung des Körpers, die Transmutatio?« Zum ersten Mal seit Monaten brach Gelächter durch die schwarze Kruste meines Schmerzes. »Betrachte mich gut, Neffe. Sieht so ein Auferstehungsleib aus?«

Wezelins Gesicht zuckte unsicher, dann lachte auch er. »Nein, Mutter Hildegard«, gab er zu. »So sieht der Leib einer alten Frau aus, die die Hilfe ihres einfältigen, aber ehrlichen Neffen annehmen sollte.«

»Du hast recht. Ich kann es mir nicht leisten, ein so gutgemeintes Angebot abzulehnen.«

Ich stützte mich auf Wezelins Arm, und gemeinsam betraten wir die Schreibstube. Er wurde mir eine große Hilfe beim Ordnen des umfangreichen Materials, das ich Volmar bereits ins unreine diktiert hatte; vor allem aber schenkte mir sein Enthusiasmus die Kraft fortzufahren. Leider zeigte es sich jedoch bei der Reinschrift der Visionen, daß mein gebildeter Neffe nicht in der Lage war, sein hochtrabendes Latein dem einfachen, geradlinigen Schreibstil anzupassen, in dem meine Schriften bisher gehalten waren. Wezelin schrieb für meinen Geschmack zu glänzend; seine gewandte Ausdrucksweise zog die

Aufmerksamkeit des Lesers auf sich und lenkte vom Inhalt der Offenbarungen ab. Ich beschränkte mich darauf, ihm zu diktieren, was Gott mir noch offenbarte.

»Die Allmacht Gottes gleicht einer Gestalt mit sechs Flügeln, einem Flammenhaupt und Löwenfüßen, ihre Haut gleicht der eines Fisches, und auf ihrem Bauch erscheint der Kopf eines alten Mannes ... Die sechs Flügel bedeuten die Liebe, die Raum und Zeit umfaßt; der Fischleib deutet auf die verborgene Natur der Fische hin. Nach diesem Gleichnis ist auch der Sohn Gottes inmitten der Nacht auf verborgenen Wegen in die Welt gekommen, als der Feind in seinem Übermut schon glaubte, er hätte den Menschen in seinen Fängen ...«

Nicht nur ich, sondern auch meinc Töchter brauchten dringend wieder einen ständigen Propst und Seelsorger. Nach reiflicher Überlegung entschieden wir uns für den Mönch Gottfried, der sich oft als guter Freund unserer Gemeinschaft erwiesen hatte. Ich schrieb also an Abt Helenger und bat, Gottfried baldmöglichst zu uns zu schicken.

Sonderbarerweise erhielt ich auf mein Schreiben wochenlang keine Antwort. Schließlich erbot sich Wezelin, selbst zum Disibodenberg zu reiten und Gottfried abzuholen. Zwei Tage später kehrte der junge Propst von Sankt Andreas jedoch allein zurück. Er nahm sich nicht einmal die Zeit, seinen regennassen Mantel auszuziehen, sondern schleuderte ihn wie einen Klumpen Schlamm auf den Boden meines Empfangszimmers. Ich hatte ihn noch nie so zornig gesehen.

»Helenger verweigert dir Gottfrieds Dienste«,

stieß er zähneknirschend hervor. »Er behauptet, er könne ihn nicht entbehren. – Mutter Abbatissa, du hast doch das verbriefte Recht, dir unter den Disibodenberger Mönchen deinen Propst aussuchen zu dürfen?«

»Allerdings.« Nach all dem Leid, das mich in letzter Zeit getroffen hatte, überraschte mich eine weitere schlechte Nachricht nicht im geringsten. Helengers Härte widerte mich so an, daß ich nicht einmal wütend wurde. »Darf ich dir, sobald du dich erfrischt hast, einen Brief diktieren, lieber Wezelin?«

»Fang am besten sofort an«, knirschte mein Neffe. »Ich könnte mich jetzt ohnehin nicht ausruhen. – Beinahe hätte ich diesen eingebildeten Abt am Kragen gepackt und in seiner feisten Mönchskutte so lange durchgeschüttelt, bis er sich persönlich bei dir entschuldigt! Aber Gottfried klammerte sich an meinen Arm und behauptete, du würdest das nicht wollen –«

»Da hatte er ganz recht. Also, bitte schreib: ›An Papst Alexander III. Höchste und ruhmreiche Persönlichkeit, du hast die Vollmacht, zu binden und zu lösen …«

Tags darauf ritt der aufgebrachte Wezelin persönlich mit meinem Brief in die Lombardei, wo der Papst sich aufhielt, um Truppen für seine Rückkehr nach Rom zu sammeln. Ich wußte, daß ich mir keinen treueren Verfechter meines Anliegens wünschen konnte.

Bald erhielt ich für den ›Liber Divinorum Operum‹ eine neue, unerwartete Hilfe. Abt Ludwig von Sankt Eustachius in Trier, dessen Kloster ich einige Male besucht hatte, kam mit einigen seiner Mönche auf den Rupertsberg, um mich bei der Reinschrift zu unterstützen. Sein Latein war gut, aber schlicht, und er hatte nicht den Ehrgeiz, den Bildern durch glänzende Formulierungen einen würdigen Rahmen zu geben. Dafür betrachtete er die Arbeit als eine Art Gespräch und stellte zwischendurch eine Menge Fragen. Ludwig war ein guter Freund und williger Helfer, aber ich mußte mich erst an ihn gewöhnen.

»Die Seele belebt den Organismus mit ihren Kräften. Sie erhält ihn, wie die kreisenden Gestirne das Weltgefüge erhalten. Denn Gott hat die Gestalt des Menschen nach dem ganzen Kosmos gebildet, wie ein Künstler seine Formen aus demselben Werkstoff herstellt«, diktierte ich aus den Notizen, die ich mit Wezelin geordnet hatte. »Als Gott Himmel und Erde schuf, setzte er den Menschen mitten hinein, wie an eine Wegkreuzung. Was Himmel eigentlich bedeutet, können Sterbliche nicht begreifen. Himmel ist für sie, wenn jemand Gott sieht oder von Ihm Prophezeiungen empfängt. Himmel war, als Jesus über die Erde wandelte; und Himmel ist überall dort, wo Menschen das Leuchten von Gottes Angesicht widerspiegeln wie Funken die Glut eines Feuers.«

»Menschen wie du, Mutter Hildegard«, meinte der Abt Ludwig lächelnd. »Deshalb bin ich gekommen, weißt du: ich wollte im Himmel sein.«

»Die Seele sehnt sich immer nach dem Himmel«, bestätigte ich und ignorierte das liebevolle Kompliment, um nicht den Faden zu verlieren. »›Die Seele schafft alles Gute, wie der Sommer die Früchte zum Reifen bringt. Aber wir alle sind, wie die Erde, unsichtbaren Gezeiten unterworfen. Die Erde ist im dauernden Wechsel von Sommer und Winter, Reifen und Welken nie rein, sondern immer schmutzig; aber gerade dieser Schmutz macht sie fruchtbar.‹«

»Das klingt ja fast, als seien wir von vornherein dazu verurteilt, immer wieder vom Weg abzuweichen«, rief Ludwig aus.

Ich sah meinem Helfer freundlich in die kurzsichtigen Augen. »Lehrt dich denn deine Erfahrung etwas anderes, mein Freund?«

Der Abt senkte verlegen den Blick. »Leider nicht«, murmelte er. »Aber ich dachte, das sei meine Schuld, weil ich ein so schwacher, feiger, bequemer Mensch bin.«

»Das bist du ja auch«, lächelte ich. »Aber das sind wir alle; es ist also keineswegs deine Schuld. Bitte, schreib: ›Der Seele gefällt das Sündigen niemals, sondern sie wird durch den Stumpfsinn der körperlichen Gier dazu gezwungen. Dann trauert sie und erfüllt auch den Körper mit Traurigkeit. Wenn sie mit ihrer Sehnsucht nach dem Himmel aber den Körper unterworfen hat und zusammen mit ihm eine gute Handlung ausführt, dann freut sie sich und macht auch den Leib fröhlich. Die materiellen Grundstoffe, aus denen wir bestehen, sind nämlich nicht zum Mißbrauch gemacht; auch wenn uns der Körper das oft vorgaukelt. Vielmehr richten sie uns für unsere Taten.‹«

»Und wer seine Sünden, also diesen Mißbrauch, so sehr bereut, daß er deshalb Tränen vergießt und umkehrt, braucht sich deshalb hinterher nicht mehr zu schämen«, fiel Ludwig eifrig ein.

»Ja. Tränen der Reue gleichen der grünen Lebenskraft, weil sie Leib und Seele wieder vereinen. Doch da Leib und Seele ständig um die Herrschaft kämpfen, kann niemand auf Dauer, ohne je zu zweifeln, im reinen Glauben bleiben. Niemand hat das Übernatürliche ständig so deutlich vor Augen, daß sein Glaube Berge versetzen kann. Sondern wir tragen alle dieselbe Auseinandersetzung in unseren Gedanken aus und erleiden innere Stürme, Überschwemmungen und Umwandlungen. Unsere Gedanken verheißen uns bald Glück, bald Unglück. Dann sehen wir zum Beispiel unseren Kampf als sinnlos an, oder wir werden während einer Krankheit mutlos und der guten Werke überdrüssig. Aber irgendwann naht sich, wie der warme Südwind, immer wieder Gottes Gnade. Der gläubige Mensch lernt, sich darauf zu verlassen.«

»Und wenn das nicht gelingt?« fragte der Abt von Sankt Eustachius scheu.

»Dann darf man auf Gottes Hilfe vertrauen. Nur wenn wir die Grünkraft der tätigen Liebe ganz aufgeben und uns völlig der Dürre unserer Gleichgültigkeit überlassen, beginnen auch die Kräfte der Seele zu verdorren.«

»Möge das niemals geschehen.« Der gute Abt Ludwig bekreuzigte sich, küßte meinen Ring und eilte davon, um im Münster die Komplet zu begehen.

Ich folgte ihm langsam; zum ersten Mal seit meiner Kindheit verwirrt vom plötzlichen Wechsel aus der Schau in die gröbere Wirklichkeit. Als Kind hatte ich nicht einmal gewußt, welche Dinge eigentlich alle Menschen sahen und welche nur mir gezeigt wurden – ich hatte ja niemanden fragen können! Eine Zeitlang glaubte ich, jeder könnte Dinge sehen, die sich in weiter Ferne ereigneten; aber nur ich sei in der Lage, Farben wahrzunehmen ... Nun hatte ich fast achtzig Jahre Zeit gehabt, mein Anderssein einzuordnen. Vielleicht war der Hauptunterschied gar nicht die Schau selbst, sondern die Bereitschaft, das Unsichtbare, Unbegreifliche, Wunderbare als die eigentliche Wirklichkeit anzunehmen?

Die letzte Schau des dritten Buches zeigte mir wieder das unermeßliche, wirbelnde Rad, das Gott war und weder Anfang noch Ende hatte. Schimmernde Linien erschienen in der blendenden Weiße wie ein Atem und trennten das Zeitliche vom Ewigen. Im oberen Bereich leuchtete Rot für die Weltordnung und Grün für die Schöpferkraft; die beiden Farben nahmen gleichzeitig denselben Raum ein, obwohl ich sie aber nur abwechselnd wahrnehmen konnte. Ein grauer Bereich bezeichnete die Mühsal des irdischen Lebens; in der unteren Hälfte aber wechselten wäßriges Blau, leuchtende Morgenröte und stürmisches Grau: das Ende aller Dinge und das Schicksal der Seelen.

Ich sehnte mich so sehr nach diesem ewigen Bereich, daß mein Herz wie von Dolchstichen schmerzte und ich kaum noch atmen konnte. Mein Dasein als etwas Geschaffenes, das einen Anfang hatte und deshalb die Geheimnisse Gottes nie ganz begreifen konnte, obwohl sie mich in Raum und Zeit umgaben, erschien mir als unerträgliche Qual.

»Nur ein sterblicher Mensch kann geheilt und geheiligt werden; denn ein Unsterblicher wäre auch unwandelbar. Solange es Sünde gibt, schließen sich die Wunden Jesu nicht, damit Sein Blut dich immer wieder reinwaschen kann«, flüsterte eine Stimme im Zentrum meiner Schmerzen. Und mitten in dem wirbelnden Rad erschien jetzt die himmlische Gottesgestalt, die ich als die Liebe erkannte: Sie war die Nabe des Rades, die Mitte der Vollendung. Ihr Gesicht strahlte wie die Sonne, ihr Gewand glänzte grün und purpurn, ihre Schuhe leuchteten wie Blitze, und sie blickte mitten in mein Herz.

In dieser Nacht stieg ich ganz allein zum Gipfel des Rupertsberges hinauf. Ich hatte niemandem davon erzählt. Um mich zu stützen und emporzuziehen, benutzte ich meinen Äbtissinnenstab. Es war Herbst; der erste Herbst ohne Volmar; und statt Freude und Dankbarkeit für die reiche Ernte empfand ich nur das trostlose Nahen des Winters. Keuchend und am Ende meiner Kräfte, kam ich auf der Kuppe an, wo der Eingang zu Hubertus' verlassener Höhle gähnte. Ich streckte die Arme zum Himmel aus, auf dem kalt und fern die Sterne blinkten.

»Warum mußte ich allein zurückbleiben?« fragte ich.

Es kam keine Antwort. Auch die Schau zeigte mir kein tröstendes Bild. Doch im Westen, wo die Hügel am Ufer der Nahe sich unter dem silbrigen Mondlicht bis zum Horizont aneinanderreihten wie die Wellen eines erstarrten Meeres, glitt eine Sternschnuppe aus unbegreiflicher Höhe zur Erde nieder.

14

Ein paar Wochen darauf vollendeten wir den ›Liber Divinorum Operum‹. Als letzten Satz diktierte ich: »Gott schenke allen, die mir bei diesen Schauungen beistanden, den Lohn ewiger Herrlichkeit, daß sie sich ohne Ende durch Dich und in Dir freuen.« Der gute Abt Ludwig umarmte mich, küßte mich auf beide Wangen und kehrte mit seinen Mönchen eilig in sein eigenes Kloster zurück, das er mir zuliebe so lange vernachlässigt hatte. Voll Dankbarkeit winkte ich ihm nach – ich hätte ohne diesen Freund das Werk niemals zu Ende bringen können.

Bald darauf kehrte Wezelin aus Rom zurück. Er trug einen Brief des Papstes bei sich, der ihn dazu ermächtigte, ein Schiedsverfahren einzuleiten und mir entweder den gewünschten Propst vom Disibodenberg zu verschaffen oder dafür zu sorgen, daß uns aus einer anderen Mönchsgemeinschaft ein geeigneter Bruder zur Seite gestellt wurde. Er hielt sich nicht lange bei uns auf, sondern ritt voll grimmiger Genugtuung gleich weiter, um Abt Helenger zur Rede zu stellen. Eine Woche später kam er in Begleitung mehrerer Mönche zurück, die einen Tragesessel schleppten. Darin saß der gute Gottfried.

Meine Töchter waren erleichtert, daß ihnen endlich wieder ein ständiger Seelsorger beistehen würde, und bereiteten Gottfried ein liebevolles Willkommen. Er bezog die Räume, in denen Volmar gelebt hatte, und fügte sich schnell in unsere Gemeinschaft ein. Am glücklichsten war er, wenn wir während der sieben Stundengebete unsere Lieder darbrachten. Dann glühten seine Augen wie feurige Kohlen, und sein Gesicht wurde von einem solchen Strahlen erhellt, als wäre er ein Jüngling in der Fülle seiner Kraft und nicht ein Greis am Abend seines Lebens.

Eins meiner Lieder an den Heiligen Geist liebte er besonders: »O Feuer, Geist, der tröstet; Leben des Lebens aller Geschöpfe. Heilig bist du, belebst alle Formen. Heilig bist du, salbst die gefährlich Verletzten. Heilig bist du, reinigst die eiternden Wunden ... Urquell, du zeigst uns, daß Gott Ausgestoßene sammelt und Verlorene sucht ... Durch dich schwimmen die Wolken, fliegen die Lüfte, träufelt Erquickung aus Steinen, strömen die Bäche und wächst aus der Erde das Grün ... Wir preisen dich, Klang allen Lobes, Freude des Lebens, Hoffnung und höchste der Ehren; du schenkst die Gaben des Lichts.«

Obwohl mein Neffe Wezelin zu seinen eigenen Aufgaben als Propst in Köln zurückkehrte, hatte Gottfried als mein Sekretär vergleichsweise ruhige Tage, da meine Bücher endlich abgeschlossen waren. Allerdings erhielt ich weiterhin eine Menge Briefe, die zum Teil sehr ausführliche Antworten erforderten. So schrieb mir ein wallonischer Mönch namens Wibert, der von sich selbst behauptete, der geringste unter den Brüdern von Gembloux zu sein:

»Ja wirklich, heilige Mutter, aus dir fließen für uns Ströme lebendigen Wassers, denn du bist in der

Gottesstadt zum Quell der Gärten geworden: ein Brunnen lebendiger Wasser ... Gedenke, Mutter, daß du deinen Schatz noch in einem zerbrechlichen Gefäß trägst. Je größer du bist, desto mehr demütige dich bei allem; wisse, daß dein Weg voll Stolpersteine und Fallstricke ist ... Du brauchst keinen Fortschritt, da du den Gipfel der Heiligkeit schon erstiegen hast. Doch wenn du auch die böse Kraft nicht mehr zu fürchten brauchst, weil du den Kopf der Schlange mit dem Fuß deiner Keuschheit zermalmt hast, so erinnere dich, daß der Schwanz des Drachen ein Drittel der Himmelsgestirne mit sich fortreißt ... Was mich betrifft, so bin ich in tiefem Schlamm versunken; meine Wunden eitern und faulen vor Unverstand ...«

Der Brief endete mit einer Reihe von Fragen, von denen viele mein persönliches Leben und meine Schau betrafen. Er gehörte zu den längsten, die ich jemals bekommen hatte, und ich antwortete ebenso ausführlich. Die ungewöhnliche Mischung aus Bewunderung, aufrichtiger Sorge um mich und unersättlichem Wissensdurst, gepaart mit einer Kindlichkeit, die dieser Mönch vergebens in einer Flut hochtrabender Worte zu verbergen suchte, rührte mich. Bald erhielt ich eine überschwengliche Antwort mit weiteren Fragen, und trotz der räumlichen Distanz entwickelte sich zwischen Wibert und mir ein herzliches, persönliches Verhältnis.

Im folgenden Herbst besuchte der Wallone für ein paar Tage unser Kloster und wich die ganze Zeit kaum von meiner Seite. Da wir keine gemeinsame Muttersprache hatten, fanden unsere Gespräche auf latein statt, was für mich etwas mühsam war, seiner Begeisterung jedoch keinen Abbruch tat.

Der junge Mönch bestand darauf, mich nach Mainz zu begleiten, als unter der Schirmherrschaft meines Bruders Hugo vor dem Dom die Dialoge aus dem ›Liber Vitae Meritorum‹ in Szene gesetzt wurden. Ohne seinen jugendlichen Enthusiasmus und seinen Schwung hätte ich dem Spektakel wohl kaum beigewohnt, sondern mich mit Alter und Krankheit entschuldigt. Der Wallone aber brachte mich sogar dazu, auf der eigens für mich errichteten Empore Platz zu nehmen, wo alle mich sehen und ihren Kindern zeigen konnten.

Die Aufführung war ein großer Erfolg. Das Volk kreischte beim Anblick der scheußlichen Laster und jubelte begeistert, wenn ihnen von den leuchtenden Tugenden der Garaus gemacht wurde. Nach dem anschließenden Gottesdienst wurde ich umdrängt, und so viele baten mich um Segen und Gebet, daß Wibert, Sigewiza und Klara mich mit ihren Leibern davor schützen mußten, umgestoßen und erdrückt zu werden.

Auf seiner Heimreise passierte Wibert das Kloster Villers. Offenbar hatte er dort das Lob meiner Weisheit in den höchsten Tönen gesungen, denn die dortigen Brüder sandten mir einen ganzen Fragenkatalog. Beim Anblick der langen Liste sank mir der Mut.

»Was haben die Gnade Gottes und die Entscheidungsfreiheit gemeinsam, und was unterscheidet sie?«

»Warum befahl Abraham seinem Knecht, beim Schwur die Hände unter die Lenden zu legen?«

»Was genau sind Engelszungen, da Engel doch keinen stofflichen Leib besitzen?«

Insgesamt achtunddreißig derartige theologische Spitzfindigkeiten wollten die frommen Brüder beantwortet haben; ich aber fühlte mich viel zu geschwächt, um die Schau wegen solch theoretischer Dinge zu befragen. Ohne Volmar war ich wie ein halber Mensch; er hätte mich entweder wegen meiner Schwäche zurechtgewiesen oder mich behutsam dazu gebracht, selbst Interesse für die Fragen zu entwickeln. So kämpfte ich eine Weile vergeblich gegen meine Schwäche und meinen Widerwillen an und sandte den Mönchen von Villers schließlich statt einer Antwort eine Abschrift des ›Liber Vitae Meritorum‹.

Gottfried begann unterdessen mit der Abfassung einer ›Vita Sanctae Hildegardis‹, einer Geschichte meines Lebens. Er war ein liebevoller, demütiger Mann, der uns von Herzen gern mit allem diente, was ein Propst nur vermochte; aber es wäre ungerecht gewesen, von ihm Volmars Leidenschaft für meine Schau zu erwarten. Eingehend erkundigte er sich nach meiner Kindheit, und ich fing gerade an, mich an ihn zu gewöhnen und ihm Vertrauen entgegenzubringen, als er an einem heftigen Fieber erkrankte und innerhalb weniger Tage daran starb. Wieder saß ich hilflos am Totenbett unseres Propstes.

»Ich begreife nicht, wieso Gott mich immer noch nicht heimgehen läßt«, sagte ich zu Sigewiza, als wir von Gottfrieds Begräbnis zum Kapitelsaal zurückkehrten. »Ich bin öfter und schlimmer krank gewesen als jeder andere Mensch, von dem ich gehört habe, und von meinen alten Gefährten ist fast niemand mehr übrig. Meine Bücher sind geschrieben, für euch Töchter ist gesorgt – warum muß ich mich immer noch hier abquälen?«

»Wärst du vor sieben Jahren schon tot gewesen, hätte der Dämon mich nie aufgegeben«, versetzte Sigewiza, die mich liebevoll stützte. »So viele Menschen kommen täglich hierher, um von dir berührt zu werden oder um sich Rat zu holen. Du bist so sehr daran gewöhnt, daß es für dich nichts Besonderes ist – aber für diese Leute bedeutet es alles! Glaubst du nicht, daß das ein Grund sein könnte?«

»Sicher«, seufzte ich. »Mein ganzes Leben habe ich mich danach gesehnt, nach außen etwas zu bewirken; und jetzt, wo Gott durch mich Leben verändert, bin ich nur bequem und selbstsüchtig ... Mir graut vor einem erneuten Kampf mit Helenger. Außerdem gibt es unter seinen Mönchen keinen mehr, dem ich das Amt unseres Propstes anvertrauen würde. Der Disibodenberg verfällt, wie so viele Klöster. Entweder verprassen sie ihre Einkünfte, daß den Leibeigenen der Neid den Magen zerfrißt, oder sie reiten auf irgendwelchen Spitzfindigkeiten herum und brüsten sich mit ihrer Gesetzestreue, während die Liebe auf der Strecke bleibt. Die Liebe! Welchen Sinn hat ein Kloster ohne sie?«

»Vielleicht solltest du deinen Bruder Hugo um Rat bitten«, schlug die praktische Sigewiza vor. Ich blieb stehen und krallte meine Hand in ihren Arm.

»Sigewiza, das ist eine großartige Idee! Warum sollte ein Mainzer Domkantor nicht Propst in einem Adelsstift werden? Ich schreibe ihm sofort!«

Bald darauf kam mein greiser Bruder in Begleitung eines Kanonikus von Sankt Stephan über den halb zugefrorenen Rhein, um uns als Propst zu dienen. Für mich war es, als würde ein Stück Kindheit lebendig, und ich wünschte von Herzen, daß Clementia noch bei uns hätte sein können. Auch meine Töchter schätzten Hugo und vertrauten ihm; doch leider konnte er seine Aufgaben in Mainz unseretwegen nicht ganz aufgeben und siedelte nicht zu uns über, sondern besuchte uns nur regelmäßig.

Im folgenden Herbst besuchte uns erneut Wibert und bestürmte mich, seine Dienste als Sekretär in Anspruch zu nehmen, solange sein Abt es ihm erlaubte. Da seit Hiltruds Tod keine meiner Töchter wirklich zu diesem Amt berufen war, ließ ich mich nicht lange bitten, und fortan erglänzten meine Briefe in Wiberts kunstvollem Latein. Ich war froh, daß die Bücher bereits vollendet waren, denn Wibert ließ es sich nicht nehmen, überall stilistische Verbesserungen anzubringen, und hätte in seiner Begeisterung wohl sämtliche Visionen in einem überbordenden Rahmen kunstvoller Wörter erstickt.

Im Jahr 1177 erreichte uns eine Nachricht, mit der ich zu meinen Leibzeiten nicht mehr gerechnet hatte: Papst Alexander III. und Barbarossa hatten in Venedig einen Friedensvertrag unterschrieben; nach achtzehn Jahren war das Schisma beendet. Doch ich war nicht so erleichtert, wie ich es hätte sein sollen; vielmehr erfüllte mich Traurigkeit, weil Volmar nicht bei mir war, um die Schakale in meiner Vision aus der Jugendzeit mit mir zu zählen.

Im folgenden Winter verlor ich meinen Bruder Hugo und kurz darauf auch seinen viel jüngeren Helfer, den Kanonikus Michael. Mich packte ein unbestimmtes Entsetzen. Ich mußte daran denken, was mein Neffe nach Volmars Tod gesagt hatte: Das Volk glaube, ich würde niemals sterben. Seitdem schien es, als würde der Tod wie in einer Folge von Blitzschlägen nacheinander alle Menschen meiner Umgebung treffen und mich als einzige verschonen.

Wäre nicht Wibert bei uns gewesen, wäre ich sicher zusammengebrochen. Doch der Wallone gab mir keine Gelegenheit, in Trauer zu versinken, sondern beschwor mich, ihn zum Propst zu machen. Da die meisten meiner Töchter ihn liebgewonnen hatten, bestürmten sie mich ebenfalls, ihn aufzunehmen. Ich wußte, daß er mich ein wenig zu glühend verehrte – doch wie einst Volmar besaß er das Feuer und die Begeisterung für das Wunderbare; und er hätte einem Befehl des Heiligen Geistes jederzeit den Vorrang vor einem menschlichen Befehl gegeben. Das gab für mich den Ausschlag.

Ich erbat von seinem Abt die Genehmigung, und nun hatten wir statt eines Greises einen jungen Propst auf dem Rupertsberg.

Zu Beginn des Holzmonats 1178 erzählte mir Klara, die zur Cellerarin aufgestiegen war, voll Begeisterung von den Verdiensten jener Schwestern, die sich als Imkerinnen um unser Bienenhaus kümmerten. Da es ein wunderschöner Spätsommertag war, erklomm ich den Hang, um die sagenhafte Stätte, deren Honigertrag sich im vergangenen Jahr fast verdoppelt hatte, selbst in Augenschein zu nehmen. Irmtraud und Celia, die Imkerinnen, erklärten mir, was sie getan hatten, um die Anlage zu verbessern und die Bienen zu größerer Produktivität zu ermuntern. Wir kosteten von dem würzigen Honig und verbrachten eine freudige halbe Stunde im Schutz der Obstbäume, während die Bienen uns umsummten und die Nachmittagssonne uns wärmte.

Da entdeckte ich den Nachen, der sich vom Bingener Ufer näherte. Schemenhaft erkannte ich darin die Gestalten zweier Männer; einer ruderte, der andere lag im Heck und rührte sich nicht. Der einfache Kahn kam mit der Strömung, doch der junge Mann am Ruder war offensichtlich im Führen von Booten nicht allzu geübt: Er hätte unsere kleine Bucht fast verpaßt. Erst im letzten Moment gelang es ihm, den Bug herumzureißen. Mit ein paar Ruderschlägen erreichte er die stilleren Wasser der Bucht und vertäute den Nachen an unserem Steg. Sein Gesicht war von Sorge und Finsternis verzerrt; suchend jagte sein Blick über den Hang. Der andere aber lag immer noch bewegungslos im Heck.

All dies sah ich trotz der Entfernung so deutlich, als geschähe es unmittelbar vor meinen Augen. Ich ahnte, daß die Ankunft der beiden Männer aus irgendeinem Grund bedeutsam war, verabschiedete mich rasch von den Imkerinnen und machte mich auf den Weg hinab zum Pförtnerhaus.

Ich kam fast zur gleichen Zeit dort an wie der Jüngling, der sich seinen Kameraden wie einen Sack über die Schulter geworfen hatte und Einlaß begehrte. Ursula, die Pförtnerin, erschrak gehörig, als ich so unvermittelt bei ihr auftauchte.

»Ich wollte dich gerade rufen lassen, Mutter Abbatissa«, keuchte sie. »Dieser junge Mann hier –«

»Begehrt die Aufnahme seines Freundes in die Krankenstube«, beendete ich ihren Satz. An dieser Feststellung war nichts Prophetisches: Man brauchte dazu nur einen Blick auf das seltsame Paar zu werfen. Trotzdem fuhr der Gesunde bei meinem Anblick zusammen. Er wurde abwechselnd bleich und rot und versuchte, sich vor mir zu verneigen – was ihm wegen des Kranken, den er trug, nicht sehr gut gelang.

»Es ist schon recht. Bring ihn herein«, befahl ich knapp und schickte Ursula voraus, damit für den Patienten ein Lager vorbereitet würde. Während ich die beiden über den steinigen Weg führte, der am Friedhof und unserem Arzneikräuter-Garten vorbei zur Krankenstube führte, spürte ich ganz deutlich die Anwesenheit einer Finsternis, die wohl beide gefangenhielt.

»Wer seid ihr?« fragte ich, und der junge Mann keuchte: »Ich heiße Hugo von Schwalmstadt, und das ist Helmut von Gaulsheim.«

»Der Sohn des Freiherrn?« fragte ich überrascht, aber Hugo nickte nur. Während Eugenissa, die Leiterin der Krankenstation, ihre Helferin Hemma und ich den teilnahmslosen Kranken untersuchten, wich Hugo nicht von unserer Seite. Jede unserer Bewegungen beobachtete er mit einer Mischung aus Argwohn und Hoffnung. Etwas Rührendes und Hilfloses lag in dieser Treue zu seinem Freund.

»Unregelmäßiger Puls«, bemerkte ich. »Flacher Atem, trübe Augen. Hemma, was bedeutet das?«

»Man kann die Kraft der Seele nicht mehr in den Augen sehen«, meinte die junge Kanonisse, die bei uns die Krankenpflege erlernen wollte, aber noch durch kein Gelübde gebunden war. Verlegen floh ihr Blick vor den brennenden Augen Hugos, und sie errötete. »Das heißt, die Seele ist wie von Wolken verhüllt … Flacher Atem und unregelmäßiger Puls, auch das deutet auf eine Minderung der Lebenskraft … Als ob die Seele, die dieses Haus bewohnt, schon vor der Tür steht und es vielleicht bald verlassen will.«

»Er hat ein trockenes Fieber, das die schlechten Säfte im Körper einschließt«, stellte ich fest, nachdem ich den abgemagerten Körper vergeblich nach irgendwelchen Ausscheidungen abgesucht hatte. »Richtet ihm ein lauwarmes Bad, um seine Trockenheit zu lindern. Danach soll er zur Kräftigung Fleischbrühe zu trinken bekommen und später einen Absud aus Brennesseln, um ihn inwendig zu reinigen, Balsamkraut, um ihn aus seiner seelischen Lethargie zu reißen, und Kampfer, um sein Herz zu kräftigen. Deckt ihn über Nacht gut zu und vergeßt morgen nicht, seinen ersten Urin aufzuheben. Den werden wir genau untersuchen.«

Ich nickte den beiden Pflegerinnen zu und winkte Hugo, der wohl am liebsten die ganze Nacht am Bett seines Freundes verbracht hätte, mir zu folgen. »Du kannst dich auf die beiden verlassen«, versicherte ich ihm – und empfing zur Antwort einen derart gehetzten Blick, daß Mitleid in mir erwachte.

»Iß mit mir zu Abend«, forderte ich ihn auf, »und trink ein Glas mit mir. Du glaubst es vielleicht nicht, aber wir keltern hier einen kräftigen Schwarzriesling.«

Wieder dieser gehetzte Blick; doch diesmal war er auf der Hut. Er verbeugte sich höflich, dankte für die Einladung und folgte mir ins Speisezimmer der Abbatissa. Offenbar war die Finsternis noch lange nicht bereit, ihn freizugeben. Hugo ballte beim

Tischgebet unwillkürlich die Fäuste, als müßte er sich mit Gewalt am Zuschlagen hindern; und als ich anschließend auch noch den Wein segnete, flatterten seine Augenlider vor innerer Spannung. Ich wußte, daß er nur aus Angst um seinen Freund höflich sitzen blieb und drang nicht weiter in ihn. Statt dessen plauderte ich von dem schönen Altweibersommer, der Qualität der diesjährigen Traube und der großartigen Leistung unserer Imkerinnen. Damit hatte Hugo nicht gerechnet; er taute zusehends auf und lächelte sogar einige Male.

Nach dem Essen bot ich ihm an, im Gästehaus zu wohnen, bis es seinem Freund besser ginge. Solch freundliches Vertrauen war ihm gewiß seit langer Zeit nicht mehr entgegengebracht worden. Zum ersten Mal sah er mir in die Augen.

»Warum tut Ihr das?« fragte er heiser.

»Weil es Gottes Wille ist.«

Hugo konnte mit dieser Antwort nicht viel anfangen: Daß Gott seine Geschöpfe liebt und ihnen gern vergibt, war ihm wohl seit seiner Kindheit nicht mehr in den Sinn gekommen.

Leider besserte sich der Zustand des jungen Helmut nicht sehr, obwohl er am nächsten Tag aus seiner Ohnmacht erwachte. Erst wußte er nicht, wo er sich befand, und als Hemma sich über ihn beugte, brach er unversehens in Tränen aus. Seltsamerweise fürchtete sich Hemma, die doch bei der Krankenpflege schon mancherlei erlebt hatte, und eilte davon, um Hilfe zu holen. Bald saßen auch Eugenissa, Hugo und ich an Helmuts Bett. Mit vereinten Kräften gelang es uns, ihn zu beruhigen.

»Was hat dein Freund für einen Kummer?« fragte

ich Hugo. Der zuckte die Achseln, sah mich dabei aber nicht an. Ich begriff, daß ich mich in Geduld fassen mußte.

»Kennt ihr euch schon lange?« frage ich ihn am Abend, als er mir über einer Mahlzeit aus Dinkel, Karotten, Lammfleisch und Thymian gegenübersaß.

»Lang genug.« Hugo wich meinem Blick aus.

»Seid ihr etwa Freunde aus der Kinderzeit?« bohrte ich sanft.

»Wohl kaum, wo ich aus Schwalmstadt bin und Helmut aus Bingen«, kam die schroffe Antwort. Der junge Mann biß sich auf die Lippen, als hätte er schon zuviel verraten.

Ein Gedanke durchzuckte mich. »Ihr habt euch wohl als Soldaten kennengelernt?«

Nun ballte Hugo die Fäuste, daß die Knöchel weiß wurden, und warf mir einen wütenden, gequälten Blick zu. »Hör mir gut zu, Mutter Oberin. Ihr pflegt meinen Freund, und ich bin euch dankbar. Aber unser Leben geht euch nichts an.«

»Das stimmt nicht ganz«, widersprach ich bedächtig. »Dein Freund ist sehr krank; nicht nur körperlich, sondern auch seelisch. Diese beiden Blickwinkel gehen immer Hand in Hand; und der Heilungsprozeß des Körpers muß immer von einem Lebensimpuls der Seele beantwortet werden, wenn der Mensch gesund werden soll. Meist schenkt diesen Impuls Gottes Gnade, aber es ist auch Freiwilligkeit dabei. Um ihm helfen zu können, muß ich mehr über ihn erfahren; und da er zum Reden zu schwach ist, bleibst nur du übrig. Erzähle mir also von Helmut.«

»Er kommt aus Gaulsheim«, wiederholte Hugo widerstrebend. »Ich meine, er ist auf der Burg Gaulsheim aufgewachsen. Er – hatte Streit mit seinem Vater, und ja, wir haben uns im Krieg kennengelernt. Wir kämpften für Barbarossa gegen die papsttreuen Truppen und für Heinrich den Löwen gegen die slawischen Heiden.«

Ein gewisser Stolz sprach aus seinen Worten; ich wußte, wie erfolgreich die slawischen Feldzüge Heinrichs gewesen waren. Aufmerksam beobachtete ich Hugo, ob die rätselhafte Finsternis vielleicht aus dem Krieg stammte.

»Habt ihr mit den fremden Völkern näher zu tun gehabt? Gab es dort vielleicht Seuchen?« erkundigte ich mich. Hugo schüttelte den Kopf, aber ich spürte, daß er innerlich zu zittern anfing und seine Sehnen sich verkrampften. Seufzend ließ ich die Angelegenheit vorerst auf sich beruhen.

Einige Tage später kam Hemma wie auf der Flucht in meine Kammer gestürzt. »Es sind die Fremden, Mutter Abbatissa«, schluchzte sie. »Der Kranke weint immer, wenn er mich sieht, und der Gesunde starrt mich an, daß ich eine Gänsehaut bekomme. Ich habe Angst …«

Auch mir waren die brennenden Blicke Hugos auf die junge Hemma nicht entgangen; ich entband sie von Helmuts Pflege und schickte an ihrer Stelle meine Tochter Illga, die mit ihren fünfundfünfzig Jahren vielleicht eine geringere Versuchung darstellte. Hugo wirkte erleichtert; aber Helmut schien Hemma zu vermissen.

»Die junge Nonne«, flüsterte er, als ich ihn erneut untersuchte. Es waren die ersten Worte, die ich von ihm hörte. »Wo ist sie?«

»Hemma fürchtete sich vor deinem Freund«, gab

ich zurück. »Warum hat sie dich so traurig gemacht?«

Wieder füllten sich Helmuts Augen mit Tränen. »Die Jungfrau, das Geheimnis des Lebens«, flüsterte er kaum hörbar. »Ich werde sterben, nicht wahr?«

Ich sah ihn aufmerksam an. »Es ist möglich«, gab ich zu. »Dein Fieber will nicht weichen. Wie lange bist du schon krank?«

Zu meiner Überraschung stieß Helmut ein schluchzendes Gelächter aus, das sich anhörte, als würde er daran ersticken. Ich winkte Illga, die ihm ein paar stützende Kissen brachte, und wartete noch eine Weile, aber Helmut sagte nichts mehr.

Ein andermal kam ich dazu, als außer Hugo niemand bei ihm war, und hörte Hugo flüstern: »Stirb nicht, stirb nicht«, immer wieder; in größter Verzweiflung. Als ich ihm die Hand auf die Schulter legte, schrak er wie ein Dieb zusammen.

»Ich habe auch meinen besten Freund verloren«, sagte ich leise. »Das ist jetzt fünf Jahre her, und noch immer muß ich jeden Morgen meine Trauer überwinden, bevor ich die Kraft finde, aufzustehen.«

»Du?« Hugo wischte sich möglichst unauffällig Tränen ab. »Aber, ich dachte –«

»Was? Daß Nonnen nicht lieben können?«

»Daß sie nicht dürfen«, stammelte der junge Soldat verwirrt.

»Oh, da bist du im Irrtum.« Ich setzte mich ächzend auf das leere Nachbarbett. »Im Gegenteil, eine Nonne, die nicht liebt, hat im Kloster nichts verloren.«

»Aber –« Einen Augenblick wurde Hugos Gesicht weich wie das des kleinen Jungen, der er gewesen war. Dann zwang er sich zu einem verächtlichen Lachen. »Ihr lebt nach festen Regeln und habt den Schutz des Gesetzes auf eurer Seite. Liebe lohnt sich doch gar nicht für euch.«

»Ich verstehe, daß du so denkst. Allzu viele denken so, auch in unseren eigenen Reihen.« Lächelnd erinnerte ich mich an die vielen aufrüttelnden Briefe, die ich in meinem Leben an Äbte und Äbtissinnen, Pröpste und Klostervorsteher geschrieben hatte, weil sie in ihrer Bemühung um Gesetzlichkeit allesamt das Wichtigste aus den Augen verloren hatten. »Aber weißt du, in Wirklichkeit ist die Liebe das einzige Gesetz und die einzige Regel. Durch sie wurde alles geschaffen, sie hält alles zusammen, und nur ihretwegen wurden die ersten Klöster gegründet.«

Hugo schüttelte erst ungläubig, dann ablehnend den Kopf. »Vielleicht glaubt ihr das selber. Aber die Wirklichkeit sieht anders aus. Ihr seid nur ein paar verrückte adlige Frauen, die auf ihrem Berg vor sich hin träumen.«

»Wenn du das glaubst, warum hast du uns deinen Freund anvertraut?«

Hugo ballte die Fäuste. »Er konnte sonst nirgends hin.«

»Warum? Und warum ist es verrückt, barmherzig zu sein?«

»Ihr wißt nichts über uns«, knurrte Hugo mit abgewandtem Blick. »Wenn ihr es wüßtet, würdet auch ihr uns fortjagen.«

»Nein«, widersprach ich eindringlich. »Egal, was ihr getan habt, jeder hat Anspruch auf Erbarmen. Unsere Aufgabe ist es nicht, zu richten, sondern jedem so liebevoll zu dienen, als ob er wirklich Jesus sei, dem unser Leben gehört.«

Ich blickte direkt in seine verfinsterten Augen; innerlich triumphierend, weil ich ihn überrumpelt hatte: Er hatte es nicht rechtzeitig geschafft, wegzuschauen. Und in all der Qual und Finsternis sah ich, wie am Ende eines Tunnels, ganz tief innen ein Licht.

»Jesus weiß, wie schwer es ist, in dieser Welt gerecht zu bleiben«, sagte ich zu dem Licht, das zögernd größer wurde. »Glaubst du, für Ihn war es leicht? Er wurde gefoltert und grausam ermordet; von Menschen, die meinten, das Gesetz sei auf ihrer Seite. Und weil Er unser Leben kennt, kann Er auch vergeben. Jedem und alles; auch die unvorstellbarste Sünde. Vielleicht kommt unsere Verrücktheit der Wirklichkeit viel näher als die sogenannte Nüchternheit, der du bisher begegnet bist.«

Ich hatte Helmut ganz vergessen, obwohl er direkt neben uns lag. Erst sein schwaches Flüstern brachte mir zu Bewußtsein, daß er alles mit angehört hatte.

»Hugo«, flüsterte er, »sie hat recht, weißt du? Das haben wir doch immer gesucht ...«

Hugo zuckte zusammen und riß sich von meinem Blick los; aber es war zu spät. Licht war in seine Finsternis geträufelt; etwas in ihm war unwiderruflich verändert worden.

»Schnappst du jetzt auch über?« knurrte er erstickt.

»Nein!« Helmut richtete sich mühsam auf. »Ich sehe den Tod vor mir, ich sehe klarer als du. Es ist hier, es war die ganze Zeit unter unserer Nase. Die Unschuld, Hugo! Die Unschuld ist hier, wir haben sie endlich gefunden.«

Er faßte nach meiner Hand. »Mutter Abbatissa«, sagte er leise, »du mußt etwas wissen. Wir sind beide exkommuniziert, Hugo und ich, obwohl eigentlich alles meine Schuld war ...« Er brach ab, und sein Blick suchte seinen Freund. »Verzeih mir«, flüsterte er, und sein Gesicht verzerrte sich vor Schmerz.

Hugo schluchzte jetzt offen; er hatte es aufgegeben, seine Schwäche vor mir verbergen zu wollen. Ich ließ die beiden eine Weile weinen und konnte förmlich sehen, wie die Finsternis heller wurde.

Als ich das Gefühl hatte, jetzt sei der richtige Augenblick gekommen, sagte ich leise: »Ich stimme dir zu, daß du wahrscheinlich sterben wirst. Dein Körper hält alle Ausscheidungen zurück, und die Säfte können nicht richtig fließen. Ich fände es ungerecht, dir das nicht zu sagen, denn vielleicht möchtest du irgendwelche Vorbereitungen treffen.«

»Ja«, flüsterte Helmut, »das möchte ich. Ich möchte dir alles sagen. Hugo, darf ich es ihr sagen? Ich möchte –«

»Sag es ihr, wenn du willst.« Hugo warf mir einen scheuen Blick zu.

»Sei gesegnet für deine Treue«, sagte ich leise zu ihm; denn offensichtlich betraf Helmuts Beichte ihn ebenfalls, und indem Hugo sie gestattete, gab er sich ganz in meine Hand. Hugo biß in seine geballte Faust, und sein Blick huschte wie der eines geprügelten Hundes zwischen mir und Helmut hin und her, als dieser zu erzählen begann.

»Gaulsheim«, sagte er leise. »Ein altes Geschlecht, eine eigene Gerichtsbarkeit. Wir besaßen Bauern, deren Vorfahren schon auf unseren Hügeln Getreide angebaut hatten, als die Römer kamen. Mein Vater und mein Großvater haben ihre Bauern mit dem Troß auf den Kreuzzug ins Heilige Land geschickt; so kauften sie sich selber davon frei. Sie tauschten auch Bauern gegen besseres Land in der Lombardei ... Als ich aufwuchs, war meine Amme aus einer Bauernfamilie. Sie erzählte mir davon. Ich war erbittert, ich sah die auseinandergerissenen Familien und wollte all dem Einhalt gebieten. Aber mein Vater lachte nur ... Ich wurde Soldat, um es meinem Vater später heimzuzahlen. Ich traf Hugo ... Er hatte auch Träume, genau wie ich. Wir träumten von Gerechtigkeit; von Unschuld ...«

Bei dem Wort Unschuld zuckte Hugo zusammen wie unter einem Peitschenhieb. Ich mußte an Hemmas Angst denken.

»Unschuld?« fragte ich leise. »Was habt ihr euch darunter vorgestellt?«

»Eva vor dem Sündenfall«, antwortete Helmut sofort. »Die wahren Geheimnisse des Lebens ... Wir suchten nach den verbotenen Früchten. Das Gesetz erkannten wir nicht an; es brachte nur Leid, und wir fühlten uns dadurch nicht gebunden. Wir suchten etwas Wirkliches ... Wir probierten allerlei aus, kamen aber immer wieder auf junge Mädchen zurück. Wir –«

Er krümmte sich schluchzend zusammen, und ich spürte, daß er auch körperliche Schmerzen hatte. Schweiß stand auf seiner Stirn, und ich schickte Helmut ans andere Ende des Raumes zum Handwaschbecken, wo er ein reines Tuch unter den Wasserhahn hielt und mit frischem Wasser getränkt zurückbrachte. Ich tupfte Helmuts Stirn damit ab und wartete, daß der Krampf verging und er weitersprach. Von draußen klangen die Glocken zur Vesper; wie lange saß ich schon hier? All meine Gelenke waren steif geworden, aber ich war entschlossen, bis zum Ende des Geständnisses auszuharren.

»Wir haben all den jungen Mädchen Gewalt angetan«, sagte Hugo plötzlich mit dumpfer Stimme. »Anfangs dachten wir, wir liebten sie und sie uns; aber sie wollten immer allen möglichen Unsinn – Ehrbarkeit und Geld. Wir wollten bis zur Unschuld durchdringen, es wurde wie eine Besessenheit. Unsere gemeinsame Leidenschaft ... und inzwischen hatten wir so viel Leid verursacht, daß wir auch wußten, nur die Unschuld kann uns noch retten ...«

»Die Mädchen wurden immer jünger«, stieß Helmut hervor. »Aber es nützte nichts. Wir hatten uns geirrt. Und ich bin schuld daran. Abbatissa, ich habe Hugo zu diesem schrecklichen Leben verführt –«

»Ich wollte es auch«, widersprach Hugo dumpf. »Ich wollte etwas Wirkliches und Wunderbares, genau wie du.«

»Ihr habt es beide gefunden«, sagte ich nach einer langen Pause, in der nur stoßweise Helmuts Atmen zu hören war. »Ich heiße euch willkommen zu Hause.« Segnend legte ich beiden die Hände auf den Kopf. »Vater, ich danke dir, daß du diese beiden Söhne, die du von Herzen liebst, endlich heimgeführt hast«, betete ich.

Über Helmuts Gesicht huschte ein entspanntes Lächeln. »Mutter Abbatissa«, flüsterte er erschöpft, »glaubst du, daß mir ein Priester beistehen wird?«

»Ich weiß es sogar«, lächelte ich. »Du kannst vor ihm die Beichte ablegen, und er wird dich mit Öl salben. Ich lasse ihn gleich rufen. Sei gesegnet, mein Sohn.«

Priester Gernot reichte Helmut die Sterbesakramente und wachte zusammen mit Hugo die ganze Nacht bei ihm. Am nächsten Morgen war Helmut tot. Hugo wühlte zum Abschied sein verzerrtes Gesicht in meine Hand, bevor er wie ein Hirsch davonrannte. Er sprang in den Nachen, in dem er gekommen war, und überließ sich der Strömung. Bevor er hinter der Flußbiegung verschwand, stellte er sich aufrecht und winkte. Mir war, als könnte ich ganz deutlich das neue Licht in seinen Augen sehen.

15

»Ich zog dich zu Mir, du törichter Mensch. All dies tat Ich, damit du daran wachsen und reifen konntest. Als Mein besonderes Gefäß formte ich dich aus dem Lehm deiner Vorfahren, trocknete dich langsam in der Sonne der Klause und brannte dich im Feuerofen deiner Kämpfe, um alle Schlacken auszuschmelzen, damit deine Form in Frost und Hitze beständig bleibt und deine Glasur weithin leuchtet.«

Erschüttert lauschte ich diesen Worten nach, die wie eine tiefe Glocke in mir widerhallten. Ich fand mich in meinem Bett. Gott hatte mich durch Höhen und Abgründe eines langen Menschenalters geführt, und mir war dennoch, als sei kaum Zeit verstrichen. Wie gering war der Unterschied zwischen der Greisin von heute und dem Kind von damals! So wenig innere Sicherheit hatte ich mir im Lauf meines Lebens aneignen können; trotz so vieler Situationen, in denen Gottes Kraft scheinbar Unmögliches durch mich bewirkt hatte. Der erste Schritt, der Sprung ins Unbekannte, der jede Vernunft und menschliche Sicherheit aufgibt und sich nur noch auf Gott verläßt, war immer noch nicht selbstverständlich geworden.

Irgendwann stand plötzlich Wibert an meinem

Lager. »Vergib mir, Magistra«, flüsterte er, den Tränen nahe. »Du hast wohl mein Klopfen nicht gehört ... Der junge Robert ist zurückgekommen und hat Bericht erstattet – du weißt, der Bote, der uns am Erntedank-Sonntag das Interdikt überbrachte. Er wollte deinen Antwortbrief im bischöflichen Palast von Mainz, deinem Auftrag gemäß, dem Erzbischof Christian übergeben. Man nahm ihm das Schreiben jedoch schon im Vorzimmer ab. Robert hatte ein seltsames Gefühl dabei; ihm schien es wichtig, daß der Erzbischof deinen Brief persönlich empfinge. Da er aber die Herausgabe des Briefes nicht verweigern konnte, erkundigte er sich alle paar Tage beim Sekretariat des Domkapitels, ob denn noch kein Antwortschreiben abgefaßt worden sei, das er zu dir bringen könnte. Man gab ihm ausweichende Antworten und schickte ihn mit anderen Schreiben ins Elsaß und nach Aachen; doch als er gestern von dieser Reise zurückkam, erkundigte er sich erneut, ob eine Antwort an uns unterwegs sei –« Wibert brach ab und biß sich auf die Lippen.

»Und? Was ist?«

»Mutter Abbatissa, der Junge ist sogar aus seiner Stellung fortgelaufen, um uns mitzuteilen, was er da erfuhr: Erzbischof Christian kann deinen Brief gar nicht empfangen haben, da er in Italien weilt! Anfang des Jahres wird er am dritten Laterankonzil in Rom teilnehmen, und bis dahin reist er als Erzkanzler des Reiches; im diplomatischen Dienst des Kaisers. Unter der Post, die ihn unterwegs erreicht, ist bestimmt kein Platz für den Hilferuf eines Nonnenkonvents.«

Fast mußte ich lachen, als ich von Wibert diese für

uns vernichtende Neuigkeit erfuhr. »Ich beuge mich Dir, Allmächtiger Vater«, flüsterte ich. »Verzeih mir meine Angst, meine Zweifel, mein Zögern, und sende mir die Kraft Deines Heiligen Geistes, amen.« Laut fügte ich hinzu: »Wibert, ruf mir Sigewiza, und schick jemanden in die Küche, daß man mir einen Reiseimbiß vorbereitet. Ich reite nach Mainz.«

»Was? Vergib mir, ehrwürdige Mutter, aber hast du den Verstand verloren?«

»Mein Verstand ist hier nicht von Belang, Wibert. Muß ich dich erinnern, daß gerade wir Ordensleute den Willen Gottes unter allen Umständen über den der Menschen stellen müssen?«

»Was hat das damit zu tun? Du darfst dein Leben nicht so leichtfertig aufs Spiel setzen! Du selbst hast geschrieben: ›Wenn ihr euch größeren Mühen unterzieht, als ihr zu ertragen vermögt, dann werdet ihr durch die Täuschung des Teufels fallen –‹«

»Reiß nicht meine Worte aus dem Zusammenhang, sonst muß ich dir wie Jesus dem Petrus zurufen: ›Weiche von mir, Satan!‹« wies ich ihn zurecht und fühlte die ersten Tropfen der göttlichen Lebenskraft, der Sancta Viriditas, in meine ausgetrockneten Adern zurückfließen. Vor Freude wollte ich am liebsten tanzen; das Gefühl der Befreiung war so intensiv, daß ich gar nicht mehr an die Demütigung und die Anstrengung der Reise dachte.

Wibert beobachtete meine Verwandlung mit Skepsis. »Gewiß sprichst du im Fieber, Magistra. Ich kann nicht zulassen, daß du etwas so Unüberlegtes tust. Du wirst auf der Reise umkommen!«

Ich schüttelte lächelnd den Kopf. »Ach, Wibert, drei Jahre kennen wir uns jetzt, und du hast nicht begriffen, was meine Krankheiten in Wirklichkeit sind?«

Mein junger Sekretär sah mich an, als zweifle er endgültig an meinem Verstand. »Was soll ich da begreifen? Du bist mehr als achtzig Jahre alt, du hattest von Kindheit an einen zarten, empfindlichen Körper, und zugleich besitzt du die unglückselige Eigenschaft, dir stets mehr zuzumuten, als du leisten kannst!«

»Und warum ich trotz aller Leiden ein so hohes Alter erreicht habe, hast du dich nie gefragt?«

Wibert senkte den Kopf. »Doch«, murmelte er verlegen.

»Es stimmt, die Schau hat ihren Preis. Schon als Kind überfiel sie mich am hellen Tag mit Visionen, wie andere von Regengüssen überrascht werden. Wenn die Bilder zu stark wurden für meinen Körper und mein kindliches Gemüt, ließ Gott es zu, daß mich Schmerzen und Schwäche überwältigten, damit Seine Kraft in mir wohnen konnte. Ich mußte lernen, geduldig zu sein und demütig hinzunehmen, was aus Seiner Hand kommt. So wurde ich mein ganzes Leben lang geprüft. Aber immer, wenn ich aus Furcht vor den Menschen die Weisungen Gottes mißachtete, nahmen meine Leiden zu und ließen nicht nach, bis ich Ihm gehorcht hatte.«

»Aber – mehrmals hast du sogar jahrelang auf den Tod daniedergelegen; willst du behaupten, das sei jedesmal als Strafe über dich gekommen, weil du Gott den Gehorsam verweigert hast?«

»Nicht als Strafe, Wibert. Lähmungen befielen mich, wenn Angst mich lähmte; Blindheit, wenn ich die Augen vor dem Wissen verschließen wollte, das

Gott mir schenkte, und Atemnot, wenn ich meinte, die Last der Verantwortung selbst tragen zu müssen, die mir die Brust zusammenpreßte ...«

»Heißt das, du glaubst, daß Gott dir diese aberwitzige Reise befiehlt?«

»So ist es. Und ich beichte dir, daß ich mich schon seit Wochen dagegen sträube. Ich hatte Angst, den Prälaten gegenüberzutreten; mir ging es um mich selbst und nicht darum, daß Er durch Musik verherrlicht wird ... Vater, vergib mir, denn ich habe gesündigt.«

»Ich spreche dir Seine Vergebung aus«, stotterte Wibert in seiner Eigenschaft als Seelsorger. »Und du glaubst, wenn du jetzt nach Mainz reitest, wird Gott dich durch ein Wunder heilen und dir die Kraft geben, die du brauchst?«

»Ja. Alles, wodurch Er uns berührt, ist gut ... Jetzt ist mein Stolz endlich gebrochen; ich darf wieder eins sein mit Ihm. Ich kann den ersten Schritt tun und alles andere Ihm überlassen. Nur darauf kommt es an.«

Endlich spürte der junge Mönch die Wahrheit hinter meinen Worten. »Warte wenigstens bis morgen«, flehte er, »sonst überfällt dich die Dunkelheit, und du findest in Mainz niemanden mehr, der auf dein Klopfen öffnet.«

Ich stand auf – ja, ich stand tatsächlich ohne Hilfe auf und ging ans Fenster. »Siehst du? Er hat auch diesmal den Weg zu Seinem verirrten Schaf gefunden! Er hat mich aus den lähmenden Zweifeln befreit, in denen ich mich verfangen hatte wie in feindlichem Dornengestrüpp!« Gelächter der Freude stieg in mir auf, und ich klammerte mich triumphierend ans Fenstersims. Draußen stiegen Nebel aus dem Fluß; düster wie knorrige Wächter reckten die Bäume ihre kahlen Äste in einen grau verhangenen Himmel.

»Verzeih, meine Mutter, aber draußen vor dem Tor steht eine Gruppe wütender Frauen –« Adelgundis, deren Klopfen wir überhört hatten, steckte den Kopf durch die Tür und stieß einen Freudenruf aus. »Du bist aufgestanden!«

»Ja, ich bin aufgestanden und danke dir, daß du soviel Geduld mit mir hattest.« Mir war zumute wie einer Gebärenden, wenn die Geburt endlich vorbei ist. Das Kind, meine neugewonnene, zitternde Freiheit, glühte in meiner Brust. »Was für Frauen meinst du?«

Adelgundis' freudiges Gesicht verdüsterte sich wieder. »Sie kommen aus Bingen und werden angeführt von einer gewissen Else –«

»Die Frau des Gastwirts.« Mir fiel der hämische Blick ein, mit dem mich diese Frau am Erntedanksonntag angesehen hatte. »Was wollen sie?«

»Sie verlangen die Exhumierung Helmuts! Sogar das arme Kind haben sie mitgeschleppt, dem Helmut und Hugo Gewalt angetan haben – eine Achtjährige, bleich und dünn wie ein Schürhaken. Die Kleine ist offenbar Elses Nichte.«

»Dann hat also Else uns beim Domkapitel angeschwärzt«, stellte ich fest. »Du bist doch wohl nicht gekommen, um mich zu fragen, ob wir unsere Entscheidung widerrufen?«

»Das gewiß nicht.« Meine Stellvertreterin stieß ein fast bitteres Lachen aus, das mir ins Herz schnitt wie eine Schuld. Was habe ich meinen Töchtern angetan;

und ich selbst hadere fruchtlos mit Gott, ging es mir durch den Kopf.

»Nein, ich weiß nur nicht, wie ich mit ihnen verfahren soll. Sie sind so erregt, und manche haben wohl auch getrunken. Mit unseren Beschwichtigungen lassen sie sich nicht abspeisen. Ich hatte gehofft, du würdest vielleicht ein paar Worte zu ihnen sprechen, ehrwürdige Mutter – vielleicht durch dein Fenster, wenn wir sie in den vorderen Hof lassen?«

»Ruf Sigewiza, sie soll mir beim Ankleiden helfen.« Ich lächelte über Adelgundis' strahlendes Gesicht. »Ihr könnt mir einen Stuhl vor das Tor tragen. Ich werde dort mit den Frauen reden.«

»Bist du auch wirklich kräftig genug? Ich danke dir, meine Mutter!« Adelgundis hauchte einen Kuß auf meine Hand und verließ hastig das Zimmer. Kaum einen Atemzug später war Sigewiza zur Stelle, und bald humpelte ich, auf sie und Adelgundis gestützt, zum ersten Mal seit Wochen ins Freie, wo die Luft dick war von der feuchten, klammen Schwermut des Novembers.

Schon von weitem hörte ich erregtes Stimmengewirr. Eine Gruppe Frauen, bewaffnet mit Schaufeln und Spaten, redete erregt auf Ursula ein. Sogar eine kleine Karre hatten sie mitgebracht, um den Leichnam abzutransportieren! Das Geschrei verstummte jedoch sofort, als man meiner ansichtig wurde.

»Was gibt es hier?« fragte ich streng, sobald ich mich hingesetzt hatte. Mein Stuhl stand auf der Schwelle zum Pförtnerhaus, so daß meine Augen mit denen der Frauen auf gleicher Höhe waren. Ursula, Adelgundis und Sigewiza standen kampfbereit hinter mir.

»Wir wollen den schändlichen Verbrecher haben, den ihr bei euch beerdigt habt. Er gehört verscharrt wie ein Vieh! Wir verlangen nur, was recht ist«, behauptete Else nach einem verlegenen Zögern. Sie stützte sich herausfordernd auf den Stiel eines großen Spatens. Doch ihre kleinen, zusammengekniffenen Augen starrten auf einen Punkt über meiner Stirn; sie wagte es nicht, meinem Blick zu begegnen.

»Ich denke, du weißt selbst genau, daß das nicht stimmt«, entgegnete ich ruhig. »Ihr verlangt persönliche Rache; noch dazu an einem Leichnam, der bereits in Verwesung übergegangen ist. Pfui, schämt ihr euch nicht? Wenn ihr schon kein Erbarmen kennt, was Gott euch verzeihen möge, dann solltet ihr wenigstens die Ruhe eines Toten ehren! Und ihr solltet der Weisheit des treuen Priesters Gernot vertrauen, den Gott euch zum Hirten bestellt hat und der den reuigen Sünder hier beerdigt hat.«

»Aber dieser Helmut war schlimmer als der leibhaftige Teufel!« versuchte Else es erneut; diesmal konnte ich ganz deutlich sehen, wie Satan ihr Gesicht in Bosheit verzerrte. Zur Abwehr sprach ich ein stummes Gebet und hob segnend meine Hand – was mir tatsächlich ohne Hilfe gelang.

»Wenn ihr keine Vergebung kennt, wird auch euch nicht vergeben werden; da nützt es euch gar nichts, wenn ihr jetzt so selbstzufrieden vor mir steht! Erinnert ihr euch nicht, was Jesus gesagt hat? ›Wer ohne Sünde ist, der werfe den ersten Stein!‹ Und nun seht in euer eigenes Herz, ihr Frauen von Bingen. Gibt es dort wirklich nichts, was der Vergebung bedarf?«

»Aber – mein armes Kind, unsere kleine Hulda –«, wagte Else noch einmal aufzubegehren. Diesmal war ihre Stimme beinahe weich; sie sah Hulda dabei an; zum ersten Mal nahm sie wahr, daß das Mädchen fror, und zog es an sich. »So schlimm ist sie zugerichtet worden, und der Schandbube soll nicht einmal dafür bezahlen!«

»Ich verstehe deine Erbitterung gut, Frau Else. Aber was nützt es der kleinen Hulda, wenn ihr jetzt ein paar Knochen aus der Erde wühlt? Sei zärtlich mit ihr, sprich liebevoll mit ihr, laß sie weinen, wenn sie will, und gib ihr Zeit, allmählich ihr Vertrauen zurückzugewinnen. Ich verspreche dir, daß wir von nun an täglich für sie beten werden.«

»Hat der Kerl wirklich bereut?« schnappte Else lauernd.

»Ja, das hat er, ich habe es selbst miterlebt.«

»Und wir müssen für die Gebete nichts bezahlen?«

»Natürlich nicht.«

Else sah unschlüssig zwischen mir und ihrer Gefolgschaft hin und her. Schließlich huschte ein schlauer Ausdruck über ihr Gesicht. »Wenn wir vielleicht eine Entschädigung bekämen ... wo doch die Hulda jetzt nur schwer zu verheiraten sein wird; eine gute Mitgift könnte sie schon brauchen ...«

»Gewiß wird der Freiherr dem zustimmen und gern dazu bereit sein. Ihr wißt ja, wo Gaulsheim liegt. Ich werde ihm dein Kommen in einem Brief ankündigen, dann brauchst du keine Schaufeln mitzubringen.«

Etwas betreten senkte Else den Kopf; und ich hob segnend die Hand. »Gott sei mit euch und besonders mit dir, kleine Hulda.«

Die Bingener Frauen zogen ab, ohne daß noch ein weiteres Wort fiel. Ich nickte den Schwestern zu, und sie brachten mich in die Kirche.

Nach der geflüsterten Vesper, deren Trostlosigkeit mir vor allem meiner Töchter wegen das Herz abschnürte, versammelten wir uns im Kapitelsaal. Wibert teilte allen die Neuigkeit mit, die der treue Robert uns gebracht hatte, und ich verkündete meinen Entschluß, am nächsten Tag nach Mainz aufzubrechen. Dies konnte ich zwar, auf meinen Stab gestützt, stehend tun, aber ich war natürlich noch sehr schwach. In vielen Gesichtern las ich denn auch Zweifel, was meinen Reiseplan betraf.

»Ihr könnt die Sorge um mein Wohlbefinden getrost dem Allmächtigen überlassen.« Ich ließ mich behutsam auf den geschnitzten Äbtissinnenstuhl sinken. »Einige werden sich noch an den Spätsommer vor dreiundzwanzig Jahren erinnern, als der Abt vom Disibodenberg unseren Propst Volmar von uns zurückforderte. Ursula, würdest du deinen Schwestern berichten, was sich damals zugetragen hat?«

»Du hast die Mönche Räuber und Söhne des Teufels genannt.« Die Pförtnerin Ursula gehörte zu den verläßlichsten Menschen, denen ich in meinem langen Leben begegnet war. Etwas schwerfällig erhob sie sich, um die Geschichte zu erzählen; auch an ihr waren die Jahre nicht spurlos vorübergegangen. Doch in ihren Augen glomm unverhüllt der Funke des Heiligen Geistes und wuchs zu einem zuversichtlichen Lächeln, als unsere Blicke sich trafen.

Ich diktierte Wibert einen ausführlichen Brief an die Prälaten, den ich ihnen persönlich überbringen und verlesen wollte. Eigentlich hatte ich nur unsere Situation schildern und die hohen Herren um Erbarmen anflehen wollen; doch während ich sprach, gab Gott mir kühnere Worte.

»Nichts auf dieser Welt bringt uns dem himmlischen Vaterland näher als Gesänge zum Lob Gottes. Durch sie werden wir eins mit den Engeln; und deshalb haßt der Teufel sie und heckt vielerlei Erfindungen dagegen aus. Nicht nur verbannt er den Lobgesang aus den Herzen der Menschen durch böse Einflüsterungen, unreine Gedanken oder ablenkende Geschäftigkeit. Sondern er bedient sich zu diesem Zweck auch der Kirche; durch Streitereien, Ärgernisse oder ungerechte Unterdrückung. Deshalb müßt ihr Kirchenvorsteher euch um größte Wachsamkeit bemühen! Bevor ihr den Mund einer Gemeinschaft, die das Lob Gottes singt, durch einen Urteilsspruch verschließt oder ihnen den Empfang der heiligen Sakramente verbietet, müßt ihr eure Beweggründe sorgfältig prüfen. Ihr müßt darauf achten, euch nicht von Unwillen, Gemütserregung oder Rachegelüsten leiten zu lassen. Hütet euch davor, bei eurer Rechtsprechung vom Satan überlistet zu werden –«

»Das willst du ihnen schreiben?« unterbrach Wibert fassungslos mein Diktat.

»Was ich will, ist hier nicht die Frage. Gott will, daß ich ihnen das schreibe! Es ist die Wahrheit! Glaubst du, sie werden mich dafür in Ketten legen? Und wenn, sollte das mich etwa abhalten?«

Der junge Mönch senkte den Kopf. »Natürlich nicht«, murmelte er verlegen.

Am nächsten Morgen machte ich mich endlich auf den Weg. Begleitet wurde ich von meinen Töchtern

Illga und Sigewiza, denn es ging nicht an, daß Wibert als Propst und Seelsorger das Kloster in dieser schweren Zeit verließ. Da die heftigen Regenfälle der letzten Wochen den rechtsrheinischen Weg überschwemmt hatten, mußten wir die höher gelegene, linksrheinische Straße benutzen. Ein frischer Westwind wirbelte die Wasser des Stroms zu schäumenden Wellen auf, und Gischt flog über das Deck, als wir auf einem flachen Kahn vom Ufer abstießen, um den Strom zu überqueren.

Dietmar, den Fährmann, kannte ich seit vielen Jahren. Er setzte mich zweimal die Woche zu unserem Tochterkloster Eibingen über und war auch dabeigewesen, als einmal der Heilige Geist so mächtig über mich kam, daß ein kleiner Knabe durch das Auflegen meiner Hände und Benetzen mit einfachem Rheinwasser von seiner Blindheit geheilt wurde. Jetzt starrte er mich mit einem solchen Leuchten im Gesicht an, wie es nur Gottes Gegenwart bewirken kann.

»Sancta Hildegardis«, flüsterte er ehrfürchtig, als wir unsere Pferde am Rüdesheimer Ufer von Bord führten, »was auch immer du vorhast, es wird dir gelingen; zu Gottes Ehre und um Jesu und Marias heiliger Namen willen!«

Dankbar und gerührt reichte ich ihm die Hand. »Bist du etwa ein Prophet, mein Freund?«

»Heilige Mutter, ich bin ein einfacher Mann, aber ich habe Augen im Kopf. Ich sehe, daß Heiligkeit dir folgt; daß sie dir vorangeht und hinter dir schreitet. Güte umgibt dich wie beschirmende Engel. Ich bin geblendet von dem Licht, das du ausstrahlst für jeden, der sein Herz öffnet, um es zu empfangen.« Er hatte die Augen in Verzückung geschlossen und sank vor mir auf die Knie.

»Du beschämst mich, Dietmar. Ich bin nur ein Werkzeug des Höchsten; ebenso, wie du es in dieser Stunde bist.« Ich legte ihm die Hand auf die Stirn. »Sei gesegnet, und möge deine Familie gesegnet sein. Der Allmächtige leite dich und beschütze dich, Er lasse Sein Antlitz leuchten über dir und gebe dir Frieden.«

»Amen«, flüsterte der Fährmann andächtig. Illga kletterte auf den Kahn zurück und zurrte das Ruder fest, das an den Bootsrand schlug und von den heftigen Wellen vielleicht abgebrochen worden wäre. Als wir aufgesessen waren und das Ufer verließen, kniete Dietmar immer noch an derselben Stelle, das lächelnde Gesicht zum Himmel gewandt.

Der wilde Westwind begleitete uns den ganzen Tag; er wehte uns gleichsam vor sich her, während wir über die aufgeweichten Wege schlitterten. Am späten Nachmittag erreichten wir die Brücke, die mit ihren drei mächtigen Bögen den Strom überspannte und in ein gewaltiges Stadttor mündete. Hinter Mauern von doppelter Mannshöhe erhoben sich die Türme der zahlreichen Kirchen, Basiliken und Paläste von Mainz, Hauptstadt eines mächtigen Erzbistums und Regierungssitz des Reichskanzlers: eine stolze Festung aus grauem Granit.

Nun begann endlich der Regen zu fallen, der uns bisher gnädig verschont hatte. Innerhalb weniger Augenblicke waren die feindseligen Mauern hinter einer Wasserwand verschwunden. Ich war froh, den Weg zum Domkapitel genau zu kennen, sonst hätten wir uns in den regenverhüllten Gäßchen hoffnungslos verirrt. Der Bedienstete am Tor des erzbischöflichen Palasts trug eine so reiche Uniform, daß eine arme Bauernfamilie von dem Erlös ein Jahr lang hätte leben können. Nach einer langen Wartezeit in einem zugigen Vorraum bat uns der Diener schließlich, ihm zu folgen.

Wir gingen durch lange Korridore; jeder Schritt hinterließ nasse Abdrücke auf dem polierten Marmorfußboden, und ich konnte mich in meinen durchweichten, regenschweren Gewändern kaum noch vorwärts schleppen. Endlich öffnete sich eine reich geschnitzte, zweiflügelige Tür. Wärme schlug uns entgegen, und wir blinzelten in das Licht unzähliger Fackeln, Lüster und Kohlebecken. Wir betraten den mit Teppichen und schweren Vorhängen ausgestatteten Versammlungssaal des Domkapitels. Das Wasser, das von unseren Kleidern tropfte, bildete um uns herum eine Pfütze, während zwei Dutzend geistliche Würdenträger uns von bequemen Sesseln aus anstarrten.

»Was führt euch bei solch übler Witterung zu uns, ihr edlen Jungfrauen?« fragte einer der Männer in gespielter Besorgnis.

Ich ließ meinen Blick langsam über die ungerührten Gesichter gleiten und schrie in meinem Herzen: Jetzt! Jetzt hilf mir! Erfülle mich mit Deiner Kraft, und rühre diese Herzen, denn ich vermag es nicht!

»Ich komme«, begann ich langsam, »um eure Gnade in einer gewissen, unglückseligen Angelegenheit zu erflehen.« Ich schilderte die Ereignisse, die Helmuts Begräbnis vorausgegangen waren, und erläuterte auch die Natur meiner Schau, um meinen Bericht von den schwarzen Wolken über dem

Rupertsberg, die Gott mir als Resultat einer Exhumierung Helmuts gezeigt hatte, abzurunden. Allerdings hatte es, seit meine Schau im Jahre 1148 bestätigt worden war, zwei Nachfolgepäpste und drei Gegenpäpste gegeben; vermutlich hatten die Herren vom Mainzer Domkapitel mit der Autorität Eugens III., auf die ich mich berief, nicht mehr allzuviel im Sinn. Vergeblich suchte ich in den steinernen Gesichtern nach einer Regung.

Als das Schweigen zu bedrückend wurde, gab einer der Prälaten grämlich zu: »Natürlich ist uns dein Umgang mit den Großen der Zeit bekannt, und wir bezweifeln keineswegs deinen göttlichen Auftrag.« Doch es klang, als hätte er mir in Wirklichkeit unzüchtigen Umgang mit Papst Eugen III. vorgeworfen. Mir kam der Verdacht, sie hätten meinen Brief an Erzbischof Christian vielleicht sogar absichtlich zurückgehalten, um die anmaßende Nonne in ihre Schranken zu verweisen.

»Da uns die Schau die Exhumierung verbot, wir uns aber nicht ganz ungehorsam erweisen wollten, haben meine Schwestern und ich uns bislang dem Interdikt unterworfen. Seitdem schleppen sich unsere Tage wie unter schwerer Last erdrückt dahin; voll namenloser Traurigkeit und Erbitterung. Dabei haben wir kein Unrecht getan, denn Helmut hatte gebeichtet, die Kommunion empfangen und ist ohne Widerspruch begraben worden! Laßt euch warnen, ihr Hirten der Kirche! Denn dies spricht Gott durch Seine Dienerin zu euch: Wer Meiner Kirche bezüglich der Gesänge Meines Lobes ohne gewichtigen Grund Schweigen auferlegt und Mich ungerecht der Verherrlichung auf Erden beraubt, dem wird in der

Ewigkeit die Gemeinschaft mit dem Lob der Engel entzogen werden. Das härteste Gericht wird über die Vorsteher ergehen, wenn sie ihr Amt nicht sorgfältig verwalten! Diese Zeit ist eine weibische Zeit, denn die Gerechtigkeit Gottes ist schwach unter den Menschen. Deshalb hat er mich, Seine Posaune, zu euch gesandt; damit ihr seht, daß Er Seine Kraft jedem schenkt, der sie empfangen möchte, und daß Er Ungelehrte und Schwache als Kämpfer gegen die Ungerechtigkeit ins Feld führt, bis diese besiegt zu Fall kommt!«

Ich sprach viel angriffslustiger, als ich es je aus eigener Kraft gewagt hätte. Die Herren vom Domkapitel in ihrem seidenen, reich bestickten Ornat, mit ihrer glatten Haut und ihren gepflegten Händen erschienen mir in diesem Augenblick wirklich wie die Pharisäer des Neuen Testaments, die lieber einem Verräter Blutgeld bezahlten, als in ihren erstarrten Strukturen die lebendige Gegenwart Jesu und das Wirken Seines Heiligen Geistes zuzulassen.

»Nicht nur tretet ihr nicht selbst hinein durch das Tor, das Ich den Meinigen geöffnet habe – sondern ihr laßt auch diejenigen nicht hindurch, die bereit sind und sich nach Mir sehnen!«

Ich hatte mich an diese Worte Jesu nur erinnert; erschrocken hörte ich meine Stimme sie laut aussprechen. Die Mienen um mich herum wurden offen feindselig; wer sich zu Anfang vielleicht noch von einer demütigen Greisin hätte rühren lassen, den hatte Gottes Zorn, durch den Mund einer ungelehrten Nonne verkündet, inzwischen in Wut und Defensive gedrängt. Doch mich trieb der ewig Lebendige; ich konnte nicht aufhören.

»Und wie könnt ihr es wagen, vor dem geistlichen Hunger eurer unschuldigen Töchter die Ohren zu verschließen und ihnen das Abendmahl vorzuenthalten?« donnerte ich. »Wie könnt ihr uns des Mysteriums berauben, das uns eins macht mit unserem Bräutigam Jesus, dem Schuldlosen, dessen Blut uns von allem Schmutz reinigt? Gott hat euch zu Hirten über uns gestellt, damit ihr eure Herde zur Quelle führt; nicht, damit ihr die Quelle zuschüttet! Selbst der Sünder darf, wenn er Buße geleistet hat, Leib und Blut Christi in sich aufnehmen; ich aber habe mich nur einer einzigen Sache schuldig gemacht: daß ich nicht schon vor Wochen zu euch gekommen bin. Denn Gott hat es mir auferlegt, euch dies alles zu verkünden, damit Sein Name verherrlicht werde und Er gelobt sei in Ewigkeit, amen.«

Zitternd spürte ich, wie die Kraft des Heiligen Geistes von mir wich. Aus den Augenwinkeln sah ich Illga und Sigewiza bleich und weinend neben mir stehen; nun spürte ich auch auf meinen eigenen Wangen Tränen. Was ist geschehen, Herr, rief ich stumm in meinem Herzen, was hast Du durch mich getan? Doch es kam keine Antwort.

»Wir sind zutiefst betrübt«, sprach nun ein goldglänzender Prälat nach einem ausgiebigen Schluck aus seinem edelsteinbesetzten Pokal, »über all die Unbill, die euch Jungfrauen in letzter Zeit heimgesucht hat. Glaubt mir, daß wir nichts lieber täten, als euch umgehend aus eurer Not zu erlösen.«

Wohlwollend nickten darauf die anderen, doch ihre Augen blieben kalt. »Leider liegt dies jedoch nicht in unserer Macht«, fuhr der Prälat Magnus bedauernd fort. »Ihr habt selbst auf die hohe Verantwortung hingewiesen, die auf uns Hirten der Kirche liegt – wie könnten wir da in leichtsinniger Voreiligkeit ein Interdikt widerrufen, welches seine Heiligkeit der Erzbischof doch gewiß aufgrund reiflicher Prüfung des Sachverhaltes und mit väterlich blutendem Herzen erlassen hat – und dies nur aufgrund der Aussage einer einzigen Zeugin? Einer Zeugin, die sich, wenn ich mich einmal so profan ausdrücken darf, überdies der persönlichen Befangenheit schuldig gemacht hat! Als Äbtissin wirst du mir gewiß zustimmen, daß solch flatterhaftes Handeln nicht im Sinne des Allerhöchsten sein kann. Unbekümmerten Umgang mit dem Gesetz der Kirche müßten wir uns vorwerfen lassen; der heiligen Kirche, die Gottes Instrument auf Erden ist! Du wirst – und mußt, verehrungswürdige Abbatissa – einsehen, daß uns dies unmöglich ist; so sehr wir auch persönlich mit deiner Not sympathisieren mögen.«

»Ihr schwer geprüften Schwestern, befleißigt euch einstweilen um so mehr des Studiums der Schrift«, fiel begütigend ein anderer Prälat ein. »Ermüdet eure aufbegehrenden Seelen durch eurer Hände Arbeit, und forscht in euren Herzen. Gewiß wird Gott in Seiner Weisheit manch verborgene Schuld aufdecken, wo jetzt noch alles grau verhüllt erscheint; denn nur was aufgedeckt, gebeichtet und gebüßt ist, kann gesühnt und vergeben werden.«

Mit einer Handbewegung entließ er uns wie lästige Bittsteller, was wir in seinen Augen wohl auch waren. Wir fanden uns auf dem kahlen Korridor wieder und umarmten einander hilflos. Nun schien alle Hoffnung zerstört.

»Das ist nicht das Ende«, versicherte ich grimmig meinen Töchtern, während ich meine unaufhaltsam strömenden Tränen abwischte. »Dieser Kampf ist nicht unser, sondern des Herrn; und Er wird ihn auch für uns gewinnen. Fürchtet nicht, daß wir dies aus eigener Kraft durchstehen müssen.«

»Wie kannst du das nur sagen«, schluchzte Illga und umklammerte meine Hand wie ein kleines Kind. »Du hast ja gesehen, was gerade passiert ist – obwohl Gott selbst durch dich gesprochen hat! Sein Wort ist diesen Männern gleichgültig, sie wollen nur recht behalten und sich nicht öffentlich widersprechen!«

»Gott ist niemandem gleichgültig, der täglich mit Ihm zu tun hat«, wies ich sie zurecht. »In keinem Herzen eines lebenden Menschen ist Sein ewiger Samen abgestorben; du aber sprichst von deinen Vorgesetzten, die Gott über dich gestellt hat!«

»Aber wenn sie blind sind?« begehrte nun Sigewiza auf. »Wenn sie taub sind und sich vom Licht abwenden?«

Ich sah Sigewiza scharf an. »Wir werden Gerechtigkeit erfahren«, erklärte ich. »Ich verspreche es euch, denn Gott hat es versprochen. Und jetzt laßt uns nach Hause reiten, bevor es Mitternacht wird.«

16

Die letzten Tage des Herbstmonats waren in jenem Jahr so strahlend und schön, wie man es höchstens vom Weinlesemonat zu hoffen wagt. Nachts überzog ein früher Frost die Höhen, tagsüber aber strahlte die Sonne von einem makellos blauen Himmel, dessen Tiefe bis zum Firmament zu reichen schien. Ich versuchte, meine Töchter aufzumuntern, indem ich sie eines Sonntagmorgens aufforderte, sich wie für die Eucharistie als Bräute Christi zu schmücken, und sie dann, statt in die Kirche, hinauf zum Gipfel des Rupertsberges führte. Wir saßen im taufeuchten Gras und flüsterten unseren Lobpreis, während tosend die Sonne aufging – und die Grünkraft durchströmte uns wie Musik, fast so beglückend wie während der Mysterienfeier.

Selbstverständlich wußte ich, daß viele die unschuldige Kontemplation von Gottes Glorie, die sich in Seiner Schöpfung offenbart, als Ketzerei beargwöhnten; doch Gott hatte mir in meinem langen Leben hierüber Weisheit und Gelassenheit geschenkt. Soviel Lebenskraft und Herrlichkeit schenkt uns der Vater, ging es mir durch den Kopf, und so traurig ist es, daß uns kleine Geister, die unbewußt den Einflüsterungen Satans folgen, immer wieder dieser Stärkung berauben. Mein Blick glitt über meine geschmückten Töchter, und ich mußte beinah lachen, als ich an die Argumente dachte, mit der man versucht hatte, ihnen die festliche Kleidung, die weißen Schleier und das offene Haar zu verbieten.

»Den Klang der Freude darüber, daß das Fleisch überwunden ist und sich der Geist zum ewigen Glück erhebt, vernimmt man in der Wohnung derer, die Gerechtigkeit üben ... Keine irdische Pflicht und kein Gesetz kann dies brausende Frohlocken daran hindern, sich auszusingen in einem himmlischen Lied zur Ehre Gottes. Frei geworden, rauscht es hervor; jubelnder Ausdruck der Großen Dreiheit, die allem zugrunde liegt – denn wie Ströme lebendigen Wassers ergießt sich der Lobpreis von Menschen und Engeln in den unerschöpflichen Ozean Seiner Herrlichkeit«, las Wibert sehnsüchtig aus einer meiner früheren Schriften vor. Er wollte vollenden, was Volmar begonnen hatte, und ordnete all meine Briefe und Predigten, um sie später als Buch herauszugeben.

»Ich habe Herumtreiber gekannt, die sich nur, weil die Macht der Lobgesänge ihre Herzen berührte, für Gott öffneten und schließlich gerettet wurden ... genau wie der junge Robert!« rief er erbittert. »Gibt es gar nichts, was wir noch tun könnten?«

»Doch«, sagte ich nachdenklich, »du hast mich gerade auf eine gute Idee gebracht. Dieser Aufsatz stammt nämlich von einer Predigtreise; und da fiel mir der Erzbischof Philipp von Köln ein. Er ist ein guter Freund, ein Seelenverwandter. Wenn uns jemand helfen kann, dann er.«

Ich diktierte Wibert einen Brief an Philipp, in dem ich unsere Not schilderte und um Hilfe bat. Der Bote Robert, der sich um unsertwillen um seine gute Arbeitsstelle beim Domkapitel gebracht hatte, machte sich damit sofort auf den Weg nach Köln. Inzwischen quälten wir uns durch einen geflüsterten Weihnachtsgottesdienst; doch das winzige, goldene Flämmchen der Hoffnung, das mit Jesus in die Welt gekommen war, wurde sogar in der Finsternis unseres Schweigens neu entzündet.

Als Robert zurückkehrte, brachte er uns Philipps Versprechen, sich gleich nach dem Dreikönigstag auf den Weg nach Mainz zu begeben.

... Am Neujahrstag 1179 erstarrte der ganze Rheingau unter bitterem Frost, und ich gestattete es meinen Töchtern, sich tagsüber, soweit es ihre Pflichten erlaubten, im geheizten Kalefaktorium aufzuhalten. Eng gedrängt, hockten sie mit ihren Spindeln auf den Bänken, während Elisabeth aus dem Johannesevangelium vorlas und ich meinen Rücken behaglich am Kachelofen wärmte. Plötzlich kam die Pförtnerin Ursula herein, eingemummt wie eine Bärin und die Wangen purpurrot gefroren.

»Eine Bettlerbande – drüben auf der Römerbrücke.« Ihre Lippen waren so kalt, daß sie nur undeutlich sprechen konnte. »Ich konnte sie nicht deutlich erkennen, aber ich glaube, sie haben keine Bleibe.«

»Klara, Adelgundis, Eugenissa: geht und ladet sie ins Gästehaus ein«, befahl ich. »Wir können sie nicht erfrieren lassen.«

Die drei genannten hüllten sich in dicke Fellumhänge und machten sich gehorsam auf den Weg.

Bald darauf kam Klara zurück und berichtete aufgeregt: »Sie sind nicht im Gästehaus, sondern im Krankensaal. Eugenissa meint, eine Seuche ist bei ihnen ausgebrochen ... Es sind sieben Männer, fünf Frauen und sechs Kinder. Die eine Frau ist hochschwanger; wie es aussieht, erwartet sie das Kind jeden Tag.«

»Ich komme sofort. Hol bitte ein paar Kerzen.«

Begleitet von Sigewiza, betrat ich die Krankenstube, wo trotz der Kälte ein gräßlicher Gestank nach ungewaschenen Körpern in der Luft hing. Die Bettler standen wie ein Rudel halbverhungerter Tiere mitten im Raum und blinzelten in die ungewohnte Sauberkeit, als täte sie ihren Augen weh. Unter ihren Lumpen und dicken Schmutzkrusten entdeckte ich Geschwüre.

»Sorgt dafür, daß ständig frische Luft hereinkommt«, raunte ich Hemma und Eugenissa zu, die etwas beklommen auf die schmutzstarrenden, abgezehrten Patienten blickten. Dann wandte ich mich lächelnd an unsere Gäste.

»Seid willkommen auf dem Rupertsberg. Wer ist euer Anführer?«

Ein muskulöser Mann in speckiger, zerfetzter Lederkleidung trat vor und baute sich vor mir auf. Er war zwei Köpfe größer als ich und dreimal so breit.

»Ich bin Rufus«, stellte er sich vor. »Was wollt ihr von uns?« Seine Augen glitzerten mißtrauisch, und seine Stimme hatte, wohl aufgrund jahrelanger Übung, einen drohenden Unterton.

»Ich glaube, das sind die Räuber, die seit Jahren die ganze Gegend unsicher machen«, flüsterte mir Hemma aufgeregt ins Ohr. »Siehst du, der Riese und der lange Dünne da hinten und ein kleiner Dicker, und einem fehlt ein Bein, das paßt genau auf die Beschreibung –«

»Wir würden euch gern bei uns aufnehmen.« Ich wies Hemma wegen ihres ungehörigen Flüsterns mit einer Geste zurecht. »Niemand sollte bei dieser Kälte draußen sein müssen – ganz zu schweigen von Kranken und Schwangeren.«

Sprachloses Schweigen folgte, aber die Schwangere schob sich flink neben Rufus. Sie hatte ein kleines, spitzes Gesicht wie eine blasse Feldmaus, und in ihren Augen lag der schlaue Ausdruck derjenigen, die mit berauschenden Pflanzen die Erdkräfte beschwören.

»Es wird ein Mädchen«, versicherte sie stolz. »Ich kann spüren, daß es ein Mädchen ist. Sie heißt Burga, wie ich.« Sie machte vor mir einen ungeschickten Knicks und wandte sich an Rufus. »Wenn sie hier zur Welt kommt, kriegt sie sicher blonde Haare«, raunte sie ihm zu. »Und wenn sie blond ist, geben ihr die Leute mehr ...«

Auch die Augen der anderen hingen jetzt gespannt an den Lippen des Anführers, und es war sonnenklar, daß sie auf ein Wort von ihm augenblicklich in die eisige Kälte zurückgekehrt wären. In Rufus' Gürtel steckten ein langes Messer und eine aufgerollte Peitsche. Er beschützte sie gut, aber er regierte auch mit eiserner Hand: Auf vielen bloßen Gliedern entdeckte ich vernarbte Striemen.

Und er war mißtrauisch. Die Anwesenheit so vieler Nonnen behagte ihm ebensowenig wie die Sauberkeit und die Tatsache, daß er, wenn er unseren Schutz einmal angenommen hatte, nicht mehr so ohne weiteres würde entfliehen können. Sicher dachte er daran, daß unsere Tore nachts verschlossen waren, und vielleicht erschien ihm das Kloster wie ein Gefängnis. Doch während er noch überlegte, begann eins der Kinder krampfhaft zu husten und erbrach sich schließlich, und eine der Frauen, wahrscheinlich die Mutter, brach in Tränen aus.

»Nicht für lange«, brummte nun der einbeinige Mann besänftigend. »Nur bis der strengste Frost gebrochen ist. Meine Schwester ist auch Nonne. Sie werden uns nichts tun.«

»Nichts tun!« höhnte Rufus verächtlich; aber sein Widerstand schwand. Als ich ihm die Hand reichte, schlug er ein.

Ich befahl allen Töchtern, die abkömmlich waren, sich an der Pflege der Bettler zu beteiligen. Achtzehn Bäder mußten bereitet, achtzehn saubere Gewänder gefunden und achtzehn Betten gerichtet werden. Es schien mir als glückliche Fügung, daß Gott uns diese schwere Aufgabe geschickt hatte, um uns von unserer eigenen Not abzulenken, und ich war tief dankbar, daß diejenigen Nonnen, die ständig auf ihr Adelsprivileg pochten, den Rupertsberg schon vor vielen Jahren verlassen hatten. Besonders von Agathe konnte ich mir beim besten Willen nicht vorstellen, daß sie einem stinkenden Bettler die Füße wusch – obwohl Jesus, dessen Werk wir doch tun sollten, noch viel entwürdigendere Dinge auf sich genommen hatte.

Spät am Abend kehrte ich in die Krankenstube zurück, wo jetzt der Ofen glühte, Kerzen brannten und der stupende Gestank dem sanften Duft von Kamillenblüten gewichen war. Die Kinder schliefen fest, und auch den Erwachsenen fielen in den weichen Betten schon die Augen zu; Rufus schnarchte sogar leise. Nur einer der jüngeren Männer, den Hemma als den langen Dünnen bezeichnet hatte, war noch auf und bewunderte den Wasserhahn und das Handwaschbecken. In dem losen, ungefärbten Leinenüberwurf, den ihm die Schwestern gegeben hatten, sah er fast wie ein Bettelpriester aus. Er verneigte sich, als er mich sah.

»Wir danken dir für alles, ehrwürdige Mutter.«

»Da ist nichts zu danken. Wenn du nicht zu müde bist, möchte ich dich gern etwas fragen.«

Der junge Mann nickte sein Einverständnis. »Ich heiße Eberhard«, flüsterte er.

Ich führte ihn in den kleinen Raum, in dem ich mit Patienten zu sprechen pflegte, und bot ihm einen bequemen Stuhl an. In einem Wandschrank hielt ich hier stets einen Krug Wein bereit, aus dem ich uns beiden einen Becher eingoß. Ich trank Eberhard zu.

»Erzähl mir von euch«, bat ich.

Eberhard hob hilflos die Hände und ließ sie wieder fallen. »Was möchtest du denn wissen?«

»Alles.« Ich lächelte, als ich sein entsetztes Gesicht sah. »Nein, keine Angst. Im Moment interessieren mich hauptsächlich die Geschwüre. Wie lange habt ihr sie schon?«

»Ich weiß nicht genau. Sie fangen ganz klein an, und man nimmt sie kaum wahr. Daniel hatte sie zuerst – das ist der Einbeinige. Sie waren zuerst nur wie Eiterbeulen, aber wenn sie aufplatzen, werden sie größer statt kleiner.«

»Du drückst dich gut aus«, bemerkte ich. »Hat dich jemand unterrichtet?«

»Das ist lange her.« Eberhard verzog das Gesicht zu einer Grimasse, die wohl ein verächtliches Grinsen darstellen sollte.

»Vielleicht hat irgend etwas euer Blut geschwächt, so daß der Eiter nicht richtig abfließen kann«, überlegte ich laut. »Wo war Daniel, bevor er zu euch kam?« Eberhard sah überrascht drein.

»Im Orient, als Soldat. Warum?«

»Das dachte ich mir.« Ich registrierte, daß Eberhard nicht ›im Heiligen Land‹ gesagt hatte, obwohl er damit bei einer Nonne Eindruck gemacht hätte. »Vielleicht hat Daniel die Krankheit von dort mitgebracht. Gibt es jemanden in eurer Gruppe, der sie nicht hat?«

»Nein«, sagte Eberhard langsam, »aber die Kinder husten auch.«

»Sind einige Kinder deine?«

Eberhards Gesicht wurde hart. »Sie gehören uns allen«, erklärte er knapp.

Etwas an seinem Tonfall ließ mich vermuten, daß in der Gruppe jeder mit jedem schlief. Ich sah meinen Gast fragend an, bis er die Augen senkte. »Mit Gottes Hilfe werdet ihr alle wieder gesund«, flüsterte ich. »Er kann jeden segnen; jederzeit und an jedem Ort. Ruh dich jetzt aus.«

Mein Gast hielt mich am Ärmel fest. »Warum tut ihr das?« flüsterte er.

»Sollte es nicht selbstverständlich sein, Armen und Kranken zu helfen?«

»Vielleicht«, stotterte Eberhard, »aber es ist nicht üblich.«

»Gott liebt den Armen, weil er Sein Ebenbild ist«, zitierte ich aus der Benediktusregel. »Als Menschen sind wir alle Brüder; und der Arme muß aus Liebe zu Gott aufgenommen werden, als ob er wirklich Jesus sei.«

Während der nächsten Tage griff die Seuche weiter um sich; einige meiner Töchter zeigten ebenfalls erste Anzeichen. Ich war froh, daß ich mir vor Jahren die Mühe gemacht hatte, sämtliche Arzneien aufzulisten, von denen ich je gehört hatte. Eugenissa, Hemma und ich wühlten uns tagelang durch die medizinischen Schriften und suchten alles heraus, was auch nur entfernt mit Schwächung und Stärkung des Blutes zu tun hatte. Wir plünderten unsere Kräutervorräte und stellten Pillen, Tees und Salben her. Natürlich ließen wir die Kranken auch zur Ader; aber nicht zu sehr, damit sie nicht unnötig Kraft verloren.

Die meisten Mitglieder der Gruppe, die von Hemma hartnäckig als ›Räuberbande‹ bezeichnet wurde, hatten zum Glück einen unbändigen Lebenswillen. Von meinen Töchtern unterstützt, saß ich an vielen Betten und hörte mir viele – durch hohes Fieber gleichsam verdichtete – Lebensgeschichten an. Dabei stellte sich heraus, daß die Männer alle an einem der Kreuzzüge teilgenommen hatten und es ihnen danach, wie so vielen, nicht mehr gelungen war, Fuß zu fassen.

»Wer von euch glaubt an den wahren Gott?« brüllte Rufus markerschütternd und schlug so wild um sich, daß wir Gernot, Wibert und Robert rufen mußten, um ihn festzuhalten. Offensichtlich hatte das Fieber ihn in eine Schlacht zurückversetzt, an der er teilgenommen hatte.

»Wir kommen, um euch christliche Nächstenliebe

zu bringen! Ha! Wenn die Köpfe schon wie Eierschalen aufplatzen, warum kann man das Gehirn nicht essen? Oder ist nur zuviel Staub drin? Pfui Teufel –« Er spuckte wild aus, und ein krampfartiger Hustenanfall überkam ihn. Als es uns endlich gelungen war, ihm ein Beruhigungsmittel einzuflößen, waren wir alle schweißüberströmt.

Auf dem Höhepunkt der Seuche waren fünfzehn meiner Töchter erkrankt, und ich mußte das Eibinger Kloster um Hilfe bitten. Zwölf Schwestern kamen noch am selben Tag; sie beugten sich sogar dem Interdikt, das wie ein Fluch auf uns lastete, um uns beizustehen. Mit welcher Herablassung standen viele Adelsstifte doch den nicht-adeligen Klöstern gegenüber; und nun waren es die bürgerlichen Frauen, die uns Großzügigkeit erwiesen.

In der Mitte des Wintermonats traf der treue Erzbischof Philipp in Mainz ein, um sich persönlich für uns einzusetzen. Obwohl mich die Seuche bisher verschont hatte und es seit zwei Tagen keine neuen Ausbrüche mehr gegeben hatte, wollte ich meine Töchter nicht verlassen und schickte Adelgundis zum Domkapitel. Kaum war sie mit zwei anderen Schwestern fortgeritten, als mich eine dünne, erschöpfte Hemma in den überfüllten Krankensaal bat.

»Das Kind kommt!« rief sie voller Furcht.

Ich begriff nicht, warum Hemma deshalb so außer sich war; sie hatte schon mehrere Geburten begleitet. Doch als ich in der Krankenstube ankam, verstand ich. Sämtliche Mitglieder der sogenannten Räuberbande, die sich halbwegs auf den Beinen halten konnten, waren um Burgas Bett versammelt. Sie intonierten einen eintönigen, orientalisch anmutenden Singsang, wiegten sich rhythmisch vor und zurück und ließen uns nicht einmal in die Nähe der Gebärenden. Ich machte Hemma ein beruhigendes Zeichen.

»Burga will es sicher so«, flüsterte ich. »Und sie hat mir gesagt, dies sei nicht ihr erstes Kind. Sie weiß, was zu tun ist.«

»Aber warum singen sie? Ist das Teufelszauber?«

»Vielleicht. Aber wenn wir es ihnen jetzt verbieten, gibt es nur Streit, und damit wäre Burga nicht geholfen. Beten wir lieber für sie.«

»Ja. Aber mir ist das unheimlich.« Während wir Gott flüsternd um Beistand für Burga und das Ungeborene baten, beobachtete Hemma mit angstvoll geweiteten Augen das Ritual. Es sollte wohl in erster Linie entspannend wirken; Burgas Keuchen und Stöhnen ging in dem vielstimmigen Singsang unter. Plötzlich entfuhr ihr jedoch ein gellender Schrei, und der Gesang verlor sich in Schreckenslauten.

»Ein Dämon!« schrie jemand halb erstickt, und andere jammerten: »Der Fluch der Jehenna! Sie ist verloren!«

»Niemand ist hier verloren!« Eine energische Stimme, die ich als meine eigene erkannte, brachte das allgemeine Wehklagen zum Verstummen. Entschlossen schob ich mich durch den Kreis der Leiber, die mir jetzt willig Platz machten, und beugte mich über Burga.

Unvorbereitet erschrak zunächst auch ich: Dort, wo sich das Gesicht des Kindes hätte befinden sollen, war – nichts. Nur eine formlose, weiße Fläche.

»Hemma, das Chirurgenmesser!« befahl ich.

»Eugenissa, koch Fenchel und Haselwurz. Ich brauche auch heißes Wasser! Und jemand soll ihr den Rücken stützen!«

Eine der anderen Frauen glitt augenblicklich hinter Burgas Rücken und hielt sie fest. Die Gebärende starrte mich mit großen, angstvollen Augen an.

»Weiterpressen!« fuhr ich sie an. »Um den Kopf des Kindes ist die Nabelschnur geschlungen, und die Haut, die es im Mutterleib umschließt, ist zum Teil mit dem Gesicht verklebt. Das ist alles! Jetzt preß schon! Du bekommst ein schönes Mädchen!«

»Ein Mädchen?« Burgas schmerzverzerrtes Lächeln war überrascht. Offenbar hatte sie keine Ahnung vom Geschlecht des Kindes gehabt, sondern mich nur beeindrucken wollen. Ich tupfte ihr die schweißnasse Stirn ab, und als Hemma mir das saubere Messer reichte, durchschnitt ich zunächst die weißliche, sackartige Haut.

Jetzt konnte man den Kopf des Kindes deutlich sehen, der bläulich angelaufen war. Mit einer letzten Anstrengung bäumte Burga sich auf, und das Kind war geboren. Ich trennte die Nabelschnur an zwei Stellen durch, und rasch wich das Blau einem gesunden Rosa. Auf dem kleinen Körper gab es nicht die geringsten Anzeichen von Beulen oder Geschwüren. Als das kleine Mädchen seinen ersten Schrei ausstieß, fielen alle Anwesenden – Nonnen und Ungläubige, Bettler und Adelige – einander vor Freude in die Arme.

Am nächsten Tag starben eine der Frauen und ein Kind aus der Gruppe. Wahrscheinlich waren sie durch Hunger und Kälte zu geschwächt gewesen, um der Krankheit genug Widerstand entgegensetzen zu können. Den anderen aber ging es von Tag zu Tag besser; sie blühten geradezu auf unter der liebevollen Pflege, der Sauberkeit und den beiden nahrhaften Mahlzeiten, die sie täglich erhielten. Auch die erkrankten Schwestern wurden zusehends kräftiger, so daß es für die Eibinger Töchter keinen Grund mehr gab, noch länger bei uns zu bleiben.

Die meisten von uns begleiteten sie zum Steg und warteten mit ihnen gemeinsam auf Dietmars Fähre, die sie wieder nach Hause bringen sollte. Überall sah man Umarmungen und Händeschütteln; alle waren so mit ihrem Abschied und ihrer Dankbarkeit beschäftigt, daß niemand den Nachen beachtete, bis er angelegt hatte. Erst ein lauter Freudenruf ließ uns herumfahren, und wir erkannten Adelgundis mit ihren Begleiterinnen.

»Es ist aufgehoben!« riefen alle drei mit strahlenden Gesichtern. »Das Interdikt ist aufgehoben, wir dürfen wieder singen!«

Jubel brach aus. Der Ruf pflanzte sich hügelaufwärts fort; jeder, der ihn hörte, ließ alles liegen und stehen und stürzte ins Freie. Bald umdrängten sämtliche Bewohner des Rupertsberges die drei Reisenden, bis sie kaum noch Luft bekamen.

»Erzbischof Philipp war wundervoll!« erzählte Adelgundis. »Stellt euch vor, er hatte Hugo mitgebracht, Helmuts Freund. Gott weiß, wie er ihn so schnell gefunden hat; aber er und Gernot bezeugten beide vor dem versammelten Domkapitel, daß Helmut wirklich bereut und gebeichtet hat und daß wir uns nichts haben zuschulden kommen lassen. Dann haben alle zugestimmt, daß ein Mißverständnis vorliegt, und sie haben Philipp bevollmächtigt, an

Christians Stelle das Interdikt so lange aufzuheben, bis Christian zurück ist!«

An diesem Abend glich unser Vespergottesdienst einem einzigen Jubelschrei. Inzwischen waren auch die meisten Bettler gesund genug, um aufzustehen – und gelangweilt oder neugierig genug, um sich unserer Freudenfeier anzuschließen, obwohl sie selbst sonst wohl irgendwelche heidnischen Rituale begingen. Auch sie wurden mitgerissen von der Leidenschaft unserer Musik, mit der wir uns Gott in die Arme warfen. Die steinernen Wände des Münsters glichen Wolken, und aus dem Mosaikboden sprudelte ein Quell; Engel umringten uns, und es gab niemanden im ganzen Kirchenraum, der nicht bis zum Bersten erfüllt wurde von der leuchtenden, goldenen Grünkraft.

Als die Seuche endgültig besiegt und die ärgste Kälte vorüber war, wurden Rufus und einige seiner Kameraden unruhig. Andere schienen den Abschied hinauszögern zu wollen; ich hoffte, sie würden den Aufenthalt bei uns nützen, um ein neues Leben zu beginnen. Eugenissa erlebte hitzige Debatten im Krankensaal und erzählte, zwischen Rufus und Burga sei es zu offenem Streit gekommen. Ich wollte diese Gelegenheit nicht ungenutzt verstreichen lassen und lud die ganze Gruppe zu einem Abschiedsessen ein – in den Kapitelsaal, der aus diesem Anlaß mit zwei großen Tischen bestückt wurde, denn in meinem Empfangszimmer wäre nicht genug Platz gewesen.

Ein paar Krüge Schwarzriesling halfen den Gästen, ihre anfängliche Scheu zu überwinden; bald lachten und schmausten sie, als wäre ich eine alte

Freundin, die sie seit Jahren kannten. Besonders Burga strahlte mich an und zeigte mich immer wieder ihrer winzigen Tochter, die sie in einem Wolltuch bei sich trug. Obwohl ich Gott mein Leben lang alles Wunderbare zugetraut hatte, staunte ich über den Unterschied zu den halbverhungerten Tieren, die wir vor einem knappen Monat bei uns aufgenommen hatten. Als alle satt waren, trank ich ihnen zu. Augenblicklich trat Stille ein.

»Wir haben euch liebgewonnen«, sagte ich einfach. »Müßt ihr wirklich wieder fort?«

»Wie kommst du darauf, daß wir eine Wahl hätten, ehrwürdige Mutter?« fragte Eberhard sanft, bevor sonst jemand etwas sagen konnte.

»Natürlich habt ihr die Wahl. Ihr könntet bleiben –«

»Als Nonnen?« spottete Rufus. Die anderen kicherten.

»Es gibt andere Möglichkeiten, mein Freund. Wir könnten etwas finden, für jeden von euch.«

»Dann würden wir getrennt, und das geht auf keinen Fall«, warf Daniel ein. »Wir haben einen Pakt geschlossen. Einen heiligen Schwur gegenseitiger Treue, der uns bis zum Tod aneinander bindet; mit Blut besiegelt! Erwartest du, daß wir ihn brechen?«

»Ich achte eure Bindung. Aber ihr hättet Burga und das Kind sterben lassen, obwohl ihr die beiden liebt. Menschliche Liebe ist manchmal nicht stark genug.«

»Wir sind euch dankbar für eure Hilfe, aber morgen ziehen wir weiter«, unterbrach Rufus. »Bald kommt der Frühling. Das ist eine gute Zeit zum Wandern.« Er sah aus, als meine er das wirklich.

»Du kannst nicht für uns alle sprechen«, warf Burga ein. »Auch ich liebe den Frühling. Aber ich möchte hören, was die Abbatissa uns vorschlagen will.«

Jetzt nickten auch die anderen. Rufus blickte mich wütend an.

»Als ich jung war, dachte auch ich, die Kreuzzüge seien eine wunderbare Sache«, sagte ich leise. »Niemand von uns hatte auch nur eine klare Vorstellung davon, wie weit es bis in das Heilige Land ist. Gott befahl uns, Jerusalem zu befreien; aber das Jerusalem, das Er meinte, liegt im Inneren jedes Menschen. Das hatten wir nicht begriffen. Ich – ich möchte diese Schuld wiedergutmachen, Rufus.«

»Indem du uns als Stallknechte anstellst? Da ist mir meine Freiheit lieber.« Nicht ganz so verächtlich, wie er gewollt hatte, schüttelte Rufus den Kopf.

»Freiheit ist ebenfalls im Inneren«, erklärte ich. »Und Freiheit ohne Gott ist flüchtig wie ein Traum. Ich habe zum Beispiel schon seit längerem daran gedacht, den Kindern aus der Gegend Lesen, Schreiben und Rechnen beizubringen. Dabei könnten einige von euch helfen und eure eigenen Kinder gleich mit unterrichten. Außerdem gibt es hier in der Nähe einen Freiherrn, der sich nach dem Verlust seiner Frau und seines einzigen Sohns danach sehnt, Buße zu tun. Er braucht dringend jemanden, um den er sich kümmern und der ihn aufheitern kann.«

Rufus hätte fast ausgespuckt, hielt sich aber im letzten Moment zurück. »Hältst du das für gerecht? Was ist mit den anderen, mit unseren Kameraden, die dich nicht kennen?«

»Sie kann nur jemandem helfen, von dem sie

weiß«, widersprach Burga mit flammenden Augen. »Wir haben einander Treue geschworen, weil wir sonst verreckt wären. Wir haben alles geteilt, weil wir eine Gegenwelt haben wollten. Aber ich für meinen Teil glaube, diese Gegenwelt ist hier.«

»Du bist nur gekränkt, weil wir während der Geburt Angst vor der Jehenna hatten«, schnappte Rufus. »Wenn du gesehen hättest, wie –«

»Ich bin nicht gekränkt! Und ich habe den Unterschied erlebt zwischen dem, was wir für wirksam hielten, und dem Eingreifen Gottes!«

Alle starrten sie überrascht an. Ich stand auf.

»Ich weiß, daß ungezählte Menschen nach den Kreuzzügen wie Strandgut zurückgeblieben sind; aber nur ihr seid mir begegnet«, sagte ich. »Für euch will ich tun, was ich kann. Denkt darüber nach. Wir werden euch nicht zurückhalten.«

Damit ließ ich sie allein. Den Krug Wein ließ ich auf dem Tisch stehen.

Am anderen Tag setzte sich eine sehr viel kleinere Gruppe unter Rufus' Führung wieder in Bewegung. Sie wollten nach Italien ziehen, wo die Winter mild waren und es angeblich Arbeit bei der Olivenernte gab. Andere blieben und erhielten verschiedene Aufgaben: Daniel bei den Pferden, Burga im Kräutergarten, Sigrune in der Küche, die Kinder im Hühner- und Entenhaus. Eberhard wurde zu Wiberts Helfer, denn wie ich schon vermutet hatte, hatte er früher tatsächlich Schreiben gelernt.

Bald darauf kam ein Brief von Erzbischof Christian aus Italien. Arglos öffneten wir ihn, und Wibert überflog die schwungvollen Lettern. Auf einmal wurde er kreidebleich.

»Was ist?« fragte ich; plötzlich tief beunruhigt. Wibert ließ sich schwer auf einen Stuhl fallen.

»Er erlegt uns das Interdikt wieder auf«, sagte er tonlos. »Er ist beleidigt, weil Philipp sich über ihn hinweggesetzt hat. Jemand muß ihn aufgewiegelt haben.«

»Prälat Magnus.« Voll Abscheu sah ich die kleinen, kalten Augen wieder vor mir, die mich so herzlos gemustert hatten.

»Schreib«, stöhnte ich. »Wir schreiben noch einmal an Christian.«

Ich diktierte einen langen, verzweifelten Brief, der den genauen Sachverhalt noch einmal aufrollte und mit den Worten aus der Bibel schloß: »Besser ist es für mich, in die Hände von Menschen zu fallen, als das Gesetz meines Gottes zu verlassen.«

Am nächsten Tag ritten Robert und Eberhard mit dem Brief nach Rom, und über den Rupertsberg senkte sich wieder die teuflische Stille.

Unser Alltag hatte sich immer wie Blätter um die Blüten unserer sieben täglichen Begegnungen mit Gott gerankt. Ohne diese duftenden Blüten erschien das ganze Gewächs eitel; ein geiler Trieb, der keine Frucht brachte und nur verdiente, abgeschnitten und ins Feuer geworfen zu werden. Es fiel mir immer schwerer, meinen Töchtern Zuversicht zu geben, da ich mich selbst so leer und beraubt fühlte. Ich war am Ende meiner Kraft und wünschte mir nur noch zu sterben.

Vergeblich versuchte Wibert, mich aufzuheitern. Er hielt mir vor, wie viele Menschen schon durch meinen Dienst an Leib und Seele geheilt worden waren; wie viele Könige, Fürsten, Bischöfe – sogar Päpste – ich durch meine Briefe ermahnt hatte und wie viele Gläubige Gott auf meinen Predigtreisen zur Umkehr bewegt hatte. All das schien nichts zu bedeuten; ich fühlte mich von Gottes Gegenwart ausgeschlossen wie Eva, als das Tor des Paradieses hinter ihr und Adam zugefallen war.

Endlich gab ich dem Drängen meiner Töchter nach und bat Gott um eine Schau, die mir helfen sollte, diese letzte Prüfung zu bestehen. Niemals zuvor hatte ich um eine Schau für mich selbst gebeten; ich sauste mitten in ein grün-rot-goldenes Meer. Es war die Viriditas selbst, aus der ich einmal gekommen war; sie nahm mich auf und schlug über mir zusammen. Doch jetzt konnte ich darin schwimmen wie ein Fisch; meine Erinnerungen bildeten eine Art Körper, der jedoch kein Gewicht besaß und weder Krankheit noch Schmerzen kannte ... Und dann war es, als flöge ich.

»Der lebendige Geist geht aus, wird grünender Leib und bringt seine Frucht: Das ist das Leben«, sagte die Stimme, die mich mein ganzes Leben lang geleitet hatte. Ein Lachen schwang darin, das ich mit meinen früheren Ohren nie gehört hatte, weil es vom Gewicht der Erde erdrückt worden war. Es erfüllte mein ganzes Sein; es war prickelnder als Schaum, frischer als Morgentau im Sommergras und wärmer als Volmars Stimme. Hingerissen fiel ich mit ein, und je mehr ich lachte, desto mehr Leid fiel von mir ab und desto blasser wurden selbst die Erinnerungen daran.

Diesmal gab es nichts zu diktieren; diese eine Schau war nur für mich allein. Sie durchtränkte meinen Greisenkörper mit einer zarten, goldenen Lichtsubstanz, die sich aus meiner Todesschwäche speiste und reines Glück war; ein Glück, das mich, das fühlte ich, nie mehr verlassen würde. Lebens- und Sterbensfreude erfüllte mich, ich war wie eine Braut am Hochzeitsmorgen. Sogar der genaue Zeitpunkt meines Todes erschien plötzlich in meinen Gedanken. Wäre mein Körper nicht zerbrechlich gewesen wie ein dürrer Zweig, ich hätte vor Freude getanzt. All meine Lieder brausten in meinem Herzen, als hätte es nie ein Interdikt gegeben.

Neu erfüllt vom Heiligen Geist und neu mit Gottes Kraft und Autorität ausgestattet, sprach ich an diesem Abend meinen Töchtern Mut zu. Heiterkeit ging auf dem Rupertsberg auf wie junges Grün; und als im Lenzmonat die ersten wirklichen Knospen aufplatzten, brachten Eberhard und Robert endlich die ersehnte Antwort aus Rom. Erzbischof Christian entschuldigte sich wortgewandt, tadelte uns sanft für unserer Verwegenheit und hob das teuflische Interdikt endgültig auf.

Epilog

»Dein Sterbedatum weißt du?« fragt staunend der Mönch Theoderich, der an meinem Bett sitzt. Er will Gottfrieds ›Vita Sanctae Hildegardis‹ vollenden. Über Tage habe ich ihm mein ganzes Leben erzählt. Jetzt ist es an mir, zu lachen.

»So ist es!«

»Ist es bald?« Theoderich ist auch nicht mehr der Jüngste; er sieht fast neidisch aus. Alles, alles habe ich ihm erzählt, und das will er auch noch wissen.

»Der siebzehnte Tag im Holzmonat, im Jahr des Herrn 1179«, antworte ich friedlich.

»Das – das ist ja morgen!«

»Ja, Theoderich. Das ist morgen.«

Ich lache so sehr, daß er schließlich einfällt. Wir zwinkern einander zu wie Verschwörer. Die Freiheit erwartet uns, die endgültige Freiheit. Mir tut jeder leid, der diese Vorfreude nicht teilt. Denn Gott Ist, und jeder Augenblick berührt die Ewigkeit.